孤独与孤独的拥抱

高兴——著

Gu Du Yu Gu Du De Yong Bao

四川人民出版社

图书在版编目（CIP）数据

孤独与孤独的拥抱/高兴著. —成都：四川
人民出版社，2020.5
　ISBN 978－7－220－11796－1

　Ⅰ.①孤… Ⅱ.①高… Ⅲ.①随笔－作品集
－中国－当代　Ⅳ.①I267.1

中国版本图书馆 CIP 数据核字（2020）第 032074 号

GUDU YU GUDU DE YONGBAO

孤独与孤独的拥抱

高　兴　著

责任编辑	张春晓
封面设计	李其飞
内文设计	张迪茗
责任印制	祝　健
出版发行	四川人民出版社（成都槐树街 2 号）
网　　址	http://www.scpph.com
E-mail	scrmcbs@sina.com
新浪微博	@四川人民出版社
微信公众号	四川人民出版社
发行部业务电话	(028) 86259624　86259453
防盗版举报电话	(028) 86259624
照　　排	四川胜翔数码印务设计有限公司
印　　刷	成都国图广告印务有限公司
成品尺寸	145mm×210mm
印　　张	14.75
字　　数	334 千
版　　次	2020 年 5 月第 1 版
印　　次	2020 年 5 月第 1 次印刷
书　　号	ISBN 978－7－220－11796－1
定　　价	68.00 元

目 录

第六部分　心情

Part 1
第一部分

印 迹

LONELY

父亲：支离破碎的印迹

子夜，黑海边的一座城堡里，面对星空，我试图用记忆重塑父亲。夜，无垠无际，我的努力一次次失败。完完全全的父亲已经消失在空气中。我依稀遇见的只是支离破碎的父亲，漂在水面上，挂在树梢尖，夹在落叶里，躲藏在地平线的另一侧……父亲！父亲！

1

父亲匆匆赶回家中，为我们几个孩子做午饭。母亲做工去了。四个孩子，四双眼睛，四张嘴巴，盼着父亲。父亲用手变出一道菜，通常只是一道素菜。四个孩子香喷喷地吃着。贫困的年代，一道青菜，竟那么好吃。偶尔，父亲也会从饭馆带回一道菜：糖醋排骨或榨菜肉丝。哦，记忆中的糖醋排骨，那是我们的节日。父亲不吃，父亲只在一旁望着我们吃，不时地笑。

2

情绪好时，父亲会唱上几段京剧。几段京剧，激活了家中的空气，引来邻居的喝彩。父亲投入地唱，我们兴奋地等，只等父亲唱完，立即伸出小手：五分钱。这样的时刻，父亲准给。

3

童年的五分钱，意味着一包橄榄，两支彩笔，五粒玻璃球。童年的五分钱能确保一天的欢乐。父亲拼命地工作，起早摸黑，就是为了能不时地给我们五分钱。

4

儿时的恐惧：倘若有一天父母死了，我们可怎么办？我们被这样的念头吓得胆战心惊，尤其在父母外出的夜晚。好在这样的念头很快便会消逝。看到年轻、英俊的父亲，我们想：父亲怎么可能死呢？那时，我们藐视时间。或者，更准确地说，我们还不懂得时间的分量。

5

父母好客，家里常常宾朋满座，高谈阔论。一杯清茶，几包瓜子，灯火亮到深夜，孩子的心灵被灯火照亮。有时，叔叔伯伯来了。父亲和几个兄弟谈着谈着就会争论起来。大人的话，孩子似懂非懂，但孩子绝对喜欢这样的热闹。

6

父亲出差了，去南京或上海。父亲不在，家里空空荡荡。母亲总是说，父亲很快就回来，也许明天，也许后天。我们就一会儿一趟轮流到弄堂口，使劲地张望。充满悬念的时光。小桥上终于出现了父亲的身影。一到家，父亲的皮包便被我们拿到一边，里面装着五香豆，卤汁豆腐干和无锡排骨。我们笑了。父亲从童话里归来，不，父亲就是童话。

7

父亲一定有过哭泣的时刻，只是我们没有看见。于是，我们的记忆留下了父亲永不哭泣的假象。永不哭泣的父亲却有过几次极度忧郁的时刻。一次是在"文革"中，有人想将他定为走资派。一次是哥哥几天未归。另一次是母亲服错了安眠药，昏睡不醒。父亲面色严峻，长久地沉默。时钟滴答作响。我们偷偷注意着父亲，不知能做些什么。后来，父亲笑了，我们也笑了，日子重新变得流畅。

8

有一点是肯定的，父亲从未打过孩子。他会训斥，甚至会骂几句，但从未动过手脚。家里几个孩子中，弟弟小时候最蛮横，最淘气，最不爱学习。实在过分时，母亲会用鞋帮抽弟弟几下。弟弟大哭并躺在马路中央，哭着哭着就会睡着。这时，父亲会走上去，轻轻将弟弟抱回家。弟弟醒来后，父亲什么也不追问，只是指着留下的饭菜说：快吃吧，要不就凉了。

9

家里孩子多，父母顾不上疼爱。母亲常说，孩子个个都是父母的心头肉，父母全都喜欢，全都一视同仁。只是当某个孩子病了的时候，父母会给以一定的照顾：一碗馄饨，一盒点心，或者几个水鸡蛋。这样的待遇弟弟享受得最多。有时馋了，我们会对父亲说：有点发烧。父亲伸出手，摸了摸我们的额头，明知我们的小诡计，却从不说穿：哦，是有点，想吃肉丝面还是蛋炒饭？

10

哥哥去外地当兵。于是，盼信成为我们全家的心情。在那个没有电话，没有因特网的年代里，书信是一种极具美学意义的情感交流方式。可惜，书信时代正在消失。我怀念那个时代。哥哥的来信会点亮我们全家一天的日子。全家人围坐桌旁，听父亲念哥哥的长信，那简直是一种仪式。有时，哥哥会捎来一个邮包，一袋花生外加一封长信。那时，我们家乡不产花生。吃花生是件奢侈的事。母亲不紧不慢地炒着花生。炒好后，每人分那么一把，然后，我们就一边吃花生，一边听父亲读信。我至今仍十分感激哥哥的那些长信。那些信带给我们全家一种特殊的温馨，一种特有的亲和力。

11

我们家是比较文艺的。父亲爱唱京剧。姐姐喜欢唱歌。哥哥当了文艺兵。我则迷恋配乐诗朗诵。20世纪六七十年代，收音机里整天播放着两段配乐诗朗诵：《理想之歌》和《雷锋之歌》。我能大段大段地背诵，有时还会请姐姐合作，来上一段：蓝天，白云……正是那种家庭氛围，让我从一开始就选择了文学之路并且终生不悔。

12

孩子渐渐长大，父母的心事加重。哥哥要结婚，姐姐要出嫁，这都需要钱。为了攒钱，父母什么苦活都干过：夜晚就着灯光糊火柴盒，冬天在河里洗塑料袋，甚至还考虑过去卖血。实在没办法时，就去借钱，应付一时的需要，然后便是长时间地还债。每次发工资时，父亲都得把相当一笔钱给别人。我曾不解地问：为什么要把钱给别人呢？父亲说：这不是给，这是还。借钱是要还的，我们是在还别人钱。父母帮哥哥姐姐成了家，配上了缝纫机、自行车和家具，自己却一辈子守着几间旧平房和旧家具。每办完一件事，父亲总会说：下面还有呢。父母的肩头始终扛着孩子的幸福。就这样，孩子大了，父母也老了。

13

我十六岁时，远离家门，去上大学。家里出了个秀才，父母骄傲。父亲专程跑到苏州为我置办各种生活用品。母亲则忙着包我喜欢吃的野菜馄饨。要走了，父亲不放心，执意要赶几十里路把我送上火车。尽管硬朗，父亲毕竟已年近六十。火车开动，父亲一遍遍招手。父亲宽阔的手掌像一面旗帜鼓舞我上路，又随时召唤我回家。

14

时空的奥妙：远离故乡，家竟变得清晰可辨，具体可感。

家是夜读时母亲递上的一杯热牛奶。家是炎热时父亲手中摇动的芭蕉扇。家是冬天的被窝里早就放好的暖水袋。家是放学回来后贴在门上的小字条：饭菜在橱柜里，热完后再吃！家是邻居小女孩灿烂的笑容。家是兄弟姐妹间无恶意的争吵。家是亲人团聚时屋子里溢出的一股股热气。

家是尘世的大归宿。家是我们每个人的根。

15

上大学时，每逢假期，一准回家。在艰难困苦的读书生涯里，回家

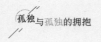

成了一种永恒的盼头和支撑。工作后，回家的机会渐渐少了。总是没有时间，总是顾不上回家。这是青春期的悲哀。

有一回，要陪团到苏州，和父母约好在苏州文联门前见面。我们从上海赶往苏州，交通堵塞，竟晚了几个小时。父亲，母亲，哥哥，还有姐夫，早早地到了，在风中久久地等。我们终于见面，微微一笑，省略一切言语。外国朋友惊讶，我们几年未见，竟没有拥抱，没有浪涛般的问候，没有眼泪。一个民族很难理解另一个民族。我们将一切搁在心里。我们以无言的方式表达。

十几分钟的相聚后，我便同亲人道别。我对父亲和母亲说：注意身体！父亲和母亲对我说：别太辛苦了！

16

国外工作和学习时，我会尽量多给家里打电话。接电话的通常都是父亲。父亲讲完后，让母亲快讲。国际长途很贵，他们让我多多写信。

可惜，我的信写得并不多。

步入晚年的父亲好几次对家人表达了这样的意思：家里几个孩子，数我最苦，享受到的家庭温暖最少，他因此而不安。姐姐后来将父亲的话告诉了我。我的泪禁不住流了出来。我的年迈的父亲和母亲啊，这么多年，我始终没有好好尽孝，你们不但不怪我，反而还在自责。我的年迈而善良的父亲和母亲啊……

17

电话里传来姐姐的声音：父亲得了癌症，晚期，估计时间不多了。

我怔住了。我知道迟早会有这一刻。但当这一刻终于到来的时候，心还是没有做好准备。

打点行李，赶紧回家，多在家里住些日子，多陪陪父亲和母亲。

父亲精神不错，只是消瘦了一点，没有任何重病在身的迹象，见我回家，极为高兴，亲手为我准备洗脸水，并沏上一杯热茶。

以往回家，总是家里待的时间少，出去见同学的时候多。这一回，母亲说，多在家里吃饭。

一开始，父亲并不知道自己的病情。他的精神一直很好，胃口也不错，只是耳朵有点聋。晚年的父亲格外体贴母亲，每天帮母亲洗菜，做饭，打扫屋子并照顾两个孙女。一次散步时，父亲对我说：你母亲辛苦了一辈子，不容易啊！

我在家里住了半个多月，然后父亲说：该回去了，别耽误了工作。

18

回到北京后，我三天两头往家里打电话。父母总是说，家里一切都好，不要担心。

从姐姐那里，能得到一些真实信息：父亲的脚开始肿了，父亲吃饭变得艰难了，父亲的脸色越来越难看了。

我心里隐隐地疼。

19

出国工作前，再度回家。

父亲明显瘦多了，但精神依然很好。我总觉得父亲心里什么都明白，只是不说出来罢了。所有孩子忽然天天回家，陪他聊天，我又两次从北京赶回家，他能不明白吗?!

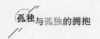
孤独与孤独的拥抱

父亲甚至让我们为他准备好了墓地，并坚持要去看看。陪父亲看墓地，心情错综。父亲看着自己的墓地，说：不错！

离别时，父亲一定要送我们到弄堂口。我几次回头，父亲依然站在那里，微笑着，没有言语，没做任何手势。父亲不愿道别。

这成为我记忆中父亲最后的凝固的形象。

20

有消息传来，父亲浑身浮肿，已卧病在床。

有消息传来，父亲吃不下饭，靠打点滴维持生命。

有消息传来，父亲疼痛难忍，每天都得打杜冷丁。

我害怕往家里打电话，也害怕听到电话铃声。

又有消息传来，父亲病危，只剩下最后一口气了。全家人二十四小时守候，等待最后的别离。一天过去了，两天过去了，三天过去了……父亲坚持着这一口气，一直坚持了十二个日日夜夜。姐说，父亲偶尔清醒时，便唤我的小名。父亲在等我，十二个日日夜夜。我未能赶回家中。

21

黑海之滨，我在总领馆忙国庆招待会的时候，父亲走了，没有见到当外交官的儿子。母亲说，父亲知道我公务在身，能原谅我。但我不能原谅自己。

我不能原谅自己。时空不能原谅我。回忆，点点滴滴，零零星星，试图减轻我的负担。但回忆毕竟是虚幻的，点点滴滴的回忆架不起时空。有时，父亲会忽然出现在我面前，朝我点头，对我微笑，但片刻之后，又会消失。我明白，时空坍塌了，我唯一的父亲没有了，永永远远。

22

其实，只要争取，我是可以在父亲弥留之际赶回家中的。但内心深处，我无力面对父亲的离去。我让家人去承受这样的残酷，自己却躲在另一片大陆，躲在父亲看不见、摸不着的地方。

我实在太自私了。我是个有罪的儿子。

23

两个多月来，我竟无力拿起笔，写父亲。心灵太脆弱了，承受不住文字。文字是鞭子，字字句句抽在我的心尖。

可我还是得拿起笔，面对父亲，接受文字的鞭打。父亲，这一回，您别护着我了，就让我接受鞭打吧。因为我是儿子，因为唯有通过接受鞭打，我才能一步步走近您……

2001 年岁末于黑海之滨

母亲：永不停歇的劳作

在我的印象中，母亲总是在劳作，做饭，洗衣服，刷碗，打扫屋子，几乎一刻不停，做完这件事，又做那件事。即便有时喘息一下，那也是为了接着再做下一件事，就这样，几十年如一日。母亲属于那样一种类型的妇女：总得做点什么，一旦手中没活了，反而会感到别扭，会感到难受。忙碌成了她的一种职责，一种习惯，一种生存方式，甚至忙碌本身于她就是休息。这就是我们通常所说的劳碌命吧。

母亲出身贫寒，从小失去双亲，在家中又排行老大，自然担当起了照顾弟弟妹妹的重任。那必定是一段极为艰难的时光。可关于那段日子，母亲谈得很少，只隐隐约约地说过了为了生存什么苦都吃过。

这样的背景使母亲很早就练就了不畏艰险，不畏困苦的秉性。由于孩子多，年轻时的母亲有很长一段时间在家里带孩子。那时，家里七八口人仅靠父亲一份工资维持着生计，困难程度可想而知。除了带孩子，母亲还得千方百计地替父亲分担。记得母亲常常腌上一大缸雪里蕻或萝卜条，我们往往一吃就是大半年，省下了不少买菜钱。

孩子渐渐长大，开销也越来越多，仅靠父亲一份工资无论如何也应付不了各种开支了。母亲就出去打工，先是做零工，在建筑工地，在塑料厂，在企业大食堂，一天八毛，一月二十来块钱。那时，二十多块钱能解决很多问题。终于，我们能吃上肉了，每月一到两次，一般都在月初和月中。我们几乎天天都在盼望。吃肉对我们来说就是过年。

　　贫困的时代，过年对于人们来说更多地具有物质上的意义：吃上几道好菜，穿上一件新衣裳，看上一部电影……过年了，母亲出去买几块布，给我们每个孩子做上一件新衣裳；再买上一个猪头，然后变花样似的做成猪头冻、猪头糕、红烧猪耳朵等种种好吃的。过年也是母亲最最辛苦的时刻。一连五六天，母亲基本上都在灶台旁度过。别人在吃在喝在聊在玩，母亲却在忙碌。过年对于孩子是欢乐，对于母亲实在是重轭。但年还得过，而且还得快快乐乐地过。

　　家里孩子多，母亲全都一视同仁，谁也不偏袒。有好吃的时候，母亲均均匀匀地给每个孩子分一份，免得孩子你争我抢。弟弟姐姐往往一顿吃完，我却每回都要省下一点，留到下一顿吃。待下次开饭时，我笑眯眯地拿出菜，摆在桌上，不紧不慢地吃上一口，馋得弟弟姐姐直流口水，忙不迭地讨好我。我一心软，便赏他们一口。母亲严厉地批评我，说这是精神折磨，而且对身体也不利。

　　母亲是一位好强的女性，无论在哪里工作，表现都很出色。母亲一生不好吃，不好穿，不追逐时髦，但每每听到别人的夸赞，就会感到无比的满足。她喜欢听别人的表扬。她也值得别人的表扬。

　　四十多岁时，母亲成为一家企业的正式员工。母亲格外珍惜这迟到的机遇，工作也就特别卖力，年年被评为先进工作者，很快家里的墙上就贴满了各种奖状。母亲望着这些奖状，骄傲地笑。

　　母亲并没有受过多少正规的教育，但凭着朴素和善良的本性，她懂得必须做一个称职的妻子，一个称职的母亲，一名称职的员工，也就是说要对得起丈夫，对得起孩子，对得起工作，对得起这个家。于是，母亲白天上班，晚上回家后还要做饭，照顾孩子，收拾屋子。父亲长期担

任领导，整天在外颠簸。家里的事，全由母亲一个人撑着。母亲就这样不停地劳作着。

拉扯大我们几个孩子之后，母亲本该好好休息了。可她又主动承担起了照看孙女和外孙女的劳苦。弟弟和姐姐的孩子都是母亲一手养大的，在她们眼里，奶奶最亲。有很长一段时间，她们不愿回自己舒适的家，宁愿整天跟爷爷奶奶住在旧平房里。

我回家探亲的时候，常常见到这样的情形：母亲一边做饭，一边还要洗衣服。我们家是个大家庭，即便结婚后，哥哥姐姐弟弟也常回家吃饭，而且每个人回家的时候又不同。母亲往往要做好几顿饭，先让两个上学的孙女吃，再让儿子和女儿吃，接着又要为老父亲做饭，等到所有人都吃好后，自己才盛上一碗饭，随便夹上几口凉菜，匆匆吃完，然后又开始忙碌。母亲实在是太累了。

父亲最后的日子里，母亲强忍着痛苦，精心照料着父亲。差不多有半年，母亲晚上几乎睡不了觉，就这样躺着，随时注意父亲的动静，只要父亲一声招呼，连忙起身为父亲倒水，备药或做夜宵。父亲在一次散步时对我说：你母亲辛苦了一辈子，不容易啊！

即便这样，母亲还总怕自己做得不够好，总怕别人会说自己的不是。母亲似乎总是在为别人活着。

我们家乡周围尽是些风景如画的城市：苏州，上海，杭州，无锡，南京，等等，等等。但母亲除了去过一两回上海和南京外，几乎一直守着家门。我曾好几次邀请母亲到北京住一段日子，可每回母亲总是说到北方她会水土不服的。有一次，我特意回家想带父亲和母亲到上海转转。母亲和父亲商量后说，他们年龄大了，走不动路了，还不如在家里看看电视。其实，我心里明白，母亲怕打扰我们，怕我们花钱。母亲不知道，她这一次次的拒绝反而给我们增添了不少心理负担，让我们永远感到愧疚和不安。母亲倘若真的体谅我们，就该给我们一些机会，好让我们以自己的方式尽尽孝心。

母亲总是清清楚楚地记得我们每个人的生日。但母亲的生日我们却总是记不住。我几次想好好给母亲过一次生日，可临到末了又都忘了。母亲从不计较，总是说自己没有过生日的习惯。在我的记忆中，母亲也从未过过生日。我们这些做儿女的实在是有罪呀。

得知父亲去世的噩耗时，我立即拨通了家里的电话。这一回，电话线的另一端是母亲。听到母亲苍老疲惫的声音，我禁不住失声痛哭。我实在不知如何安慰母亲。母亲反倒安慰起我来了：别哭，别哭，孩子，你父亲也算高寿了，而且，他的后事办得很隆重。

年迈的母亲近来常对我说：你都快四十了，还不要个孩子。赶紧生一个吧，趁我现在身体还行，还可以帮你们带带孩子。可我明白，即便有孩子，也决不让母亲操心。带孩子是件极为辛苦的差事。我心疼我的母亲。

母亲年已花甲，腰不好，又有严重的风湿性关节炎，一到阴天，浑身疼痛难忍。我们都希望她放下手中的活，好好养老，也像那些潇洒的老人们一样，出去旅游旅游，或者去打打麻将什么的，可母亲就是不愿离开家。对她而言，家意味着一切。

母亲说她和父亲一辈子诚实为人，光明做事，只是能力有限，没有为我们创造太好的条件，总觉得欠我们什么。其实，父母永远不欠我们什么，而我们欠父母的太多太多。

我在欧洲，远离故土，难以照顾家中的母亲，只能时常给母亲打打电话，和母亲说说话，并祝她老人家健康长寿。

是的，母亲健康长寿，是我最大的心愿！

2002 年 1 月 17 日写于黑海之滨

兄弟姐妹：过去的美好时光

我出生于一个大家庭，有三个哥哥，一个姐姐，一个弟弟。这样，除了妹没有，兄弟姐全齐了。大哥和二哥比我大二十多岁，结婚后都有了自己的家。三哥 70 年代初就去当兵了。因而，我的童年和少年时光，主要是和姐姐、弟弟一起度过的。

姐姐长我三岁，弟弟则小我两岁，我们三个年龄相当，可志趣却不尽相同。姐姐属鼠，弟弟属蛇，我属兔，从属相来看，志趣和性格也该有所不同才是。

姐姐天生热爱文艺，不到十岁就参加了"小红军"艺术团，喜欢唱歌，喜欢看小说，崇拜王心刚、郭凯敏之类的电影明星。姐姐看起小说来不要命，把学习方面的事统统搁在一边，而且常常躺在床上，就着昏暗的灯光看，久而久之，眼睛就近视了。姐姐属于那种刀子嘴、豆腐心的人，待人极为热情、慷慨，有时甚至过于热情、慷慨，但由于性情太直率，有时还有点暴躁，往往好心不得好报。

在我的印象中，姐姐从小就喜欢吃各种零食，注重穿着打扮。那时，点心、干果之类的食品属于奢侈品。父母偶尔买一些回家时，往往先要藏在什么地方，然后分几次拿出来给我们享用。这是母亲的方式，母亲无论做什么都喜欢细水长流。可不管母亲藏在何处，姐姐都有本事将它找出来。为此，姐姐没少挨母亲的训斥。

任何时代都有自己的时尚，包括那些极为贫困的年代。姐姐对时尚

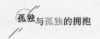

相当敏感。她毕竟是家里唯一的女孩子嘛。20 世纪 70 年代，全国流行穿军装。姐姐整天死缠硬磨，要父亲找军队的朋友弄一套军装。军装当时可不好弄，需要很硬的关系才行。父亲想办法弄到了。姐姐兴高采烈，穿上军装，立马精神了许多。到了 80 年代，流行喇叭裤的时候，姐姐又是第一批穿喇叭裤的女孩。从姐姐身上，你大致可以了解到时尚的发展趋势。

　　家里就我们三个孩子时，姐姐常常煞有介事地宣布，要为我们两个弟弟做点吃的。姐姐最喜欢做的是奶油五香豆。当姐姐在炉灶旁炒着五香豆的时候，整个屋子里溢满一股特别的香味。这成为我童年生活中一个极为美好的印象。

　　自然，除了做五香豆，姐姐更多时间是在唱歌。姐姐往往先打开收音机，然后，一边打扫屋子，一边唱，投入地唱，毫无顾忌地唱。我在高考复习的时候，姐姐也这么唱。我一抗议，姐姐就说：你能考上大学？

　　在文艺方面，姐姐对我的影响很大。姐姐讲起故事来头头是道，还时常借给我《大众电影》看。我酷爱诗歌朗诵。每当收音机里响起合适的音乐时，我就邀请姐姐和我来上一段配乐诗朗诵："在毛泽东时代，祖国的人民多么幸福，祖国的江山多么壮丽……"

　　姐姐有自己的房间。我和弟弟一直住一间房。弟弟在性情上与我和姐姐差异很大。他似乎不喜欢柔软，而偏爱坚硬，整天疯玩，野玩。

　　我们家附近有河，有桥。弟弟从小练就一身好水性，一口气能游几千米，还敢从很高的桥头往水里跳。我看着弟弟往下跳水时，常常紧张得要命。

其实，我们三个孩子中，弟弟智商最高，可他偏偏不爱读书。弟弟有自己的理论：如果人人都去上大学的话，那么，肉店，豆腐店谁来管？父母无可奈何。

整天疯玩，也就容易出事。弟弟出的事不少。一会儿从楼上掉下来，摔断了腿。一会儿又在游泳时扎破了脚。弟弟总共断过两次胳膊，一次腿。有很长一段时间，弟弟身上总绑着石膏。记得有一阵子，弟弟摔断腿后又绑上石膏，一位小朋友每天来我家背着弟弟去上学，一直坚持了好几个月。后来，那个小朋友随全家搬到外地去了。我想念那个小朋友。

弟弟有自己的伙伴，很少和我在一起玩。只是夏天乘凉的时候，弟弟和我躺在门板上，玩一种特殊的游戏：我们划拳，谁输了，谁就给对方挠痒痒或者扇扇子。我赢的时候居多。弟弟摇着扇子，一下，两下，三下……我闭着眼睛，静静享受着，惬意极了。

姐姐懒散，弟弟任性，我比较温和。对我们几个孩子，父母从不偏袒。但孩子乖一些，父母总是高兴的。相对而言，我就算乖孩子了。当乖孩子还是有很多好处的。难怪这个世界上乖孩子那么受欢迎。家里来客人的时候，母亲总要到厨房做几道像样的菜。我常常溜到厨房，给母亲一个小小的建议：能做个红烧肉吗？母亲看一看我，然后笑着说：好吧。

吃饭的时候，姐姐和弟弟幅度大，速度又快，我就吃亏一些。母亲想出了一个办法，每每做好吃的时候，就给我们三个孩子各分一份，谁也不多，谁也不少。姐姐和弟弟往往一顿就吃完。我却故意每一回省下一点，留到下一顿吃。待到再开饭时，我就笑眯眯地把省下的菜摆到桌上，不紧不慢地吃着，馋得姐姐和弟弟直流口水。弟弟说，给我吃一块，过一会儿给你挠一百次痒痒。姐姐说，给我吃一块，明天带你去看电影。我常常一心软，就答应了他们。母亲严厉地批评我说，你这是精神折磨，而且该一顿吃完的饭菜，分几顿吃，对身体也不利。

回想起来，我们三个孩子相处得还是相当不错的，从未有过大的冲突，至多有一些小的摩擦，而且这些小摩擦在今天看来就成了童年的趣事了。

我十六岁时，考上大学，离开家乡，去到北京，开始读书生涯。童年生活就算告一段落了。从此，童年便存在我心里并随着我走向四方。

如今，姐姐已成为一位十分能干的老板，经营着自己的饭店。姐姐的能干让我惊讶。她同小时候判若两人。弟弟中学毕业后进了供电局。我读完大学，又上了研究生，毕业后留在了北京工作。我们几个中，弟弟读书最少，收入最高。我读书最多，工资却最低。

2002 年 1 月 19 日于黑海之滨

记忆在说

|分界线|

上小学时，一直是男同学和女同学同桌。几乎所有的课桌都有一道鲜明的分界线。很长一段时间里，我还以为就我们家乡才有如此现象呢。后来得知，哪儿都一样，属于普遍现象了。

这条男孩子和女孩子之间的分界线，一般都是男孩子画定的。上课或自习时，女孩子的胳膊稍一超过分界线，男孩子就用胳膊肘将它顶回去，就像保卫自己的领土，也像是在维护自己的尊严。记忆中，有男孩子做出这番举动后，往往会昂起头，一副胜利和骄傲的样子。

那时，欺负女孩子似乎是一种光荣。而且越是漂亮的女孩子越是容易受到欺负。明明喜欢她，偏偏要欺负她，许多男孩子就是这样的。

这究竟是人的本能，还是孩童的某种特殊心理？我在琢磨。

我可从来没有去追逐过这样的"光荣"。我实在硬不下心来欺负女孩子。你怎么能去欺负女孩子呢。是天性使然吧。从小就那么温柔。嘿嘿！

因此，我和所有同桌过的女孩子都相处得很友好。记得有不少男孩子还为此嘲笑过我呢。嘲笑就嘲笑吧，我就是要对女孩子好。

分界线就在那里，可我从未意识到它的存在。我倒也没有特别喜欢过自己的同桌。有必要再强调一下：并非出于喜欢，只是出于天性，我

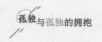

才从不欺负她们的。我喜欢过的女孩好像都没与我同过桌。每次学期开始，班主任要分配课桌时，我都在暗暗祈祷：就让我和她同桌吧。可惜我的祈祷，老师从来都没听见。

我得承认，我上小学时就喜欢过几个女同学。其中有一位姓王，从四川转来的，身材很匀称，皮肤特别白净，是一种透明的白。那时我还根本不懂什么身材方面的问题，就是觉得她好看，怎么看都好看，好几回还在梦中见过她呢。当然，这样的梦是不能透露给任何人的。否则，我的形象就会受到毁坏。

就是喜欢，纯粹的喜欢。那种喜欢和现在我们理解的男女之情有本质上的不同。比如，我常常会陷入这样的幻想：要是她是我的表妹，或者随便什么亲戚，就好了。这样，放学后，我就能名正言顺地和她一起白相了……

就像喜欢我们单位的唐卉。美丽的唐卉。善良的唐卉。她真的让我想起了童年。我在井冈山负伤后，每次下车，她都会站在车旁，向我伸出胳膊，静静地等候着让我搀扶，姿态那么的优美和动人。永远忘不了的细节。每当我搀扶住她的胳膊时，我都仿佛搀扶住了自己的童年。那忽然走近的童年啊！

|直升机|

差一点儿看到了直升机，在上初中的时候，我差一点儿看到了直升机。我是说：差一点儿。

在上语文课。正读着不知哪篇课文哩。学大寨，或者是学王进喜。忽然，就听到了轰隆隆的声音，就听到有人在高喊：去看飞机噢。飞机降落在操场上喽。

飞机降落在学校的操场上了，对于我们这些小城的中学生来说，这可是重大事件。不仅仅对于我们，实际上，所有的居民都激动起来。人们从四面八方赶来，有的骑着自行车，有的开着拖拉机，有的蹬着平板车，还有的干脆连奔带跑，就为了要亲眼看一看飞机。所谓亲眼，其实也就是近距离。因为，平时也是见过飞机的，只不过是在电影里，或者在天上。天上的飞机太高了，只是一个点，看上去总让人觉得有点虚幻，有点不真实。还可以看看飞行员。要是能摸一摸飞行员，那就更美了。在孩子的心目中，飞行员个个都是传奇人物，是英雄。

我们的心都快跳出来了，可语文老师并不理会。她说了声：飞机有什么好看的，然后继续带领我们读课文。那位语文老师是军人家属，肯定看过飞机。可我们没看过呀，哪还有什么心思读课文呀。我们就想看飞机，看降落在操场上的飞机。

好几个班级的同学都在老师的同意下，欢呼着从教室跑出，奔向了操场。偏偏我们的老师怎么也不愿意放下手中的课本，让我们这些可怜巴巴的孩子去看看飞机。飞机有什么好看的，在她看来，这一时刻，学大寨或学王进喜，比看飞机更重要。

现在想想，那真是个糟糕的老师。她太不理解孩子的心理和愿望了，也根本不懂得教育。如果那天她让我们去看飞机的话，那将是她上的最最有益的一课。时间会证明的。

我们那个小城太小了。任何消息，不到半天就能传到所有人的耳朵中。放学回到家后，我才确切地知道，降落在我们操场上的其实是架直升机。那时我们还不明白，除了直升机，其他飞机是无法降落在我们的操场上的。

然而，直升机毕竟也是飞机呀。真可惜啊！差一点儿看到了直升

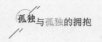

机。就那么一点儿。我们为此伤心了好多天哩。

二十年后，好友邱悦一家来京游览。我特意带着他九岁的儿子雨潇来到航空博物馆，让他好好看看飞机，各种各样的飞机。雨潇乐坏了。

| 街坊邻居 |

严格说来，街坊邻居这几个字是属于我们这一代人的。对于我们，这几个字具有一种特殊的温馨，装饰着我们的童年，我们的种种欢乐和悲伤，我们生命中的一些重要时刻。可惜，如今的孩子已不太明白这几个字的含义了。

我小时候住在河边的一条弄堂里，算是小桥流水人家。弄堂里住着几十户人家，每家情形各不相同，有的富，有的穷，有的孩子多达十几个，还有的干脆就没孩子。这几十户人家的百十口人，每天都要见上好几回面，上班时要见面，下班时要见面，买菜时要见面，洗衣服时还要见面。早晨见面时互相问一声：吃早饭了吗？中午见面时又问一声：吃午饭了吗？晚上见面时还问一声：吃晚饭了吗？这就是我们之间的特殊的问候。

我们前后左右挨着的几户人家关系最密切，互相走动得也最勤，就像一家人似的。门从来都是敞开的。那时候，白天哪用得着关门呀。那时候，门就是用来遮风挡雨的。家里要招待客人，需要椅子，需要碗和盘，你就径直到隔壁邻居家去借好了。有时饭不够了，你都可以到邻居的锅里去盛几碗。

弄堂很安静，没什么车水马龙。母亲们做家务活一般都在弄堂里。各自搬上一个小凳子，坐在自家门口，边说话，边干活儿，剥毛豆，检韭菜，挑螺蛳肉，缝衣服，或打毛线衣，一上午就这么过去了。

有时，要饭的来了，街坊邻居还会统筹行动，你家给饭，我家给菜，他家给几件旧衣衫。那时候，要饭的就是要饭的。你给他一碗饭，再加上点菜，他会感激不尽，立时立地就在那里吃了。确实是饿坏了。不像如今，就连要饭的也不纯粹了。你如果给他饭，他根本不要。钱给少了，他还会骂你一句。如今，纯粹的东西是越来越少了。

邻居中，小真家比较贫困，孩子多，母亲又长期在家病休，全靠父亲一点菲薄的收入。他家用不起电，全年都点着煤油灯，家里始终黑乎乎的。平时总是喝粥，就点自家腌的咸菜。我们都叫他母亲唐嫂子。唐嫂子患的好像是胃病，老胃病了，每隔几分钟就要打一个嗝，让人听着挺别扭的。夏天，我们都在弄堂里吃饭。唐嫂子常常走到我跟前，拿起我的筷子，夹上一口菜尝尝。她怕我嫌脏，总是反着用筷子夹菜，见她这样，我倒也没什么意见了。后来，有一天，我从外面白相回来，走到弄堂口时，就听到一阵哭声，从小真家传来的。唐嫂子死了。只有三十多岁。她得的其实并不是什么很严重的大病。她就是没钱治病。

谁家吵架了，所有邻居都会去劝，而孩子们则兴奋得要命。看吵架比看戏还带劲。再说，那时也没什么戏看，就只好看吵架了。看吵架时，你能听到各种各样最有表现力也最有刺激性的语言。那些语言真是生动啊，可惜我不能在此复述，因为许多都属于少儿不宜的。

一道分担艰难，一道分享喜悦，这就是那时的街坊邻居。比如，谁家有孩子参军了，或者谁家有孩子结婚了，都是要发喜糖的，挨家挨户地发，大家吃了糖，脸上都喜滋滋的。我清楚地记得我的中学同学陈永林新婚第二天来给我们发糖时的情形。永林外号"老瘪嘴"，说话含混不清的，好不容易娶到了媳妇，而且还是个如花似玉的。当我夸他娶到如此漂亮的媳妇时，他笑眯眯地回答："有什么呀，关了电灯都一样

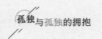

的……"嘿嘿，这个老瘪嘴！我明白，嘴上虽这么说，可他心里得意着哩。

此刻，在钢筋水泥的公寓里，在两道防盗门的背后，我想着儿时的街坊邻居，温馨中又有一种错综的感觉。

｜游　水｜

儿时，每逢夏季，必定要游水的。住在水边，就有这个好处。游水，同现在我们所说的游泳，还不完全一样。那时还没有游泳这个概念。游泳，太文气了，是种正规的体育。我们只说游水，而游水，说白了，就是水中的游戏。

一过六月，就盼着放假，就盼着游水。暑假来临，我们的夏季狂欢也就拉开了帷幕。游水，可以尽兴尽致地游水了。

仿佛约好似的，吃完中饭，几个小把戏就直奔家门口的小河。也就六七米宽的小河，清清的水，不多的船只，理想的游水天地。夏季，水比平时要大些，深些。我们一个个都会从岸上直接跳进水中。从跳水的动作，基本就可看出你的游水水平了。下水后，先在两岸之间来来回回游上几圈，算是热热身，活动活动筋骨。然后再分成几组，打起水仗，或玩起水中捉迷藏。水中捉迷藏，最最考验水性了。它意味着潜水本领，机智，和速度。常常，你还在寻找时，对方已偷偷潜到你背后，猛然跃出水面，让你措手不及。朗朗的笑声会在这时从水面上传来。

有船经过时，胆子大点的小把戏，会一个猛子扎到船舷旁，悄悄拽着船帮，让船拖着，在水中漂行，很惬意的样子。待到船主发现，还没来得及骂出"你这个小赤佬"时，那个小把戏往往又一个猛子，在很远处冒出了头，嘻嘻笑着，弄得船主无可奈何。

在我们老家，游水，是男孩子的特权。女孩子一般是不游水的。女孩子只来河边打水。女孩来打水的时刻，水中的男孩就寻着了恶作剧的机会。一见有女孩拎着水桶走来，我们就潜入水中，等女孩走近河桥头时，再忽然从水中蹿起，吓得女孩都快要哭出声来了，有时甚至还会在惊恐中扔掉水桶。现在想想，真是罪过啊！

自然，我们也不会老是在那儿傻游水。在年龄稍大一点的孩子的启发下，我们偶尔也会利用我们的游水本领，捞些外快。比如，我们会到运输码头前的河水中去摸些废铜烂铁，拿到收购站去换上几毛钱。那时，几毛钱能买不少东西呢：几包橄榄，几根冰棍，几本小人书。

在水中，我们往往一待就是半天。总也玩不够。有时，累了，就面朝天空，在水上久久地浮游。从水中仰望天空，天空显得格外蓝，格外大，也格外近，真像一个怀抱，随时都能把你拥进怀里。快天黑了，听到大人的叫唤时，我们才会爬上岸，湿漉漉地回到家中，用凉水冲洗一下身子，随后，端起饭碗，大口大口地吃起晚饭。

那时，所有的小把戏都觉得：夏天真好！

| 落雨的时刻 |

傍晚时分，天又下起了雨。想做点什么，却怎么也集中不了心思。心思已在那雨中了，我知道。雨，不断地下，点点，滴在我的心头，湿润着我的记忆。

童年，就这样，在雨声中一步步走近。

在江南，雨是一种日常。也是天的性情。随时都会下雨。阵雨，中雨，毛毛细雨。下得最多的就数毛毛细雨了。毛毛细雨成了江南的典型氛围。

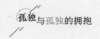

我们家乡人不说下雨，而说落雨。其实是一个意思。由于时常落雨，家家户户都要备好几把伞。那时，人们撑的都是油纸伞，戴望舒诗中的油纸伞，绛红色的，在雨中飘着，让灰色的世界有了点色彩。最近，回南方时，还有朋友托我带一把这样的伞，留作艺术品，但这样的伞已经很难觅了。

我小时候不喜欢撑伞，下再大的雨，也不撑伞。总觉得那样的伞太女气，再说拿着也麻烦。我从未希望"撑着油纸伞"，逢到"一个丁香一样地/结着愁怨的姑娘"。那时，哪里有什么愁怨啊。只有快乐。单纯的快乐。

在雨中行走，其实，是件极为惬意的事，尤其在夏天。雨，打在身上，绝对比女人的抚摩还舒服。雨的抚摩。最最体贴的抚摩。我就这样长期享受着雨的抚摩，从不会担心因为雨淋而感冒。记忆中，我也确实没有因为雨淋而感冒。

我还喜欢在雨夜，关上电灯，躺在床上，听雨打屋顶的声音。仿佛天在演奏。那是我童年的音乐。

雨也有让人心烦的时候。比如：梅雨时节。连续的雨。密密麻麻的雨。感觉衣服和被子都是湿的。一切都是湿的。整个世界都是湿的。偶尔出现一点阳光时，母亲们会赶紧将家里所有的衣物和被子拿出来晾晒一番。然而，阳光天气往往就持续那么一会儿，顶多几个小时。紧接着又是没完没了的落雨。

和雨的特殊缘分，最终导致了发生在上海街头的故事。那是上世纪80年代。我陪同罗马尼亚女演员卡尔曼去商店购物。忽然，就下起了雨。所有人都躲进了商店，或打起了伞。唯有我和卡尔曼，在雨中从容地走着。卡尔曼说，欧洲的艺术家都喜欢在雨中漫步的。我说，如果这样的话，我从小就是艺术家了。

抵达饭店时，卡尔曼为了我雨中的陪伴，竟当着许多人的面，热烈地拥抱住我，在我脸上，重重地吻了三下。三个火热的吻，和雨连在一起的。

我从此更喜爱落雨了。

|拍　照|

潮湿，闷热，不时地，有细雨飘洒，像江南的梅雨时节。都怪我，前几天刚刚说到梅雨时节。说到梅雨时节，梅雨时节仿佛就来了。

北方的天气原来并不是这样的。北方的天气怎么会变成这样的？

《今年夏天咱们去哪儿》，忽然就想到了这一标题。这是印度作家德赛的一个中篇，袁伟译的。袁伟译得真好。

那么，夏天咱们去哪儿呢？都已去过新疆了，还想去哪儿呢?！这样的天气，最好哪儿也别去，就在家里待着，沏上一杯茶，捧上一本书，读读范小青，读读荆歌，读读朱文颖，读读沈苇，读读林希，或者干脆就躺在阳台的竹榻上，闭目养神，适意的样子。要是阳台上有一张竹榻，那该多滋润啊。

儿时，家里就有这样一张竹榻，一般都是在夏天用的。有时摆在客厅门边，有时放在天井，有时还会搬到弄堂里。父亲，上了一天班，累了，回到家后，往往先洗个澡，然后就在上面躺一会儿。常常，躺着躺着就睡着了。只有父亲上班或出差的时候，我们几个孩子才有机会在竹榻上享受一番。姐姐，弟弟，我。还得看谁动作更快些。风凉笃笃，螺蛳嗦嗦。那叫舒坦。

有一回，爷爷从上海来。那几天，竹榻上躺着的就是爷爷了。家里

来人，孩子总是最开心了。热闹的气氛。好吃的东西。可爷爷好像并没有带什么好吃的。他带了个同事，挎着个照相机。哦，照相机！带照相机，绝对比带大白兔奶糖和城隍庙五香豆都更讨孩子的欢喜。那时，拍照还是件相当奢侈的事情。梦里都想的。

爷爷看出了我们的心思，几乎立即就让那位叔叔去给我们拍照。姐姐特意换了件好看的衣服。我和弟弟也穿得整整齐齐的。走到外面，恨不得多遇见几个熟人。"做什么去呀？"我们就盼着人家问。"拍照去。"我们响亮地答，虚荣心得到了极大的满足。

得选几个景点。河边。桥头。还有公园。那时的公园光秃秃的，只有几棵松树，和一个可怜的花坛。那就在树下和花坛前拍吧。记得在我们拍照的时刻，还有好几个人在一旁看着，目光里充满了羡慕。

爷爷他们一回上海，我们的期望也就开始了。期望着照片快快寄来。早早地在门口等着，等着邮递员的到来。上午一趟。下午一趟。"有没有上海来的信件？"我们一次又一次地问。一天，两天，三天……一个星期，两个星期，三个星期……一个月，两个月，三个月……天天地期望。天天地失望。怎么还没寄来呢？就连邮递员都觉得抱歉了。

大半年过后，我们终于不再期望了。只是心里，从此之后就有了那么一点点不好说的感觉，对于大人和大人的世界。

田野，林子，湖泊

刘锋兄来北京，为了一本书。我们因此有了欢聚的机会。喝茶，聊天，漫步，尽兴尽致，时间不知不觉。友情是能够丰富人生的。我们都坚定地认为。

上班的路上，接到了刘锋兄的短信："找一个僻静的林子，带上一本喜爱的书，在某棵沧桑的树下，随意地躺着，听听青草生长的声音，听听树叶们的窃窃私语或偶尔飞过的鸟声，信手翻动书页或看看里面的文字，或想想心念着的人，这该是何等奢侈的幸福啊……"

这该是何等诗意而又浪漫的幸福啊！刘锋兄下榻北京凤凰台，就在人定湖公园的南门，随时都能进出那个公园。那是个小巧美丽的公园，他说，只可惜取了个该死的名字。很有可能就是在公园漫步的瞬间，他内心的某种东西被打动了。

我内心的某种东西也被打动了。林子，还有田野，还有湖泊，所有这些仿佛都已很遥远了，尤其在拥挤嘈杂的都市。在一些社区，倒也能看到几块草坪，几个花坛，一片池塘，甚至一座假山。但它们缺乏原始的动力、活力和魅力，难以替代真正意义上的自然。那些可怜的假山假水啊！

儿时，我的视线里是常常会出现林子、田野和湖泊的。家乡原本就由林子、田野和湖泊围绕着。走几分钟，就能看到田野。走半个小时，就能来到太湖边。而林子也随处可见。那时，一放学，就往乡下跑。但并没有带什么书，而是跟着大人去打猎或钓鱼。有时，也会约上几个小伙伴，来到太湖边，待上大半天，看水，看天，看云，看鸟儿在空中飞翔的样子，看船儿在湖面摇曳的剪影，心中静静的，异常的静，没有复杂的想法或感慨，也没有多少诗情画意，只是觉得适意，太适意了，以至于都想就那么躺在草坡上睡上一觉。兴许，诗情画意就在那时悄悄地种在了心底。

说到打猎或钓鱼，真是惭愧，我实在没有任何值得骄傲的成绩。印象中，连一只麻雀都没打到过。举枪的手总是在颤抖。我的手为何总是在颤抖呢？是年纪太小的缘故吗？我不知道。钓鱼也一样。小鱼钓了不少，可超过一斤的大鱼始终没能钓到过。大人们说我太缺乏耐心了。我说我自己太笨了。更多时间，我是在看着别人打猎或钓鱼。同时，也分享一点别人的成绩：回家时，拎一条鱼，或几只野鸽子。不管怎样，也能改善一下家里的伙食。想想，这也算是我对家庭做出的最早的贡献哩。嘿嘿！

我自己明白，并不是喜欢打猎或钓鱼，而是喜欢身处乡村。身处乡村，忘掉学校，忘掉书本，忘掉城里的一切。站在田野，钻进林子，或面对大片大片的湖水，你绝对会有那种身心解放的感觉。那种感觉真好。那种感觉名叫自由。童年伟大的自由。

没有读多少书，却能时常感受田野、林子和湖泊。我从不说我的童年很贫乏。我的童年有着另一种丰富。一种书本根本无法提供的丰富。

|端午节|

在家养伤，混淆了时间。要不是有人提醒，还真不知道今天是端午节哩。

在南方老家，人们是极重视端午节的。在我小的时候，每逢端午节，家家户户都要包粽子。记得母亲差不多提前一个星期就做准备了。粽叶，米，枣，肉，一只放上清水的大盆，等等，每个细节都很讲究。一般都得包好几种粽子：红枣粽子，肉粽子，还有白粽子。而白粽子是要蘸着白砂糖吃的。我最喜欢肉粽子了。肉，切成块状，事先用调好的作料煨上一段时间，然后再包进粽子里。不能用纯瘦肉，得用肥瘦均匀的肉。等粽子煮熟了，肥肉会完全化到粽子里，只剩下瘦肉，味道之香，难以形容，吃得我们只是一个劲地叫：好吃！好吃！好吃！这样的粽子，我一口气能吃三四个。

　　母亲每次都得包几百个粽子，往往要连续包上几个晚上，然后亲戚朋友每家送几个。而送粽子的任务就交给我们几个小把戏了。一件大受欢迎的事，我们也乐意去完成。都说母亲包的粽子好吃。回到家，将这些夸赞转告母亲时，便看到了母亲的笑。

　　过节，小把戏们总是最开心了。恨不得天天都是节日。永远闪着光的记忆啊！我们怎么都忘不了像端午节这样的传统佳节，是因为那些节日往往给家里带来了特殊的气氛，既热闹，又温馨，还有好吃的。而那种气氛里又包含着浓浓的亲情和友情，绝对能滋润孩子，以及大人的心灵。离开家乡已经很久了，也不知如今家乡的年轻人还会不会包粽子。

　　来到北方，吃不到母亲包的粽子了。可每年端午，还是会到商店去买几个粽子吃吃的。不敢奢求什么特别的滋味，更多的只是情感上的满足。

　　今年要一个人过端午了。家里静静的，书房静静的，不时地有百合花瓣悄然落下。我将那些花瓣一一拾起，放在书桌上。望着花瓣，想着年迈的母亲，想着老家，想着老家的端午节。

　　正好前几天有朋友送来了南味的粽子。没有舍得一下子吃完。特意留了一个，为了端午节的夜晚。

　　一会儿，我就要去热一热那个粽子了。

｜露天电影｜

　　闷热，没有一丝的风，没有一星的雨，只是闷热，令人难受的闷热。也不知从什么时候起，夏天竟变得如此的可怕。

　　儿时，常常遇到的一个提问：一年中，你最喜欢哪个季节？回答是毫不犹疑的：夏天，当然是夏天。那时，夏天意味着各式各样的快乐：

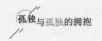

游水，捉知了，吃奶油冰棍，喝冰镇绿豆汤，看露天电影……那些简单的快乐。那些透明的夏天。

露天电影，简直就是我们小把戏的节日。天天都在盼的。只要有露天电影，消息很快就会传遍整个小镇。我们就会早早地吃完晚饭，约上几个小伙伴，带上自家的小凳子，早早地来到现场，占好位置，一边白相，一边等待着电影的放映。而那些晚到的人，就坐在屏幕的背后。放映机一开动，光线射出，只见屏幕的前后都是黑压压的人头，很壮观的。

至今还清楚地记得两个露天电影放映场地：部队农场和灯光球场。部队农场比灯光球场要远些，但走再远的路，我们也乐意，只要能看到电影。有时，等了几个小时，到末了，忽然又听说不放了，心情顿时陷入无比的沮丧。"真是没劲！真是没劲！"许多小把戏会异口同声地说。而且，还不肯立即就回家。反正回家也没劲，还想再等等看。没准儿还会放哩。实在不甘心啊。

还有一个地方，也放露天电影，那就是部队团部。可只对部队官兵和家属开放。老百姓的孩子只能站在营房门口，眼巴巴地往里瞅着。有一回，王营长的女儿小芳见我站在门口，就一把拉着我走了进去，哨兵也不敢阻拦。王营长是父亲的老朋友，常带着小芳来家里串门。那一晚，放的是罗马尼亚电影《多瑙河之波》。电影中的女主角，眼睛大大的，胸脯高高的，实在太好看了。我和小芳坐在很靠前的位置，看得十分过瘾。之后有好几天，我都为自己当了回"军人家属"而得意哩，心里甚至还偷偷地想过：长大了，要是能娶上小芳，倒也不错，起码可以常常看露天电影了。

每看完一部露天电影，都会久久地沉浸在某种特殊的情绪之中：激动，悲伤，喜悦，昂扬……比如，看《闪闪的红星》，极羡慕穿上军装的潘冬子，真神气啊，从此就想当个小兵，想得晚上都睡不着觉。后来，没有当成小兵，倒是在宣传队扮演了一回小红军，也已很开心了。演出结束后，怎么也不愿卸妆，一心想让更多的人看到我当小红军的样子。

露天电影也让我们记住了不少难忘的台词："消灭法西斯，自由属于人民"，"大地在颤抖，仿佛天空在燃烧"，"耳朵，耳朵，普通的耳朵"，"面包会有的，一切都会有的"，等等，等等。直到今天，这些台词还有着暗号般的力量，能够联络起整整一代人。仔细想想，露天电影实际上代表着一个时代，我们的童年和少年，我们最初的欢乐、激情和梦幻，我们最早的教育。

见我老是在写童年，老是在写过去，有朋友善意地提醒："怎么老是在回忆过去？回忆过去，可是衰老的开始呀。"是吗？也许说得对。可究竟是我老了，还是这个世界老了，我不晓得。不管怎样，童年已经烙在心田了，成为生命的基调。任何时候，任何地点，我都有可能重返童年，情不自禁。那无边无际的童年啊！

| 绿豆汤 |

不是所有时间都能写东西的。也不是所有时间都能读东西的。阅读和写字，都需要恰当的心情、恰当的状态和恰当的时间。这一点，稍稍有点写作经验的人都懂。

比如今天，就什么也不想读，什么也不想写。天气。肯定和天气有关。雨，似乎没有下透。依然闷热和潮湿。像南方的梅雨时节。这样的时刻，宁愿去龙潭湖行走。独自行走。起码能享受一份安静。或者就去

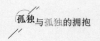

喝碗粥。冰凉的紫米粥。清爽的口感。让我想起家乡的冰镇绿豆汤。儿时，为了喝上一碗冰镇绿豆汤，我们小把戏甘愿走上半个多小时的路程。只有城里才有。只有那家国营冷饮店才有。我们边走边白相，倒也很快就到了。喝完绿豆汤，困觉也踏实了。五分钱一碗，那是那时的价钱。现在该几块钱一碗了吧。几年前，也是夏日，在水乡同里，与好友在河桥边漫步，忽然看到一块招牌，写着"冰镇绿豆汤"，眼睛一亮，连忙跨进店内，要了两大碗。一喝，不对，不是地道的冰镇绿豆汤。多少年没有再喝到地道的冰镇绿豆汤了。就像阳春面，每次回南方，我都在寻找阳春面，要那种地道的阳春面，但我沮丧地发现：地道的阳春面恐怕再也没有了。记忆中有些东西，你最好永远留在记忆中。留在记忆中，还能不时地闪出点光芒。若想再在现实中寻找，最后，找到的很有可能只是失望。

　　不想写，还在硬写。实在有点矫情。赶紧打住。索性到阳台上去待一会儿。望望天上的星星。哦，对了，今晚看不到星星。不是所有时间都能看到星星的。

弄堂里读英语的孩子

记忆中，一段密集、牢固、难以忘怀的岁月。一晃，居然近三十年了。

那时，我还是个懵懂的少年。一个懵懂的少年，哪里有明确的理想和目标。全靠一股力推动着，一步一步，走上了读书和高考的道路。这股力，无形，又具体，主要源自时代风气，源自社会大环境。

而此前，我几乎就没好好上过学。尤其在初中。好像总在盼着放学。一放学，就在心里欢呼。就去白相。到田野。到河边。到夜晚的林子里。跟着大人钓鱼，狩猎，打甲鱼。到了暑假就游水。整天都游水。就觉得，除了读书，什么都好玩。

只要不读书，哪怕去做小工都心甘情愿。小算盘早已打好：要是能找份小工做做，就不读高中了。我真的去做了，还是通过父亲的关系，否则谁会接受一个毛孩子。正是夏天。炎炎烈日下，我跌跌撞撞，抓手抓脚，勉强递着砖头，挑着水泥，搬运着钢筋和木板。绝没料到，砖头、水泥、钢筋和木板竟那么的沉重。无比的沉重。一旁，有位老师傅一个劲地咕哝："小把戏，还来做小工，真是开玩笑。"我终于坚持不住，不到半天，就慌忙逃离了建筑工地。

看来，还得读书，还得继续上高中。上高中时，国家已进入另一个时代。恢复高考，学习陈景润，哥德巴赫猜想，少年班，勇攀科学高峰，各种各样激动人心的口号和榜样，上世纪 70 年代末那种催人上进

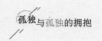

的氛围……所有这一切，让读书和上大学成为一种光荣。记得有位高年级同学考上了清华大学，名字迅速响彻整个县城。当他走在街上时，所有人都向他投去了敬佩的目光。

隐约中，想读书，也想考大学了，但还缺乏自信。甚至都有心理障碍。遇到外语，更是心慌。上初中时，有一回，期末考外语，看到试卷上的题目大都不会做，索性交了白卷。难怪。

这时，班主任马应瑞老师出现在我面前。他是外语老师，恰恰要从外语着手。他说："别人都能学好，你为什么不能？"我稍稍取得一点成绩，他便大加鼓励。适时的鼓励，对于一个孩子的成长，多么重要。后来，在我的外语成绩稳步提高后，他又将我树为学习典型。交过白卷，又得了满分，是有说服力的典型。这下，走在校园里和街上时，轮到我接受别人敬佩的目光了。到同学家里去，也颇受同学家长的欢迎。还有女同学的微笑。仿佛是对我刻苦学习的奖赏。在相当意义上，马老师影响并改变了我的人生。我感激他。

报考外语，也就自然而然。真正的准备和冲刺从高二开始。也就一年的时间。如此的紧迫，一刻都不能耽搁。上课，上夜自习，随后走路回家，喝口水，便从书包里取出书本，接着看书，做练习题。起先，就在饭桌上看书写字。心里其实一直藏着一个愿望：想拥有一张属于自己的书桌。我终于向父亲说出了自己的心愿。父亲听后没有说一句话。没过几天，一张书桌摆在了家里。父亲就以这样的方式支持着我。那些日子，我每晚都要熬到子夜时分。子夜时分，母亲准会将一碗水煮蛋放到我的书桌上。母亲心疼我，总在陪伴着我，总是对我说："别这么苦。考不上也不要紧的。"

清晨，五点不到，又自觉起床。搬一把椅子，坐到弄堂里，一遍遍地读英语，背单词。特别冷的时候，就穿着厚衣裳，站着读。好在南方，即便冬季也不太冷。逢上雨天，我就站在屋檐下，让读书声融进悦耳的雨声。弄堂里，很清静。没有车水马龙，只有几个早起的邻居。只有我的读书声，在轻轻回荡。一般要读上两个钟头。人们纷纷上班的时刻，我也该背起书包上学了。不少人因此晓得了我：弄堂里那个读英语的孩子。

拉开时间距离，我感到了某种少年晨读的诗意。当时，一点都不觉得苦和累。苦和累只是后来的回想。这是实情。整天埋头用功，一切都不知不觉。连时间也不知不觉。转眼就要高考了。考场就在我们中学。7月上旬，考试的三天，反倒没有给我留下任何印记。很奇怪。

考完，就是期盼。时刻都在期盼。心惊胆战地期盼。期盼得夜不能寐。有时，勉强成眠后也会惊醒。一夜，忽然大叫，说床上有蛇样的东西。父母连忙到我床边，寻找了半天，然后不住地安慰我："这一年，你实在太紧张了。这一年，你实在太紧张了。"

第二天，父亲决定让姐姐带我出去散散心。我们到常州姨妈家住了几天。从常州归来，便看到了成绩单。可以填志愿了。第一志愿，我全部填写了军校。我从小就有制服情结。这兴许和成长环境有关。哥哥当兵回来探亲时，我就愿意他成天穿着军装。穿着军装，那么精神，让我也感到骄傲。部队到我们中学招小兵，那个幸运的同学让我羡慕得要命。那些日子，我一边等着录取通知，一边想象着自己身着军装的种种情形。姐姐也赞同我上军校。"你将来还要带个穿军装的女朋友回家。"她极其认真地嘱咐我。我也极其认真地点了点头。制服情结究竟意味着什么呢？是一种庄严感？是一种神圣感？我不知道。哪天，我一定好好想想。

最终，我没有走进军校，没有穿上梦寐以求的军装。

1979 年夏天，我考上了北京外国语大学。那一年，我十六岁。接到通知的刹那，我一愣，但很快为另一种前景所激动。我奔跑着去告诉家人，告诉老师和同学，告诉邻居，告诉所有我认识的人：我要到北京去看天安门了！

厨房：母亲的身影

　　厨房，总是让我想起母亲。我曾在一篇文章中如此描述母亲："母亲属于那样一种类型的女人：总在不停地劳作，总得做点什么，一旦手中没活了，反而会感到别扭，会感到难受。忙碌成了她的一种天职，一种习惯，一种生存方式，甚至忙碌本身于她就是休息。这就是我们通常所说的劳碌命吧。"

　　记忆中，母亲似乎一天到晚都在厨房待着，忙忙碌碌，没完没了。那是她的岗位，是她的空间。以至于，很长一段时间，我都有这样的感觉：有母亲的身影，那片空间才能叫厨房。否则，它就不完整，就名不副实，就空荡荡的。

　　那片空间独立，但不大，也简陋，在天井的那一头，带屋檐的瓦房。砖砌灶台，水缸，煤炉，一张小桌子和两三个小凳子，就是它的全部了。那时还没有冰箱、微波炉之类的现代电器。灶台有两个灶眼，放着两个大铁锅。一个专门用来煮饭。另一个用来炖汤、做菜和炒菜。灶台里侧堆着高高的柴火，相对隐蔽。我们几个小把戏玩捉迷藏的时候，常常会不由自主地躲进厨房，躲到柴火的后面。做饭时，架柴火极讲究，架得好，就能控制火候，并延长燃烧时间。母亲先要到里侧，蹲下身子，架柴火，点柴火，等火势稳定，锅热得差不多时，再站到灶台旁，做饭，炒菜，或热饭，热菜。然后，过几分钟，再到里侧侍弄柴火，如此反反复复好多回，真是里里外外忙个不停。

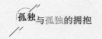

夏天闷热，待在厨房里，实在不是滋味，尤其在七八月份，简直可以说是煎熬。冬天，厨房却是个温暖的地方。我们都争抢着要为母亲侍弄柴火。望着炉膛里燃烧的火焰，闻着渐渐冒出的香味，冬天，于我们，甚至有了童话的色彩。捷克诗人霍朗在其诗作《雪》中这样写道：

> 子夜，下起了雪。此刻
> 厨房无疑是最好的去处，
> 哪怕是无眠者的厨房。
> 那里温暖，你可以做点吃的，喝点葡萄酒，
> 还可以透过窗口凝望你的朋友：永恒。

前几年，当我读到此诗时，心中涌起了一阵亲切和温暖。厨房记忆，让我一下子贴近了霍朗的内心，也让我再次回到上世纪七八十年代。那是个物质贫乏的年代，家里有好几个孩子。好几个孩子，就是好几张嘴。吃饭，成了父母的头等大事和最高目标。那时，能吃饱就不错了，我们压根儿不敢奢望吃好。

可母亲还是发挥出了她的全部才能，不但要让我们吃饱，还要让我们吃好。这不是件容易的事。物质有限，就得运用智慧和想象力了。母亲只要走进厨房，待上一两个钟头，就能魔术般变出几道像模像样的菜来。真是神了。这让我对母亲佩服极了。每每闻到饭菜的香味，我都会坐不住，立马停止写作业，或玩游戏，悄悄溜进厨房，站到母亲身边，看母亲做饭，很乖很专注的样子，带着小小的私心。母亲明白我的心事，不多一会儿，便会夹上一口菜塞进我的嘴里。有时，看到母亲在厨房拾掇带鱼或鹅肠，我还会小声地建议：能红烧吗？母亲望望我，笑笑

说：那好吧。不知怎的，儿时，我喜欢所有红烧的饭菜：红烧鸡块，红烧带鱼，红烧萝卜……只要红烧，就一准好吃，一准下饭。

都说，对于孩子，邻居家的饭菜总是更香。我从来没有这样觉得。我从小就喜欢母亲做的饭菜。坚定不移地喜欢。其实，母亲做的都是些地地道道的家常菜，用料都极普通的，可经过她的搭配和调制，味道就不一般了，就是好吃，用朋友荔红富有韵味的江南普通话说，"好吃得不得了。"

母亲注重实践，又善于琢磨，久而久之，在厨房研究出了自己的菜谱，饭店绝对没有的。比如，菠菜炒大肠，谁会想到用菠菜炒大肠呢。看似简单的菜，却要费上好几天的工夫。菠菜，用新鲜的。而大肠则要反复清洗，再放上各种作料，加以煨制，然后还得风干一段时间。烹炒时，必须巧妙掌握油、盐、酱、醋和糖的比例。每回，母亲端上这道菜时，我们几个孩子总要欢呼的。

还有韭菜炒螺蛳肉。同样费工夫。这是家乡的特色菜，饭店里一般都有。可饭店里做的绝对比不上母亲做的。母亲先要搬上一只小凳子，坐在弄堂里，用针一颗一颗地挑出螺蛳肉。韭菜也要一遍又一遍地清洗。几个小时就这么过去了。炒时特别讲究火候。末了，一定要放点胡椒粉。也许这就是诀窍。我想不出还有什么比这更下饭的菜了。

由于家境并不富裕，我们往往要等到过年，才能集中领略母亲的最高厨艺。红烧狮子头。蛋饺。慈姑烧鹅。油豆腐塞肉。百叶结烧肉。猪头糕。还有酱肉和酱鱼。那时，过年前，家家户户厨房的屋檐下都挂着无数的酱肉和酱鱼，真正鼓舞人心的旗帜。这些永远的家常菜啊！我们期盼着过年，在某种程度上，就是在期盼母亲的饭菜。然而，过年也是母亲最最辛苦的时刻。一连五六天，母亲基本上都在灶台旁度过。别人

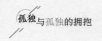

在吃在喝在聊在玩，母亲却在忙碌。过年对于孩子是欢乐，对于母亲实在是重轭。但年还得过，而且还得快快乐乐地过。这是母亲朴素的念头。现在想想，真是内疚。我们当时怎么就不懂得心疼母亲呢？

也忘不了母亲做的野菜馄饨。用野菜、鸡蛋、豆腐干丁和鲜肉作馅，包得满满的，大大的，那么实实在在的馄饨，只有母亲才做得出来的。吃的时候，不能不放点白酱油和猪油。在南方，吃菜饭时，也得放猪油的。猪油，有一种说不出的香。记得我考上大学时，母亲把我的小朋友们都请到了家里，吃馄饨。邱悦，慧良，志刚，姜勇，益民，都来了。那天，母亲特别开心，一大早就进厨房，包了那么多馄饨，保证我们放开肚子吃。吃得我的小朋友们个个赞不绝口。母亲看着我们吃，禁不住笑。

常常，想到厨房，想到母亲做的饭菜，童年的所有美好感觉便溢满心头了。

如今，父亲不在了。母亲也不在了。家乡的老房子还在，空着。只要回到家乡，我都要到老房子里，对着父母的遗像，磕上几个头，然后四处看看，摸摸，仿佛在寻觅着什么。那里有我的童年和少年。站在厨房里，总会恍惚看到母亲的身影，怎么也抹不去。母亲在望着我呢。我知道，那只是幻觉。厨房里再也没有母亲的身影了。那片空间，永远地空了。谁也无法将它填充。什么也无法将它填充。

这样的刘恪

那是个夏天。诗人树才拿来一本《新生界》杂志，对我说：这期上的长篇《蓝雨徘徊》，你有空看一看吧，是一位叫刘恪的朋友写的。

我读起了《蓝雨徘徊》。一个以水为背景的小说，没有传统的故事结构，没有在大多数阅读者看来必要的过渡和交代，没有情节推进，有的只是数百节零散的碎片，有的只是弥漫的神秘和诗意，有的只是汉语散发的特殊魅力。一种可以当作画来欣赏，可以当作谜来琢磨，可以当作音乐来听，却偏偏很难用言语说明白的小说。小说没有为宏大话语唱赞歌，显然也不是大众娱乐的饮品，但它对我的冲击却是巨大的。冲击伴随着惊讶：原来长篇小说还可以这么写。我竟不忍心一下子读完，而是每天读几页，读了整整一个月。刘恪以及刘恪笔下的双调河成为那个夏天的鲜明记忆。

想见刘恪。依然在树才家，外面下着雨，刘恪进门，扛着一袋大米，气喘吁吁的。树才纳闷：这是干吗？刘恪急忙解释：单位发的，我一个人哪吃得了？随后，树才为我们正式做了介绍。我谈了谈对《蓝雨徘徊》的喜爱。刘恪听着，很专注的样子。他告诉我们，花城出版社已将这部小说列入"先锋长篇小说系列"，只是标题要改为《蓝色雨季》。我们都觉得《蓝雨徘徊》更有味道，改了实在可惜，能不能不改？出版社可能有自己的考虑吧，刘恪心平气和地说。

过了几天，刘恪请我们到他在北师大借住的寓室里做客。朋友，朋

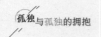

友的妻子，朋友的朋友，一共来了十几位。刘恪给每个人倒上一杯饮料，再削好一只苹果，然后，走进厨房，绝对不让任何人插手，一个人不慌不忙、不紧不慢地在里面洗洗弄弄、拍拍打打、切切剁剁，不到一个钟点，便将二十几道冷盘热菜端了上来，而且色香味俱全。奇怪的是，他本人除了一两种蔬菜，基本上什么都不碰，只在一旁笑眯眯地看着大家吃，时不时给女士添点饮料，给男士加点啤酒。一问才知道，他是个素食者。一个素食者却会做这么多的大鱼大肉。连尝遍各种山珍海味的周军都佩服得五体投地：凭着观察力和想象力，就能做得这一手好菜，太厉害了。

之后，刘恪忙着主编杂志，我则去了美国。尽管时空拉开，但彼此都惦记着。

从美国归来后，很快又见到了刘恪。这时，他的长篇已出版并获了奖。在书的跋中，他的大段感激朋友的文字给了我极深的印象。"在这个焦虑的时代，朋友变得异乎寻常的珍贵。"我从小离家上学，独自在外生活了这么多年，明白这句话的分量。

我们的交往渐渐多了起来，彼此的了解也慢慢深了起来。起先，见面时主要谈一谈文学，谈一谈各自读的书。后来，就什么都谈了。他的朴实，他的真诚，他的稳重，他的倔强，他的令人惊讶的率直，他的有一定原则的随和，他的细致和慷慨都是些极能吸引我又极能打动我的东西。再说，他还有那么出色的才情呢。这些还不是根本的。根本的东西我也说不清。兴许就是缘分。很快我就把他当作了最好的兄长和朋友。同他见面，我感到轻松，感到自然，感到可以剥去一切伪装。

在结束了长时间的漂泊生活后，刘恪终于在北京西边的一套公寓里安顿了下来，离我的家很近。一个电话，十分钟便可集合。只要在北京，我们几乎每个星期都要见上一面，每天都要通个电话。无论我们到他那里还是他来我们这里，一到饭点，他都会责无旁贷地挽起袖管，钻进厨房。一段日子过后，我和妻子实在不忍心让他这么劳累，决定到餐馆吃饭。但刘恪每次又都抢着付钱，弄得所有顾客都朝我们看。到最后好不容易定下了这么一个规矩：北边归他，南边归我。

刘恪看上去木讷，实质聪明，绝对是个什么事情都可以做得地地道道的人。他当过老师，至今仍不断有年龄和他差不多的学生来看望他，请教他；当过记者，写过不少有棱有角的文章；当过主编，把一份部级刊物办得有声有色；当过教授，有将枯燥的理论讲述得十分好听的本事；还拉过二胡，学过推拿，研究过古文、易经、电影，等等。

什么事情都可以做得地地道道的刘恪就是不愿认认真真装点一下自己的生活。对待自己，他有点太马虎、太随意了。挺帅的一个人，却从不想着去添些像样的衣服，各种场合都穿着那套标志性的牛仔服。家里厨房设备一应俱全，却从不想着为自己好好做上一碗汤、一道菜，常常一个馒头或一张烙饼就对付了一顿饭。常年吃着馒头、烙饼，顶多再加上韭菜、鸡蛋，身体却始终那么强壮，实在让人不敢相信。我就常常怀疑他是不是老偷偷地进一些补品，比如冬虫夏草什么的。倘若真的这样，倒也是件叫朋友放心的好事。可刘恪偏偏又总是坚守着他的带有乡土味的生存哲学："不就混张嘴嘛，干吗要弄得那么复杂？"

我理解他。他的关注点在别处。在文字，在创作。他全部的激情、全部的野心、全部的才华都转向了这里。一个不抽烟、不酗酒、不吃大鱼大肉，喜欢女人却不愿浪费时间去同女人谈情说爱的男人，终于还有自己痴迷的东西。他不会白活一生了。

《新生界》停办后，刘恪索性选择了自由写作的道路。除了我们的定期见面或偶尔的外出讲学外，他过起了半隐居的生活，几乎全部时间都花在了读书和写字上。他的阅读面极广，文学、哲学、历史、美术、音乐、科学，五花八门，无所不包。看着他读过的书，我就感到羞愧，再也不敢自称读书人了。你到他的屋子里会感到书的压迫：床上是书，桌上是书，电视架上是书，厨房里是书，而且都高高地摞着。他抱怨房子太小，搁不下太多的书。其实，给他多大的房子，他都会很快摆满书的。

春节将临，刘恪在电话中发出邀请："到我这里提前吃顿年夜饭吧。"我知道他要写东西了。到他家时，菜已经做好。桌上整整齐齐放好了碗筷。其中有一套是为他故世的母亲准备的。他会先恭恭敬敬地为母亲倒上一杯酒、夹上一些菜，然后轻轻地说一声：过年了。吃年夜饭时，他会破例喝一小杯酒。

第二天，他就将自己关在屋里，开始写作，每天十几个小时，通常一连要写上几十天，甚至几个月。我每天晚上都会打个电话问候一下。这时的刘恪声音显得苍老而又沙哑，毫无生气，每次都会告诉我当天写了多少：六千字，八千字，三千字，有一次，他极沮丧地说：今天就写了五十六个字——他有在节日期间开始写作的习惯。唯有一种情况他会暂时中断一下自己的写作，那就是朋友急需他的帮助时。

他曾描绘过自己的写作状态："我喜欢独处幽室，把门窗全闭上，窗帘全拉上，让室内布满淡蓝色的光，一丝声音也没有，把稿纸铺开，躺在藤椅里，让思绪自由流淌。梦在窗外，它蛰伏在槐树密叶的阴影之下，或者沿着常青藤爬上屋顶，延伸到楼旁的给水塔，在忧郁的黄昏中吸收离愁别绪的养分，让孤独和惆怅潜如室内，心境保持那种万分的无奈，这时额头便分泌出许多文字，如同肌肤上细密的纹理时刻缠绕我的全部生命。"

有写作经验的人都明白，这已是作家在一次写作完成后对写作状态的诗意化描述了。实际上的写作过程绝没有这么多的诗意，其中的艰难困苦往往是言语难以形容的。何况刘恪又是个在创作上极为讲究、始终保持着挑战姿态的作家呢！

他对词语的高度敏感曾给过我极大的震撼和启示。他说："对词语要有数学家的精密准确。一个词语你要嗅嗅、抚摩、舔舔、拍打，然后久久地注视它，感受它的重量、体积、味道、色泽、软硬、速度，用在句子中必须对整体审视，稍不合适便要置换，这个工作比数学计算还要严密，它使词语具有刀锋般的力量。"当今世界，如此众多的写作者中，还有几人能做到这一点？

在一次长达数月的封闭式写作后，刘恪打来电话，很平静地说："《城与市》写完了，你先读一读，提点看法。"

我在惊喜和钦佩中一口气读完了这部四十多万字的三卷本长篇小说。阅读时还兴奋地写下了一段段理解和感受：

> 进出《城与市》，进出一片语言的迷宫。这实际上也是一片生活的迷宫。

摆脱不了的诗意围绕着"城与市"，摆脱不了的神秘充斥着"城与市"。"城与市"呈现出不同的状态：哲学札记式的冷峻，散文诗的忧

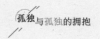

伤，诗的晦涩，通俗小说般的诱惑，言语的痛苦……

女人的内心是一座城。这是关键。走近女人，也就是走近城与市。那么多的女人，那么多的城市。城市中的城市。城中城，市中市。

解剖城市，审视城市，迷恋城市，贴近又拉开。作家的思路在城与市中徜徉，时缓时疾，时明时暗，读者有时难以跟上。但多少错综、精致、微妙的情感隐于其中啊。

杂乱无章的意象扑面而来，这就是城与市了。最抽象的和最具象的结为一体，这就是城与市了。

梦境。大段大段的梦境。梦境能表达一些极致的东西。人生如梦。

"城与市"是个圆周，是个循环。起点就是终点，终点就是起点，甚至可以说起点和终点均不存在，存在的只是行走，停顿，再行走。圆周，你可以将它视作零，视作无。你也可以将它视作一枚果子，一种圆满。

居住于城市，我们实际上也就是居住于片段之中。就此而言，《城与市》的形态反映了更大的真实。它更多的不是给你一个故事，而是给你一种感觉，一种体验，一种顿悟，一种迷惑，一种询问，一种思考……

这是个考验阅读的文本，是个可以反复阅读的文本，也经得起反复阅读。每读一次，你都会有新的感受，因此，这又是个无限敞开的文本。它还暗含了文学性质上的一种改变，即由反映论、表现论转向建构论。无数体式都可以为长篇形态建构，在结构的同时又不断解构。这表明一部长篇小说完全可以是多种可能性的并存和综合。除了确立全新的结构形态，小说还试图重新建立意义系统。《城与市》的意义不是由整体表达出的一个意识形态的结论，而是面对每一个局部的词汇范畴的重新阐释。因而，我们又会惊讶地发现，小说还能成为对无数基本词汇的深入考证。

《城与市》是作者生命力的一次喷涌，是无数生存体验的一次倾诉，是卓越才情的一次泄露。

我长期从事外国文学编辑工作，中国和世界各国的小说都多多少少读过一些。说实在的，像刘恪这样将小说做到这等极端、这等境界的作家，不要说在中国，哪怕在世界范围内也不多见。这需要才华、学识和阅历，也需要勇气。这同时也注定了他的孤独。喧嚣中的孤独。好在刘恪早已自觉地接受了这种孤独。他是个为少数读者和未来读者而写作的作家。或者，更确切地说，他是个为文学本身而写作的作家。这一点，他应该比谁都清楚。

在《城与市》《梦与诗》等长篇之后，刘恪又一口气写出了几十个可称作极品的短篇小说。透过这些短篇，我感觉他是在寻找人性中一些隐秘的本能，在探索事物存在的种种可能。《没完》表明一切存在无论合理与否都将绵延下去。政治，军事，民族矛盾，人性邪恶，甚至包括性，都是如此。彻底地解决和了断是没有的。没完恰恰是世界的永恒性。既然存在是没完的，我们就必须找到一些内在的成因。于是，刘恪又在《制度》《生物史》《风俗考》《博物馆》《向日葵》《阳光女孩》《空裙子》《纸风景》等小说中进行了多元多维的可能性探讨。人性的复杂不是人们想象的结果，而是人自身理由的扩展。《考古学》是关于历史、战争、人性的思考和结构主义的考察。小说通过一些极端的细节和微小的偶然揭示我们对历史的误解，表明我们所言的重大历史原因原本有可

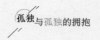
能就是错误的。改变历史的可能就是那么一个偶然的细节。重大和微小在事物内部的作用其实是等同的。或者干脆，"没有历史，你便有了发现"。《墙上的鱼耳朵》以不断涨出的密密麻麻的枝节探索了这么一个问题：事物与人的发生成长过程不仅是历时的，更是共时的。一个女人的存在和死亡与一种语言文字的存在同质，甚至文字叙述方式也是如此。因此事物与人是在所有细部同时长出来的，而人与物过去的成长只是我们对时间的幻觉……当然喽，以上只是我对这些短篇极为概括性的理解。实际上，在具体的阅读过程中，你的感觉远远会比这些理解丰富得多、饱满得多、复杂得多。比如，读《墙上的鱼耳朵》，你有可能将它当作一个有关秘密的寓言，还有可能把它理解为一个有关无限可能性的文本。你也完全可以认为这是一次有关真实的探究，还可以觉得这是一种想象的游戏。世界上，真有所谓的真实吗？想象如何改变着生活的面貌？你会问自己。有时，最最不可能的事情恰恰就是最最可能的事情。有些感觉就连刘恪本人恐怕都预想不到。内涵丰富的小说大概就该是这样吧。文字一旦长出翅膀大概就该是这样吧。刘恪的许多短篇我都是在驻外工作时读到的。在异国他乡，在黑海之滨，这些闪光的汉字充实了我多少寂寞的时光啊。它们同时还成了我同我的祖国的一种诗意的联结。要感谢刘恪！也要祝贺刘恪！都知道短篇小说最难写了。某种程度上，可以说，这些精致、耐看的短篇更能显示刘恪的艺术功底。

已经写了四百多万字了，小说、散文、诗学，什么都有，刘恪还在孜孜不倦地写。我们觉得他实在太辛苦了，总是变着法子拉他出来散散步，聊聊天。我们几个特别好的朋友也喜欢听他说话。每回他都会讲几个精彩的小故事，都是自己编的，或者讲一些生活中的观察，比如，女孩哪里最性感，树叶什么时候最好看，眼睛有几种，等等。以他编故事的能力，写影视剧本，写通俗小说，都有可能挣大钱。但他拒绝时尚，不愿放弃自己在创作上的固有姿态。有评论家称他为"一个在拒绝中探索的作家"，实在是恰当。

他的这种专一同样体现在了对友谊和人情的看重上。自己都快没饭碗了，还照样为了朋友拿出手头所有的积蓄。自己的稿费拿不到不要紧，但朋友的稿费一天拿不到，他就一天吃不好饭，睡不好觉。到他家做客，他总会把家里最好的东西捧出。我们就是这样在他那里尝到了烟台的苹果、湖南的熏鱼、瑞士的饼干、德国的巧克力和法国的葡萄酒……

兴许是长期书斋生涯的浸染，兴许是性格使然，刘恪身上总有着某种摆脱不了的单纯、超然、"不谙世事"和"不通常理"。只要走出家门，就会有故事发生。有一回，我们约好去逛逛书店。见面时，他一脸的委屈，不断地说：对人不能太好！对人不能太好！我急忙问个究竟。原来，他老兄出门时，特意敲开了邻居家的门，极认真地提醒道：听说最近有可能要发生地震，最好留点神。结果，邻居狠狠瞪了他一眼，一句"莫名其妙"回报了他的好心。那天是大年初二。又一回，住院时，他要洗澡，看到一间屋子，又看到了屋子里的几个淋浴器，便径直走了进去，痛痛快快地洗了起来。洗着洗着就听见外面有几个女人在嘀咕：一个男人怎么跑到我们女浴室洗澡来了？还有一回，在湖南某镇，雨天，他穿越泥泞的农田去看望儿时的伙伴，皮鞋全湿透了。拿到火上烤烤，一不小心烤化了。无奈，他只好趿拉着一双棉拖鞋进到镇里买鞋。最后，在一家供销社买到了一双结实无比的皮鞋。回到北京，有朋友出于敬重，邀他及他的朋友到五星级饭店用餐。他就穿着一身牛仔服，横挎着一个大书包，足蹬那双结实无比的皮鞋赴宴去了。当我们步入饭店大门时，所有服务生都下意识地将目光投向了刘恪并本能地朝他鞠了鞠躬。经验告诉他们，真正的大款往往是些着装举止具有鲜明个性的人。刘恪穿的那双皮鞋是轧钢工人穿的那种翻皮劳动鞋。寻遍长安街，你也找不到第二双来。

类似的故事还有许多许多。碰到这样的情景，他总是自嘲："我就是个土老帽儿。"

话说回来，不这样，刘恪也许就不是刘恪了。

诗里诗外的树才

汪曾祺先生在写泰山时发觉，"它太大了，写起来没有抓挠"。我写树才，遇到了类似的困难：在我的脑海中，树才太密了，反而不知道从何说起。

干脆老老实实从第一次见面说起吧。

那是上世纪 80 年代末。在朋友王伟庆的宿舍里，树才端着一杯红葡萄酒等候我的到来。谦和，安静，质朴，说话永远不紧不慢，身上隐隐有点沉重和忧伤的气息，同时又让人感到某种温暖的力量，这是我对树才的最初印象。

我们几乎一开始就谈起了诗歌。那个冬天的夜晚，似乎也适合谈论诗歌。树才谈起了我译的索雷斯库。我谈起了树才译的勒韦尔迪。我接着又谈索雷斯库。树才接着又谈勒韦尔迪。索雷斯库和勒韦尔迪，成了我们的名片。

关于勒韦尔迪，树才说过这样的话："感受勒韦尔迪的诗，就像在淡泊朦胧的月光下感受悲凉。他把身心都靠在宁静上。"在很长一段时间里，这句话成了我理解树才的重要线索。

树才又约我见了几次面。在青年湖高大的塔楼上。在社科院狭窄的办公室里。话题总是围绕着诗歌。那时的树才似乎只愿谈诗。大多是树才在说。他有奇特的语言艺术，不动声色中打开话题，然后用低沉的、富于变化的声音缓缓地、不断地说，像一条河，绕着许多弯子，但一直在向前流淌。他的味道恰恰在他的弯绕中。而且，他的说一点不让人觉得闹，反而使你看到他内心的静。丰富的静。常常，我听得入迷，而忘了言语。有树才在说，我就不用说了。

一天，树才请我到东单吃匈牙利烤鸡。老远就见他胸前挂着一个买菜用的布袋子，一晃一晃地来了。好玩的形象。"知道里面放着什么吗？红皮护照！唉！谁又能想到呢？！最安全不过了。唉！"树才一本正经地说。他是来告别的。他就要去非洲当外交官了。

而且一去就是四年。这段时间，正好可以读读他的诗了。他早期的诗。一些忧伤的、内在的、灵魂和生命意识很浓的抒情诗。字里行间有水和泥土的印痕。在一个不容易被感动的年代，他的不少诗，还是深深地感动了我。比如，那首《母亲》，至今还记在心里：

> 今晚，一双眼睛在天上，
> 善良，质朴，噙满忧伤！
> 今晚，这双眼睛对我说："孩子，
> 哭泣吧，要为哭泣而坚强！"

> 我久久地凝望这双眼睛，
> 它们像天空一样。
> 它们不像露水，或者葡萄，
> 不，它们像天空一样！

> 止不住的泪水使我闪闪发光。

这五月的夜晚使我闪闪发光。

一切都那么遥远，

但遥远的，让我终生难忘。

这双眼睛无论在哪里，

无论在哪里，都像天空一样。

因为每一天，只要站在天空下，

我就能感到来自母亲的光芒。

　　天空般的母爱，无处不在的母亲的眼睛，照亮了树才的心灵，并成为他时时刻刻的安慰和支撑。"要为哭泣而坚强！"直抵心窝的诗行，让我看到了树才根子上的东西，看到了他善良、质朴、坚韧、沉重，甚至忧伤的源头。天上的母亲，也让他过早地参透了生与死："生必须慢慢完成。而死却是一下子。"

　　从非洲归来后，树才似乎敞开了许多。可能是那片遥远的土地的神奇影响，也可能就是树才的本来性情。他那仿佛是与生俱来的亲和力，使他自然而然地成了友谊的中心。无论住在哪里，水碓子，马甸，还是法华寺，他都是中心。想想，我都觉得纳闷。朋友中，树才的年龄其实算是小的。可偏偏是他扮演着某种青年领袖般的角色。而且，不管男女老少，都服。男女皆宜、老少皆宜的树才啊！他和他妻子的真诚、热情和慷慨，许是我们一次又一次聚会的理由。每次都好吃好喝。每次都尽兴尽致。有时，十几个人聊得忘乎所以，都到凌晨了，树才和他妻子照样微笑着给递烟倒茶，还放上点法国音乐当背景，适意极了。聚会聊天还不算什么，有的时候，外地甚至国外来的朋友，就这么住下了，在他

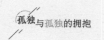

们家并不宽敞的两居室里。有的一住就是个把月。我从来没听树才有过半句怨言。如此的家，如此的主人，恐怕打着探照灯都难找啊。

正是在树才家里，我认识了一拨又一拨的人。写诗的，写小说的，写评论的，当编辑的，教书的，拍电影的，搞出版的，都有。一般都和文学有些瓜葛。有几位意气相投的，成了我的可以称兄道弟的哥们。刘恪，莫非，车前子，高尚。我和车前子是老乡。我们在苏州并不认识，却在树才家相遇了。

还碰到了那么多的漂亮女孩。有些把树才当诗歌一般爱着，有些把树才当哥哥一般亲着，并且都和树才的妻子成了好姐妹。刘恪老大哥代表我们大家说了句绝妙的话："女孩要是不喜欢树才的话，那这个女孩准有病。"不喜欢树才，是不可能的。当他的两个比亲人还亲的妹妹一口一声"树才哥！"叫着的时候，让我们好生羡慕啊。树才身上有些东西，我们是永远学不来的。比如他的语调，比如他的用词，比如他的目光。只要他一开口，我们就只好旁听了。刘恪称树才的语言具有抚摩的力量。是语言抚摩，杀伤力很强的。当然，最最关键的还是树才本质上的某种东西：他的善良，他的亲切，他的慷慨，他的细心，他的体贴，他的宽厚，他的纯洁无邪，他的善解人意，他对人生和世界的独特理解。而所有这些又来自灵魂。"上半身是树，下半身是泥土"的树才是把灵魂看得高于一切的：除了灵魂，我一无所有/我只能拿它，去热爱亲人/我只能凭它，去度过一生。

只能拿灵魂去热爱亲人。这就是树才。在树才的眼里，朋友就是亲人，有时比亲人还亲。在朋友的眼里，树才就是亲人，绝对比亲人还亲。

他总是在你最需要的时候，向你伸出手来，给你实实在在的援助。

精神的和物质的。在朋友圈里，树才的慷慨和博爱是出了名的。他会主动为无家的朋友提供自己的房子，恨不得再备好半年的米。他会在你遇上经济困难时给你递来一张存款，还加上一句："拿着吧。这钱要是能帮你救救急，也就真正派上它的用场了。"他会在你沮丧的时候，整天整天地陪你说话，每句话都风一般贴着你的心。比亲人还亲的妹妹在西藏受了伤，他比谁都焦急，立即放下了手头所有的事，每天都要跑好几趟医院，以各种方式安慰她，照顾她。在广州认识了没几天的英国诗人情侣想到北京来，他用异常柔和的英语当着百来人的面说："用得着我的时候，给我打电话。用不着我的时候，也给我打电话。"有这么好的中国诗人哥们，那对英国佬自然要来喽。树才忙前忙后，天天组织聚会，请客吃饭，还精心安排他们去看戏，去喝茶，去看长城和定岭。"中国诗人太棒了！"英国佬感动得不行，一遍遍地说，最后一定要请大家一顿，以表心意。可到末了，树才又悄悄地去付了账。这样的树才，外国姑娘更喜欢呀。聚会时，那位英国金发女诗人每隔五分钟，都会用悠扬的声音喊一句："树——才！"那一声声意味深长的"树才"啊！不会汉语，反而让她有了更加丰富的表达。那一个星期，树才家的新房正在紧张装修哩，全撂给了妻子小林。连我们都看不过去了。小林善良，顶多数落树才几句，心里还是离不开他的。

很长一段时间，树才供职于经贸部一家公司。收入颇丰，但时间受限。树才恰恰需要时间去做些他热爱的事：阅读和写作。于是，出现了这么一幅有趣的画面：树才的办公桌上，时常左边摆着公司文件，右边摆着法文诗集。他就这样读完了一本又一本的诗集，还常常让诗歌在办公室里发出了声音。我好几次到他办公室去找他时，他的那些女同事都会热情地接待我，并兴奋地谈起树才。可以想象，在经贸部的公司里，树才肯定是个独一无二的人物。有两位女同事甚至还背起了树才在非洲写的诗。

但树才的兴趣毕竟在诗歌。他需要一个更加贴近诗歌的环境。"生命太重要,每时每刻/都必须放弃。"树才最终放弃了仕途,放弃了优厚的物质待遇,来到了一贫如洗的社科院。

一晃在社科院已经待了五年了,树才仿佛变了个人。浑身的活力和能力都在往外涌。可喜的变化。他显然被某种东西激活、打开了。但究竟是什么东西呢?这属于诗歌机密。

我曾与他共同参加过几场活动。场合中的树才,无论主持还是发言,都能牢牢吸引住所有在场者的眼睛和耳朵。而且,场面越大,他越兴奋,嗓门越高,动作越潇洒,发挥得也越出色。难怪每次活动后,许多女学生女教师女编辑都会围着他,让他签名,邀他合影。树才的诗集就这样一本又一本地送出去了。"害人啊!"程巍的玩笑话兴许说出了某种真实。我还惊讶于树才的号召力。在几次他参与组织的活动中,来的差不多都是他的朋友,有些还是特意从全国各地赶来的,都是来为他捧场的。

向来温和的树才如今似乎也添了不少豪气和野性。这在他打乒乓时体现得尤为清晰:生龙活虎,奋不顾身,常常迸出惊人的爆发力。有时,他挥舞起球拍,正要大力扣球时,会在空中忽然定住。原来是手机响了,他得赶紧接电话,万一朋友们有事哩。听说在杭州,他在酒后跳起了非洲舞。还在太原光着膀子和人拼白干。而在上海,一帮当地诗人陪他和莫非喝咖啡,最后要实行 AA 制时,树才一下火了:"岂有此理。这还是在中国嘛。今天所有人的咖啡,我请了。"就在最近的广州国际诗会上,他伙同几个诗人剃了光头,隆重亮相,让不少出席者心生疑惑：诗人为何都是光头？

这实在与我原来印象中文静瘦弱的树才对不上号。

再看看他的诗歌，也有了另一番面貌：

> 酒啊酒在哪里拿酒来
>
> 杯中的酒干完了我们就各自回家
>
> 空空的大街会送你的
>
> 空空的天上你说除了星星还有什么
>
> 什么你说天上还有几位神仙
>
> 那准是一群摇摇晃晃的酒鬼
>
> 他们会醉倒在回家的路上
>
> 以为空空的大街就是家

我们都能闻到四处散发的酒气了。然而细细品味的话，在酒气的深处，你依然会感到悲凉和忧伤。大悲凉和大忧伤。

诗里，诗外，树才，还是树才。

2005 年 7 月 30 日于北京

我与《西部》，或我与西部

　　说起《西部》，就会想起西部；而说到西部，又会想起《西部》。时间流淌中，西部和《西部》在我心目中已完全融为一体。这听上去有点矫情，有点饶舌，却是确凿的真实。

　　退回童年和少年，西部，于我是遥远的所在，如梦如幻，仿佛只存在于电影中。也确实是在电影中。《冰山上的来客》，露天电影，看了一遍又一遍，已成为童年记忆中固执的支点。四十多年过去，许多情节早已淡忘，却怎么都忘不了天山所散发出的寒冷、幽暗而又神秘的气息。那可不是一般的寒冷，是极端而具体的寒冷，能让一位哨兵变成一座冰雕，一动不动地屹立在边境上，震撼了孩子的心灵。幽暗兴许同黑白片有关。神秘来自于那些陌生却美丽的面孔，再加上异域风情。幸好有古兰丹姆和阿米尔的爱情。有意思的是，所有人都记住了那句"阿米尔，冲!"可能因为军人的恋爱方式直接而独特吧。幸好响起了那首《花儿为什么这样红》。那个年代，那首歌，对于懵懂的孩童，简直好听得不得了，怎么听都听不厌。寒冷最终被温馨和美好所化解。从大人口中得知，那片孕育了如此美好爱情的土地叫新疆，在祖国的西部。

　　终于踏上了西部的土地。是个夏天。参加《世界文学》杂志社主办的研讨会。亲临西部，印象同电影截然不同。寒冷、幽暗和神秘在瞬间被清爽、辽阔和壮丽所替代。而诗人沈苇的出现又一下子让我对西部有了无限的亲切感。沈苇是江南才子，江南才子却被西域吸引，并在西域扎下了根，这本身就说明了西域的魅力。那几天，在激情和美好中度过，种种感觉涌上心头，变成这样的文字：

> 来到新疆，你便会感叹世界的辽阔和壮丽。难怪好友沈苇定居新疆后，诗风大变，写出了那么多让人心动的诗篇，还获得了鲁迅文学奖。在新疆，你只要一出门，就是好几百公里。仿佛时刻都在穿越，在奔驰，没有任何障碍。景致扑面而来：戈壁，沙漠，草地，薰衣草，无边无际，而雪山是它们永远的背景。不时地，还能见到星星点点的马、牛和羊，在随意地溜达。常常，牧人们就那么躺在草地上，或帐篷旁，望着天空，一望就是大半天。那不是文学，那是生活，真实的生活，艰辛，单调，远离尘世，却自由自在。如此的生活中，酒，于他们，不可或缺。牧人们个个都能豪饮。更准确地说，新疆人个个都能豪饮。豪饮过后，开始吟唱，开始舞蹈，或策马飞奔。酒提炼出生活的味道，提炼出激情燃烧的木卡姆，提炼出"夜阑卧听风雨声，铁马冰河入梦来"这样的诗歌。

而所有这一切都像是伏笔，或者引子，只为了2010年某天夜里的一个电话。电话正是沈苇打来的，来自西部的声音。沈苇说自己已就任《西部》杂志总编，开辟了一个专门译介边缘国家文学的栏目，名叫"周边"，想请我来主持。

译介边缘国家文学，这一定位同我的想法一拍即合。就职于《世界文学》以后，多年来我一直努力要打破欧美中心主义，将目光投向了不少所谓小国和弱国的文学。而我向来对"大国文学"和"小国文学"这一概念保持警惕甚至怀疑的态度。大国，并不一定就意味着文学的优越；而小国，也并不见得就意味着文学的贫乏。事实上，在读了太多的法国文学、美国文学、英国文学之后，我一直十分期盼能读到一些小国的文学，比如非洲文学，比如东欧和南欧文学，比如北欧文学，比如大洋洲文学。在全球化背景下，这些文学中或许还有一种清新的气息，一种质朴却又独特的气息，一种真正属于生命和心灵的气息。而全球化背景，恰恰极容易抹杀文学的个性、特色和生命力。然而，语言的障碍却明显存在着。因此，我们不得不承认大语种文学和小语种文学这一现实。这一现实，更多地体现的是文学在流通上的尴尬。这也就让小语种文学显得更加难能可贵。

译介边缘国家文学固然有意义，但由于资料匮乏、译者难觅，其艰难程度我早已深有体会。加上《世界文学》工作繁忙，我有点犹豫，怕自己难以胜任。"就一年，一年很快的。"沈苇的语调极为诚恳，诚恳到你无法拒绝。就这样，一念之间，我踏上了《西部》这艘航船。

没过几天，第一次主持人会议在乌鲁木齐举行。进入西部气场，你就会感受到热情和激情，感受到诗意、阳光和丰富。翻开当时写下的文字，我发现了这样的段落："沈苇用诗歌和深情打开了西域之门。在我们心目中，他已然成为西域的代言人，极具号召力。瞧，初冬，他的一个电话，朋友们便从四面八方赶来会合：耿占春从海南，赵荔红和徐大隆从上海，我从北京。我们为《西部》而来，我们为沈苇而来，我们为远方而来。此刻，远方已变成近旁，已变成一张生动的脸。在下午五点的光中，这张脸溢出薰衣草的气息。"沈苇用诗歌和深情打开了西域之门，而西域又用热情和真挚打开了我们的童心和诗心，童心和诗心随即又转化为做事的内在动力。为"周边"栏目，我们设定了这样的标准：周边和边缘国家，优秀的作家，优秀的作品，优秀的译文，思想和艺术结合，心灵意识和道德意识相融，且要有中国立场。标准设定容易，但要落到实处，就要付出巨大的心血。

《西部》是月刊，一年十二期。这就意味着我得组织和编选十二期稿子。我想索性就从真正的周边开始，圈子逐渐扩展，以小辑形式，一个一个国家做，可能会更有力量。韩国，俄罗斯，日本，伊朗，以色列，阿拉伯国家，加上东欧和拉美国家，选择范围已经够大的了。《西部》杂志社周到，专门为每位主持人安排了一名搭档。我的第一个搭档陶晶，是个十分可爱又极为敬业的姑娘。我已习惯于双月刊节奏，一旦做起月刊，感觉时间飞速转动，一眨眼就到了月底。这时，总会有一封信如期抵达我的信箱，陶晶写来的，开头绝对是嘘寒问暖，春风拂面，你仿佛都能看到她美好的笑容，只是到了信的末尾，她会以恰到好处的婉转提醒你：月底临近，该交稿子了。此时，我充分意识到：美好和温暖有时恰恰是最大的压迫，当然也是最大的信任，你无法辜负的信任。再忙再累，也不能误了"周边"的稿子。自己给自己的要求："周边"的所有稿子，我都得细读一遍，要为每篇文字负责，要为读者负责。而每次读稿都会发现一些问题，再和责任编辑交流。大多数小辑都是在周末和节假日完成的。多亏了陶晶的美好用意和贴心相帮，我终于跟上了《西部》的节奏，每期都按时交出了稿子。

一年真的很快，转眼就到了年底。正当我为即将完成主持任务而松口气时，沈苇的电话又在某个夜里响起："高兴，'周边'栏目做得不错，读者特别喜欢。要不你就接着做下去吧。"又是那种诚恳到你无法拒绝的语调。工作了一年，对《西部》和西部有了感情，某种程度上已将自己当作《西部》的一员，还真有点不忍心撂下担子，这一回，我倒是爽快地答应了。

　　《西部》让我真正贴近了西部。作为《西部》的一员，我一次次踏
上西部土地，参加《西部》组织的各类文学活动。喀什，帕米尔高原，
石头城，伊犁，松拜，特克斯，喀拉峻草原，天山天池……几乎每个地
方都有一段深刻的记忆，都是一段美好的时光：在石头城看星星，那些
星星仿佛伸手可触，仿佛用光发出邀请，又将我带回到童年；在篝火旁
听阿苏唱歌，一首又一首，串联起来，就是一部完整的心灵史了；在喀
拉峻草原，同冉冉、汗漫、雁翎和娜夜坐在草地上观看天空和云彩，有
心醉神迷的感觉；在早晨的喀赞其漫步，同映姝、荔红和黄梵一道，迷
恋于色彩，迷恋于光和影，沉湎于难得的轻松时光；在天山天池主持
"文学与风景"研讨会，在风景中谈论风景，所有人都被打开了，所有
人都找到了独特的角度，所有人都说出了发自内心的话语……西部的丰
富、美好，以及美好深处的忧伤和痛楚已刻在我的心灵，并转化为一篇
篇文字，一首首诗歌：

　　　　"你是如此美好，

　　　　望见你，仿佛望见一声祝福。"

　　　　面对天池，我用心说着

　　　　这句话，反反复复，从下午

　　　　到傍晚。静，渐渐围拢，

　　　　月，已从水面升起。

　　　　我还在等候什么？

　　　　一缕光，一个瞬间，抑或一道神谕？

水的那边，那些未红将红的叶，

只需一阵风。它们也在等候。

仿佛天地的默契。不，此刻，

天地就是一场等候，

最伟大的等候，让万物做梦，

让水融入光，舞蹈，并吟诵。

我在等候中等候。我在等候着等候。

因为，你是如此美好……

　　　　　　　　　　　　——高兴《你是如此美好》

　　不知不觉中，竟然主持了整整四年"周边"栏目，连自己都不敢相信。回头盘点一下，在这四年中，我们策划和组织了四十多个小辑，刊发了百余篇作品，译介了帕斯，昆德拉，克里玛，齐奥朗，米沃什，扎加耶夫斯基，萨拉蒙，塞尔努达，马洛伊，谷川俊太郎等作品，组到了陈众议，任洪渊，车前子，松风，汪剑钊，刘恪，傅浩，刘文飞，魏大海，树才，薛舟，薛庆国，田原，余泽民，李以亮，苏玲，严蓓文，舒丹丹，高方，纪梅等几十位著名作家和翻译家的稿子。倘若我所主持的"周边"栏目能得到读者的认可，能给予读者一点启示和愉悦，那一定是这些作家和翻译家的功劳。在此，我要向所有支持过我的朋友致敬，并感谢。

　　编完 2014 年第 11 期"周边"稿子，即将告别"周边"栏目，一种夹杂着些许伤感和不舍的复杂情感在我心中油然而生。那就像一位歌者

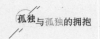

或演员即将告别自己心爱的舞台和银幕。几乎就要落泪。可能已经落泪。激动和伤感中，情不自禁地给沈苇写下了这封信：

沈苇兄：

就要告别"周边"栏目了。不管怎样，担任"周边"主持都将是我人生中一段光荣而难忘的经历。感谢沈苇兄的信任！感谢黄社长、映妹副总编，以及《西部》所有同人们的帮助和支持！在内心，我已将《西部》当作我在西部的家，我已将《西部》全体同人当作我的兄弟姐妹！

祝福你们！祝福《西部》！

高兴　鞠躬

《西部》是永远的《西部》，正如西部是永远的西部，一定的。在《西部》六十华诞之时，想念着《西部》和西部，我的心中盈满了祝福……

2016 年 6 月 21 日于北京

种子的志向

——《世界文学》点滴记忆

| 空气中的召唤 |

上世纪 80 年代初，杨乐云先生已在《世界文学》工作了二十多个年头，临近退休，开始物色接班人。当时，我还在北京外国语学院读大学。出于爱好，更出于青春的激情，课余大量阅读文学书籍。诗歌，小说，散文，中国的，外国的，什么都读。不时地，还尝试着写一些稚嫩的文字，算是个准文学青年。在上世纪 80 年代，不爱上文学，在我看来，简直就是不可能的事。那真是难以复制的年代：开放，真实，自由，阳光明媚，个性空间渐渐扩展，整个社会都在倡导读书，鼓励思考、创造和讨论，号召勇攀科学高峰，就连空气中都能感觉到一种积极向上的氛围。关于那个年代，我曾在《阅读·岁月·成长》一文中写道：

> 80 年代真是金子般的年代：单纯，向上，自由，叛逆，充满激情，闪烁着理想主义和浪漫主义的光芒。那时，我们穿喇叭裤，听邓丽君，谈萨特和弗洛伊德，组织自行车郊游，用粮票换鸡蛋和花生米，看女排和内部电影，读新潮诗歌，推举我们自己的人民代表；那时，学校常能请到作家、诗人、翻译家和艺术家来做演讲。

有一次，北岛来了，同几位诗人一道来的。礼堂座无虚席。对于我们，那可是重大事件。我们都很想听北岛说说诗歌。其他诗人都说了不少话，有的甚至说了太多的话，可就是北岛没说，几乎一句也没说，只是在掌声中登上台，瘦瘦的、文质彬彬的样子，招了招手，躬了躬身，以示致意和感谢。掌声久久不息。北岛坚持着他的沉默，并以这种沉默，留在了我的记忆中。我们当时有点失望，后来才慢慢理解了他。诗人只用诗歌说话。北岛有资本这么做。

通过文字、印象和长时间的通信，杨先生确定了我对文学的热情，问我毕业后是否愿意到《世界文学》工作。"爱文学的话，到《世界文学》来工作，最好不过了。"她说。那一刻，我仿佛听到了空气中的召唤。从小就在邻居家里见过《世界文学》，32开，书的样子，不同于其他刊物，有好看的木刻和插图。早就知道它的前身是鲁迅先生上世纪30年代在上海创办的《译文》。新中国成立后，鲁迅先生创办《译文》时的战友茅盾先生在北京与其说创办，不如说又恢复了《译文》，后来才更名为《世界文学》的。有很长一段时间，我索性称它为鲁迅和茅盾的杂志。不少名作都是在这份杂志上首先读到的。我所景仰的冯至先生、卞之琳先生、季羡林先生、楼适夷先生、戈宝权先生、王佐良先生等文学前辈都是《世界文学》的编委。于我，它有着难以抗拒的魅力。我当然愿意。

"你还是多考虑考虑。这将是一条清贫而又寂寞的道路。"杨先生建议，脸上露出严肃的神色。为让我更多地了解《世界文学》，也让我感受一下编辑部的氛围，杨先生安排我利用假期先到《世界文学》实习。

　　1983 年 7 月，我从西郊坐了好几趟公交车，来到建国门内大街 5 号，第一次走进中国社会科学院大楼，第一次来到《世界文学》编辑部。当时，编辑部有两间相通的大屋子，还有六七个小隔间。编辑部主任冯秀娟（诗人李瑛先生夫人）同秘书组，以及金志平先生负责的西欧组在大屋子里。其他人都分散在向南和向北的几个小隔间里。小隔间也就五六平米大小，主编高莽和副主编李文俊各自有个单间，其余编辑都是两人一间。印象中，苏杭先生和张晓军老师一间，杨乐云先生和沈宁老师（夏衍女儿）一间，郑启吟先生和贺晓风老师（贺敬之女儿）一间。两张办公桌一摆，基本上就没什么空间了。我只要来找杨先生谈稿子，沈宁老师就得让出去。如此工作条件让我感到意外，但杨先生告诉我，搬进科研大楼，已经比原先条件好多了。在过道里，正好遇见从小隔间出来的高莽先生，他高大威武，身着沾有不少颜料的工装服，一副艺术家大大咧咧的样子，握手的刹那，突然大声地对我说道："要想成名成利，就别来《世界文学》。"

|那个年代的编辑|

　　我自然明白高莽先生的意思。那个年代，当编辑，就意味着为他人作嫁衣。编辑部的不少前辈就是这样严格要求自己的。几乎所有时间，他们都在阅读原著，寻找线索，挖掘选题，寻觅并培养译者。我和杨先生接触最多，发现她做起编辑来，认真，较劲，甚至到了苛刻的地步。她常常会为了几句话，几个词，而把译者请来，或者亲自去找译者，逐字逐句对照原文，讨论，琢磨，推敲，反反复复。有时，一天得给译作者打无数个电话。那时，用的还是老式电话，号码需要一个一个转着拨。同事们看到，先生的手指都拨肿了，贴上胶布，还在继续拨，看得

冯秀娟老师直心疼，在一旁连连说："老杨，歇会儿，快歇会儿。"在编辑塞弗尔特的回忆录时，光是标题就颇费了先生一些工夫。起初，译者译成《世界这般美丽》。先生觉得太一般化了，没有韵味。又有人建议译成《江山如此多娇》。先生觉得太中国化了，不像翻译作品。最后，先生同高莽、苏杭等人经过长时间酝酿，才将标题定为《世界美如斯》。世界美如斯，多么典雅而又韵致，弥散出艺术气息，真正合乎一部文学作品的气质。先生告诉我，菲茨杰拉德的著名中篇《了不起的盖茨比》也是《世界文学》首发的，译者最初将标题译为"伟大的盖茨比"。研读作品后，李文俊先生觉得这一译法尚不到位，用"伟大的"来形容小说中的主人公盖茨比显然不恰当。"great"在英语里实际上有众多含义，既有"伟大的"基本意思，也有"真好""厉害""真棒""了不起的"等其他含义。而用"了不起"来形容盖茨比恐怕最为贴切。于是，中国读者就通过《世界文学》读到了《了不起的盖茨比》这部汉语译著。为几句话几个词而费尽心血，这样的编辑，如今，不多见了。说实在的，当时，前辈们的这种认真劲儿既让我钦佩，同时又把我吓着了。当文学编辑，同读文学作品，绝对是两回事。文学阅读是单纯的、愉悦的。而文学编辑却是复杂的、劳苦的。

《世界文学》选材向来极其严格，决不滥竽充数。常常，一个选题要经过长时间酝酿，斟酌，反复讨论，还要物色到合适的译者和作者，方能获得通过。稿子到后，还要经过一审、二审和三审，方能备用。刊用前，要求稿子做到"齐、清、定"，还要再过发稿审读这一关，再经过一校、二校、三校和多次核红，方能付印。发稿至印制的每一环节，编辑部主任都亲自监督。不少优秀作品就是如此打磨出来的。有时，一个选题，尤其是篇幅较大的头条专辑，从提出选材到最终见诸版面，往往往需要打磨好几年时间。每每刊出优秀的作品，每每看到手稿变成了铅字，杨先生总会激动，眼睛发亮，说话声都洋溢着热情："好极了！真是好极了！"随后，就叮嘱我快去读，一定要细读。波兰作家伊瓦什凯维奇的散文《草莓》、匈牙利作家厄尔多尼的《一分钟小说》、法国作家莫洛亚的《大师的由来》、德国作家沙密索的《出卖影子的人》、俄罗斯作家肖洛霍夫的《一个人的遭遇》等作品都是杨先生推荐我读的。读作品，很重要，能培育文学感觉。先生坚持认为。在她心目中，作品是高于一切的。有一阵子，文坛流行脱离文本空谈理论的风气。对此，先生不以为然。怎么能这样呢？怎么能这样呢？她不解地说。

"读到一个好作品，比什么都开心。呵呵。"这句话，我多次听先生说过。面对优秀的作品，永远怀有一种热情，新奇，兴奋，赞赏，和感动，这就叫文学情怀，这就叫文学热爱。

高莽、李文俊、金志平、杨乐云、苏杭等前辈都既是出色的编辑，又是优秀的作家、译家或画家。但他们当编辑时就主要"为他人作嫁衣"，全凭良心和自觉，严格控制刊发自己的文字。只是在退休后才真正开始投入于翻译和写作，主要文学成就大多是在退休后取得的。高莽先生一边照料病中的母亲和妻子，一边译出和写出那么多文学作品。李文俊先生每天翻译五六百字，坚持不懈，日积月累，译出了福克纳和门罗的好几部小说。杨乐云先生在耄耋之年还在苦苦翻译赫拉巴尔赫塞弗尔特，孤独，却不寂寞。许多人不解：工作了一辈子，好不容易退休了，该享受享受清福了，何必那么苦那么累？"没有办法，就是因为喜欢文学。"杨先生有一回对我说。文学照亮了他们的内心。因此，他们都是内心有光的可爱的人。

瞧，这就是那个年代的编辑，这就是《世界文学》的前辈。

|仿佛在开联合国会议|

80年代，编辑部人才济济，最多时共有各语种编辑近三十人，分为苏东组、英美组、西方组、东方组和秘书组，每周一必开例会，先是主编高莽、副主编李文俊、编辑部主任冯秀娟和苏杭、郑启吟、金志平、唐月梅等各位组长碰头，随后再招呼全体编辑开会，主要讨论选题、组稿和发稿。各语种编辑在介绍选题时都会自然而然地夹杂一些外语，比如作家名、作品名等。这时，你就会听到英语、法语、俄语、德语、日语、朝鲜语、阿拉伯语、捷克语和罗马尼亚语先后响起，此起彼伏，十分热闹。头一回参加这样的会议时，我不由得产生了一缕幻觉：仿佛在开联合国会议。某种意义上，《世界文学》就是一个文学联合国。

有意思的是，每位编辑受专业影响，举止和行文上都会多多少少表现出不同的风格。总体而言，学俄语的，豪迈，率真，稍显固执；学英语的，幽默，机智，讲究情调；学法语的，开明，随和，不拘小节；学德语的，严谨，务实，有点沉闷；学日语的，精细，礼貌，注重自我……当然，这并非绝对的，事实上常有例外。学俄语的高莽先生似乎就是个典型。学英语的李文俊先生也是，每当聚会结束，总会主动帮女士从衣架上取下风衣或大衣，将衣服打开，双手捧着，方便女士穿上，即便在他后来当上主编后照样如此，极具绅士风度。学法语的金志平先生在李文俊先生退休后成为《世界文学》主编，他总是那么温文尔雅，与世无争，从未见过他计较什么，平时特别关照年轻编辑。记得有一次，几位前辈在为我们几位年轻编辑讲述编辑工作的意义。高莽先生以一贯的豪迈说："马克思当过编辑，恩格斯当过编辑，列宁当过编辑，李大钊当过编辑，毛泽东当过编辑，周恩来当过编辑，历史上无数的伟人都当过编辑……"正说得激动时，李文俊先生轻轻插了一句："可是，他们后来都不当了。"会议气氛顿时变得轻松和活泼。高莽先生毫不在意，也跟着大伙哈哈大笑。事实上，正是这些不同和差异构成了编辑部的多元、坦诚和丰富，构成了一种特别迷人的气氛。

而逢到节日将临，编辑部先是开会，然后就是会餐，算是过节。这一传统还是茅盾先生当主编时形成的。先生当时担任文化部部长，兼任《世界文学》主编，公务繁忙，偶尔会来编辑部开会。每次会后都会餐叙。《世界文学》出了好几位美食家。茅盾先生绝对是美食家。编辑部老主任庄寿慈也是。还有李文俊、张佩芬、严永兴诸位先生。高莽先生独爱北京烤鸭，常常说："发明烤鸭的人，应该得诺贝尔奖。"李文俊先生时常回忆起庄寿慈先生家做的狮子头："实在太好吃了！即便有人那时打我嘴巴，我也不会松口的。"杨乐云、严永兴、庄嘉宁等前辈还有制作美食的才华。李文俊先生甚至开玩笑道："来《世界文学》工作的人，都得是美食家。"他的逻辑是：热爱美食，就是热爱生活，而热爱生活，才有可能热爱文学。

郊游、会餐等聚会为编辑部平添了不少人情味，也加深了同事间的相互了解，增强了整个团队的凝聚力。

原文校对和刊物检查已成为《世界文学》编辑工作中的两大传统。

一部译稿交到编辑手里，光读译文或许感觉不错，但一对原文，就有可能发现种种问题：理解误差，腔调不对，细微含义缺失，笔误，漏译，常识谬误，等等，等等。再优秀的译者也难免会犯错的。但凡做过一点译事的人都明白，文学翻译中，完美难以企及，也根本无法企及，仿佛一场永远打不赢的战争。虽然如此，无论文学译者，还是文学编辑，都应该尽量追求完美。文学译者和文学编辑都应该首先是完美主义者。换句话说，正是完美的难以企及，让我们时刻都不敢懈怠。尽量让译品好点，再好点，经得起推敲，经得起检验，对得起读者，对得起作家，对得起文学。这就是《世界文学》编辑坚持校对原文的理由。

每次新刊出版后，编辑部都会召开刊检会，几十年不变，一直延续至今。刊检会最实质性的环节就是挑错，而且是互相挑错，领导和编辑一视同仁，毫不客气。每一次都会检查出一些问题，有时还会发现一两个硬伤。这实际上是在不断提醒大家，编刊物本身就是项遗憾的事业，一定要细而又细，认真再认真，不能有丝毫的疏忽，尽量减少遗憾。80年代曾经有好多年，每次刊检会一开始，我们先会读一封特殊的来信，那是《世界文学》的老译者和老朋友水宁尼先生的"校阅志"。水先生实际上是电子工业部的高级工程师，但他喜好文学，业余还从事写作和翻译，曾在《世界文学》上发表过好几篇译作，还曾兼任过《北京晚报》栏目主笔。每次收到《世界文学》，他都会从封面、封底到内文和版权页，一字不差地仔细校阅，并写下一页页校阅志，然后邮寄给编辑部。水先生的来信通常五六页，多时竟达二十来页，一一列出他发现的错误或可商榷之处。如此坚持了十来年之久。这得花费多少心血和工夫啊。用他的话说，他就想通过这样的方式来表达对《世界文学》的爱。2001年某一天，时任编辑部主任李政文先生忽然意识到水先生好久没有来信了，于是派庄嘉宁先生到电子工业部一打听，原来水先生已于1999年4月因心脏病突发离开了人世。由于他单身生活，且又在家里，悲剧发生时，现场没有任何旁人。听到他领养的好多只猫不停地在叫，邻居们觉得奇怪，才在几天后打开水先生的家门，但为时已晚。我们说不出的难过。一份杂志是有自己的亲人的，水宁尼先生就是《世界文学》的亲人。

|高莽，或者乌兰汗|

高莽先生是那种你一见面就难以忘怀的人。高高大大的东北汉子，倒是同他的笔名"乌兰汗"挺般配的，总是一副艺术家的派头，说话时夹杂着东北口音，嗓门特别大。他翻译时喜欢署名"乌兰汗"，画画时才署名"高莽"。凡是接触过他的人，都会被他的热情、豪爽、乐观、直率和善良所感染。外文所长长的过道上，只要他一出现，空气都会立马生动起来。倘若遇上某位年轻美丽的女同事，他会停住脚步，拿出本子和钢笔，说一声："美丽的，来，给你画张像!"说着，就真的画了起来。他自称"虔诚的女性赞美者"。当然，他不仅为女同事画像，同样为男同事画像。单位里几乎所有同事都在自觉或不自觉中当过高莽先生的模特儿。

他总是调侃自己在编辑部学历最低。可这位"学历最低"的前辈却凭着持久的热爱和非凡的勤奋，基本上靠自学，在翻译、研究、写作和绘画等好几个领域取得了不俗的成就，绝对称得上跨界艺术家。他主持工作期间，《世界文学》同文学界和艺术界的联系最为密切。常常有作家、画家、译家，甚至还有演员来编辑部做客，大多是高莽先生的朋友。我们出去向一些名家约稿时也往往首先声明：是高莽主编派我们来的。有段时间，为了扩展编辑们的艺术视野，高莽先生倡议举办系列文化讲座，并亲自邀请各路名家来主讲。这成为《世界文学》一件引人注目的文化活动。受众已不仅限于编辑部成员，外文所，甚至其他所的科研人员也都会闻讯前来。印象中，小说家邓友梅来过，戏剧家高行健来过，报告文学家刘宾雁来过，指挥家李德伦来过，漫画家方成来过，评论家何志云来过。讲座完全无偿，顶多赠主讲人几本《世界文学》，以及编辑部编的《世界文学》丛书。我们都明白，这其中有着高莽先生的友情。遗憾的是，这一深受大家欢迎和喜爱的系列文化讲座后来不得不中断了。当我有一次聊天中问及具体原因时，高莽先生只用一声叹息回答了我的疑问。

高莽先生策划的各种活动，都充满了创意和亮点，不愧为跨界艺术家。曾长期供职于《世界文学》的庄嘉宁先生在一篇文中为我们描绘了高莽先生举办纪念老《译文》50 周年茶话会的情形：

> 为开好老《译文》五十周年的会，高莽先生动用同人的努力，请了当年老《译文》的撰稿人和《世界文学》的在京编委，他们是胡绳、萧乾、陈占元、唐弢、杨周翰、罗大冈、戈宝权，以及编辑部全体。高莽先生会前做了充分的准备，放大制作了一幅老《译文》第一卷第一期和陶元庆画的鲁迅先生像；另一张放大的当年老《译文》所有撰稿人译者的名单；与会者的签名也用大幅宣纸挂在墙上。这三幅当时颇有新意的作品随着岁月的流逝，成了文物，愈显珍贵。
>
> 记得戈宝权先生在签到之后，站在这幅撰稿人名单前，随口就念道："邓当世是鲁迅，蒋荗也是鲁迅，玄珠、方璧、止敬都是茅盾的笔名……"我看见高莽停止了与另外来宾的问候寒暄，找我要了一支笔，随着戈宝权先生念出的名字，在名单上一一记下。会后，高莽将大幅鲁迅画像收了起来。十几年后调办公室时，撰稿人名单被我发现，完璧归高，他大喜。到会签名的那幅一直保存在编辑部。当年的撰稿人胡愈之、冯至因故未能出席，也写了纪念的文章，连同与会老专家的文章发表在《世界文学》一九八五年第五

期。为这次活动特意在北京饭店订制了三个大蛋糕，邀请在座的当年给老《译文》撰稿的陈占元先生开切蛋糕。

记得刚上班不久，高莽主编就带我去看望冯至、卞之琳、戈宝权等编委。登门前，他都会到附近的水果店买上满满一袋水果。在这些老先生面前，我都不敢随便说话，总怕话会说得过于幼稚，不够文学，不够水平，只好安静地在一旁听着，用沉默和微笑表达我的敬意。写出"我的寂寞是条蛇"的冯至先生有大家风范，端坐在书桌边，腰板挺直，声音洪亮，不管说什么，都能牢牢抓住你的目光。翻译出脍炙人口的《海燕》的戈宝权先生特别热情，随和，笑容可掬，亲自沏茶递水，让人感觉如沐春风。而卞之琳先生清秀，瘦弱，静静地坐着，眼睛在镜片后面闪着光；说话声音很柔，很轻，像极了自言自语，但口音很重，我基本上听不懂，心里甚至好奇：如果让卞先生自己朗诵他的《断章》，会是什么样的味道？

可以明显地感受到高莽先生对这些先辈的敬重和欣赏。正因如此，他也想让我们这些年轻编辑多多接受他们的教益，哪怕仅仅目睹一下他们的风采。这都是些了不起的人哪，他由衷地说。晚年高莽不止一次提到冯至先生一首题为《自传》的小诗：

　　　　三十年代我否定过二十年代的诗歌，

　　　　五十年代我否定过四十年代的创作，

　　　　六十年代、七十年代把过去的一切都说成错。

　　　　八十年代又悔恨否定的事物怎么那么多

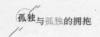

于是又否定了过去的那些否定

我这一生都像是在"否定"里生活，

纵使否定的否定里也有肯定。

到底应该肯定什么，否定什么？

进入九十年代，要有些清醒，

才明白，人生最难得到的是"自知之明"。

　　"要有点阅历的人，才能明白这首诗的深意。"高莽先生轻声地说道。不知怎的，我总也忘不了他说完此话后的片刻沉默和眼神不经意间流露出的忧伤。

　　2017 年 10 月初，91 岁高龄的高莽先生病危入院，面临人生最后的时刻。亲友来看望时，躺在病床上的高莽泪流不止，万般的无奈和不舍。他实在太留恋这个世界了。10 月 4 日，同事张晓强和《北京青年报》女记者尚晓岚前来探视。看到年轻可爱的尚晓岚，老人也不知哪来的力气，突然坐了起来，一把抓住尚晓岚的手，久久的，久久的，不愿松开。晓强及时用手机拍下了这一镜头。这一镜头，绝对是个高莽式经典，已深深嵌入我的记忆。两天后，这位"生活热爱者"和"女性赞美者"平静地离开了人世。

读 《世界文学》 的作家

　　阅读，选题，组稿，编稿，已成为我工作和生活的基本内容。除去稿子，还要大量阅读其他书籍。阅读面自然也日渐宽阔。光从《世界文学》就读到多少独特的作品。茨威格的《一个女人一生中的二十四小时》，卡夫卡的《变形记》，谷崎润一郎的《春琴抄》，毛姆的《红毛》，托马斯·曼的《马里奥和魔术师》，海明威的《老人与海》，麦卡勒斯的《伤心咖啡馆之歌》，劳伦斯的《狐》，卡尔维诺的《不存在的骑士》，福克纳的《我弥留之际》，马尔克斯的《迷宫中的将军》，帕斯的《太阳石》，米利亚斯的《劳拉与胡里奥》，久·莫尔多瓦的《会说话的猪》、格拉斯的《猫与鼠》，门罗的《善良女子的爱》，赫拉巴尔的《过于喧嚣的孤独》，曼德施塔姆、叶芝、布罗茨基、兰波、波德莱尔、休斯、奥利弗、勃莱、里尔克、博尔赫斯、阿莱克桑德莱、博纳富瓦、霍朗、沃尔克特、希姆博尔斯卡、雅姆的诗歌，川端康成、塞弗尔特、米沃什、普里什文的散文，等等，等等，都在我的记忆中留下了印记。诗人沈苇在一次研讨会上说："我愿意把中国作家分成两类：一类是读《世界文学》的作家；一类是不读《世界文学》的作家。"他的言外之意是：《世界文学》完全可以成为衡量一个作家水准的坐标。我同意他的说法。

　读《世界文学》的作家是一份长长的长长的名单：冰心，巴金，艾青，施存蜇，郑敏，徐迟，邵燕祥，邹荻帆，袁可嘉，王蒙，刘心武，陈忠实，贾平凹，北岛，林希，田中禾，莫言，铁凝，吉狄马加，陈众议，楼肇明，张玮，南翔，冯骥才，赵玫，于坚，陈超，唐晓渡，王家新，阎连科，潞潞，余华，苏童，宗仁发，西川，残雪，马原，苇岸，刁斗，郁郁，刘恪，陈东东，宁肯，车前子，毕飞宇，海子，寒烟，阿乙，止庵，沈苇，邱华栋，庞培，东西，汪剑钊，梁晓明，程巍，汗漫，小海，蓝蓝，树才，赵荔红，黄礼孩，鲁敏，沈念，田耳，李浩，黑陶，郭建强，钟立风，黄土路……其中，绝大多数既是《世界文学》的读者，又是《世界文学》的作者或译者。作家何三坡相信，每个优秀的中国作家都曾是《世界文学》忠实的读者。

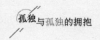

　　读《世界文学》的作家中，我首先想到了已故的优秀散文家苇岸。1997年9月，在诗人林莽的努力下，《世界文学》杂志曾和中华文学基金会共同举办"世界文学与发展中的中国文学"研讨会。会上，我有幸认识了散文家苇岸。苇岸，瘦瘦高高的样子，神情严肃，同时又极为朴实，说话语速极慢，慢到有时让人着急的地步，真正是字斟句酌，仿佛要为每个字每句话负责。他主动谈起了自己对《世界文学》的喜爱和看重，甚至告诉我他只订两份杂志，《世界文学》就是其中一份。我从内心敬重苇岸，感觉他是我接触过的最纯粹的作家，圣徒般的作家。《世界文学》能得到如此优秀的作家的认可，在某种意义上，也证明了它存在的理由。从1989年起，我一直在主持与中国作家互动的栏目，先是"中国诗人读外国诗"，后来进一步调整，最终固定为"中国作家谈外国文学"。在我的郑重邀约下，苇岸为《世界文学》写出了《我与梭罗》一文。他在文中说到了初次读到海子借他的《瓦尔登湖》的巨大幸福感："我对梭罗的文字仿佛具有一种血缘性的亲和和呼应。换句话说，在我过去的全部阅读中，我还从未发现一个在文字方式上（当然不仅仅是文字方式）令我格外激动和完全认同的作家，今天他终于出现了。"如今，苇岸已离开人世近二十年了。但每每想到他的为人和为文，我都会想到朴实、宁静、真挚和纯粹。而朴实、宁静、真挚和纯粹其实也是一份文学杂志应该追求的品质。

　　对于诗人陈东东，《世界文学》成为他人生中重要的时刻。在回答怎么会走上诗歌之路这一问题时，他如此写道：

　　1980年10月的一个下午，我坐在上海师范大学主楼第五层的期刊阅览室里，面前是一本已有些破旧的《世界文学》（1980年第1期）。我刚过了十九岁生日，考进那所大学的中文系也才一个多月……当时，我对诗的理解主要来自《唐诗三百首》之类的读物，我还不曾写过诗或填过词。秋天的阳光照得橘黄色的杂志封面微微泛红，这正是一个宁静安逸、适合闲览的下午。

但是，突然，仿佛被人在背后狠拍了一掌，我从漫不经心的状态中惊醒——我看到这样的诗行出现在纸上：

> 姑娘们如卵石般美丽，赤裸而润滑，
> 一点乌黑在她们的大腿窝内呈现，
> 而那丰盈放纵的一大片
> 在肩胛两旁蔓延。
> 她们有的直立着在吹海螺
> 其余的拿着粉笔
> 在书写奇怪而不可理解的文字
> ……

这是李野光译埃利蒂斯的长诗《俊杰》中的一小节，它带来震颤！它那宏伟快捷的节奏凸显给我的是一群如此壮丽的诗歌女神！于是，一次作为消遣的阅读变成了一次更新生命的充电，诗歌纯洁的能量在一瞬之间注满了我，并令我下决心做一个诗人。

陈东东将此称为"他最重要的《世界文学》时刻"。因了这一时刻，一个诗人诞生了。这样的时刻，对于我们这些编辑们，同样意义重大。每每想到这样的时刻，我们就会觉得，所有的辛劳都是值得的。

前辈学者和作家季羡林先生生前担任过许多刊物的编委，包括《世界文学》。在一篇文章中，季先生坦承自己每月收到的刊物颇多，但衷心钟爱者并不太多。《世界文学》就是他钟爱者之一。先生钟爱《世界文学》的重要原因是：

> 创刊几十年以来，世界动荡不安，国内也是风风雨雨。这个刊物，同我们人一样，所走的道路并非总是阳关大道。上面的政策多变，读者的口味也决非停留不变。我们的刊物不能以不变应万变。于是就经常遇到麻烦。山重水复，柳暗花明，我们都遇到过。在这样的环境下，一个刊物，同一个人一样，很容易变得见风使舵，摇晃不定，窥测方向，六神无主。然而我们的《世界文学》却没有这样，它始终保持住自己的一双铁肩，忠诚于当年创刊时的精神，一身正气，两袖清风，得到了国内外有相当高欣赏水平的读者的青睐，历数十年而不衰。这样的刊物，国内罕见其匹。

作家和画家车前子初中毕业后就遇见了《世界文学》，成为《世界文学》的忠实却又挑剔的读者，始终关注着《世界文学》的成长。用车前子的话说，"复刊后的《世界文学》，刚开始是一片稻田，后来农作物的品种越来越多，除了水稻，又有了棉花，又有了玉米，又有了甘蔗，甚至还有了猕猴桃。它终于变成一个植物园了。"他曾同一位诗人绝交，"说起来很简单"，就因为"他借了我1985年一年的《世界文学》，而不还我"。而一位小说家常说他的坏话，"说起来也很简单"，就因为"我借了他1985年一年的《世界文学》，而不还他"。

中国作家独爱《世界文学》有着深刻的外在和内在的原因。自创刊起，《译文》以及后来的《世界文学》，在很长一段时间，是新中国唯一一家专门译介外国文学的杂志。唯一，本身就构成一种绝对的优势，因为读者别无选择。早在上世纪 50 年代，透过这扇唯一的窗口，不少中国读者第一次读到了众多优秀的外国作家。可以想象，当《译文》以及后来的《世界文学》将密茨凯维奇、莎士比亚、惠特曼、布莱克、波德莱尔、肖洛霍夫、希门内斯，茨威格、哈谢克、福克纳、泰戈尔、杜伦马特、艾特玛托夫、皮兰德娄等世界杰出的小说家和诗人用汉语呈现出来时，会在中国读者心中造成怎样的冲击和感动。同样可以想象，上世纪 70 年代末，当人们刚刚经历荒芜和荒诞的十年，猛然在《世界文学》上遭遇卡夫卡、埃利蒂斯、阿波利奈尔、海明威、莫拉维亚、井上靖、毛姆、格林、莫洛亚、博尔赫斯、科塔萨尔、亚马多、霍桑、辛格、冯尼格等文学大师时，会感到多么的惊喜，多么的打开眼界。那既是审美的，更是心灵的，会直接或间接滋润、丰富和影响人的生活，会直接或间接打开写作者的心智。时隔那么多年，北岛、多多、柏桦、郁郁等诗人依然会想起第一次读到陈敬容译的波德莱尔诗歌时的激动；莫言、马原、阎连科、宁肯等小说家依然会想起第一次读到李文俊译的卡夫卡《变形记》时的震撼。审美上的新鲜和先进，心灵上的震撼和滋润，加上唯一的窗口，这让《世界文学》散发出独特的魅力，也让《世界文学》在相当长的时间里被人视作理想的文学刊物。

| 种子的志向 |

但惶恐和压力恰恰源于读者的认可，同样源于《世界文学》的深厚传统。进入新时期，文学生态发生重大变化。《外国文艺》《译林》《译海》《中外文学》《外国文学》等外国文学刊物涌现时，《世界文学》不再是外国文学译介唯一的窗口，而是成为众多窗口中的一个。当唯一成为众多时,《世界文学》又该如何体现自己的优势,始终保持理想的文学刊物的魅力? 我一直在想: 什么是理想的文学刊物? 理想的文学刊物,应该是有追求的,有温度的,有独特风格和独立气质的; 理想的文学刊物,应该同时闪烁着艺术之光,思想之光,和心灵之光; 理想的文学刊物,应该让读者感受到这样一种气息、精神和情怀: 热爱,敬畏,和坚持。事实上,坚持极有可能是抵达理想的秘诀,是所有成功的秘诀。理想的文学刊物应该让读者感受到从容、宁静和缓慢的美好,应该能成为某种布罗茨基所说的"替代现实"。理想的文学刊物,应该有挖掘和发现能力,应该不断地给读者奉献一些难忘的甚至刻骨铭心的作品,一些已经成为经典,或即将成为经典的作品。卡尔维诺在谈论经典时,说过一段同样经典的话: "这种作品有一种特殊效力,就是它本身可能会被忘记,却把种子留在我们身上。"理想的文学刊物就应该具有这样的"特殊效力"。理想的文学刊物就应该永远怀抱种子的志向。理想的文学刊物还应该有非凡的凝聚力和号召力,能够将一大批理想的作者和理想的读者团结在自己周围。如果能做到这些,一份刊物就会保持它的权威性、丰富性和独特性,就会起到引领和照亮的作用,就会以持久的魅力吸引读者的目光。我们也深深地知道,要真正做到这些,会有多么艰难,需要付出多少心血。

不禁想起作家和学者程巍的评说: "我们生活在一个'终结'的时代……我们的世界和生活是残缺的,是卑微的,而我们并没有停止去梦想一个更自由、更人性的世界,一种更尊严、更美好的生活。《世界文学》依然与这一事业息息相关。'世界'是它的视域,而'文学'是它的立场。"也自然而然地记得散文家赵荔红对《世界文学》的祝愿: "世界多变而恒永,文学孤独却自由。"重温这些文字时,我感到鼓舞,同时也感到惶恐。

　　惶恐，而又孤独。置于语言之中的孤独。置于文学之中的孤独。喧嚣之中的孤独。突然起风之时的孤独。告别和迎接之际的孤独。"谁这时孤独/就永远孤独"。

　　在孤独中，将目光投向一排排的《世界文学》。六十五年，三百八十期，日积月累，《世界文学》译介过的优秀作家和优秀作品究竟有多少，实在难以计数。肯定是一片茂密的林子。那片林子里，有一代代作家、译者和编辑的心血和足迹。林子里的每棵树都有无数双眼睛。它们一定在望着我们。一步，一步，温暖而神圣的孤独。一步，一步，即便困难重重，我们也唯有前行，唯有把每一天、每一年都当作新的开端。谁让我们是《世界文学》人呢。

2018 年 7 月 23 日夜

Part 2
第二部分

行走
LONELY

在山水间行走

——广西印记

回来了，在考察了十二天之后。感觉有点累。是那种缺乏睡眠的累。那种激动之后的累。足足地睡了十个小时。真是难得。一夜睡眠，让我重新找到了时空。刹那间，温暖已成过去。北京，那么的冷。

北京，那么的冷。最高气温零下四度。在风中行走，仿佛思维都冻结了。表情也冻结了。不想伸出手。也没有说话的愿望。那么的冷，应该待在家里的。可我偏偏在风中行走。整整一天，都在风中行走。潜意识中，就想用冷留住刚刚的温暖。听起来像自虐，但这确是我的真实想法。你们相信吗？也只有冷，会留住刚刚的温暖。

刚刚的温暖，不得不的想念和回味。不得不的印记。一些情景。一些面孔。一些声音。更多的是沉默，在山水之间。在山水之间，你最好沉默。这就注定了我的讲述将是片段的，跳跃的，瞬息的。而更多的是沉默。不得不的沉默。温暖的沉默。

回到北京，回到没完没了的事务中间。连续几天，都忙得喘不过气来了。

就在这时，一只手伸出，仿佛天空的召唤，优美，纤细，却有无形的力，山风般的力，让距离在瞬间瓦解。轻轻地，就那么轻轻地一握，思绪就转向了广西。

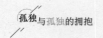

　　我们是在早晨登上班机，飞往广西南宁的。十五六个人，一支颇为像样的队伍，由班长汤小青女士率领。天冷，出发时，个个都穿得厚厚实实的。一位空姐甜美、自然的微笑改变了我对国航的印象。西式早餐也格外好吃。还有音乐隐隐传来。一切都是柔和的，安定的，催眠的。夜里睡得太少，正好可以在飞机上补补觉。一闭上眼睛，就感觉到了风。梦幻的风，带着我飞翔，穿越一片一片的云。儿时的梦，竟然在高空重现。四十多岁了，怎么还做这样的梦？兴许，只是半梦半醒吧。

　　三个多小时的飞行，南宁就在眼前。走出机场大楼，立即感到了温暖的气息。回头看，所有人都在忙着脱衣服，脱去羽绒服，脱去毛衣，脱去棉背心，只留下衬衣和夹克。原来抵达南宁，就意味着脱去衣衫。清爽和自由的姿态。想到这，不由得笑了。

　　到处的绿意，慷慨的绿意，在路边，在田野，在山头。实在不敢相信我们正身处冬季。身处冬季，却感受着春色。这不是幻觉。这就是南国了。我看到紫荆花了，一路的紫荆花，在茂盛的枝头茂盛地开着。从小就喜欢紫色。绝对的紫色。二十岁时，总在幻想，都有点像神经病了，总在幻想着一个瞬间：在湖边，在家乡的弄堂，或在校园的草地上，会逢上一个身穿紫色连衣裙的女孩。一定要身穿紫色连衣裙的。这是唯一的希求。紫色的二十岁。谈恋爱时，送给女朋友的第一份礼物就是一件紫色的大衣。女朋友如今已成为我的妻子。这么多年，清理了一批又一批的衣衫。可那件紫色的大衣，她却一直留着，为我，也为那段时光。我也因此毫无保留地喜欢一切紫色的花儿。紫罗兰。紫丁香。紫薇。薰衣草。有哪位女同事穿着紫色衣裙来上班，我都会禁不住地多看上几眼的。好看，只要是紫色衣裙就好看。广西，紫色的广西，至少在我的目光里。想到博友紫百合，永远的紫百合，在如此的水土上生活，真是既诗意又适意啊。应该叫松风来。他肯定会兴奋得大喊大叫的，像个孩子。诗人，本质上都是孩子。或者邀上树才、莫非和车前子。我们又要喝酒了，就在田野的中央喝。这才叫风流哩。这才叫浪漫哩。老车，树才，和我，都会忘情地喝。莫非有莫非的方式。这么多的草。这么多的花。草和花就是他的酒。他，和他的相机，又要陶醉了。

我们没有在南宁停留，而是直奔田阳。先到真正的乡村去。

到了广西，就失去了任何的方向。而我又没有查询地图的习惯。压根儿就没带地图，也没带任何书。这让我的考察有了一种自由和轻松的感觉。平常，生活和工作都太程式化了。一切都是计划的，规定的，预料之中的。需要一点迷失。小小的迷失。

只知道田阳是百色地区的一个县。但它究竟在哪里，我至今也不知道。似乎也不急于想知道。潜意识中，就想留点缺口，留点悬念。别太清晰了。一个朦胧的点，兴许更具吸引力。起码在审美心理上如此。我能提供的信息是：在行驶了三四个小时后，我们便到达了目的地。

洗上一个热水澡，再换上一套干净的衣衫，感觉舒服和精神了许多。拉开窗帘，发现窗外是一棵笔直的棕榈。离得那么近，都能摸到它的枝叶了。为自己沏上一杯茶，然后面对窗户坐下，有意无意地望着那棕榈。忽然，就给朋友发出一条短信："我已抵达广西，住在一棵棕榈树旁。"

住在一棵棕榈树旁，独自住在一棵棕榈树旁，诗意和浪漫渐渐为忧伤所覆盖。莫名的忧伤，和着南国的气息。索性拉上窗帘，让棕榈成为蓬勃的想象。那么笔直的想象，和思念。

山的尽头

> 挡不住的风
>
> 挡不住的上升
>
> 棕榈的姿态
>
> 点亮天空
>
> 让蔚蓝丢弃言语
>
> 而雨在飘落

　　而雨在飘落。一丝丝地飘落。细腻，无声，如同一种默契。天与地的默契。更是一种诱惑。我经不住这样的诱惑，要到外面走走。不用伞。不用伞。还是把伞留给女同学吧。

　　遇上了好几个同学。一道在街上溜达。雨，没一会儿就停了。天也渐渐黑了下来。感觉雨后的空气格外的清新。只要离开北京，感觉哪儿的空气都格外清新。生活在北京，真是受罪。可偏偏又舍不下北京。偏偏还有那么多人往北京拥来。人生就这么尴尬。人生也需要这种尴尬。尴尬中才有某种平衡。大的平衡。闻到夜来香了。不是在歌中。就在田阳的街道旁。香得有点刺鼻，香得毫无顾忌，让城市人娇嫩的鼻子难以承受。

　　田阳县实际上也只有一条街道。汽车，摩托车，三轮车，自行车，同时在街道上行驶，加上灯光幽暗，呈现出一种吓人的混乱和繁忙。所谓吓人，也只是在我们看来。田阳人也许并不觉得如此。他们在各种车轮中间从容地穿行着，没有丝毫的慌张和害怕。而我们真的有点慌张和害怕了。过马路时，五六个男女同学不约而同地手牵着手。城市人一到了乡下，怎么竟像幼儿园的孩童。呵呵。我是在笑我自己。

　　水果摊首先吸引住了女同学的目光。香蕉，各种各样的香蕉。橘子，各种各样的橘子。当然还有不少其他水果，可就数这两样最为丰富和便宜。来十斤橘子。再来十斤香蕉。我主动请客。多吃点水果，总是有好处的。

于是，水果的芳香从我们的嘴中溢出。多汁的橘子，和鲜美的香蕉。尤其是那香蕉，小小的，我叫不上名字，酸甜中有一缕菠萝的香息，好看，好闻，也好吃。

又到圣诞。在短信和贺卡中感受着一种快乐和浪漫的气息。节日，其实就是快乐和浪漫最好的理由。管它是洋节还是土节哩。

心，依然牵记着广西那片土地，我实在没有兴致举起葡萄酒杯。再说，窗外也没有雪花舞动。雪花舞动，于许多广西人，只是电影和书本中的事。在田阳，就听不少壮族朋友说，他们至今还没见过雪花哩。那个温暖的地方，年均气温竟达到二十度。兴许正是气候的缘由，我们所接触到的壮族朋友个个都很温和，耐心，始终不急不忙的样子。

没有雪花，也没有霜冻和台风，就像一座天然的温室，田阳的土地为人们奉献出优质的圣女果、西葫芦、甘蔗和各种各样的杧果。蔬菜基地。杧果之乡。每年六七月，当杧果成熟的时刻，整个田阳都飘溢着杧果的芬芳。田阳人说到这些，总会流露出骄傲的神情。

而我们则尽情地品尝着蔬菜、水果和各色杂粮。绝对的新鲜。玉米一咬就会滋出水来。番薯有点发紫，吃起来就像栗子一般。土鸡汤真是鲜美啊。在广西，如同在欧美，人们一般都是先喝汤的。汤一喝下去，身子就已暖暖的了。

人们一般也不劝酒。完全随意。这让客人感觉舒服和自由。酒就该慢慢喝的。尤其是葡萄酒。葡萄酒在杯中摇曳。摇曳的，还有一份放松的心情。

在山上，我们也喝到了酒。那是米酒，一位山民端到我们面前的。他自己先喝一口，然后再请客人喝一口。同饮一碗酒，这大概是壮族山民的礼仪了。那山民正在"起房子"。起房子是件大喜事。因此，我们喝的是他的喜酒。广西人一般不说"盖房子"，而说"起房子"。我喜欢这种有特色的语言。

田阳地理的丰富也让我着迷。平原，丘陵，大山，这里都有。还有那条著名的右江。很像我曾生活过的罗马尼亚。有时，十来分钟，你就会从平原来到山区。而不一会儿，你又会从山顶进入森林。一路上，不断地听人说到歌圩。三月三的歌圩。据说，那几天，敢壮山上人头攒动，火光闪烁，歌声此起彼伏，无比的欢快和热闹。而且唱的大多是情歌。许多姑娘和小伙就在歌圩上确定了恋情。歌圩。三月三的歌圩。那该是一种多么辽阔的浪漫啊！

这两天，喝了太多的酒。中午，夜晚，不断在喝。因为党校又开课了。因为同学们又聚到了一起。

其实没什么酒量，也根本没什么酒瘾，可我竟然一次次端起了酒杯。冰啤。白干。什么都敢喝。胆子真大呀。自己都被自己吓着了。也感动了。就为了呼应一种气氛。就为了舒展一点心绪。

一边喝，一边还能听到绝对让你难忘的歌声。考察归来，同学们一个个都变得更加豪迈了，更加富有激情了，就像冬天里的一把火。

不禁想起了山顶上的歌声。那是一群孩子为我唱的。用壮语唱的。我一个词也听不懂。一个词不懂，反而让那歌声有了更加广阔的意义。眼光，神情，姿态，声音，都是意义。冲击着心灵的意义。孩子们望着我，在歌唱，纯朴，自然，投入，无边的意义，无边的温暖。我感觉第一回那么完整地听懂了一首歌。生命中的第一回。听懂一首歌，是不需要什么言语的。

就像此刻，沉浸于回味和思念中，我同样不需要什么言语。还需要什么言语呀。把橘子放在桌子中央。它会弥散出淡淡的芳香。淡淡的橘子香，山风般吹拂着你的身心。还需要什么言语呀。橘子就是最好的言语。

或者雨。雨也是最好的言语。雨在飘落。孩子们在山顶倾听。天在为他们歌唱。天在为他们祝福哩。我也在倾听。不知不觉中，雨水和泪水流到了一起。孩子们说，长大后，他们想来北京看天安门。如今，生活一天天好起来，他们的心愿一定会实现的。

状态不对。可能是喝了太多酒的缘故。也可能是思念。思念是一种病。绝对的。就像那个早晨，我们从田阳前往巴马瑶族自治县。雨在飘落。远处的山水隐隐约约。而我却沉默着。突然的沉默。持续的沉默。思念是一种病。绝对的。

昨天，整整一个夜晚，坐在书桌前，一个字也不想写，一个字也写不出来。把广西拉近，推远，最后索性放弃。状态不对。怎么都不对。直到今天早晨，打开松风的博客，我的眼睛又亮了起来。

看到了一首诗。一首不可阻挡的诗。我愿为朋友们抄录下来：

外婆的情书

〔美国〕哈特·克莱恩

松风　译

今夜没有星星

除了那些记忆之星

可是有多少空间给记忆

在这细雨疏松的围裹里

甚至有足够的空间

藏着我妈妈的妈妈的书信

伊丽莎白

她的情书在屋顶的角落里

挤压了那么久

如今发黄了，变软了

一触即化，仿佛雪

在如此空间的巨大之上

脚步一定要轻轻

一切由一根看不见的白发悬着

它颤动着，仿佛向空中结网的桦树枝

于是我问自己：

"你的手指是否够长，能弹奏

已然不过是回声的旧琴键；

这沉默是否够强烈

能把音乐带回它的源头

再次带回给你

仿佛给她？"

　　但我会牵着外婆的手

　　领她经过许多她不明白的事情；

　　因此，我磕磕绊绊。屋顶上的雨继续下着

　　带着如此温婉怜悯的笑声。

　　多好的诗啊。好得我不敢随意评说。就轻轻地读吧。用心地读。一遍，又一遍。反复地读。有些诗，就像有些人和事，就像我们的广西之行，注定会留在你的生命里。这首诗就会。一定的。

　　命定的时刻。一生能有几个命定的时刻啊?!

　　抵达巴马时，雨已稀疏了。一座漂亮的山城。感觉离天那么近，近得都可以触摸云雾了。其实，云就是雾，雾就是云。我们就在云中游走。飘动的云。朦胧的人。

　　喜欢山。喜欢山城。细细想来，可能就是因为那种与世隔绝的感觉。山是另外一个世界。难怪有那么多的隐士和修士，到山上。

　　在巴马的任何地方，都能看到山，一座座山，布景似的立在你的眼前。山中山。山外山。我们下榻的宾馆就背靠着一座山。我都能听到山中的泉水声了。

　　说是瑶族自治县，实际上还是壮族人多。我们接触到的地方干部几乎都是壮族人。都很年轻、很精神的样子。巴马好像流行吃火锅。顿顿都有火锅。还有药酒，看上去像黄酒。巴马有众多的百岁老人，是出了名的长寿之乡，因此，所有的食品和饮品，都围绕着"长寿"这一文章。

　　"长寿"是一篇大文章。当代人尤其关注。已来过不少科学家，探讨巴马人长寿的秘诀。有人说是空气。有人说是水。有人说是饮食习惯。我对地方朋友说："越众说纷纭越好。越扑朔迷离越好。这样，巴马才有恒久的吸引力。"

当然，秘诀，岂能一语道破。我仿佛看到无数人在笑，一些地方官员，一些居民，一些厂家和商家，还有那些眼睛总是瞪得大大的商人。

一直在念叨雪，雪真的在眼前舞动了。漫天舞动，那些洁白的水晶体，那些小小的奇迹，在新年即将来临的时刻，仿佛一种呼应，又仿佛天空的祝福。

就是天空的祝福。山风吹拂的祝福。无边无垠的祝福，给我爱的人，给我们爱的人，给我们爱的生命，给大地上一切的生命。"从明天起，做一个幸福的人。"海子说。不，就从今天吧。就从此时此刻。

迎着雪行走。北京，今冬第一场真正意义上的雪。我已期待得太久。漫天舞动的雪。漫天舞动的心情。我在雪中读到诗了。博纳福瓦的诗。树才译的博纳福瓦的诗：

雪

她来自比道路更遥远的地方，
她触摸草原，花朵的赭石色，
凭这只用烟书写的手，
她通过寂静战胜时间。

今夜有更多的光
因为雪。
好像有树叶在门前燃烧，
而抱回的柴火里有水珠滴落。

今夜有更多的光，因为雪。我想起在巴马遇见的那位乡村女教师。那位在大山里整整教了十八年书的乡村女教师。也就三十多岁。那么美丽，清纯，朴素得不能再朴素了，说话时，脸都会泛出红晕，根本就不像一个九岁孩子的母亲，倒更像一个大学生。不知怎的，此时此刻，我特别想知道：她看过真正的雪吗？她的孩子看过真正的雪吗？

她的孩子倚靠在她的身边，同她一样美丽的孩子，见到我们，有点羞涩，又有点激动，总是在笑，抿着嘴笑，却一声不响。我们问孩子是否喜欢读书。母亲替孩子回答：喜欢读书，也必须读书。不读书，走不出这大山。

今夜有更多的光，因为雪，我亲爱的雪！

元旦过得真好，因为一场大雪，因为几个朋友。喝酒，聊天，赏雪景，时光摇曳，甚至都有点梦幻色彩了，让人不敢轻易相信。生命中难得的时光。

莫名的冲动：想看看一些照片。似乎要寻找什么，或者要验证什么。于是，翻开一本又一本相册。重现的瞬间，伴随着微笑和感慨。在时间的表面和深处，印记已然留下，抹也抹不掉了。时间，也会有种子吗？

几乎用了整整一天，扫描，编辑，裁剪，将三十多张照片一口气贴上了博客。疯了，简直是疯了。连我自己都惊讶了。是什么力量在充盈着我的内心哟。一晃，就到子夜了。没有任何睡意。宁静中，有个声音响起。泪水悄悄滑落。

就这样，在照片的引领下，我再度把目光投向了广西。瞧，我们还在巴马哩。

在巴马的大山深处，瑶族山民用鼓声和舞蹈迎接我们的来临。这是最高礼仪了。鼓，于瑶族山民，有着神圣的意味。每次，取出鼓和放回鼓，他们都要举行某种仪式。瑶族人家，鼓越多，地位也就越高。我们走进一户瑶族人家，既看到了古老的炉灶、织机和床榻，也看到了现代的电视、冰箱和手机。甚至还有超级女声的海报。李宇春在瑶族人家斑驳的墙壁上朝我们微笑哩。真是个有趣的情形。

一个能干的瑶族青年正努力将这里办成旅游景点。从穿戴上已看不出他的瑶族痕迹了。他一边发放着名片，一边不断地说：你们一个人带一百个人来，我们就很高兴了。你们一个人带一百个人来，我们就很高兴了。

我们遇见的瑶族山民，都那么朴实，好客，面带由衷的微笑。他们唱着歌把我们送到了村口。歌声中，我不禁想象起他们的未来。旅游真正发展起来后，这里又将会是怎样的情形呢。

也就半个小时的时辰，我们又坐车回到了城里。一个完全不同的世界。

在巴马，人们不断地提到龙田村和"龙田精神"。这是大山深处的一个村，缺水，少田，自然条件险恶，可村民们在老支书的率领下，生生开辟出一些农田，并一块石头一把汗地垒起了一些房屋，几乎新建了一个村落。在 20 世纪 70 年代，能住上这样的石头楼房，实在是了不得了。

龙田村曾是学大寨的典型，至今依然得到地方政府的认可。老支书年近古稀，但身板硬朗，居然满头黑发。他带着浓厚的口音，为我们介绍了龙田村的奋斗历史。他的话我大多不太明白，可有一段却听懂了。他说有一回他代表龙田村去北京介绍经验。华西村也派出了代表。华西村讲的全是如何挣钱，也就是金钱，而龙田村讲的全是如何奋斗，也就是精神。

就在老支书领着大家参观的时候，我独自在山间小路上走了走。遇见了几个孩子，刚刚放学，正在玩耍。石块，树枝，就是他们的玩具。还遇见了几匹马，静静地站立在路边，显得格外温顺。到处都晒着木薯。木薯就是这里的主要农作物了。几只鸽子在地上觅食，见我走来，没有丝毫逃避的意思。这倒是一幅和谐的景致。用手机拍了下来，想发给朋友，才发现根本就没有信号。我真正意识到我是在大山深处了。

没有信号，也就没有任何消息。那一刻，与世隔绝的幻觉，竟让我陷入恐慌的境地。究竟是什么缘由呢。我不知道。

> 没有你的消息
>
> 侵略的空
>
> 我害怕极了
>
> 那根线断了
>
> 世界最后的联结
>
> 心坠落在大山深处
>
> 忧伤的分裂
>
> 迸出四散的寻呼
>
> ……

在大山深处，生存本身就是巨大的考验，物质的，精神的，和情感的。不是人人都能经受这种考验的。我兴许就不能。我佩服龙田人。在

物欲横流的商品时代，龙田精神显得格外的难得和宝贵。

又想起从巴马到平果那条弯弯曲曲的山路了。那是条多么有韵致的山路呀。一路上，青山绿水，无限风光。有很长一段距离，山路同一条河流并行，让我们不时地能看到水的光泽。有一刻，竟陷入了幻想：或许某一天，能同爱的人在这山路上漫步。我们走走停停，停停走走。记住每一棵草、每一朵花和每一棵树的名字。登上每一座山。走访每一个村庄。那山的后面是什么呢。那田野的尽头是什么呢。我多想知道。

忽然，在山水中间，我们发现了一些工厂，破破烂烂、乱七八糟的样子，兴致和心情顿时遭到破坏。一直陪同我们的罗老师气愤地说："这都是些垃圾工厂，大多从广东那里搬迁过来的，严重污染了这方水土。"

是啊，在发展经济的同时，如何保护环境，保护生态平衡，已是刻不容缓的问题。这需要长远的目光。需要中央政府相关政策的介入。否则，青山绿水，一夜之间，就可能成为污染的牺牲品。

但我们也要理解地方政府的苦衷。狗急跳墙。穷则思变。一个永恒的道理。不错，农业文明往往更容易吸引和打动人的心灵。我和我众多的朋友内心就一直倾向于这样的文明。草地，山川，河边的小村庄，炊烟袅袅，花香浮动，大树下尽情嬉戏的孩童，田野中悠闲自在的牛羊，这一派田园景色中充溢着多少诗情画意。然而，诗情画意并不能解决生存中的基本问题。而对农民和山民来说，首先要解决的恰恰就是生存中的基本问题。在我们走访的几个县里，脱贫，致富，绝对是地方政府工作的重中之重。

在目前的形势下，要靠农业发展经济，缓慢而又艰难。人们自然而然地把目光投向了工业。平果县就成功地找到了一个工业发展点：平果铝。

同巴马一样，平果县也属于国定贫困县。然而在这座国贫县中，我们却处处看到一些富裕的景象。整齐的街道，宽阔的广场，五花八门的商店，气派的政府大楼，仿佛都在向我们讲述着一个个发展的故事。我不由得为田阳叫怨。那可是个脱贫县。而一旦脱贫，也就失去了不少优惠政策。我实在不晓得我们的许多政策又是如何制定的。

地方领导陪同我们来到了百弄屯。这是平果的模范社区，还在建设之中。展现在我们眼前的是一大片的别墅群。我们走进了一幢已经入住的别墅。主人三十多岁，大学毕业，曾在南宁工作过一段时间，后来回到家乡，投身建筑行业。在家乡，他让自己学到的知识真正派上了用场，没过几年，便成了全村发家致富的带头人。人一旦富裕了，精神面貌也就明显地不同。年轻的主人一边领我们参观他的三层楼房，一边和我们聊天，大方，从容，不紧不慢，一副见过世面的派头。他还拿出一张百弄屯的老照片。从那些破败的房屋就能看出，过去，这里是个穷困的村庄。今昔对照，变化实在太大了。

整整一夜，都在刮着大风，一阵紧似一阵。夜色中，想到地上的雪，会在风的鼓舞下飘飞起来吗？雪，向着天空飘飞，仿佛逆着时光舞蹈。这该是一幅多么神奇的情景啊。奇迹每时每刻都在发生。在天空下。在大地上。在生命里。心中有大爱的人，一定会相信奇迹的。一定的。

阳光的早晨，依然有风声传来。我坐在阳台上，为自己沏上了一杯红茶。心中生出隐隐的盼望。这样的日子，应该邀上一个朋友，一个知己，坐在咖啡馆里，一边喝着咖啡，一边轻松地说说话。咖啡飘香的时光。手心慢慢地趋向温暖。肩渴望着一份承担。承担往往来自最深的柔

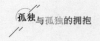

情。与咖啡飘香，形成和谐。

咖啡飘香，已不再是都市人独有的享受。在平果，在我们下榻的星级宾馆，就有一家相当典雅的咖啡屋。没有想到，在广西的一个国贫县，竟然喝到了蓝山咖啡。而在南宁，在一家规模更大的咖啡馆里，我们反倒没有喝到咖啡，等了半天，也没有喝到，结果，六七个人，傻坐在那里，喝了不少白开水。

平果人的面貌、做派，甚至说话的腔调，都与田阳人和巴马人大不一样。我总觉得，他们和广东人有着更多的相似。连口音都像。事实上，许多平果人都会说广东话。广东和平果也有着千丝万缕的联系。陪同我们的副县长兼宣传部长苏女士就是个典型。她在座谈会上为我们介绍着平果，说话干脆、简洁，思维敏捷、开放，不时插进一两个笑话，并发出爽朗的笑声。喝起酒来，也丝毫不让须眉，热情中透着大方。她甚至还直接用英文演唱了《友谊地久天长》，以表达地主之谊。同学中，能用激情同她呼应的也就是岸起了。岸起每到一地，就会烧起冬天里的一把火。岸起是马列主义博士后，看到他，我们对马列主义，除去敬畏感，又平添了一种亲切感。

几乎在所有场合，平果的地方干部都会提到一个伟大的名字：邓小平。正是邓小平的一句话"平果铝要搞！"启动了平果县特色工业的发展。在县城的好几幅硕大无比的宣传画上，小平同志微笑着伸出手，仿佛在指点着平果的方向。平果人说到邓小平，都禁不住流露出一种亲切、感激、骄傲和热爱交织在一起的丰富情感。

"没有小平，也就没有平果的今天。"他们激动地告诉我们。

是一个星期日。在地方政府的安排下，我们慕名来到平果铝生产公司。厂区极大，由于众多的植物和花卉，看上去像座花园。离厂区不远不近的地方是生活区。这样，职工上下班会方便一些。天正下着蒙蒙细雨。我们在广西的那些日子，天好像就没怎么放过晴。也好。不冷不热。穿着一件夹克就行了。有女同学特意到平果的专卖店买了好几件短袖衣衫，可始终没机会穿上。留作纪念吧。公司党委书记刘先生和总工程师李先生专门赶到公司，陪同我们参观。我们戴上安全帽，跟随刘先生和李先生来到一个又一个车间。李先生用通俗易懂的语言，为我们介绍了平果铝的生产流程。矿石最终变成了铝锭。优质的铝锭。至少目前，平果铝在市场上还供不应求，效益看好。平果铝公司的周围，分布着大大小小的加工厂。国营和私营的都有。紧挨着平果铝生产公司，能节约不少的成本。那些老板真是精明。在某种程度上，已经形成了一个平果铝城。一个工厂就这样带动了一个地方的经济。

　　平果是让人羡慕的。实际上，在百色地区，大多数县还相当贫困。尤其是那些山区。那坡就有许多山区。我们乘坐森林消防车前往深山中的一个村落。山路崎岖，坎坷，加上正下着雨，还有点泥泞。雨天上山，实际上是一种冒险。一路上，司机小心翼翼，始终处于紧张状态。忽然，一块巨石从山顶滑落，离我们也就几十米的模样。司机立即将车停下。凭借经验，他预感到可能还会有其他石头滚落。果然，没过多久，又一块巨石飞速而下，落在我们的面前。天哪，原来山清水秀中还暗藏着如此的危机。

　　生活在山里，不是件容易的事。我们越发深刻地意识到了。这里的村民还基本上靠养几头猪来增加一点收入。自然十分有限。村干部们也几乎想尽了各种办法，提高村民的生活水平。当他们在简陋的会议室向我们介绍村里的情况时，我似乎感到了一丝悲凉和无奈的气息。我们随意走进一户人家。屋里只有一个老人，坐在那里，见我们进来，也没有丝毫的反应。有同学以亲切的口吻对老人说:"我们从北京来,是中央派来看望您的。"老人依然没有丝毫的反应。对于他来说,"北京"和"中央"都是些太遥远而又模糊的概念。

生存的需求,让大山深处的黑衣壮族居民最终选择了旅游产业。那些姑娘身着黑色衣衫,佩戴各类饰品,为我们表演一个又一个节目。我发觉她们的动作和表情都又点机械化了。商业导致的机械和疲惫。某种鲜活的气息已经消失。我想,那些姑娘在谈情说爱时肯定不是这样的。但是,生存,生存!

松风抵北京。我们便有了聚会的由头。玲,遇,还有乙宴。该来的人,好像都来了。

照例喝黄酒。黄酒飘香中,身心渐渐舒缓。有玲和松风,气氛自然就好。任何聚会,都需要一两个核心人物的。玲和松风就是这样的核心人物。哪怕一句话不说,也是核心人物。他们天生的亲和力,竟然让我一时丢掉了腼腆。也让乙宴一下进入了话语的状态。那么令人欢快的话语。

那么令人欢快的夜晚。一眨眼,就到了子夜。到了子夜,依然感觉一天刚刚展开,依然没有想到回家。回家?家又在哪道门?在广西,就不存在回不回家的问题。在广西,真好。

在广西,你可以在深夜两点出去溜达。深夜两点,照样能吃到柚子和柑橘。照样能约几个朋友喝喝二锅头。那次,我们喝了那么多二锅头。越喝越不像二锅头。越喝越像茅台。二锅头,就是茅台。茅台,就是二锅头。想喝二锅头的时刻,你就去买茅台吧。

好像我整天都在喝酒。时刻都在喝酒。太不好了。一名党员,整天都在喝酒,时刻都在喝酒。太不好了。一个裁缝,整天都在喝酒,时刻都在喝酒。太不好了。好像我多么能喝。其实，一点都不能喝。一喝就脸红。红得那么厉害。女同学都不喜欢我。女同事也不喜欢我。太不好了。松风，晓青，玲，乙宴，笑纹，恒鹏，张星，也快不喜欢我了。太不好了。不能喝，还那么喝。太不好了。一个不可救药的家伙。太不好了。

我现在在哪里？还在广西吗？在广西，真好。

出去开会。到郊区的一个地方。一大片牧场，一排排白杨，还有冰冻的河，以及弯曲的路。乡村景色，总是让我着迷。

乡村景色，总是让我着迷。独自来到河边，目光散漫地投向那些树。仰起头，天空映衬的枝和干，那么精神。一道道冲破章法的曲线。一股股蛮横的力，像草原的马。

子夜，一定要在子夜，约上几个兄弟姐妹，找到一个天然温泉。真正的天然温泉。在树影之间，在隐约的狗吠声中，沉浸在暖洋洋的泉水里，一抬头，就能看见满天的星星，一抬头，就是她，在雾气袅绕中，弥散朦胧而又妩媚的韵致。而这时，就有一只手，端着一杯红酒，飘过来，在水里，你感觉就是飘过来的。喝一口红酒，再闭上眼睛，你就进入梦里了。

梦。我又在做梦了。我总是在做梦。哪里有什么天然温泉。真能找到什么天然温泉吗。很多时候，我就是在梦里生活的。否则，我难以坚持。

而那一天，在边境，登上一道山坡，使劲揉揉眼睛，真的不敢相信面前的一切了。恍如梦境。让人失语的美。

竟然有那样的水，绿得透明，绿得失真，绿得让人心跳。我想起喀纳斯了。遥远的喀纳斯。也就喀纳斯才有那样的水。那一次，我和松

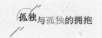

风，差一点就留在了喀纳斯。天上的喀纳斯。

几重瀑布，很秀气的瀑布，装饰般垂挂着。湖面上看，它就是一种装饰，一个布景，巧妙地连接着山和水。山和水，完全融合在一起了。对面，就是另一个国家。就是另一些人民。都能看到对面的人民了。在雨中挑着担，戴着那种有特色的绿帽。他们在劳作。人民都在劳作。山和水中，居然就是边界了。山和水中，边界也该是诗，是歌，是爱和情。而不是硝烟。

禁不住拍下一幅景致，给北方发出。想告诉朋友，山和水中，有着怎样的思念。

不想待在家里。偏要出去感受莫非所说的那种"干净的冷"。偏要出去看看那些枝和干。枝和干，脱去了叶的枝和干，绝对是树的本质和精神。天和空的映衬，让它们变得那么清晰。

龙潭湖。有了龙潭湖，就可以不去颐和园，不去圆明园，不去香山。龙潭湖，我的龙潭湖，让我甘愿放弃其他所有的公园。

就像广西北海。一进入北海，一看到那条榕树成荫的大街，我们就认定：这是我们的北海。而为了"我们的北海"，我们甘愿放弃南宁。

并不是不喜欢南宁。其实，好几次，都到了它的身旁了。我们甚至还在南宁住了一夜。就在火车站附近。整洁的街道。整洁的报刊亭。整洁的水果摊。还有读秒的红绿灯。广西的许多城市都有读秒的红绿灯。北京反而没有。真是不可思议。真是没有道理。这世界，没有道理的事情实在太多。那一夜，特别想喝咖啡。几位同学都特别想喝咖啡。还等什么呢。那就走吧。去上岛咖啡。

没有找到上岛咖啡，却来到了米罗咖啡，比上岛咖啡更气派、更豪华的米罗咖啡。瓜子，点心，自动咖啡机，纯净水，加上我们的兴致，一个美丽夜晚所需的一切似乎都具备了。就等着喝咖啡了。可惜，只可惜那咖啡怎么都煮不开。等了两个小时也煮不开。煮不开咖啡的夜晚。煮不开咖啡的南宁。

　　　　冤枉的夜晚
　　　　不讲道理的女人

　　　　紫荆花在招摇
　　　　咖啡，却怎么也煮不开

　　而在北海，在深夜一点，我们依然能闻到咖啡的香息，依然可以到榕树大街上安静地走走。瞧，恰当的时间，恰当的地点，多么重要。就缺一只手了，一只能让我牵着的手。

　　咖啡，榕树，沙滩，这就是北海。我们的北海

　　《广西印记》已写了整整一个月了。该告一段落了。否则，朋友们也会疲惫的。常常，在激情的晕眩中，我几乎是在自言自语了。谁愿意老是听一个人在自言自语呢？

　　又到子夜时分。那么的安静，只听见一个声音。是我在说吗？还在说。印记和思念在说。印记和思念，都是无尽的。

　　该告一段落了。我不得不考虑结尾。似乎有好多种结尾。正因为有好多种结尾，我竟不知如何结尾了。其实，内心深处，还是留恋。不愿轻易离开那片让我眩晕的土地。瞧，我竟变得矫情了。

　　就先试试第一种结尾吧：

　　从那坡返回县城的途中，我们遭遇了震撼人心的一幕。那是在烈士陵园。一个树木郁郁葱葱的山丘。一排又一排的墓碑出现在我们的面前。都是在自卫反击战中牺牲的战士。都是二十岁左右的青年。当生命刚刚展开时，他们却倒下了。多少家庭从此罩上了悲伤的阴影。母亲的眼泪也许一辈子都擦拭不完。那些倒下的战士中有许多恐怕还没谈过恋爱吧。谁知道呢。有那么一刻，我的脑子一片空白，所有的词汇都冻结了，只剩下两个字，两个在瑟瑟颤抖的字：残酷。战争的残酷。

　　这世上要是没有战争，该多好啊。在烈士纪念碑下，我一遍又一遍地在心里祈祷：让我们珍惜生命！让我们珍惜和平！

　　生命，那么美好。就像在北海，当我在浓郁的榕树下悠闲漫步的时候，当我在银滩洁白的沙子上奔跑的时候，当阵阵的海风带来阵阵的涛声的时候，我都有一种冲动，挡不住的冲动：想立即拨通一个号码，想让爱的人听听树叶的沙沙声，听听大海的涛声，并大声地告诉她：生命，那么美好！

　　　敞开

　　　这生命的华美乐章

　　　用最最柔情的音符

　　　传达天空的意志

　　　只能倾听

　　　此外你别无他法

　　　心已动了

> 白色的马跃上
> 黄金的大道

　　心思还没离开广西。想到一个夜晚。那是在巴马。难以成眠，因为隐约中的期待。索性早早地起床。步出房门，发现天根本没亮。"为了到花园里看日出，我比太阳起得更早。"卢梭的话在夜空响起。

　　而我比太阳起得更早，又是为了什么呢？我不知道。真的不知道。肯定不是为了到花园里看日出。也不是为了到早市进行调查研究。兴许仅仅为了吸几口空气。凌晨的空气。

　　已经过去了那么多天，我依然无比想念那个夜晚。那个隐约期待的夜晚。一个人竟然能把一个夜晚拉得那么长，无比的长。你不敢相信。有时，恰恰就是一个夜晚，一个声音，一份心情，甚至一种空气，让你记住，并留恋一个地方。

　　这时，就需要那只手了。那只手伸出，并牵引，我便会随时回到广西。

> 子夜
> 辽阔的静
> 影子敞开的秘密
> 水醒来
> 朝向天空流淌
> 星星湿润的手
> 让时间转过身来
> ……

激情的一天。一切都那么美好。又聚首了。说说话。在风中走。冷了，就喝点咖啡或茶。要不，就唱上几首歌。那冰冻的湖面，泛着白光。水，也会在冰底下涌动的吧。有那么一刻，我走神了。阴天，没有阳光。没有阳光，也没什么要紧的。歌与水的表达，胜过言语。另一种叫人眩晕的阳光。

我明白，是广西凝聚起几个人，凝聚起一份难得的情感。昼与夜，守望和期待。宁静和疯狂。二锅头，加香蕉。还有巴马著名的滋补药酒。滋补药酒，那么喝，差不多就是毒药了。毒药又算得了什么。我们能挺住的。喝完酒后，照样到广场上游逛。照样去爬山。照样在百鸟岩中发出一声又一声的狂吼。一道。这很重要：我们，一道，走过一段山和水的路。有缘分，终究要走在一道。我们一道翻山越岭。瞧，小朱又笑了。小朱的笑，都那么让人发笑。可爱的小朱。

于是，在我心目中，广西，广西的山和水，就连接着几个温暖的名字：汤晓青，乐新新，张星，朱恒鹏，陈昕，张健，宋红，高岸起，施劲松和万明。一些优秀的或有特点的人。一些性情的人。一些真实的人。如今，这世上，那么多的伪装，那么多的面具，能遇上几个真实的人，不是件容易的事。

他们是我的兄弟姐妹。认识他们，是我的幸福。我祝福我的兄弟姐妹。而且，我们永远都有一个共同的话题：广西。只要我们聚在一起，就自然而然地要谈论广西。广西，我们的广西。

如此，我的《广西印记》确实该告一段落了。我只需期待，期待着一次又一次的相聚，期待着一次又一次地把无边的时间揉成碎片：回味，思念，凝视，盼望。只需承受。可你能承受得住吗？这生命中的重与轻！！！

远 景

〔罗马尼亚〕 马·索雷斯库

高兴 译

倘若你稍稍离开，
我的爱会像
你我间的空气一样膨胀。

倘若你远远离开，
我会同山、同水、
同隔开我们的城市一起
把你爱恋。

倘若你远远地、远远地离开，
一直走到地平线的尽头，
那么，你的侧影会印上太阳、
月亮和蓝蓝的半片天穹。

2007 年 1 月 7 日

到同里去

同里是我的家乡吴江的一个镇，离我的出生地松陵镇也就五六公里的样子。五六公里现在看来已不算什么距离，放在北京上海这样的大都市甚至都可以说就在家门口了。但在我小的时候，在交通尚不发达的情形下，五六公里意味着相当远的地方，是需要好好走上一阵的。况且，同里在很长一段时间里，基本上只有水路同外界相连。正由于"路途遥远"，交通不便，说来惭愧，长大成人前，我好像都没怎么去过同里。也正因为没怎么去过，同里在我的童年记忆中始终是朦胧的，是缥缈的，隔着水，隔着树。

中学毕业后，我远离故土，求学，工作，为了所谓的事业，忙碌、奔波，甚至漂洋过海，天南地北地转了一大圈后回到家乡，终于来到同里，不禁生出相见恨晚的感慨：原来天堂就在自己老家。而这时，我和同里差不多错过了整整三十年。

到过同里之后才知道同里不大，只有六平方公里，在六平方公里的范围内生活和工作，是不需要任何机动车辆做交通工具的。顶多一条小船，顶多一辆自行车。没有了车水马龙，小镇便显得格外的宁静。这种宁静如今越来越难得了，对于众多的城市居民来说，这已是一种奢望。小镇周围全是湖：同里湖、叶泽湖、南星湖、庞山湖、九里湖、通澄湖，等等，等等。镇内的河流形成了一个大大的"川"字，又衍生出无数的支流，十几个各式各样的圩岛就这样出现了。我从没见过这么多的水。整个小镇的布局也完全是篇水做的文章：因水成街，因水成路，因水成市，因水成园，而且家家户户都临水而居。水使小镇有了灵性，水又巧妙地将河桥、街路、宅园融汇成一道道风景。一个典型的由水养育、由水滋润、由水衬托、由水造就的古镇。到了同里，你会明白水乡的全部含义了。

有水的地方自然就有桥了。几乎站在同里的任何一个方位，你都可以看到桥或者桥的痕迹。尽管我每次到同里，都试图数点一下同里的桥，可每次数点的结果都不一样。因此同里究竟有多少桥，到现在我也说不清。我想起码有五六十座吧。如果说水是同里的灵魂的话，那么桥就是同里的命脉了。同里的桥，造型讲究，姿态万千，质地不一，有的用龙岗石垒就，有的用青条石砌成，有的呈拱形，有的为梁式，有单孔桥，有多孔桥，有三曲桥，有九曲桥，有些任绿树围绕，略显神秘，有些由清波映衬，分外明净……这些桥既有实用功能，又有美学价值。它们连接起了圩岛，连接起了街市，使整个小镇成为一个通畅的立体的整体，同时又珍珠宝带似的装点着小镇，为小镇平添了几分美丽和情趣。正是因了这些桥，同里除"水镇"外，又有了"桥乡"的美称。不知怎的，看到同里的桥，看到桥畔的人家，我就会想起我们的老前辈、诗人卞之琳的著名诗行：

你站在桥上看风景，
看风景的人在楼上看你。

明月装饰了你的窗子，
你装饰了别人的梦。

我想同里的夜晚会常常出现这样的画面的。

所有的桥中最最引人注目的要算太平桥、吉利桥和长庆桥了。这三座桥都已有几百年的历史了。三座桥上都有桥联，其中吉利桥上的南北两副桥联最富有诗情画意，又最吉利，容易让人记住。南侧一联曰：

浅渚波光云影，小桥流水江村。

北侧一联曰：

吉利桥横形半月，太平梁峙映双虹。

三座桥位于三条河的交汇处，相距不远，形成了一个独立的景色。我的印象中，三桥地带有茂盛的合欢树，有整齐的花岗石栏，有轻盈的渔船，有河两岸彼此打招呼的乡亲，相当美丽，也格外热闹。有好几次，我都碰上喜庆的人们用花轿抬着新人，在欢快的音乐和鞭炮声中，绕着三桥走上一圈，有人不断地拉长调喊着"太平吉利长庆！"据说，这是同里的一种古老的习俗。同里人相信，只要走一走三桥，生活就会充满幸福和吉祥。

同里的园林不少，大多是些建于明清两代的私家园宅，规模往往都不大，但小巧玲珑，别有一番韵味。同里的园林中，退思园无疑最具代表性了。因而，到了同里不进退思园，就好比到了北京不登一登长城，到了上海不逛一逛外滩，到了西安不看一看兵马俑一样，是件让人遗憾的事。退思园，建于清光绪十一至十三年。园子主人任兰生，为清朝武官，后仕途受挫，落职回乡，花十万两银子建造宅园，取名"退思"，显然有《左传》中所说的"进思尽忠，退思补故"之意。整座园子简朴、素雅、含蓄，体现了园主当时特殊的心理。当然喽，一般园林所不可或缺的亭、台、楼、阁、廊、坊、桥、榭、厅、堂、房、轩，这里都一应俱全。由于园子中心是一片碧绿的水池，退思园看上去极像一座水上花园。我曾经在不同时段、不同天气走进这座园子，但说实在的，还是没能完全看够和看懂这里的一切。其实，这园子本身就不是被看的。它需要你去细细地体味和感受，而且要带着极为宁静和淡泊的心境。如能住上几晚，那就更妙了。我看到如织的游客匆匆进入园子，在各个景点前匆匆拍照留念，最后又匆匆离去，总觉得委屈了这花园。我想象着园子的主人或登上坐春望月楼赏月吟诗，或来到迎宾居和岁寒居以文会友，或走进水香榭戏鱼弄水，或坐在退思草堂读书习字，那该是怎样一种惬意贴心的生活啊。可惜，如此雅致的园宅还是没能锁住园主心中的"宏图大志"。据说，没住满两年，此公又返回仕途，最后竟客死他乡。耐人寻味的是，不是他的业绩，倒是他落魄时建造的这座园子让他留名青史了。

　　同里有一条古色古香的石板街巷，对我有着特殊的吸引力。那就是明清街。街巷不宽，也不算长，两侧全是店铺，卖什么的都有，其中经营传统手工艺品和地方土特产的占了相当一部分。说到同里的土特产，我就会直流口水。酒酿饼、芡实糕、青团子、麦芽塌饼、袜底酥、熏鱼、熏虾、腌菜心、酱汁肉……这些永远的传统食品啊，我实在难以用言语形容它们的好吃。记得有一年春节，我和老同学唐建新在北京友谊宾馆，弄了几个小菜，开了瓶酒，算是过年了。吃着吃着，就谈起了同里的土特产，竟谈得眉飞色舞，竟谈得热泪盈眶。那是一次特殊的"精神会餐"，一种特殊的思乡方式。我忽然觉得这些传统食品就是我的童

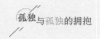

年和少年，就是我的故乡，就是我的根。今年年初，回家省亲时，邱悦、张慧良、周军、张崇丰、吴春芳等几位老朋友又先后陪同我去了几趟同里。他们了解我的喜好，安排的尽是些极中我意的项目：在河边茶馆喝茶聊天，在世德堂吃家乡菜，夜深人静时在古朴的石子路上漫步……无数久违的感觉重新到来。那些时刻，我觉得时光是可以倒流的。

一个地方太美丽、太精致了，你就会尽量慢慢地去打量它、去欣赏它，决不会试图而且也不会舍得一下子将它全部读遍览尽，总是要留一点空间和余地给以后的时光。对于我来说，同里就是这样的一个地方。我每次去，都只看一两个景点或到一两个圩岛，有时甚至就在一座桥边坐上大半天。如此一来，我仿佛永远都处于等待状态，等待着下一回再到同里去。

在许多古代诗人的笔下，同里有点像世外桃源。明代诗人徐贲的《李逸人同川药隐》一诗就传达出了这样的意思：

> 小墅离村远，门当水竹开。
> 芷蒲皆药草，云鸟尽诗材。
> 春雨躬耕去，斜阳访病回。
> 花藏溪路上，只许酒船来。

如今，千年的古镇已经敞开。现代化的公路已修到镇口，直接连着苏州和上海等重要城市。星级度假村也已在同里湖畔建成。每天，都有游客从四面八方慕名而来。同里的名气也越来越大了。每每有人问到我的老家在哪儿时，我只要说"就在同里附近"，对方准会有所反应：

"噢，同里，多美的地方！"我还在同里举办过几次规模不等的文学会议，邀请过数百名作家、诗人、学者和同行到同里参会。凡是到过同里的朋友都会由衷地赞美同里这座迷人的水乡。我最爱听他们说的一句话就是："那是高兴的家乡。"这句话不仅让我自豪，还能让我心醉，甚至激发起我的灵感。多年前我在同里湖畔写下的《家乡》就是自豪和心醉的产物：

同里湖
举起一杯杯黄酒
把微醺当作最后的奢华

影子徘徊
难以逃脱船的手掌
梦中的少年，登上船头
呼吸，呼吸
夜色滋润想象
在小桥流水间，寻觅一线生机

季节已无界限
所有的路，都被落叶省略
风雨交加，你猛然发觉：
岁数真的大了
深一脚，浅一脚
转了一大圈，还是走不出家乡

已在北京生活了近四十个年头。近些日子来，总有朋友和我谈起都市生活残酷的一面，我自己也颇有同感。拥挤、喧哗、紧张、钢筋水泥的冷漠、防盗门后面的孤独。长此以往，健康的身心怎能不受伤害？承受不了的时候，一个声音便会在我心中响起：到同里去！

　　是啊，为什么不到同里去呢？哪怕只住上几天！

2018 年 9 月 12 日修订稿

水乡散记

|蒙蒙细雨|

在北方待久了，就有回南方的冲动。毕竟根在那里。原本五月就要回去的。由于意外事故，这一计划推迟了半个多月。

终于回到了苏州吴江。作家林希、肖克凡和刘恪也分头从天津和郑州赶来。我要他们看看我的故乡。抵达苏州的时刻，天下起了蒙蒙细雨。故乡就在这蒙蒙细雨中向我们徐徐地展开。

在周军先生的精心安排下，我们住进了同里湖度假村。一个世外桃源似的半岛，三面环水，岛上生长着芭蕉、玉兰、枇杷、樟树等树木。大片的草坪绿得有点失真。不时地还能听到水声和鸟鸣。而水声和鸟鸣又衬托出一种说不出的宁静。是休假的好地方。也是疗伤的好地方。

林希老头年逾七旬，思维敏捷，行动从容。他的节奏就是我们的节奏了。缓慢，难得的缓慢，正是我的身体和心灵所需要的。

刚住下不久，我们就禁不住来到了湖边漫步。蒙蒙细雨仍在下着，但不需要伞，江南的细雨不需要伞，即便打伞也只是一种装饰，那是戴望舒的时代。细雨打在脸上的感觉很适意，像年轻女子的抚摩。

城市渐渐地远去了……

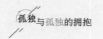

| 碧螺春 |

说到苏州，林希老头首先想到的是碧螺春。"能喝到正宗的碧螺春了。"他兴奋得像个孩子。于是，碧螺春成为水乡之行的另一个基调。

周军先生心细，第一次和我们共进午餐时，让服务生把茶换成了碧螺春。是最新的碧螺春，有一种淡淡的清香。林老头眯缝着眼睛，细细品着，露出满足的笑。于他而言，这才算真正到江南了。

午餐结束，老头舍不得将茶废弃，竟将茶杯端回了房间。周军连忙吩咐服务生备好一听碧螺春，放在老头的房间。老头可以时时喝，慢慢喝，尽兴地喝了。克凡兄笑语："老头这一招着实巧妙，又为自己骗取了一听碧螺春。"

小说家范小青来看望我们，带来了洞庭山碧螺春，和她新近出版的长篇小说《女同志》。一位典型的苏州美女，端庄，洁净，文静，充满古典韵味。我曾在黑海之滨接待过她参加的中国作家代表团。在罗马尼亚、摩尔多瓦和乌克兰访问期间，一批又一批当地的诗人和作家簇拥和包围着小青，为她献上鲜花、诗歌和吻手礼。如此情形，让我看了不由得生出了无限的自豪。中国作家协会派小青出访，太智慧了。

见到才女和美女，林老头毕恭毕敬、再三施礼，一副绅士风度。喝着碧螺春，望着范小青，老头的眼神柔和，话语里总是溢出欣赏和赞美之情。懂得品尝碧螺春，必定也懂得欣赏女人，尤其是苏州女人。反过来，懂得欣赏女人，必定也懂得品尝碧螺春。这是林老头的逻辑。

之后，在水乡的几天里，只要一坐下来，我们就喝碧螺春。在度假村。在茶楼。在退思园和静思园。仿佛就是为了喝碧螺春，我们才来到这江南水乡的。

| 同里湖 |

同里湖，只要走到窗前，就能看见同里湖。

每天早晨起来后的第一件事，就是拉开窗帘。这一刻，泛着银光的同里湖水便涌进了我的视野，有时还会稍稍刺激我的眼睛。

有一天，不到五点就醒了，我坐在窗前，望着浩渺的湖水，久久地，静静地，竟忘了时间的流逝。也许是生长在水边的缘故，对水，总有特殊的依赖。儿时，夏日时光，基本上就是在水里度过的。整天游水，和小伙伴们打各种水仗。看到有女孩来河边打水，便潜入水中，然后忽然在女孩眼前冒出来，吓得女孩尖叫一声，有时甚至还会惊恐得扔了水桶……现在想想真是罪过啊。水中的童年似乎掌握着我一生的性情。离开家乡太久，就会有干枯的感觉。而只要来到水边，所有的感觉都会立即被唤醒。我刚刚主编出版的一本诗画集就名为《水怎样开始演奏》。那么，水究竟怎样开始演奏呢？同里湖能告诉我吗？不管怎样，诗意的滋润已在不知不觉中濡湿了我的心田了。

我们下榻的别墅楼与同里湖也就几步之遥。湖边漫步，自然而然成为不可或缺的快乐。还有些浪漫的色彩。谁都不会错过的。早晨，不用约定，就能一会儿遇到林希，一会儿遇到刘恪，一会儿又遇到肖克凡。在湖边水榭或平台上站立片刻，有风从湖面吹来，很快你就会感到阵阵的凉意。夏季奢侈的凉意啊！

度假村客人不多，似乎就我们几位。因此，很容易产生一种幻觉：整片同里湖都是我们的。人，有时需要一点幻觉。

住在湖边，每天的餐桌上少不了鱼虾等水产。还有年轻的蟹，又嫩又小，可以用面裹着吃，这种吃法就叫"面裹蟹"。绝对新鲜的水产，

125

在北方，难得吃到的。

当然，有水的地方，蚊虫也多。多得难以想象。那天夜里，正在吃饭，春芳同学不经意中抬起头，看到餐厅的落地窗上爬满了蚊虫，密密麻麻，严丝无缝，全都隔着玻璃望着我们用餐。你已经无法无视如此庞大如此规模的蚊虫队伍了。

|评弹和松鹤楼|

小青要尽地主之谊。林老头婉转提出想听听评弹。是啊，都到了苏州了，不听听评弹，可惜。

我们一行六人，在小青的率领下，走进了苏州画家叶放先生的家中。朱文颖、荆歌和陶文瑜等苏州作家已在那里等候。都是些靠作品说话的实力派青年作家。

朱文颖身披纱衣，飘然的样子，言语不多，安静地站在屋子的一角，很动人，不声不响中溢出许多意味，无意中就会引来男人的目光。对安静的女孩，我总有一种特别的偏爱。可由于生性腼腆，又缺乏接近她们的勇气。因此，大多时间，只能在心里琢磨她们的种种味道，并把她们想象成完美的天使。在这点上，我得好好向荆歌学习。当然喽，荆歌有许多我永远学不来的东西，比如他的气质和他优秀的形象。关于荆歌，女作家徐坤有准确而又传神的描绘：

> 这是个典型的江南才子。他长发飘飘，有着莎士比亚一般的巨大头颅，鼻梁穹隆突兀地耸起，三维立体的脸部有着鲜明的异族遗传痕迹。
>
> ......

这个家伙，不说话时，眉宇间会显出淡淡的诗人般的孤绝与郁悒；而一旦他笑起来，俏皮狡黠地呲虎牙，顷刻之间，乖张放诞的皮相，又把这一切脉望都给破了。

这就是荆歌。见到他，你就会立即明白，在景色秀丽、美女如云的苏州古城，他有着怎样得天独厚的优势。

陶文瑜一见面就让我们感到了热情和欢快。当然靠语言。充满机智和诙谐的语言。有些作家仅仅是书面作家。有些作家仅仅是口头作家。而陶文瑜显然既是书面作家也是口头作家。只要有他在场，笑声就有保证了。荆歌认为，苏州有两大才子：车前子和陶文瑜。如今，车前子已定居北京，苏州实质上就剩下一个才子了。就在主人为我们介绍他家的花园时，陶文瑜迫不及待地要在画册上给我们题词。这相当于在提醒我们：别忘了，除了散文家，他还是位出色的书法家哩。

叶放先生的私家花园实在精致、讲究。山、水、泉、石、曲桥和小径等苏州园林的元素应有尽有。还有戏台和看台，隔水相望。这如此的环境中，生活就是艺术，艺术就是生活了。我们不禁感慨。林希老头说得更加直白：到了苏州，才明白，我们这些北方佬简直就是泥做的，不，是烂泥做的，污泥做的。

评弹女演员一身蓝色旗袍，亮丽登场，典型的苏州美女，还没开唱，就吸引住了我们所有人的目光。林老头当仁不让，坐上了摆放在看台中央的太师椅，视野最最称心如意了。一曲唱罢，又来一曲。老头还不过瘾，又点了曲《红楼梦》中的唱段。回味无穷的苏州评弹啊。让我们听上一天都乐意的。林老头怜香惜玉，适可而止，在给予一番掌声和赞美后，叮嘱评弹女好生歇息。接着，又有古琴女演员为我们演奏了一曲动人的《阳关三叠》。那个下午太美好了，四个字：有声有色。

在评弹和古琴的萦绕中，我们来到了松鹤楼。小青想让我们品尝一下地道的苏帮菜。松鼠鳜鱼，水晶虾，鸡头米汤，等等，等等，加上温和的黄酒，和主人的热情，我直担心林希老头又要流泪了。一同访问罗马尼亚时，我就领教过一回。那是在告别晚宴上，陪同我们的罗马尼亚女诗人依依不舍，泪流满面，和林希老头紧紧拥抱。在关键的刹那，老头竟然也流下了热泪。天才啊，天才，简直就是表演天才了。事后，我问老头是靠什么办法挤出几滴热泪的，老头答：那一刻，我就想，老娘啊，你死得实在太早了。读过林希《百年记忆》的人都知道，他的母亲不到四十就离开了人世。

这一回，老头紧紧抱住了朱文颖。一边抱着，一边喃喃地说道：要是火车晚点，或干脆取消，就好了……

老头啊，您还是赶紧回天津吧。您再不走的话，我们就彻底没戏了。

|农家菜和女镇长|

来同里前，周军就告诉我：曹雪娟现在是同里镇镇长。太好了。雪娟是我们的老朋友，同济大学的高才生，毕业后回到家乡，担任过吴江团市委书记。我每次回来，都要一聚的。雪娟年轻，漂亮，总是微笑的面容，让人觉得格外的甜美。我们大家都很喜欢她。记得有一年，我回到家乡多住了几天，还曾假装顺便到团市委去看雪娟，想和她好好聊聊。事先并没约好，雪娟开会去了。接待我的是一位小伙子，沏茶倒水，很是热情。我说：来看看你们。小伙子倒也直率：不会吧，是来看我们曹书记的吧。嘿嘿！

那一声"嘿嘿"太有意味了。弄得我稍微有些尴尬。谁让曹书记又年轻又漂亮又可爱又能干呢。难怪我的好多朋友平时都爱到团市委坐一坐。

雪娟以独特的方式招待我们。她要请我们吃农家饭，地点定在同里森林公园。赴宴之前，我让刘恪给雪娟签赠一本他的代表作《城与市》。我说：她可是我最欣赏的革命女干部哟，对，你就这么写吧，给高兴最欣赏的革命女干部。刘恪留了一手，改成了"给高兴最欣赏的知识女性"。刘恪用他的书生气在讨女人的喜欢。哈哈！

看到我们的车驶近，已在等候的雪娟笑眯眯地跑了出来。雪娟就是雪娟，身处官场，却始终洋溢着本真气息和女大学生味。对了，这就是我那么喜欢雪娟的根本缘由了。

在森林公园的木房子里，坐在雪娟的身旁，边吃边聊，是件十分愉快的事。周军和刘恪肯定也有同感。全都是些真真正正的农家菜：新鲜的鱼，新鲜的虾，新鲜的鸡和新鲜的蔬菜。土鸡汤最受欢迎了，黄灿灿的，喝上去无比的鲜美。补身子啊。要是早点喝上这样的汤，兴许我的伤早好了，我认真地想。这可是家乡的土鸡汤啊。

饭后，雪娟又兴致勃勃地领我们去看树林和鸟儿。鸟鸣声此起彼伏，像欢乐的交响。水杉高大笔直，显出人的渺小。由于生态环境良好，许多候鸟都在此扎根了。

| 在父亲的身边 |

父亲就长眠于同里公墓。来到同里，对我而言，就是来到父亲的身边。

要去看看父亲。天忽然就下起了雨。父亲知道我来看他了。一定的。我从小出去上学，父母总是牵挂着我。每次见我回家，父亲最最开心了。

给父亲带些什么呢。父亲抽过烟，喝过酒，可后来全都戒了。父亲也不需要鲜花和纸币。只要常常来陪陪父亲，父亲就很满足了。我了解父亲。

雨轻轻打在父亲的墓地上。我坐在父亲的身边，想着各种各样的往事。

父亲养育了我们六个子女，实在太辛苦了。曾把父亲接到北京，本想让他住上一年半载，好好侍奉他，等到母亲有空闲了，再把母亲也接来。刚到北京，父亲兴奋极了。他说一辈子都没过过这么清闲这么舒服的日子。可没过半个月，父亲就急着要回南方。我当时还有点不解和生气。后来，才慢慢地理解了父亲。老人怕寂寞。而我们上班，忙碌，陪伴父亲的时间实在太少。

如今，父亲在天上，肯定更寂寞了。他过不惯太清闲太舒服的日子。我了解父亲。那就多来看看父亲吧。多来看看父亲，父亲最最开心了。

雨轻轻打在父亲的墓地上。我坐在父亲的身边，和父亲慢慢地高声地说着话。父亲耳背，我怕他听不清。

今天是父亲节。我祝天上的父亲节日快乐！

| 古镇松陵 |

我们离开同里湖度假村，来到古镇松陵，住进了吴江宾馆。

松陵是我生长的地方，距离同里六七公里的模样。真正的老家。有着童年和少年的全部记忆。

我领着刘恪在镇上漫步，试图为他充当向导。但同刘恪一样，我的心里其实也充满了陌生的感觉。

那些弄堂呢？那些弄堂里的老房子呢？

我家就住在弄堂里。那时，人少，几乎没车，悠长、安静的弄堂成为小把戏们游戏的好地方。全是小把戏们自己发明的游戏：打弹子，滚铁箍，抽"贱骨头"，拍香烟盒，前门压倒飞马，凤凰压倒前门，大中华绝对就是一只鼎了……童年，没怎么读书，却天天游戏，天天玩到老晚，听到家人站在门口一声大喊"吃饭喽"才恋恋不舍地回到家中。贫困却很开心的童年。看着现在的孩子戴着小小的眼镜，背着大大的书包，我就禁不住地会可怜他们。

我们还在临河的街上和女孩子们玩捉迷藏，藏在树后面，藏在桥下面，藏在邻居家的门后面。那时，家家户户都敞着门，你可以随意走进邻居的家中，喝杯水，或坐一会儿。有时，女孩藏进了厕所里，我们这些男孩无奈，只好用链条枪对着女厕所一枪一枪地开火。是那种用车链条做成的玩具枪，插进火柴棍就算上膛了。那时，你要是有一把链条枪，神气极了。

更不用说自行车了。真正的自行车。那是稍稍长大之后的事了。通常是死缠硬磨，从大人那里借来骑会儿。一骑上车，就不管不顾了，约上小伙伴，飞快地骑出小镇，直奔田野，直奔太湖。那时，小镇和田野紧紧连着。

我领着刘恪在镇上漫步。眼前的情景已无须我讲述。那些弄堂不见了。那些石子路不见了。那些古树不见了。那些老房子不见了。也没有什么田野和乡间小路。到处都是别墅和工厂。而麦当劳、肯德基、上岛咖啡和联想专买又有什么好讲的呢。

还是去看看母亲，看看兄弟姐妹，看看老同学吧。

|家乡话|

在美国生活时，我曾有过如此的感受："远隔千山万水，我进一步领悟到家的含义。家不仅仅是一个栖息之地，生长之地，家是亲人、朋友、同胞、母语、祖国文化等所构成的一种特殊氛围。"

因此，对我来说，家可以是大饼夹油条，可以是菜饭，可以是青团子，可以是一段评弹，可以是母亲的叮咛，可以是童年的回忆，可以是一杯黄酒……当然，更不用说乡音了。

有时，特别想家的时候，会禁不住拨通一个电话，就为了听一听乡音。听一听乡音，也好啊。

常常，这样的电话就打给了我的女同学吴春芳。她的声音轻细、柔软，格外的甜美，有醉人的魅力，听她讲家乡话实在是一种享受。在我的心目中，春芳同学简直就是家乡的化身。

我也喜欢说家乡话，一有机会就说。周军兄弟在北京工作时，我们每星期都要聚上好几回。而每次聚会，必然要说说家乡话。拼命地说。痛快而又尽兴。时常练习，家乡话也就说得相当流利。

周军调回南方后，我便很少有机会说家乡话了。

回到家乡，重又沉浸在家乡话中，亲切的感觉，难以形容。我问刘恪，能否听懂我们家乡话。他说简直就是外语。于是，我又一回当起了翻译。这一回，不是将英语或罗马尼亚语译成汉语，而是将家乡话转换成普通话。

只不过，比起我家乡的亲人和同学，我的家乡话已经十分蹩脚了。难怪春芳同学不客气地指出：你的家乡话怎么说得这么难听啊。难怪荆歌说我是讲罗马尼亚普通话的男人。

我因此十分钦佩我的女同事苏玲。她说起重庆话来，流畅自如，音调、音色、音高，甚至就连面部表情都会顿时发生根本的变化。我也因此十分羡慕我的好朋友树才和小林夫妇。他们除了说汉语、法语外，还可以天天在家说说家乡话。

看来，我得好好学学家乡话了。

| 黄酒和老同学 |

我似乎专门在等一个宁静的时刻，写写我的老同学。

一起长大，一起走过，一起分享，生命中最美好的时光，老同学是个温暖心灵的词汇。邱悦，张慧良，姜勇，邓志刚，陈益明，周军，张崇丰，吴春芳，杜茉，李建平，朱群扣，等等，等等。姜勇已在一场车祸中离开了这个世界。

上中学时，与邱悦、慧良、姜勇和益明几乎形影不离。印象中，没怎么一道做功课，更多的时间是在白相：吹牛，荡马路，看电影。那时候，我们只和男同学玩，根本不理女同学。青春期的某种莫名其妙的心理。仿佛有道无形的禁令，男女同学之间都不能讲话的。记得有一次，老师让一位女同学向我转达一件事情，那位女同学迅速地写好一张纸条，迅速地扔在我面前，又迅速地转过身去。那一刻，她的脸大概都红了。

并不是不喜欢女同学。怎么会不喜欢女同学呢。实际上，几个长得出色的女同学，始终都在我们的注意中。暗暗地注意，只能是暗暗地注意。我们偶尔也会谈论女同学，但即便心里喜欢，口气也都是漫不经心的，甚至不屑一顾的。无论如何也不能缺乏男子气概。小男子气概。

嘿嘿！

有一阵子，我天天往益明家跑。和益明一道做飞机模型。益明的父母极为热情。我们做模型时，益明的妹妹总在一边观看。那么安静的洋娃娃。很长一段时间，她成了我的动力。我往益明家跑得更欢了。只可惜，我始终没敢向我的"动力"流露出丝毫的喜爱之情。如今，益明的妹妹都已当上市妇联主席了。

聚会，当然要聚会。每次回家，同学聚会如同节日一般。

这样的聚会通常都是由周军统一安排的。春芳同学称周军为"我们的外交部长"。周军曾在北京工作过八年。同学中，他是典型的南人北相，浓眉大眼，身材魁梧，往长安街上一站，就会引来不少女孩的目光。可周军太厚道、太脑脱了，居然整天和我泡在一起。资源闲置啊。好几年，周军、刘恪、姝娟和我同住石景山区，只需一个暗号，十几分钟就能集合。那段金子的岁月啊。

周军、张崇丰、邱悦、朱群扣、吴春芳、朱坚、陆峰等同学会轮流做东。天天聚会。天天都是节日。轻松欢快的节日。

酒是不可抗拒的。有几年，老同学聚会，专喝白酒。每人面前一瓶，喝完了再上，就那么一杯一杯地干，大有豪迈而悲壮的气概。后来，改喝葡萄酒了，依然是每人面前一瓶，喝完了再上，依然那么一杯一杯地干。酒到酣处，尽情回顾从前往事，热烈中流淌出丝丝的温馨。聚会中，最最潇洒的要数崇丰了。本来就英俊，举着酒杯，不紧不慢地说着一连串的风趣话，英俊中又透出了不少可爱。他不断提到一件童年往事：上小学时，我曾用三块大白兔奶糖让他天天帮我做算术作业。反正我不记得有这样的事。不过，每每见面，提到大白兔奶糖，我们都会哈哈一笑。大白兔奶糖已是我们的默契了。

　　这回，聚会空前盛大，差不多有近二十人参加。除了老同学，还有施志刚等几位老朋友。朱灏特意从苏州赶来。荆歌作为老同学家属也来了。还有我的朋友俞前。他是我们家乡的文联主席。当然少不了女同学。周军把我的漂亮女同学都请来了。刘恪肯定都眼热了。

　　家乡现在喝黄酒了。温和的黄酒其实就应该是南方的。儿时记忆中，伯父每天晚上都会喝点黄酒，喝一小口，吃颗蚕豆，再喝一口，再吃颗蚕豆，慢吞吞的样子，十分的惬意。喝点黄酒，有益于身体的。

　　老同学当然不会那样慢吞吞地喝。而是痛快地喝，尽兴地喝。边吃边喝，有说有笑，气氛让人陶醉。陶醉中尽显英雄本色。周军的豪爽，钱新的冷幽默，崇丰的浪漫，荆歌的连珠妙语，春芳的温柔体贴，群扣的憨厚，有这些老同学老朋友在场，整个聚会不知不觉中就演变成一场晚会了。

　　那一晚，我忘了医嘱，决定开戒，一杯又一杯地喝了起来。那是一杯杯的友情啊。黄酒般的友情。那一晚，究竟喝了多少，谁也记不得了。起码喝了三四十瓶黄酒吧。光我一个人就喝了三瓶。看得刘恪都傻了眼了：妈妈的，还有这么喝酒的。

　　喝到高峰时刻，我奋不顾身地站了起来，一字一顿地大声宣布：各位老同学，各位老朋友，我的伤病已经完全好了!!!

2006 年 10 月

新疆印象

一

又想到沈苇，我的兄弟。我的新疆印象和记忆，几乎都绕不开他。一位带有传奇色彩的诗人，获得过鲁迅文学奖。他实际上是浙江人，生长于柔和秀丽的江南。青春时，曾四处行走，寻找心目中的天堂。最后，抵达新疆，他觉得找到了。于是，定居，写作，并成家立业。他一直在有意培养自己的新疆气质。二十年过去了，沈苇成了新疆人，留着胡子，沉稳中透着热情和爽朗，像个智者，话语不多不少，夹杂着新疆腔调，总是微微笑着，不时地显出沉思状，能豪饮，能抽磨合烟，能熟练地拍开无花果，同时又绝对不失江南人的细腻和内秀。

第一次见沈苇，是在黑海。当时，我正在中国驻康斯坦察领馆任领事。沈苇来了，随中国作家代表团。我们在黑海边度过了一个难忘的夜晚：饮酒，畅谈，跳舞，几位茨冈乐手在一旁奏着欢快的曲子。我还邀来女诗人阿美丽娅参加我们的聚会。一支舞曲后，沈苇突然抱起阿美丽娅，在空中划了道弧线，将她轻轻放回座椅。这一奔放而又温柔的动作，让阿美丽娅露出灿烂的笑。连衣裙花一般盛开。

几年前，一个夏天，我和松风到乌鲁木齐开会。刚到宾馆住下，沈苇便出现在门口，给我们带来了他的大作《新疆盛宴》，一本美丽的新疆指南，充满激情和诗意。诗人写的书就是不一样。我和我的同事都爱不释手。那些天，我和松风就携带着这本书走天山，走布尔津，走喀纳斯，走禾木。我牢牢地记得书中的一句话："旅行着是美丽的。旅行者因对远方的向往和抵达而能得到远方的奖赏。"远方的奖赏。说得真好。这是沈苇的真切感受，是他的心里话。在相当程度上，正是远方成就了他：作为男人的他，作为友人的他，作为诗人的他。

沈苇用诗歌和深情打开了西域之门。在我们心目中，他已然成为西域的代言人，极具号召力。瞧，初冬，他的一个电话，朋友们便从四面八方赶来会合：耿占春从海南，赵荔红和徐大隆从上海，我从北京。我们为《西部》而来，我们为沈苇而来，我们为远方而来。此刻，远方已变成近旁，已变成一张生动的脸。在下午五点的光中，这张脸溢出薰衣草的气息。

二

有些名字，我会莫名地喜欢，比如枫丹白露，比如青海，比如阿月浑子，比如鹰嘴豆女孩，比如薰衣草。我见过薰衣草吗？也许在图片上。图片上的薰衣草总是以群众形象出现。大片大片的薰衣草。海洋般的薰衣草。薰衣草让人们想到法兰西，想到法兰西的普罗旺斯。其实，新疆也有薰衣草。听说伊犁就有。可我至今还没到过伊犁。

记忆在闪回。去喀纳斯的路上。我和松风坐在疾驰的吉普上，眼睛忙碌地望着周边的景致。松风对自然有着特别的在意和敏感，曾译过不少自然主题诗歌和散文。那篇《普罗旺斯四季》译得美极了。我想在此引用一段：

尚未采摘的杏子，黑黑的挂在了无一叶的枝头。修剪过的葡萄

137

藤那缠结的指头伸进光秃秃的褐色土壤里。冬天的落日，苍白而浑圆，随后会是一轮血红的圆月低垂西天。热气正在哪家马背上蒸腾。田野里白茫茫一片，长满了开着白花的野芝麻菜。一个个金雀花丛，被先端鲜艳的黄花映得格外明亮。迷迭香簇里，一枝乐观的紫罗兰独自盛开。远方，几缕鸿毛似的轻烟，在凝滞的空中笔直轻飏。喷泉四周的苔藓上，裹着一层薄如蝉翼的冰肤。清晨与黄昏，枪声"砰砰"不断。呻吟声，号叫声，猎犬铃儿的叮当声，脚下冻土的嘎吱声，拖拉机发动时的咳嗽声，雪松原木在烟囱里的劈劈啪啪声。雪给乡村裹上了隔音层，四野一片寂静。周遭弥漫着这个季节的气味：冻僵的空气散发出的木头烟味，早收的松露那厚重、几近腐烂的气味，正在压榨的橄榄那油腻腻的香味。冬天最后一场雪，不过是山顶洒上的一层糖霜。

（松风　译）

那分明也是在写喀纳斯。梦幻的喀纳斯。

突然，一片紫色出现在视野里。薰衣草。我和松风都如此认定，都不约而同地发出了欢呼。司机体贴，特意放慢车速，好让我们细细看看这片紫色的海洋。LAVENDER！松风轻轻用英语念道。

我们见过薰衣草吗？我和松风坚定地认为那就是薰衣草。直到前些天，一位朋友告诉我，那兴许并不是薰衣草，而是紫苏，一种同样是紫色的野草。呵呵。这么说，这些年来，我们记忆中储存的只是薰衣草的幻觉。也挺好的。美丽的误会。什么时候，要关注一下薰衣草个体，而非群众。要看看薰衣草的特写。

新疆处处都是幻觉。在月亮湾，我从未见过那么清澈的水，清澈得都有点失真了，像幻觉。在禾木，我们在白桦林间漫步，听鸟的鸣叫和附近溪水的潺潺，流连忘返，林间泄露的光，像幻觉，总诱惑着我们向更深处走去。更深处，谁在等待？陷入幻觉。那些图瓦人真幸福。他们就生活在风景中。

　　抵达乌鲁木齐的当天，沈苇安排我们观看《永生羊》。那是依据哈萨克族女作家叶尔克西的小说改编的电影。叶尔克西就坐在我们身边，不时地为我们当着翻译。是幻觉吗？我一边观看，一边感叹。那些画面，那些镜头，美得让人心痛，让人落泪。故事情节已不重要。音乐也美。还有那首哈萨克情歌《爱的凝望》，百听不厌，美丽而又充满了忧伤。

三

　　初冬，乌鲁木齐，空气中有清新的气息。映姝说，夜里刚下过一场雪，是乌鲁木齐今冬第一场雪。再加留意，果然，一些树梢和房顶上，积雪正在融化。忽然想到：刀郎的某首歌好像也同一场雪有关。乌鲁木齐最高温度四度，比北京低十来度，原本想该很冷的，可我丝毫不觉得冷。我甚至脱了毛衣，只穿着衬衣和夹克，在街上走，舒服，而暖和。

　　第二次到访这座西域都市，感觉既熟悉，又陌生。上回待了一个星期左右，几乎天天与沈苇他们聚会，饮酒唱歌，其乐融融。我和松风虽不胜酒力，但极喜爱那种氛围，以至于好几回放弃了组织活动。乌鲁木齐服装节开幕那天，苏玲不断给我和松风发来短信，让我们迅速前去出席开幕式，还说有绝美的维吾尔女演员要表演呢。可我们不为所动，一心还是想着聚会。那种聚会是性情的，心灵的，奔放的，诗意的，有时还具有仪式感。新疆朋友个个热情，大方，他们会轮流站起来，举起酒杯，说一番美好的话语，像致辞，也像祝福。参加过几次聚会，我不由得产生了这样的印象：新疆朋友人人都是演说家，又人人都是表演家。说唱歌马上唱歌，说跳舞马上跳舞，极其豪爽，自然，充满活力，毫无扭怩做作之态。这就是西域风格。

我们因此听到了多少美妙的歌曲，大多是情歌，哈萨克的，塔吉克的，维吾尔的，还有回族的花儿，无须懂得歌词，光那旋律和歌声就足以让你陶醉。叶尔克西唱得真好，是美声唱法，连续两曲唱罢，都不忘说一声：这是献给耿老师的。耿老师则坐在一旁，眯眼笑着，略显羞涩，流露出幸福的神情。耿老师有这样的资格。他已第六次来新疆。他热爱新疆。长相也有新疆特征，走在街上，绝不会被当作异乡客。来到新疆，他连说话的腔调都很新疆了：新疆，好地方！而满也，几杯酒后，似醉非醉，歪着头，眯缝着眼睛，唱起了花儿，那神态实在是太迷人，太可爱了。荔红，待他唱罢，举着白酒杯，轻盈地走到他面前，用浓郁的江南腔的普通话，一板一眼地对满也说："喏，我来敬你一杯。你太可爱了。"

我竟然也唱歌了，根本不会唱歌的，到了新疆，英语歌，罗语歌，都唱。胆子真大。松风好像也唱了。他可是从不唱歌的。这样的场合，人们不会在意你唱得好与不好。关键在于你的投入，你的陶醉，你的被感染。这其中有一种温暖的互动和默契。

并不是所有人都能习惯西域方式的。你必须是性情中人。你必须具备西域气质。在新疆定居近二十年后，沈苇显然已具备这种气质。记得一天晚上，他陪我和松风漫步来到二道桥。路边有许多摊贩，卖什么的都有，无花果，羊杂碎，馕……沈苇指着一只羊头对我们说："我请你们吃个羊头吧。好吃的。"我和松风连忙婉言谢绝。我心里暗想："这哥儿们已新疆化了。"

　　要真正理解一个诗人，你一定得首先了解他生活的环境。沈苇称乌鲁木齐为"混血的城"，是在生活了多少年后，找到的最恰当的形容。两次到过乌鲁木齐，再来读沈苇的这些诗句，我在震撼中体味到了一种特别的感动，温暖，无语，难以形容：

　　　　让我写写这座混血的城

　　　　整整八年，它培养我的忍耐，我的边疆气质

　　　　整整八年，夏天用火，冬天用冰

　　　　以两种方式重塑我的心灵

　　　　……

　　　　整整八年，我，一个异乡人，爱着

　　　　这混血的城，为我注入新血液的城

　　　　我的双脚长出了一点根，而目光

　　　　时常高过鹰的翅膀

　　　　高过博格达峰耀眼的雪冠……

　　　　　　　　　　　　　　　　——沈苇《混血的城》

　　这才是真正有生命力的诗篇。这才是真正深沉的诗篇。时间，生命，沉淀，诗歌扎下了根，又长出了翅膀。

　　　　　　　　　　　　　　四

　　新疆无比的辽阔。无论去哪里，都得赶在日出前起床。一行八人，理想的组合，赴南疆名城喀什。在飞行了大约一个半小时后，我们抵达喀什。正是十一点。时差的缘由，相当于北京的早晨。

在文字中，早就到过喀什了。主要是通过沈苇的《新疆盛宴》和《喀什噶尔》。喀什全称叫喀什噶尔，有"各色砖房""玉石集中之地""初创"等多重含义。沈苇对喀什有着深厚的感情，也有着明显的偏爱。一写到喀什，他的文字就变得格外灵动，深情，充满了诗意。我们开玩笑说，沈苇在喀什肯定有贴心的情人，以至于谈论喀什就像是在谈论情人。沈苇说"喀什是华美的、丰盛的、多义的……走在这座中亚故都，如同走在《一千零一夜》的深处，引人入胜的美总在更深处"。关于喀什的早晨，他也有如此优美的描写："阳光对于喀什也是特别的慷慨，街巷里的阴暗反差变成了一种变幻莫测的节奏，而正午则隆起为一个壮丽的拱顶。人们坐在树荫下饮着加了香料的茯茶，喝着酸奶刨冰，坐在艾提朵尔清真寺攻门的台阶上，静静地打发时光。不急不躁的神情使人想起巴扎上的店主和工匠，他们并不十分在意顾客的光临与否，只是埋头于自己的活，或者专心捧读一卷经书。生活在这里变成了一门从容不迫的艺术。"沈苇对西域的文化和历史，对西域的每片土地、每座城池、每种植物和水果都了如指掌。他踏遍了新疆的所有土地。光喀什噶尔就到过几十趟。他自然是写新疆的理想作者。《喀什噶尔》似乎就是等着他来完成的。他说："如果把新疆比作一本书，喀什噶尔则是书中之书：一部圣哲之书，一部西域天方夜谭。"他把自己的书当作对喀什噶尔的致敬。这种姿态让此书既充满了知识和智慧，也充满了思想和深情。

我们下榻其尼瓦克宾馆。这原先是英国总领事馆所在地，一座幽静的花园，有几许神秘的气息。这里无疑发生过无数的故事。那些往事的痕迹仿佛还在空气中飘浮着呢。

中坤新疆分公司李总带我们来到一幢具有异国情调的楼房前。我还以为是某座宫殿，没想到竟然是维吾尔餐馆。我们在露天餐厅就座。柔和的光照亮了餐桌和椅子，也照亮了我们的脸。多好的光线。摄影家对光线极其敏感。这是基本素质。荔红立即端起相机，给每人拍了特写。当维吾尔族姑娘将拌面端上桌，我看到老耿的脸上放出了光芒。一踏上新疆的土地，他就在念叨拌面。拌面是他的最爱。他从海南转了四趟飞机，花了整整一天时间，抵达新疆，似乎就是冲着拌面来的。吃着拌面的老耿是安宁的，和蔼的，幸福的，一边吃，一边还会说："好吃！好吃！"拌面是面条同羊肉、西红柿、辣椒、茄子、芹菜、白菜等合在一起炒出来的，吃起来很香。爱新疆，就得体现在细节上，就得从日常生活开始。从老耿吃拌面、吃羊腿、吃馕的神情，我仿佛又听见他在说："新疆，好地方。"

五

　　香妃墓。我们在传说和真实中流连。"相传香妃就是乾隆皇帝的妃子容妃。本名伊帕尔汗，是一位美丽的喀什噶尔姑娘。由于她身上总是散发着一股浓郁的沙枣花香，人们便称她为香妃。"沈苇在《新疆盛宴》中如此介绍。真实与否，其实已不重要。关键在于传说本身的美丽。世界当然需要传说，正如人们需要诗歌、需要小说、需要美术一样。

　　这是一座颇具规模的陵园，由麻扎、教经堂、大清真寺、高低寺和门楼组成。陵园内还有水池、果园和花圃。年代和季节的缘故，陵园显得有点荒凉，破败。几乎没见到别的游客。有零零散散几个维吾尔族老妪和姑娘在兜售蝴蝶别针。我们出于友好买了一些。麻扎就是墓地，高大巍峨，成为死者的宫殿。在新疆，麻扎和巴扎是你常常会听到的两个词语。墓地和集市，都是人们聚集的地方，只不过一种是以死亡的姿

143

态，另一种是以生活的姿态。维吾尔族人坦然面对死亡，认为生不带来，死不带走，把墓地当作圣洁的地方，经常在墓地旁讲经、集会和过节。

景区导游热汗古丽在为我们讲解。这是位汉化的维吾尔族姑娘，漂亮，生动，落落大方，普通话讲得极有特点，遇到敏感问题，会巧妙地规避，政治觉悟比我们还高，显然受过正规的培训。她说她当过警察，觉得警察工作太累，就改行当了导游。不一会儿，她成了真正的景点。大家纷纷与她合影，仿佛在香妃墓遇到了又一位"香妃"。

几乎没有停歇。我们又驱车前往参观维吾尔族居住区。远远望去，大片的维吾尔族民宅建在高地上。因而，人们称之为高台民居。在幽深曲折的巷子里漫步，穿行，我们甚至都不敢大声地说话，总有一种异样的感觉，仿佛暂时告别了现在，进入了某种遥远的过去。不时地，见到几个孩子，玩着最简朴的游戏，他们身上穿着的衣裳向我们提示着现时的存在。就在这时，我望见了那位少女，孤独地站在门口，美丽和羞涩中流露出忧伤的神情。这似乎是典型的维吾尔表情，就像木卡姆那样。她在期盼着什么。一定的。但我们不知道她在期盼着什么。语言、习俗、思维的差异，都让我们只能远远地望着她：那么纯真，美丽，又充满了忧伤，宛若诗歌中的意象。

真是唐突。那一刻，我忽然想起了我曾翻译过的斯特内斯库的情诗《忧伤的恋歌》。不知什么缘由。

> 唯有我的生命有一天会真的
> 为我死去。
> 唯有草木懂得土地的滋味。

> 唯有血液离开心脏后
>
> 会真的满怀思恋。
>
>
> 天很高，你很高，
>
> 我的忧伤很高。
>
> 马死亡的日子正在来临。
>
> 车变旧的日子正在来临。
>
> 冷雨飘洒，所有女人顶着你的头颅，
>
> 穿着你的连衣裙的日子正在来临。
>
> 一只白色的大鸟正在来临。

仿佛在呼应着什么。隐约中，我们听到了木卡姆的旋律。谁在另一端歌唱。而门虚掩着。

六

真的听到木卡姆了。在喀什之夜。那是唱给爱人的歌，深沉，多情，而又忧伤。整个喀什似乎都回荡着木卡姆的旋律。我走在空荡荡的街市上，被这旋律包围着，内心涌起无限的柔情和莫名的忧伤。我在向谁走去？谁在向我走来？都是宿命，是上帝的旨意，你无法抵挡，只能听从。那就弹起独它尔吧。那就唱起木卡姆吧。为内心芬芳而隐秘的爱人。美到极致，忧伤油然而生。那么，爱到极致呢？同样的。用音乐表达，真好！一种高级的浪漫，胜过所有的言语。

喀什市委宣传部宴请。酒和音乐融合在一起。写出《喀什噶尔》的沈苇在这里享受到了特别的尊敬。女部长一口一声"沈苇老师"，表情

生动，目光柔软，不时地为沈苇老师夹菜，与沈苇老师干杯。这可是最高礼遇。一位扎根新疆的优秀诗人应该享受到的。沈苇坦然领受着，一次次地举起酒杯，用酒呼应。维吾尔族导演库莱西特意从几十里以外赶到喀什，来与好兄弟沈苇会面。他们曾合作创作过诗剧《费尔黛维西》。阿克曼操起独它尔，放歌一曲，动人心魄的情歌。他掌控旋律和歌声的能力出神入化，像个情圣。

被气氛陶醉，我不由得陷入遐想：倘若到新疆生活一段时间，那么，我的生命会上升到怎样的诗意的高度？Youraisemeup. Youraisemeup. Youraisemeup. 歌者站在高原，用歌声向天空致敬，向长满薰衣草的田野致敬。普罗旺斯。不，这是在喀什，我们的喀什。

不想入睡。到其尼瓦克花园看看。时间发出回音。夜色中，一切都在摇曳。黑暗被那只手点亮了。那只手将过去、现在和未来连在了一起。

"我们的花园很大，很美。花园分为高低两处，沿着一个台阶就从低处走到高处了。高处的花园里长着果树，还有各种各样的蔬菜。这里各种水果争奇斗艳，有桃、李、无花果、石榴以及白的或黑的桑葚。低处的花园里郁郁葱葱地长满了柳树、榆树、白杨树，还有一种喀什噶尔本地的树：吉格达尔（沙枣）……坐在其尼瓦克的花园里，聆听着河边传来的阵阵悦耳的驼铃声，我闭起眼睛，感到似乎就在英国的家中，似乎那铃声告诉我现在是上教堂的时刻了。"这是英国领事夫人凯瑟琳·马嘎特尼富有诗意的动人回忆。

其尼瓦克花园中央，我们望着那棵百年老树，再顺着树梢，望向天空。当年，凯瑟琳·马嘎特尼肯定也常常在树下喝茶，沉思，凝望。兴许，那时，她就在构思自己的书《一个外交官夫人对喀什噶尔的回忆》。

凝望和回忆，是内心的需要，是一种深情的姿态。凝望和回忆的时刻，水在流淌，你在走来，薰衣草在田野灿烂。光穿越天空，羽翼舒展。思念，种子般飞翔。

这样的夜晚，我又如何才能入睡?!

七

沉浸在回忆之中，点点滴滴，密密麻麻，像三月三江南的毛毛雨。

当言语已难以表达时，当情感浓郁到一定程度时，我们就只好端起酒杯。松风，沈苇，我的好兄弟，我思念你们。思念必然伴随着记忆，难解难分。思念，其实是一种诗意的记忆，情感的记忆，心灵的记忆。思念，也是在走近，一步步，试图超越空间，可最终还是要面对空间，于是，只好用记忆来抒发和歌唱。那是水在说。

在新疆，端起酒杯，便省略了一切。全在酒里了。红酒，白酒，马奶子酒。那是一次悲壮的豪饮。那天，松风提前离开乌鲁木齐，回到南京。我和沈苇参加了新疆发改委的宴请。来了三位年轻的女记者，用言语和酒发起温柔的攻击。我的同事都是书生，经不起酒的挑战，索性就拒绝饮酒。我只好挺身而出。只好以我刚刚受伤的身躯奋力一搏。当然，这也是一种表达，对新疆朋友盛情款待的感激。我干了一杯又一杯，起码有二三十杯，连沈苇都惊恐并担忧了，想替我解围。最终，搀扶着我回到了宾馆。

我曾在《译林:醉的理由》中写道:

来到新疆，你便会感叹世界的辽阔和壮丽。难怪好友沈苇定居新疆后，诗风大变，写出了那么多让人心动的诗篇，还获得了鲁迅

文学奖。在新疆，你只要一出门，就是好几百公里。仿佛时刻都在
穿越，在奔驰，没有任何障碍。景致扑面而来：戈壁，沙漠，草
地，薰衣草，无边无际，而雪山是它们永远的背景，不时地，还能
见到星星点点的马、牛和羊，在随意地溜达。常常，牧人们就那么
躺在草地上，或帐篷旁，望着天空，一望就是大半天。那不是文
学，那是生活，真实的生活，艰辛，单调，远离尘世，却自由自
在。如此的生活中，酒，于他们，不可或缺。牧人们个个都能豪
饮。更准确地说，新疆人个个都能豪饮。豪饮过后，开始吟唱，开
始舞蹈，或策马飞奔。酒提炼出生活的味道，提炼出激情燃烧的木
卡姆，提炼出"夜阑卧听风雨声，铁马冰河入梦来"这样的诗歌。

我经受住酒的考验了吗？难说。只是胆大而已，性情而已，把酒当
作一种表达而已。

松风从新疆回到南京不久，给我发来短信："激情熬人啊！"是的，
激情熬人，可激情对于我们又多么重要，否则，生命就会枯萎，时间就
会老去。松风已来到北京。兴许，今晚，又将与他小酌一番。然后，再
谈谈我们的新疆时光。

八

微醺中，我将写下什么？微醺，一如那次高原之行。凌晨五点半就
出发，从喀什，前往帕米尔。顶着满天的星星。半睡半醒。似梦非梦。
我们行使在中巴友谊公路上。世界，依然漆黑一片。除了星星，什么也
看不见。道路缘由，车微微有些颠簸。恰到好处的颠簸。正合心意的颠
簸。像微醺。像雨中湖上的小船。像同里度假村里的秋千。映姝就坐在

148

身边。一路上，她总是悉心地照顾着大家，那么细致，体贴，又善解人意。一个温暖的天使。她喜欢紫色吗？她喜欢薰衣草吗？荔红肯定喜欢的。她就穿着紫色的衣裳。听说伊犁就有大片大片的薰衣草。下回，要到伊犁去。约荔红和映姝一道去。如果松风和沈苇也能一同前往，那将是个多么称心的团队。可他们总在忙碌，过于忙碌，百忙。对了，还有小林。也一定邀上她。新疆期间，她每晚都会给我们发一条短信，用生动的语言报告天气预报，可爱极了，温馨极了。

> 为什么我的眼里常含着泪水，
> 因为我对这土地爱得深沉。

诗人艾青究竟是在何地写下这些诗行的？是在新疆吗？我知道不是。可我竟愿意相信是。在喀纳斯，在禾木，在布尔津，在喀什，心都变得异常柔软，不仅仅是因为景致吧。某种质朴的东西，某种本真的东西，某种自然而然的东西，某种真正浪漫和诗意的东西，时时在冲击着心灵。需要激情呼应。而激情其实也是一种温柔。极致的温柔。温柔意味着内心有大爱。内心有大爱，必然会导向豪迈，导向坦诚，甚至导向愤怒。就像林兆华导演的话剧《回家》。剧中就有愤怒的一幕：全体演员同声咒骂："我日通货膨胀！我日房地产！我日屏蔽！我日假药！我日电话诈骗！我日虚假广告！我日官商勾结！我日教育乱收费！……我日我自己！"台下雷鸣般的掌声。倘若对丑恶视而不见，倘若对不公麻木不仁，倘若心里没有大爱，就不会有如此的愤怒。因此，愤怒说到底也是一种温柔。因此，我们就可以说：愤怒的林兆华，实际上是位温柔的艺术家。

怎么走题了？是微醺的缘故。新疆是个时时让你感觉微醺的地方。微醺中，时间停滞了，车也停下了。晨曦中，喀拉库里湖隐约呈现在面前。我们纷纷下车，端着照相机。冷。有刺骨的感觉。可一种冰洁的美却让我们流连忘返，给予我们波德莱尔所说的那种"刺人心肠的欢乐"。喀拉库里湖和慕士塔格峰相互衬托，支撑起这幅美景的主体框架。浅滩，石子，零星的水鸟，幽蓝的天空，则填充和丰富着这幅美景的各个层次。渐渐增强的光又在突出或减弱画面的某些部分，让阴影扮演对照的角色。摄影家黄永中和荔红一头扎进了风景。寒冷对于他们已不存在。只有光线，只有景致，只有瞬间的美，必须将它们捕捉。我后悔没带单反相机，只好用卡片机照了几张。聊胜于无。留作纪念吧。还会再来的。再来时，一定带上最好的相机。

待返回车上时，所有人都已彻底清醒。有人开始讲故事了。可我依然沉浸在回味中，久久没有言语。

九

沿着唐玄奘当年西行取经的路线，我们继续前行，不一会儿就抵达塔什库尔干，帕米尔高原上的一座小城。这座边陲小城似乎只有一两条街，安静，整洁，空气清新，中心路口矗立着一尊山鹰雕塑。山鹰，对于在小城居住的塔吉克民族，一定有特别的意味。后来，从沈苇的《喀什噶尔》中得知，鹰是他们的图腾。

海拔三千多米。但尚未有任何高原反应。我站在街口，关注着来来往往的塔吉克人。这是个和平、善良、美丽的民族，有欧罗巴血统。他们见面时，会行各种身体礼仪：吻手礼，吻额礼，或贴面礼。这极像东欧民族的一些礼仪。这种礼仪真好，能缩短人与人之间的距离，增进人与人之间的亲密、友好和相互尊重。可惜汉民族已没有这样的礼仪。记得当外交官时，曾接待一个河南代表团。热情的罗马尼亚女主人打算从团长开始，一一拥抱代表团成员。这时，我发现了一个微妙的细节。代表团好几位成员竟同时找了个借口，悄悄离开了队伍，避开了这一礼仪。兴许，面对异常饱满、漂亮的女主人，他们不知所措。兴许，还有其他难言的原因。我不知道。

用完午餐，直接坐车前往红其拉甫。那是中巴边界，海拔五千多米。空气渐渐稀薄。眩晕的感觉，让呼吸和言语变得艰难。我坚持着，决不能掉队。一名年轻的战士陪伴着我们来到边界界碑处。这就是红其拉甫。放眼望去，雪山围绕，耀眼的白色，就在眼前闪烁。我拨通松风的电话，喘着粗气，对他说："兄弟，在海拔五千五百米的高度，问候你！"松风的声音传来，遥远，却又亲切。那一刻，心灵仿佛完成了某种升华。这次攀行，于我，更多地具有精神意义。

塔什库尔干，宁静而又迷人的夜晚。抬起头，满天的星星，密集，闪烁着，那么的近，那么的亮，仿佛伸手可触，仿佛回到童年的田野。长期在都市生活，被雾霭遮蔽，竟看不到星空，竟忘了我们的天空原来繁星闪烁着，时时刻刻。看不见星星的城市是可悲的城市，再发达再繁华，也没有任何前途。不想回宾馆。真想邀上一位同伴，与她整宿整宿地在外面漫游，走遍小城的每个角落。我在做梦吧。是的。小城之夜，就是一个梦。也是一个奇迹。当地朋友介绍说，这里的监狱连续五十年空着，没关过一个犯人。世上到哪里还能找到如此安宁的类似理想国的城市。

一夜无眠。我在冰山脚下徘徊，倾听着小城的呼吸。

十

石头城。差点失之交臂。一只绝对的手将我拦住，把我引向那里。当我在光中登上它时，惊讶得说不出话来。高处，在雪山和天空之间，一片石头的废墟沉默，舒展，呼吸，提示着曾经的辉煌和印记。时间停滞，刹那之后，又迅疾倒流，回到唐朝，回到取经的路途，回到一粒种子的样子。一眼望去，全是茫茫的过去。

全是影子。宫殿的影子。长廊的影子。墙的影子。画的影子。舞的影子。歌的影子。水和火的影子。思春少男少女的影子……影子在摇曳。影子在移动。影子在述说。影子在交织，重叠。忽然，影子变得清晰，具体。公主穿越时空，款款走来。是她。是她吗？

她就站在废墟上，神秘的西域公主，披着光的衣裳，在同天空对话。Where do you come from actually？我不禁大声发问。是幻影吗？我揉了揉眼睛。幻影消失，种子却映在了内心。

被击中的一刻，命定的一刻，泪水融进了光中。第一行诗，就在那时诞生。

石头城。光。泉水。草滩。小溪。女人跪倒饮水的姿态。多么奇异的废墟。废墟之美，美得令人晕眩，不敢逼视。我要在废墟之上种上帕米尔花，八个花瓣的帕米尔花。我要让废墟重生，变成童话里的奇迹，变成天空下蔚蓝的见证。我要让阴影读懂最宁静的词语。兴许就是一个字。在石头城和光之间，是谁在闪烁，又是谁在召唤？轻轻的，却有力，叫人难以抗拒。一遍遍地问自己：我如何是好？我如何是好？我如何是好？

感觉在汹涌，起伏，生生不息。我知道，我爱上这片土地了……

2010 年 12 月于北京

济南记忆

一

在路上。在去济南的路上。

其实，从一出生，我们就时刻都在路上。在路上，是个过程，从这里，到那里；从此岸，到彼岸；从一座城市，到另一座城市；从一个国家，到另一个国家；从幼稚，到成熟，到衰老；从生，到死。既漫长，又短促，永远都是相对的。在路上，也是种状态，运动的，起伏的，新鲜的，变化的，变化中的不变，运动中的静止，行走中的停留。还是种姿态，敞开的，探寻的，前瞻的，期望的，解放的，创造的，每时每刻，你都有可能遭遇意想不到的人与事，每时每刻，你的思想和心灵都有可能受到滋润、激发、震撼，或冲击。在路上，就意味着，你主动拥抱，而不是断然拒绝这个世界。就意味着，你想真真切切地活着。在路上，既是地理的，也是心理的，既是物质层面的，更是精神层面的。在路上，杰克·凯鲁亚克似乎想说，要让生命更像生命，心灵更像心灵。

有时想想，我们生命中的各种努力，说到底，都是与时间的抗争。意大利作家卡尔洛·莱维在评论《项狄传》时写道："钟表是项狄的第一个象征。在钟表的控制下他出生了，开始了他那不幸的一生。钟表也成了他不幸的象征。贝利曾经说过，死亡躲藏在钟表之中。死亡就是时间，是一步步变得具体的时间，是慢慢分成片段的时间，或者说是渐渐

153

走向终结的抽象时间。"因此，他断言，项狄迟迟不肯出生，实际上是在对抗时间，也就是死亡。对时间的这种认识，既有可能消磨人的意志，也有可能打磨人的意志，就看你站在什么角度了。期待和梦想，是一种抗争方式。重温和怀旧，则是另一种。重温和怀旧，就是唤醒记忆，寻找失去的时光。与其说我们活在时间中，不如说我们活在记忆中。重温和怀旧，于是，便具有生命的意义。

而我，甚至在去济南的路上，便开始重温和怀旧。一次文学采风，就这样在不知不觉中，演变成一次心灵之旅，回忆之旅。

二

同济南的缘分可以追溯到上世纪 70 年代初。那时，我还不到十岁，生活在江南古城吴江。一天，有消息传来：哥哥要去山东当兵。这可是家庭中一件光荣的大事。大人们开始议论：山东首府是济南，去山东，也就等于去济南。山东，就是济南；济南，就是山东。济南，这一地名，就这样第一次进入一个孩童的记忆。大人的言谈还隐约透露，济南位于北方，从苏州坐火车需要一天一夜方能抵达，真正是在远方，一个十分遥远的地方。遥远，也就神秘；神秘，也就有了几分童话色彩。我因此更加为哥哥骄傲，也更加羡慕哥哥了。

"我什么时候才能去济南呢？"我问父亲。"长大后，你就能去济南了。"父亲答。那一刻，成长的渴望在心底油然而生，就为了能去济南，像哥哥那样。

三

遥远的济南渐渐变得亲近，变得具体可感了。这当然是因为哥哥。

14

哥哥在山东，在济南，我们便和山东，便和济南有了情感上的紧密联结。整整五年，济南不断地给我们全家带来期望和温馨。济南就是期望和温馨。我曾在纪念父亲的文字中描绘过这样的情形：

> 哥哥去山东当兵。于是，盼信成为我们全家的心情。在那个没有电话，没有因特网的年代里，书信是一种极具美学意义的情感交流方式。可惜，书信时代正在消失。我怀念那个时代。哥哥的来信会点亮我们全家一天的日子。全家人围坐桌旁，听父亲念哥哥的长信，那简直是一种仪式。有时，哥哥会捎来一个邮包，一袋花生米，外加一封长信。那时，我们家乡不产花生。吃花生是件奢侈的事。母亲不紧不慢地炒着花生。炒好后，每人分那么一把，然后，我们就一边吃花生，一边听父亲读信。我至今仍十分感激哥哥的那些长信。那些信带给我们全家一种特殊的温馨，一种特有的亲和力。

还有那好吃的高粱饴，酥软，糯米般酥软；甜蜜，甜得厚实，甜而不腻，令人回味无穷。带上几块到学校，给最要好的伙伴尝尝，既有友情成分，也有炫耀因素。其实是在等伙伴们问："这么好吃，是什么糖啊？"我便会迫不及待地答："高粱饴，我哥哥从济南寄来的。"离上海近，时常能吃到大白兔奶糖，但吃得多了，也就寻常了。可济南高粱饴，没几个人吃过，也就稀奇得不得了。因了几块高粱饴，我在小伙伴中似乎一下有了亲和力和号召力。几块高粱饴，竟然成为我的资本。

如此缘由，济南在我内心始终是个特别的地方，有特别的香味，特别的甜味，特别的气息，随时都能唤醒童年，把童年拉近，甚至成为童年的一部分。

过了些时日，我才确切知道，哥哥其实是在济南附近当文艺兵，常常要到济南去汇报演出。但在内心，我依然固执地认为：哥哥所在的部队就在济南。孩童心理都含有潜在的专制。这其中肯定有虚荣心在作祟。或者更确切地说，是骄傲感和虚荣心某种奇妙的混合。混合得当，有助于成长和进步。孩童心理还含有霸道般的忠诚。既然一开始说是济南，那就得始终是济南，永远的济南，坚定不移的济南。

四

走近济南。却又擦身而过。记得第一次坐火车去北京上学，经过济南时，竟有莫名的感动。想象变为现实，济南就在眼前。"长大后，你就能去济南了。"父亲的话再次响起，坐在火车上，我仿佛觉得自己是在向济南，或者更确切地说，向济南车站，行成人礼。济南也因而成为我人生中具有标志意义的城市。从此，暑假，寒假，南下或北上时，必得经过济南，一年起码四次。八年苦读生涯中，无数次地经过济南，早已驻扎于心间的济南，怎么都绕不过去的济南。每次都极想停留，但每次都没能停留。主要还是由于经济的拮据。上世纪七八十年代，旅游还是一种奢侈，更何况对于穷学生了。济南是大站，停靠时间长。我总会到站台上，买上几袋高粱饴，带给父母，带给哥哥、姐姐和弟弟。这已具有怀旧的意味。父母，哥哥、姐姐和弟弟们再次吃到高粱饴时，一准会重温起哥哥在山东当兵的那段时光。哥哥常常又会讲起在部队演出时的情形。《红灯记》《沙家浜》《智取威虎山》《奇袭白虎团》等京剧片段又会在家中想起。哥哥起头。父亲跟进。一台京剧晚会就此上演。我尤其开心，几块高粱饴居然能起到让时光重现的作用。神了。

后来，出去陪团当翻译，经济有了改善，经过济南时，除了高粱饴，还能毫不迟疑地购得花生、大枣、周村烧饼、泰山特曲、德州扒鸡，等等。回家时，有点像哥哥当年探亲时的样子了，只是少了身军装。哥哥当年回家时，我和弟弟的目光会紧紧盯着哥哥的提包，猜测着里面装得满满当当的东西，盼望着哥哥快点打开提包。当哥哥终于打开提包，将山东特产一样一样从包里取出时，家里顿时充满了迷人的味道。是济南的味道。是山东的味道。在那相对贫困的年代，这些味道点亮了一个又一个日子，点亮了我的童年。因此，它们也是我童年的味道。

五

终于，陪同外国作家，正式到访济南。那是 1991 年 11 月，秋末初冬。我牢牢地记着这一时间。写信告诉哥哥我将去济南时，哥哥建议我有空去看看大明湖，看看趵突泉，看看济南老城。后来从山东友人处得知，济南老城基本上都在历下区，亦即历下古城。那次访问算是外事活动，山东作协接待，时间有限，安排得十分密集。会谈，宴请，参观游览，几天一晃而过。肯定也到过大明湖等各种景点，但说实在的，并无太深的印象。只清晰地记得《苦菜花》作者冯德英先生出面的一次宴请。冯先生可能比较内向，沉稳，基本上没说什么话。冯先生不说话，山东作协其他作家也不说话。期待中的交流没能出现。兴许是由于中外作家彼此不太熟悉的缘故吧。肯定还有其他更为微妙的原因。宴请显得有些沉闷。这种沉闷长久地留在我的印象中，同我所了解的山东式的热情和豪放形成了某种反差。

再访济南，竟然在二十多年后，应邀到山东文学院做讲座。小说家刘玉栋负责具体事务。玉栋当然是热情的，但他的热情是一种恰到好处的热情，深入人心的热情，令人舒服的热情，热情中又处处表现出细心和体贴，实实在在的细心和体贴，言语不多不少，不紧不慢，却总是宽厚、诚恳和谦虚的样子，让你在第一时间就愿意把他当作朋友，当作兄弟。讲座的间歇，有半天空闲，玉栋想充分利用，便邀我和刚刚抵达的作家乔叶逛逛历下古城。我因此真正贴近济南了。关于那次漫步，乔叶已有生动的描述：

> 那天下午，我们三个便在济南城散了一场大步，算起来足足有三个小时。济南是泉城，自然是沿着泉水路线。从趵突泉开始，漱玉泉，金线泉，柳絮泉，白龙泉，珍珠泉，无忧泉，琵琶泉，黑虎泉，从黑虎泉返程，玉栋又带着我们逛到了济南的深街老巷里。在一条不知名的街口，他请我们吃了正宗的滕州菜煎饼；在王府池子街深处，他指引着我们来到一池泉水旁欣赏济南市民的花样游泳；在西更道街，他又请我们吃了素油旋……话说济南的这些街巷可真是有风味有气势啊，单看那些对联就知道他们的不俗："江山开眼界，风雪练精神。""柳堆千叠绿，泉涌一池春。"

这绝对是条黄金线路，正好在历下区域内，如玉栋所说，是济南的精华。这样的漫步让我沉醉，让我终于领略了济南的美与好，历下的美与好。

六

这般的美与好，终成挡不住的诱惑。高科技又极大地强化了这种诱惑。从北京出发，一个半小时，甚至还没来得及做梦，就到济南了。这一回，直接住在历下，在中心的中心，感受城市的脉动和活力。一边是山东大厦，银座索菲特，贵和皇冠假日酒店，恒隆广场，银座商城，世贸中心等现代化建筑，一边又是府学文庙，广智院，万竹园，升阳观，都城隍庙，历下亭，铁公祠等文物古迹。现代和古朴，当下和往昔，繁华和深远，闹忙和幽静，紧张和休闲，奇妙地并列，共存，构成了历下迷人的丰富。而大明湖，护城河，以及数不清的泉水，又赋予了历下特有的灵性。我不禁想到了我喜爱的布拉格、华沙、萨拉热窝、布达佩斯等东欧城市。它们共同的魅力恰恰就体现于现时和历史的并存，以及各种文化的混合。在捷克作家克里玛看来，这样的城市往往更有文化和历史底蕴，往往会有一种激发人们去创造的空气。济南，历下，不也正是如此吗。

多亏历下作家朋友的精心安排，我们沉浸于缓慢和从容的愉悦，沉浸于一种贴心的节奏。已经很久很久没有享受到这样的愉悦和节奏了。当我坐上游船，望着一幅幅静美的画面从眼前掠过，我忽然在隐约中看到了哥哥。是幻觉，一定的。可忧伤还是即刻溢满了心头。一直想陪哥哥重返济南，重返山东。这是哥哥的心愿，我知道。他想再见见那些战友，想再看看济南，再逛逛历下古城。然而，世事无常，哥哥已在一年前以意外的方式离开了人世。他的心愿最终演变为遗愿。很长一段时间，我陷于悲伤，陷于令人窒息的虚空。那悲伤和虚空化成如此的诗行：

> 那虚空其实一直在扩张
>
> 在节日的门槛终于
>
> 扩张到压迫心脏的地步
>
> 那虚空其实就是天空
>
> 充满你纵身一跃的背影

记忆中的形象、声音和味道

——我的成都印象

　　说到成都，记忆之门开启。

　　最初，成都于我是一个女孩的形象。回到童年。那时，我正在上小学四五年级。有一天，班主任将一位陌生但大方的女孩带进教室，介绍说，这是我们的新同学，刚从成都转学过来。那时，相对于江南，成都是那么的遥远，遥远，而又神秘，仿佛超越想象，仿佛属于另一个世界。我们只知道它是四川的首府，坐火车要几天几夜方能抵达。那么遥远的地方，一辈子都不见得有机会去的，我们都如此想。而这个女孩的来临，顿时将成都拉近，并具体化为一个清纯而动人的形象。不得不承认，第一眼，我就喜欢上了她。她有好听的名字，身材匀称，皮肤特别白净，是那种透明的白。十岁光景，我哪里懂得什么身材方面的问题，就是觉得她好看，怎么看都好看。好几回，还在梦中见过她呢。当然，那时，这样的梦是不能透露给任何人的。否则，我的小男子汉形象就会受到毁坏。

　　就是喜欢，纯粹的喜欢，一个男孩对一个女孩的纯粹的喜欢。那种喜欢和现在我们理解的男女之情有本质上的不同。比如，我常常会陷入这样的幻想：倘若她是我的表妹，或者随便什么亲戚，就好了。这样，放学后，我就能名正言顺、理直气壮地和她一起回家，一起游玩，一起看露天电影，一起做作业，再听她讲述有关成都的故事……有很长一段时间，在我心目中，成都就是那个女孩，而那个女孩就是成都。

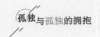

后来，成都于我又变成了一门方言，我的一位女同事常常会对着电话说的方言。女同事研究俄罗斯戏剧，并有一副天生的好嗓子。说起俄语，或普通话来，都显得分外的温柔，甜美，和善良。更不用说唱歌了。她也确实温柔，甜美，和善良，而且还安静和恬淡。成都女子真好，看到她，我们不由得会想。然而，当她手拿电话与四川老乡讲起成都话时，仿佛完全改变了模样，温柔依然，甜美也依然，但不再显得安静，而是有点火辣，豪爽，异常的生动，充满了热情，仿佛在刹那间获得了个性。这是方言的特殊效果，类似于某种内在的爆发力，让我一下子对她刮目相看，觉得她更加美好更加可爱了，一准是那种敢爱敢恨的女子。于是，我就认定，方言不可替代，哪怕带点口音也好。倘若所有人都只说普通话，那么，普通话真的就会太普通了。

再后来，成都又转化为一份菜单，丰富得都有点令人目不暇接，上面不仅有无以数计的好吃的菜肴，而且那些好吃的菜肴还大多有着亲人般的名字：麻婆豆腐，夫妻肺片，鱼香肉丝，二姐兔丁，老妈蹄花，担担面，龙抄手，钟水饺，韩包子……从这些菜名就可以断定，成都，乃至四川，一定是个特别重情重义的地方。记得十多年前，我曾陪同一个外国作家代表团访问成都。欢迎宴会上，当近百种小吃纷纷变戏法似的登上桌子时，那些外国作家们个个都看得目瞪口呆，一时竟忘记了举起餐具享用这些美食。虽然他们都是见多识广之士，却从未见过这等架势。多么美轮美奂同时又气势磅礴的美食大军！有这支美食大军，主人甚至都无须再致欢迎词了。这些美食就是最好的欢迎辞。天府之国，就这样，在第一时间就给了他们一个色香味俱全的难以磨灭的印象。去年夏天，曾到访过成都的罗马尼亚作家主席乌力卡罗第三次访问中国。一见面，便提出要吃在成都吃过的川菜。注意，一定要吃在成都吃过的川菜，他特意强调。我寻觅了半天，最后在北京地坛附近的峨眉酒家宴请了他。水煮牛肉，宫保鸡丁，鱼香肉丝……当他享用着这些菜肴时，过瘾至极，孩童般流露出幸福的神情，连声说道："此刻，我感觉来到中国了！此刻，我感觉来到中国了！"瞧，一份菜单又在不经意间替代了一张名片。说来也奇怪，绝大多数外国客人竟都不约而同地喜欢宫保鸡丁、鱼香肉丝和春卷。以至于我们宴请外国客人时，无须山珍海味，只要点上这些保留菜肴，便能让客人们心满意足，喜笑颜开。许多国人怎么都想不到，物美价廉的成都美食竟以自己独特的方式，为国家节约了不知多少外事经费。还是家常菜最得人心，尤其是成都家常菜。这兴许就是朴素的力量。

仅凭一些小吃，仅凭几款美食，就能将你牢牢吸引，就能让你刻骨铭心地记住。这是成都的魔力。细细想来，成都是通人性的，接地气的，有生活的。这些小吃，这些美食，如同艺术品，需要起码的从容和细心，你才能真正地品味出它们的味道。而成都恰恰就有着这样的从容。或者换言之，它的性情，它的格调，它的氛围，它的追求，它的节奏，都能让你一下子赢得这样的从容。从容和缓慢。归根结底，这是一种人生态度。也是一种艺术态度。捷克作家米兰·昆德拉就曾一再追问："缓慢的乐趣为何消失了？昔日那些从容自在的漫游者都到哪里去了？"昆德拉也因此无比地怀念18世纪。他的追问其实包含着一些深刻却又悲观的思考：缓慢与记忆，速度与忘却之间的秘密契约。身处京城，对此，我深有感受。忙碌和紧张已成为都市生活的基调。或者，更准确地说，忙碌和紧张让都市人几乎没有了生活。试想，一个人如果总是像机器般运转，总是在说没有时间没有时间，那他实际上也就没有了生活。这已是一种十分普遍的世界现象。纽约，东京，上海，北京……无不如此。幸好还有克拉科夫，幸好还有伊犁，幸好还有大理，幸好还有成都——我们的成都。阅读昆德拉时，我曾想过：要是他能到成都来住上一段时日，兴许会感觉到某种欣喜和安慰，既有物质的，也有心灵的。

成都当然绝不止于一些美食。这些美食只是某种特殊的邀约。尽享美食后，再同三两好友去逛逛宽窄巷子，喝喝茶，聊聊天，再去拜谒杜甫草堂，读读"锦城丝管日纷纷，半入江风半入云。此曲只应天上有，人间能得几回闻?"之类的美妙诗句，再去参观金沙遗址，沐浴一下文明进程的光辉，再去锦里古街走走，感受一下世俗生活的欢乐……这时，你会发现，成都还是敞开的，温馨的，诗意的，耐看的，无限丰富的。成都能让人放松，能让人停留，并凝望，能让人想象，并生出创造的冲动，能让人重新获得从容和缓慢的能力，并在从容和缓慢中重新回到生活本身。那种有滋有味的生活。那种我想要的生活。

"那就到成都去吧。"一个声音总会不时地在心底响起。

而来自成都的邀请，你又如何能拒绝？那是一种贴心的呼唤，更是一种挡不住的诱惑。去年岁末，又一次来到成都，参加成都文联的活动。我是从西域来到成都的，从极致的冷中来到成都的。在夜色中抵达成都，立即被温润包围，立即被清新包围，立即被一缕缕隐隐约约的芬芳和断断续续的雨丝包围……仅仅一天，短暂的逗留，一个又一个镜头冲击着我的视觉：过去，现在，未来……时空不断转换，神奇的穿越感觉，一切都清晰可辨，一切又都恍若梦境……我忽然意识到，这是我至关重要的二十四小时，与成都有关，与生命有关；我忽然意识到，我其实还没真正到过成都，只是刚刚站在她的门口。

因此，关于成都，这篇文字仅仅是个引子……

2014 年 2 月 5 日于北京

焦作，循着山水的指引

初冬，一份邀约，唤醒了记忆

初冬，一份邀约，来自焦作，来自中原。久违的蓝，同时在空中显现，仿佛某种神秘的呼应。焦作，中原，中原，焦作，我轻轻地念着，念着，就有柔软的感觉涌上心头，温暖，而又美好。是魔法吗？记忆在苏醒……

无数次地经过中原，也曾多次到过中原。绕不过去的中原。第一回，是上世纪 90 年代，正当青春年少，以翻译身份，陪同罗马尼亚作家代表团。

抵达中原，于这些异域作家来说，简直就像是走进了一个超现实的国度。河南博物馆，碑林，黄河，龙门石窟，白马寺，少林寺……在儒雅、帅气的田中禾先生安排和陪伴下，我们一路走着看着，只听到罗马尼亚作家们一路惊讶着。随便一铲子，随便一动土，就可能发掘到地地道道的文物；随便一棵树，随便一座庙宇，动辄就是上千年的历史。若干个情节，至今记忆犹新：女作家杜伊娜，用耳朵贴着一棵千年古树，伫立良久，她相信，那棵树一定有话要传递给她，或者有故事要讲述给她。这就是中华文明，杜伊娜感叹道，随后陷入沉思。看到中国书法，诗人弗洛拉顿时兴奋起来。"这已不是书写，而是绘画，是美术了。"于是，这位孩童般的诗人购买了好几套毛笔、砚台和一大捆宣纸，要带回罗马尼亚，用毛笔在宣纸上"画"自己的诗。

随后的座谈会也因此平添了更多的话题。当多瑙河和黄河相遇时，竟也能碰撞出那么多的火花。印象最深的是，座谈会上，有好几位河南作家始终用家乡话同罗马尼亚作家交流。这虽然给我的翻译带来了一定的难度，但我特别能理解他们。那其实是一种自信，一份骄傲，中原作家的自信和骄傲：中原，毕竟是中原；中原人只用方言同世界对话。那一回，没到焦作，但好像已为到焦作打了前站，做好了必要的准备。

接着，机缘巧合，一次次地踏上焦作的土地。从外围开始，一步步深入。采风。研讨会。诗歌活动。尤其是那次诗歌采风，正逢春暖花开之际，好几十位诗人，响应焦作和春天的召唤，从天南海北聚到一起，颇具规模的一支队伍，看到焦作的山水，就个个都有了灵感，就个个都无比陶醉的样子。松风来了，慧兰也来了。重逢和相识，在最恰当的时刻，最恰当的地点。友情，浸入山水，山水便有了更为动人的韵致。我们白天读山水，晚上读诗歌。摆脱了事务，松风重新回到诗歌状态，而诗歌状态常常就是童真状态。他不停地唱童谣，听英文歌，背诵英文诗，同平日里判若两人。当然有人与他呼应，同样以童谣、英文歌和英文诗。读完英文诗，又回到汉语诗，回到唐诗宋词。慧兰为了相识，郑重地穿上了最美的衣裳，仿佛刚刚从唐诗宋词里走出。诗歌，伴随着茶和咖啡，焦作之夜，就这样，演变成了诗歌之夜，心灵之夜，整整三天三夜……

时隔多年，我依然在想：焦作究竟是以怎样的方式，解放了我们的心智？是山水吗？是诗歌吗？更有可能，是山水同诗歌的混合，那种奇妙的混合，一如布拉格的文化氛围。山水激发起诗歌，诗歌又点燃起诗人。在焦作山水中，不是我们在寻觅诗歌，而是诗歌找到了我们。这是山水的魅力。是景致的魅力。是焦作的魅力。

|抵达， 在黄昏时分|

出发，抵达，再出发……人生，其实，就是一次次的出发、抵达和再出发。

高科技时代，速度颠覆着时空概念。今日，从北京坐高铁，两个多小时便到新乡，再驱车四十分钟，便抵焦作。而从前，同样的路线，坐火车，起码得六七个小时，再换汽车，又得两三个小时，差不多就是一天的旅程。遥远的焦作，显然已属于往昔。在网络时代，在高铁时代，它已近在眼前。速度改变着世界。城市与城市之间，地方与地方之间，甚至国家与国家之间，都更近了。但现代社会的一个悖论却是：物质空间在不断拉近，心灵空间却在日益疏远。人类因此愈加的孤独。尤其是那些都市中人，在紧张、忙碌和拥挤中，日益感受着"过于喧嚣的孤独"（赫拉巴尔语）。

这时，文学和艺术伸出手，用一道道光，充盈时空，重新唤起人类的感受能力、交流和对话的愿望、回归自然的渴盼，并将心灵气息融入山水，使得山水成为慰藉，成为平衡，成为最后的归宿。文学和艺术有何用处？诗歌又有何用处？人们不断发问。我不知如何回答，只想起《纽约时报》对波兰女诗人希姆博尔斯卡的评价："她的诗可能拯救不了世界，但世界将因她的作品而变得不再一样。"

就像韩愈、李商隐、竹林七贤们之于中原。倘若没有他们，中原又会丧失多少意蕴和内涵。

君问归期未有期，

巴山夜雨涨秋池。

何当共剪西窗烛，

却话巴山夜雨时。

自然地，脑海中就响起了李商隐的诗。情到深处，孤独、思念、期盼，似涓涓细流涌出。这些亘古不变的永恒情愫啊！正如此刻，行驶于中原大地，我的心也已开始隐隐的期盼……

抵达，在黄昏时分。远远看去，一缕金黄笼罩着城市。下车，抬起头，我看到太阳依然悬挂于西边，正符合英国诗人拉金的描绘，酷似正被熔铸的金币，通红通红的，在孤寂的地平线中间，开放地存在。

你好，焦作！久违了。

|每一步，都是景致|

行程排得满满当当，充分体现主办者的良好心愿：在极其有限的时间里，想让我们多看些，再多看些。心直口快、极具个性的任芙康先生称之为"拉练式采风"。

"为了到花园看日出，我比太阳起得更早。"法国思想家和文学家卢梭写道。这是一个自然热爱者应有的姿态。唯其如此，大自然才会在他面前"展开一幅永远清新的华丽的图景"。我们同样，在焦作的日子里，每天早晨六点多就起床，为了去领略山水之美、人文之美。

又到云台山。曾在不同的季节到过云台山。而不同的季节中，云台山则呈现出截然不同的面貌。读到一段文字，恰好描绘四季变幻中百媚千娇的云台山。特抄录如下：

　　云台山以山称奇，以水叫绝，因峰冠雄，因峡显幽，景色荟萃各不同。春来冰消雪融，万物复苏，小溪流水，山花烂漫，是春游赏花、放松休闲的好去处；夏日郁郁葱葱的原始次生林，丰富独特的飞瀑流泉，造就了云台山奇特壮美、如诗如画的山水景观，更是人们向往的旅游避暑胜地；秋季来临，层林尽染，红叶似火，登高山之巅，观云台秋色，插茱萸，赏红叶，遥寄情怀；冬季到来，大自然又把云台山装扮得银装素裹，冰清玉洁，但见群山莽莽苍苍，雄浑奇劲，不到东北就可以领略到壮美苍茫的北国风光。

　　这段文字虽美，但总觉得还缺点什么，总觉得还仅仅流于表面，过于笼统。事实上，身处云台山，面对这造化的奇迹，你会深刻地意识到，云台山根本就是超越形容的。只能感受，只能意会，却难以言语。这是一个硕大无比的梦幻天地。大天地中还有着无数的小天地。天地含着天地。天地连着天地。天地拥着天地。天地藏着天地。站在云台山任何一处，你只能看到有限的一小片山水，一小片天地。要上升到怎样的高度和境界，你才能领略到它完整的美啊？我不禁在心里发问。

　　太多的路径，太多的景致。可以说，每一步，都是景致。于是，在有限的时间里，面对无限的景致，你不得不选择。艰难而又残酷的选择。恰如人生。而每一次选择，都意味着众多的未选择，而那些"未选择"又对你构成永远的想象、悬念甚至折磨。这是有限面对无限时的尴尬。人生实在太有限了。美国诗人弗罗斯特的《一条未选择的路》便捕捉到了如此幽微的心境。

　　我们选择了红石峡。这可是云台山水中的极品，被誉为"缩小了的山水世界，扩大了的艺术盆景"。正值初冬，红石峡依然吸引了无数的游客。我们汇入人流，从谷底，一步一步往上攀登。起伏，弯曲，崎岖，变化，而一个个景致，犹如一个个惊喜，总在不经意间，出现在你的面前。棋盘山，白龙潭，黑龙洞，一线天，逍遥石，苍龙涧，首龙瀑……如果每一步都是景致，每一步也都是抵达，都是期待了。这是山水的款待，更是山水的承诺：只要向上攀登，总有无限的风光在等候着你。丹霞地貌，以踏实的红打破了季节的秩序。在灰暗单调的冬天，忽然闯入一个褐红的天地，而且还享受到一道道的山水盛宴，你恨不得要掐自己一把，感觉到疼痛后，才敢相信这一切都是真的。这一刻，至少这一刻，我们真的远离了雾霾。我们真的放慢了脚步。我们真的回到了春天。有那些绿的叶青的草红的花，有那些叮咚的泉清澈的水做证呢。

想留住景致，更准确地说，想留在景致里，作家们纷纷留影。美丽的马霞就在前方。六年前，我们曾同游云台。这次，在山水之间重逢，倍感亲切和美好。邀她合影，怀着诗意的愿景，想让时光重叠，让过去和现在融合。在山水之间，时光消融，留下的只有美和好。

短短几个小时，游览一个景点，而且只能匆匆，委实有点美中不足。匆匆，这个词总让我感到悲凉和遗憾。现代化就是一道道的漩涡，常常让人不由自主。人们总在忙碌，总在赶路，总在说没有时间。总是没有时间，也就没有生活了。于是，我们也就在匆匆之中失去了自我。我们已回不到唐朝，回不到游吟诗人的浪漫和潇洒，回不到骑士时代的从容和缓慢。从容和缓慢，兴许已永远地留在了唐诗和宋词里。

| 太极拳，一张通行证 |

但我终究判断有误。起码在焦作，你依然能感受到从容和缓慢。来到温县陈家沟，领略太极文化时，我分明感受到了从容和缓慢。某种意

义上，太极拳就是一门从容和缓慢的艺术。在从容和缓慢中，修炼，琢磨，领悟，积淀，然后提升；在从容和缓慢中，有了气节，有了风格，有了精气神，有了内外兼修和刚柔相济，有了一张可以挺直腰板走遍世界的通行证。

在美国访学时，就常常有美国友人问我会不会太极拳，他们想学。真是惭愧，我不会。但我的朋友、体育大学老师曹杰会。没过多久，曹杰就收了不少美国徒弟。每天早晨，曹杰率一干弟子，在印第安纳大学校园草坪上，勤习太极拳，并引来众人观赏，真是风光，让我好生羡慕。当时，我还不了解太极拳的历史，只晓得这是门了不起的武术，为我中华赢得了世界声誉。没想到，时隔十多年，我竟来到它的发源地：中国河南省焦作市温县陈家沟。

进入陈家沟，仿佛进入一种特别的气场，我们都自觉地要求自己放慢脚步，并静下心来。在太极拳祖祠，一位姑娘的讲解充满了中气和自信：

> 太极是中国古代最具特色和代表性的哲学思想之一，太极拳基于太极阴阳之理念，用意念统领全身，通过入静放松、以意导气、以气催形的反复习练，以进入妙手—运—太极，太极—运化乌有的境界，达到修身养性、陶冶情操、强身健体、益寿延年的目的。

> 太极拳含蓄内敛、连绵不断、以柔克刚、急缓相间、行云流水的拳术风格是习练者的意、气、形、神逐渐趋于圆融一体的至高境界，而其对于武德修养的要求也使得习练者在增强体质的同时提高自身修养，提升人与自然、人与社会的熔冶与和谐。

因此，说太极拳是一门艺术，恰如其分，一门含有哲理、操守和意志的艺术。

主人盛情，请来几位太极拳高手为我们表演，其中就有国家级非物质遗产太极拳代表性传承人王西安和陈正雷两位大师。在灯火通明的场馆，我们有幸近距离观赏了一场高水准的太极拳表演。大师们一亮相，就是精神，就是让你感到某种近乎神圣的气息。表演结束后，作家们纷纷与太极拳大师合影留念。女作家张鸿急切地四处寻找着陈正雷大师。她坦承，一见他出手，就被他彻底迷住了。

在焦作，不断地会听人们说起铁棍山药，这神奇而又神秘的怀山药。某种程度上，它已成为生命活力的象征。前往陈家沟之前，组织者还特意安排我们去到田野观看山药采集。山药采集动静颇大，需要挖土机登场，掘出一道道沟，然后劳动者再小心翼翼地挖出。种植怀山药，是项极费时间和精力的劳作。我不由得联想到，从隐喻角度看，太极拳不也是一种神奇的"铁棍山药"，一种无形的"铁棍山药"。习太极拳，再吃铁棍山药，那你绝对时刻都会精神抖擞了。瞧，兴许无意间，我已说出了生命的秘诀。

|感谢相遇。 他们， 和她们|

想到了他们，和她们。是焦作让我遇到了他们，和她们。

韩达，作家，焦作市作协主席。我始终将他视为兄长，他确实有着兄长般的温暖和实在。十多年前，在云台山，参加一个文学研讨会。韩达以副县长身份出席。当他发言，如数家珍地提及一部部中外文学名著时，我一惊，随即纳闷：竟然还有文学造诣如此之高的县官？后来得知，韩达其实是作家。再后来，焦作重逢，他已担任焦作作协主席。身处官场，韩达却始终保持着文人的本色，并且创作热情始终不减。一座城市，往往因为一个人，而变得亲切、温暖。想到焦作，我便会想到韩达；同样，想到韩达，我也便会想到焦作。

任芙康，作家，《文学自由谈》主编。其实，十多年前我们就见过面，在西域。但那次，参会人数众多，且又始终有女粉丝围绕着他，我始终没得机会向他讨教，同他接近。这一回，主办方的安排，让我不得不同他贴近，而且只隔着一张床的距离。这就是缘分啊。他的个性，他的锋芒，他的机智，他的滔滔不绝，他表面的谦卑，和内心的狂傲，我算是彻底领教了。只要说起办刊，他的激情会一下子被点燃。一个天生的办刊人。也只有他能将《文学自由谈》办得如此富有锋芒，充满活力。我玩笑道："从今往后，填写履历表时，要加上一条：曾与任芙康同居。"哈哈！我只能以此方式表达我的欣悦和敬意。

墨白，散文家，小说家。我们神交已久，并有着好几位共同的朋友。拜读过不少他的文章。还曾约他为我主持的"中国作家谈外国文学"栏目写稿。那篇稿子写得灵动，又异常的感人。我们终于在焦作相遇。墨白一头白发，却又热情洋溢，在饭桌上常常会时不时地大吼一声。这在他身上形成了某种张力。在河南，墨白绝对是个文学大腕，总有文学青年跟随其后。我们相约明年夏天在中原再聚。到时，一场豪饮在所难免。

张艳庭，青年诗人，小说家。多年前在焦作相识。他对文学的痴迷令我感动。原先只知道他一直在写诗。数月前，收到他的新作《摇滚乌托邦》才晓得他也写小说。我多次鼓励他，才华，加上热爱，定会有所收获的。我在此祝福他。

乔叶，散文家，小说家。我们曾在西域和山东多次相遇。是老朋友了。极喜欢她的小说，充满了想象力。我说过，对于小说家而言，想象力，在某种程度上就是创造力。抵达焦作，看到采风名单中有她的名字，便感到分外的亲切。可就是一直未见她的影子。第二天，在青天河，她突然冒了出来。饭桌上，听焦作朋友说起乔叶，有自豪的感觉。她确实是焦作的骄傲。见到我，乔叶说："谢谢你，不嫌弃我的家乡。"乔叶，以乔叶的方式，在对我表示欢迎。

鲁敏，小说家，我的江苏老乡。江苏老乡竟然在焦作相遇相识。没有想到，写出这么多小说的她，看上去还完全像个大学生。她确实有着学生般的清纯，自然，大方，毫不做作。在青天河畔，我为她拍照，让她用手轻扶树枝，她别扭至极，说："太做作了。太做作了。真不习惯。"

葛水平，散文家，小说家。她有着一股迷人的静的气息，是那种异常的静，宗教般的静。她似乎完全可以通过静来言说，来表达。静是她特别的语言。在车上，在路上，她常常就这样静着，仿佛完全沉浸于自己的世界。但有时，我们在说话时，她也会回过头来，冷不丁地评论一句，就那么一句，随后又回归于她的静。她难得的一句半句话，带着山西口音，韵味十足，好听极了。我在心里隐隐地期盼着她再开口，说上几句。但她坚持着她的静。她的静没有让我感到陌生，反倒令我觉得一见如故。记得一个细节：在田野里，她捡起一根山药，要带回家，浸于水中，看能不能发芽。

我想感谢你

同我分享的那些日子

感谢拥抱和亲吻

感谢青春和意念。

感谢风让我们彼此成为陌生人。

感谢那片海，绝对而有力。

感谢静默和诗歌。

这首诗译自一篇极为忧伤的西班牙小说。那是篇有关离别的小说，此刻想起，有点伤感，有点不合时宜。倒是诗人冉冉的诗句更为恰切和明朗："这欣悦的相逢，是今天的大事，也是今生的大事。"

为此，我想感谢相遇！

2014 年 11 月 21 日于雾霾中的北京

九月，微信，金色布拉格

明天要去布拉格。晚上在准备行李。已拿出几本书了，诗歌，散文，小说，都是和捷克有关的。但最终还是决定什么书也不带。正是九月，就带一双眼睛，去读金色的布拉格。

早晨五点从北京出发。九个小时后抵达维也纳。都说北京机场最近安检提高了级别。但我可以做证，比起维也纳机场，北京机场算是温和的。维也纳机场安检，无论男女老幼，统统都得脱下外套，解下腰带，还要将两只脚先后放进一台仪器。仪器显示 OK，过关。否则，就要脱下鞋子细查。这一点倒是比我们先进。建议引进这一仪器。

在维也纳逗留五个小时。再转机前往布拉格。如此，费了近二十个小时，终于来到布拉格。此刻，布拉格时间晚上九点五十分，而北京时间已是凌晨三点五十分。兄弟们啊，你们正在熟睡，可我为了倒时差，还在苦苦地熬着。

断断续续睡了两个小时。还在倒时差中。我所下榻的 RoyalStandard 饭店面对伏尔塔瓦河。早餐后，到河边走走。河边大道，整洁，宽敞，是漫步的好地方。见到几位垂钓者，还有一些自行车爱好者。天阴，后又下起小雨。拍了几张照片，但色彩感不好。不拍了。我就在雨中一边走着，一边漫无边际地想着。

按计划，下午去见捷克科学院文学所所长帕维尔。贝特莱博士来饭店接我。步行，深入市中心。每一处都有故事。我和帕维尔聊了许多。

卡夫卡。哈谢克。赫拉巴尔。塞弗尔特。他们为我制订了详细的接待计划，还为我准备好了办公室。帕维尔送了我一大批书，但全是捷文书。要是会捷克文，就好了。只好看看封面了。

阳光中，下着雨。没多久，天又放晴了。我背着书，边溜达，边拍些照片。布拉格似乎排斥英语，路名，店名，广告，均用捷文。连给我发的邀请函都不例外。上面"高兴"两字，我倒是认得。还有布拉格。捷克人读作布拉哈。我走走停停，不时地，被一些街头小景所吸引。脑海中不断闪出昆德拉、赫拉巴尔或塞弗尔特们的文字。

早晨，坐过一趟电车。布拉格的街市上方挂满了电线，凌乱，却似乎并不破坏景致。相反，它们倒成了街头景致的一部分。公共交通极为发达。长而结实的红色街车几乎一刻不停地在轰隆隆行驶。多数人选择公共交通。包括那些推着婴儿车的少妇。短短几分钟，就有十几位少妇推着婴儿车上来。这在北京难以想象。

布拉格的街巷大多是石子路，富有韵味，尤其是在下着细雨的时刻。路面泛着一层光，仿佛城市的灵魂。在那些不知名的街道和巷子里漫步，实在是一种享受。整座城市贴着你的心呢。这是座有温度有气息有情调的城市。而不像那些冷冰冰的都市。

昨晚十一点多就睡了。醒过一次。又入眠。睁开眼，已是早晨五点半。这么说，我已融入欧洲时间了。真好！睡眠保证了精神。今天起，我要正式向布拉格致敬。查理四世的布拉格。斯美塔纳的布拉格。卡夫卡的布拉格。哈谢克的布拉格。里尔克的布拉格。昆德拉的布拉格。哈维尔的布拉格。第一站：老城广场。

出门，坐有轨电车。车票 25 克朗，30 分钟内有效。在布拉格，你完全可以依赖公交。想去老城转转。没有方向感。坐车坐过了头。打

听。再往回坐。觉得差不多了，下车。确定方向。走着走着，就到了一个景致非凡的地方。看到那么多的游客，我就知道我来到了我想到的地方：老城广场就在眼前。

我的漫游是随意的，从容的，探索性的，18世纪式的。每遭遇一个景点，都有一种发现的快乐。走着走着，就看到图片中的查理大桥变成了面前的真实。它几乎就是布拉格的标志。远远地看着，不愿一下子走近。找各种角度，拍照片。天阴着，不时还有细雨飘落。一声声的呼唤。太美了，美得近乎忧伤。

美得如斯美塔纳的音乐。我不能马上踏上查理大桥。斯美塔纳的雕像闯入视线。斯美塔纳纪念馆紧挨着查理大桥。当然要参观一下。门票50克朗。一个小型的展览，摆放着一些图片、乐谱和文字介绍。还有几件作曲家用过的乐器和物品。一些学生在翻看乐谱，或听音乐。工作人员说，你想拍照吗？交30克朗就行。

又出太阳了。布拉格的天气，像深爱中的恋人的情绪。我在适当的瞬间走上了查理大桥。天哪，这简直就是一件硕大的艺术品。难怪昆德拉、克里玛、塞弗尔特都不断写到它。桥头堡，仿佛就是一个巨大的教堂。那些宗教题材的巴洛克雕塑，让游人一次次地停顿。从桥上望去，河面上的风景是一幅让人心动的油画。

捷克民族是温和的，幽默的，欢快的，有时还是及时行乐的。这是他们生存的秘诀。否则，在历史中，这个弱小的民族恐怕早就灭亡了。你看看桥上那些艺人。他们似乎并不在做生意，而是在那里自得其乐。而那小型乐队，热情洋溢地演奏着一支支曲子，乐手们个个都露出享受的神情。生活不在别处。生活就在这里。

走过查理大桥，便走进小城。是聂鲁达笔下的小城吧。太多的景致，容易让人偏离和迷失。好在身处小城，你始终能找到大的方向。朝上走，没错，一步一步朝上走，我要抵达那辉煌得耀眼的城堡：布拉格城堡。从高处，我看到了一大片红色的屋顶。光的作用，它们看起来又像是金色的。金色的布拉格！

上午去超市，想买点日用品，让生活过得惬意些。比如，我特别想买只电热壶，可以随时煮点热水，沏上一杯茶。带来的罗布麻茶和铁观音一直在静候着呢。可惜逛了半天，也没买到。看来布拉格人大多没有这种需求。不可一日无茶。可我已经熬了三天了。环境造就人。心理上，已做好准备，二十天，只喝矿泉水。

什么是文明？看看细节就明白了。在布拉格，人行道前，车绝对会让行人。坐街车，没有一人会抢位置。我还注意到，车上，没有检票员。一切都靠自觉。再热闹的酒吧里，你也听不到喧哗。几乎所有的街道都干净，整洁，随处可见摆放的鲜花。这是座安静的城市，也是座浪漫的城市。芬芳在空气中浮动。

到河对岸去。那片山坡上的景致像是在召唤。随意溜达着，并不想走远。看到一家书店。不由得走了进去。到布拉格的一大任务就是淘书。卡夫卡、里尔克、昆德拉、恰佩克、赫拉巴尔、哈维尔、克里玛都在显眼的位置。捷克人毫不含糊地把卡夫卡和里尔克都当作布拉格作家。因为他们都是布拉格居民。

你要是在我身边，那该多好！这极容易被当作恋人絮语，实际上却是对风景的最高赞美。你要是在我身边，就能同我一道分享那美得动人心魄的景致了。是我在邀约吗？不，是景致在邀约。黄昏时分，我又到河边漫步了。同一片景致，同光线合谋，在不断变化着它的韵致。

稍微走几步，就看到了好几家中餐馆。真是神哪。如今，中餐馆在

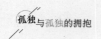

全世界遍地开花了。还是没抵挡住诱惑。一次次走了进去。已连续吃了几顿中餐了。想想看，在布拉格，竟然吃到了砂锅丸子、炒猪肝、扬州炒饭，绝对算是奢侈吧。此刻，砂锅丸子、炒猪肝、扬州炒饭，对于我，就是祖国，尤其是在中秋将至的时刻。

睡眠好，精神就有了保证。五点多醒来，躺在床上，无边地想。远离，其实是另一种贴近。快到中秋了，不断地有祝福传来。在异乡，听到这些祝福，感觉分外亲切和温暖。我将在布拉格过中秋。一个人的中秋，会是怎样的滋味。今天是周末。计划去老城和小城转转。看看波西米亚博物馆。再看看卡夫卡纪念馆。

难得的晴天。为了早点出门，我甚至放弃了饭店的早餐。已经熟门熟路。不到二十分钟，便来到老城广场。我就在喧闹到来之前，在大批的游客还没涌现之前，开始从容地漫游。老市政厅，天文钟楼，那些我还叫不上名的小巷，查理大桥……在宁静中，有着更加贴近人心的魅力和更加神秘的气息。

布拉格究竟有多少酒吧，恐怕谁也说不清。反正你走不了几步，就会见到一家。不少酒吧都开在巷子里。在布拉格，你甚至可以说，没有酒吧的巷子不叫巷子。门面都不大，却讲究环境的宜人和细节的味道。布拉格有酒吧文化。酒吧文化孕育了许多作家。哈谢克和赫拉巴尔就是酒吧文化的代表作家。

捷克作家喜欢在酒吧聚会。一些诗人和作家甚至就在酒吧里写作。人们难以想象，哈谢克的《好兵帅克》就是在酒吧里一章一章写出来的，而且是为了挣稿费，买啤酒喝。赫拉巴尔也喜欢泡酒吧。他的不少语言和词汇都是在酒吧里听到的。在酒吧里，他肯定遭遇了各种各样"中魔的人"。他称他们为巴比代尔。

　　我一直在寻找卡夫卡纪念馆。我也知道它的大概位置。但奇怪的是，有两回，几乎就到了它的跟前，却最终没走进去。似乎还没做好心理准备。那不是参观，而是膜拜，是一种无法匆忙举行的仪式。那就再等等吧。

　　布拉格到底有多少钟楼，同样无人说得清。有一点，让我惊叹：起码我所见到的钟楼都在一丝不苟地发挥着报告时间的作用。或者说，它们就是时间本身，让人信赖。仿佛有项法律在监督似的。因此，在布拉格，人们无须戴手表。不由得想起了国内许多大楼上的钟表，仅仅是装饰，而且还是误导人的装饰。

　　布拉格的狗们真是幸福。它们可以跟主人一起进酒吧，逛公园，甚至坐街车。主人当然得牵着它们。我正乘坐有轨电车，忽见一美女牵着一条大狗上得车来。乘客和狗相安无事，倒是一幅和谐的景象。关键还是人少。人少，事情就好办。要在北京，在那些拥挤不堪的车上，人都快疯了，更甭说狗了。说不定谁咬谁呢。

　　我在教堂的钟声中醒来。拉开窗帘，光涌了进来。布拉格，用晴朗的天气迎来了礼拜日。一会儿就出门，去圣维特教堂，听听赞美诗。布拉格，晴朗的早晨，我的内心唯有感恩和祝福！

　　布拉格街车有好几种票：月票，日票，和半小时票。一般去和回，两张半小时票就可以了。今天想多逛逛，买了日票，二十四小时内，街车和地铁，随便坐。还是先到老城广场。已把它当作坐标。第三回来此地了，觉得熟门熟路，有意开辟新天地，走进了一条陌生的巷子。没想到，这一下，竟让我完全偏离了方向。

　　越走越陌生，越走越荒凉，方向一准错了。没事，有日票呢。顺便还拍了几张照片。踏上一辆街车，往回坐。果然，不一会儿就看到了熟

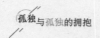

悉的景致。今天目标明确:卡夫卡纪念馆。问了好几个捷克人,都说有,但不知在哪里。卡夫卡和犹太区有关。去犹太区打探。刚迈进犹太区,就看到了卡夫卡街。心里一阵惊喜。

卡夫卡展览,橱窗上写着。门楣上还有卡夫卡像。终于找到了。我心想。没想到,侍者告诉我这是餐厅,卡夫卡曾在此用过餐的餐厅。那卡夫卡纪念馆在哪里?他耸了耸肩。继续寻找。阴差阳错,来到犹太纪念馆。就参观一下吧。顺便问问工作人员。听到我的询问,一位美国女游客告诉我在河的另一侧。从她自信的口吻,我明白这回没错。

位置确定,步子也就变得从容。朝河对岸走去。遇到一个明白人。也不知是捷克人还是美国佬。他的美国英语太棒了。绕过这幢建筑,向左拐,就是。谢天谢地!不到五分钟,卡夫卡纪念馆仿佛从天而降。门票在卡夫卡纪念馆商店出售。商店里全是和卡夫卡有关的图书和纪念品。自然要挑选一些。

一张明信片上,卡夫卡和哈谢克一同畅饮。这仅仅是人们的想象。我也曾问过:两位大师,同住布拉格,却从未相遇,真是遗憾!现在看来,这是个幼稚的问题。宗教背景、社区和写作风格的不同,他们根本不可能见面。再说,卡夫卡和哈谢克当时还都名不见经传。大师称号,是后来人封予他们的,已与他们无关。

我还在拖延。什么心理?该迈出脚步了。纪念馆不大,但布置极特别,或者说极卡夫卡,像迷宫,光线幽暗,气氛诡异,背景音乐阴郁得让人发冷。几束光,照着一些手稿、档案、图片和书籍。不时地,白墙上还有投影,呈现出布拉格的往昔。无人说话。无人敢说话。你绝对感觉到了卡夫卡的眼睛。他在望着呢。

一面能一下抓住你的黑墙,上面是一个个的抽屉,每个抽屉上都贴着卡夫卡小说中一个人物的名字。有一个拉开，里面放着档案，其余都是封死的。右边，还挂着一个电话，仿佛可以和那些人物通话。但通话永远都实现不了。又一个卡夫卡式的隐喻。这时，我听到了鸟叫声。也许，从鸟的角度去理解卡夫卡，会更好些。

不大的空间，好几处都靠墙摆着椅子，一来让你看投影，二来让你走走停停。那些介绍文字，用德语和英语，都是些常识，在幽暗的光线下，看着费劲。我索性不看了。就那么坐着，感受那特殊的气氛。卡夫卡的幽灵在徘徊。也许，策展人就要这样的效果。

走出纪念馆，不想马上离去。院子里开着两家酒吧。我在那家露天酒吧坐了近两个小时，望着来来往往的游客。那些游客来到纪念馆门前，更多地关注那两个在撒尿的雕像，那是捷克著名先锋派雕塑家大卫的作品。不少青年男女还会在雕像前恶搞一番，拍几张照片，然后走开。几乎没有进纪念馆参观的。他们可能知道卡夫卡，但对他没有兴趣。卡夫卡不会见怪的。

在布拉格待了五天。自己还没留过一张影。在卡夫卡纪念馆，让人拍了两张。看完，沮丧。旅行，最好还是有一人相伴，可以和你说说话，还会给你拍拍照。当然，如果能与你爱的人一道旅行，那就是奢华的幸福，那就是今晚的月亮：圆满……总有一天的，我对自己说，心里充满了期待。活着，你总得有所期待吧。

又是晴天。诱惑啊！连续几天出门，该稍微歇息会儿了。顶多就到河边走走，再去逛逛书店。买书已花了不少银两。可遇到喜爱的书，再贵，也得买。淘到一本英文版的《过于喧嚣的孤独》。毫不犹疑地买了下来。赫拉巴尔的作品中，我最最喜欢这本了。一直在找赫拉巴尔常去的酒吧。见了捷克作家，再打听打听。

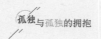

孤独与孤独的拥抱

一个人的中秋，不说思念，只说圆满。晚上，我就买几块捷克馅饼当月饼吃了。然后再到河边，看教堂顶上的月亮……

我还要找这几个地方：赫拉巴尔常去的酒吧，哈谢克故居，塞弗尔特故居，卡夫卡墓地，黄金巷，里尔克故居，佩特馨山……下午要见克里玛，也许能从他那里获得些线索。

见克里玛。老人年届八十，但精神矍铄。在他宽敞的别墅里，我们的交谈流畅而愉快。我主编的"克里玛作品系列"就放在他书架显要的位置上。他说能面向中国读者，对他意义重大。至今，他已有七本书被译成了中文。其中就有《布拉格精神》。不久，花城出版社还将出版他好几本书，其中有他自己相当看重的《我的疯狂世纪》。

我说："尽管经历坎坷，您却总是那么平静。"克里玛说："平静能保护自己的心境。捷克 50 年代最为糟糕。其他时候，生存都没问题。我完全可以定居国外，但最终还是坚持留在祖国。这里，我用母语写作，自如而舒服，而且生活在亲人和朋友中。政治高压时期，我一无所有，但有大量的时间可以写作。"

克里玛夫人海伦娜是捷克著名心理医生，正忙于照顾病人。老人便亲自动手招待我。他建议喝点红酒。我说还是茶吧。他说他有印度红茶。于是亲自去厨房沏茶。喝茶，一定要茶点。他特意摆上了两种饼干。他的温和、谦卑和平静，让我觉得特别亲切，没有丝毫的隔膜。他乐于与人对话，你说话时，他会专注地听你。

克里玛小说中的女性大多优雅、美好。我说您是位尊重女性的作家。他说没错，事实上，我同女人相处得更好。他坦承生命中有过好几位出色的女人。妻子海伦娜就特别优秀。同男人，你顶多谈谈足球，可同女人，你可以谈论生活中的一切，老人笑着说。他的好几部小说都是

184

献给心上的女人的。

我译过克里玛的《我的初恋》，是部短篇小说集。你最喜欢哪篇，他问。我说《米里娅姆》和《真话游戏》。他说那都是他生命中真实的故事。《米里娅姆》中的初恋故事发生在集中营。当人处于饥饿状态时，食品便最最重要。而一个能多给你食品的姑娘，你肯定会爱上她的。初恋就这样同饥饿连接在了一起。

机会难得，我想拍些照片。可以吗，我问克里玛。当然，他说。他很配合。换了好几种姿势。还建议到饭厅拍几张。那里光线更好。桌上摆着一束鲜花。两天前，他刚刚过完生日。他特别善解人意，说我们该合影留念。可屋子里就我们两人。他说孙女海娜就住在隔壁，他可以请她来帮帮忙。

海娜一走进书房，你就感到了她的活力。一位阳光、大方的美丽姑娘，笑起来，太迷人了，显然是克里玛的掌上明珠。她热情地伸出手，用标准的美国英语发出问候。在捷克，我遇到好几位年轻人，都说一口美国英语。在波黑，情形相同。我说要请你帮忙。她说：No Problem.随后又灿烂地笑。克里玛也在笑。

国际，在欧美是个寻常词。因为在欧美，一不小心就是国际的。上午，捷克科学院文学所，十来位学人凑在一起，每人做一个发言，就算是开了一次国际研讨会。没有会标，没有开幕式，没有领导致辞，没有主席台，直接按顺序轮流发言。然后讨论。我应邀参加并发言，主题是"捷克文学在中国"。

美国学者米歇尔提到，在美国，出版社可以根据市场需要随意改动一部译著。这让我想到，所谓的审查制度其实有两种：政治审查制度和市场审查制度。人们一般都在痛骂政治审查制度，殊不知，市场审查制

度有时更加可恶。它将一切都同金钱挂起钩来。当然最最糟糕的是，既有政治审查制度，又有市场审查制度。

不想睡，也睡不着，仅仅是因为时差吗？有时，所谓时差，就是身子到了异乡，可心还留在故土……

总也看不够的布拉格城堡。仿佛在蓝天下闪着光。我再次来到这里，寻找着不同的角度。遇到一个中国旅行团，好几个老人都在奔跑着，一边跑，一边嘟哝着："还有十分钟，来不及了，来不及了。"比起他们，我觉得自己很幸运，可以从容地漫步，不受时间的限制。真正的漫步就该是从容而自由的。

如果你到布拉格城堡，一定要参观卢勃科维茨家族博物馆。大量的藏画。大量的珍品。有瓷器厅，兵器厅，珍宝厅，名画厅，乐器厅。贝多芬和莫扎特曾为这一家族写过曲子。还有宠物犬厅，里面展出不少狗主题油画。有一幅特别有趣，主人硬要让狗抽烟斗。有时，这里还举行音乐会。可惜，我错过了昨天的那一场。

手头也有布拉格指南。可不想看。我更愿意寻找。那种发现的乐趣让人兴奋。我就在偶然中发现了霍朗故居。他可是捷克的大诗人。有女士在里面办公。是一家什么公司。我问这幢楼都是霍朗住的吗？她说不，他只住其中一套公寓。霍朗晚年住到离此不远的康巴岛。我特意前往。那里景色宜人，但不再宁静。

一直在找黄金巷。找到了。这里原先是城堡射手的宿舍，也就几十个房子，个个窄小幽暗。后来一些艺人住到这里。再后来又有一些艺术家和文学家住到这里，将这些小房子装饰得富有情调，渐渐成为布拉格一个景点。二十二号曾是卡夫卡妹妹的房子。卡夫卡也曾在此寄居并写作。如今，成了卡夫卡书店。

　　走出黄金巷，已近黄昏。慢悠悠地往查理大桥走着。途中看到一家书店，它的名字吸引了我：莎士比亚和儿子们。进去一看，又是惊喜。这是一家极有品位的书店，而且里面有大量英文版书籍。我买到了霍卢布诗集、霍朗诗集、捷克五诗人诗选等书。钱包渐渐空了。要记得再去兑换克朗。还想看看莎士比亚和儿子们。

　　哼着王菲的歌走过查理大桥。黄昏时刻，周边一片金黄。金色布拉格。直直地往前走，还在寻找一个目标。打听了几回，终于看到了那家早在书中熟悉的酒吧：金虎酒吧。赫拉巴尔最喜欢的酒吧。里面人声鼎沸，喧闹不已。赫拉巴尔就在这样的酒吧喝酒，聊天。《过于喧嚣的孤独》，我立即想起了他的小说。

　　多么美好的一天！在一家酒吧坐下，要庆祝一下。点了捷克名菜古拉什。慢火炖出的牛肉，浇上浓汁，配上几片面包，可以蘸着汁吃。微风吹来，已有一丝的凉意。一边吃着，一边想着：那一切的美好都在无限的细节中。文学就是要不断地发现并创造这些细节。生命呢？也一样吧。我因此期待明天。

　　听说星期四下午，赫拉巴尔的老友会在金虎酒吧聚会。又赶到那里。照样挤满了人。想喝一杯，但没有空座。喧闹中，试图找人说说话。好不容易找到一个会英语的。我们聊起了赫拉巴尔。他很惊讶。我说中国读者很熟悉赫拉巴尔。他更惊讶，立即将我的话翻译给同伴听，然后对我说：太好了！我们为他感到骄傲。

　　金虎酒吧里，不少外国游客显然是来凑热闹的。他们并不知道赫拉巴尔是谁，但知道美国前总统克林顿到过金虎酒吧。墙上除了赫拉巴尔的雕像，还挂着克林顿、哈维尔和赫拉巴尔一道喝酒的照片。照片上，哈维尔把赫拉巴尔介绍给了克林顿。我纳闷：金虎酒吧生意如此火爆，

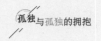

到底是因了赫拉巴尔，还是克林顿？

九月，金色布拉格，不时能看到婚礼的场面。婚礼完毕，超长林肯或凯迪拉克会载着新人来到著名景点。布拉格城堡、老城广场，伏尔塔瓦河边，是许多人的首选。摄影师跟着，为新人拍下一个个瞬间。游客们也纷纷举起相机。新人们十分配合，主动摆出各种姿势，对着各种相机镜头，仿佛在说：欢迎欢迎！

朗兹先生访问过中国，热情友好，一定要带我到布拉格郊外转转。去杜博里斯宫殿看看，他建议。那里原是捷克作家之家。1989 年之后，私有化了。一个极其美丽的地方，有法国花园和英国公园。又遇见了好几对新郎和新娘。喜庆、浪漫和诗意融合在了一起。望着他们，除了羡慕，还有祝福：愿天下有情人终成眷属。

夜已降临。沿着伏尔塔瓦河走。看点点灯火。算不上璀璨，却有一种朦胧的韵味。河面上，一艘艘游轮无声地行驶着，远远远去，似动非动，唯有那些微微泛着光的涟漪证明着它们的运动。一个城市，有河，就有了灵性；有山丘，就有了曲线。布拉格如此。萨拉热窝如此。布达佩斯如此。都是些苦难而美丽的城市。

从夜色中归来。开门的刹那，觉得有人在等。是幻觉吧。走进空空的房间，把所有的灯打开。布拉格之夜，光是唯一的陪伴。光，会说话吗？又是幻觉。摆不脱的幻觉。还是听听歌吧。反反复复，听同一首歌。布拉格之夜，一首中文歌，萤火虫般，小，却让心有了着落。

在老城广场转悠，忽然眼前一亮：达利作品展正在一家美术馆展览。当然要看看。这位超现实主义艺术家有着疯狂的想象力，因此常被人当作一个疯子。可他自己说："我同一个疯子的唯一区别就是我不是疯子。"他当然不是疯子，他是艺术家。展品有画作、照片、雕塑和陶器。融化的钟、细腿大象、爬行的蚂蚁是他最著名的象征。

蓄着上翘的小胡子，是达利的标志性形象。那撮小胡子仿佛是用胶水或摩丝粘牢似的。看到那撮胡子，我乐了，立即想到了两个哥儿们：拉萨的贺中，和广州的朱子庆。达利有着强烈的自信，或自恋。他说："每天早晨醒来，我都体验着一种极致的快乐：成为萨尔瓦多·达利的快乐！"他作品的无法无天，让他满足，也决定了人们无法真正读懂他。

你怎么可能完全读懂一个艺术家。越是独特的艺术家，你就越难读懂他。经常的情形是：误读。误读让阅读生出不少乐趣，像一场无边的游戏。像达利这样自命不凡的艺术家压根儿就没期望人们读懂他。可他又那么渴望功成名就。他说："对我来说，不被认可，简直难以忍受。"这好像不该是他说的话。

明天要去布尔诺，昆德拉的老家。赫拉巴尔也出生在布尔诺附近一个河畔小镇。从布拉格到布尔诺，两百公里，坐火车两个多小时就到。捷克科学院还没通知我行程呢。这是个温和的民族，也是个缓慢的民族。就享受一下缓慢的乐趣吧。今天就随意溜达溜达，顺便去看看捷克国家博物馆。离这里不远，走路过去就行。

夜晚，还是凌晨？布拉格在下雨。我用雨声培养着睡意。结果，另一种声音更大了。

中午要坐大巴去布尔诺。票上写着：12 点从布拉格发车，14 点 30 分抵达布尔诺。在国内，恐怕不敢这么写，尤其是航空公司。

在捷克，坐巴士出行，十分方便。Student's Agency 口碑极好。早早地来到车站，看各路巴士朝各个方向出发：柏林、维也纳、布拉迪斯拉发，等等。半个小时一趟。车内配置齐全，喝的吃的，都有，还有电影、电视、音乐等娱乐节目。我一路听着音乐，看着风景，想着远

方……似乎没多久，就到布尔诺了。

布尔诺是捷克第二大城市。即便如此，从布拉格来到布尔诺，还是有到了乡下的感觉。而我下榻的马萨里克大学公寓，则是乡下的乡下了。呵呵。难怪当初昆德拉要向首都布拉格进军呢。

阿莱娜来接站。秀气的知识女性，讲一口流利的英文。安顿下来后，她执意要陪我去吃午饭，再到市中心走走。一顿美餐，让我又有了精神。我们聊着捷克文学，越聊越起劲。阿莱娜是克里玛的粉丝。这并不出乎我的意料。克里玛就是讨女性读者的喜欢。他是个懂得欣赏女性的作家。

阴天，布尔诺显得更加安静。从城市各个角度，你都能看到彼特罗夫山丘以及耸立其上的圣彼得和圣保罗大教堂。那是城市的最高处。就往那里走。不知不觉来到了大教堂底下。几番举起相机，又放下。缺少点什么。是天空的蓝。几乎见不到游客。好不容易遇到一位日本朋友，会说几句中文，亲切得就像遇到了街坊。

布拉格能在第一瞬间吸引你的目光。布尔诺，你得看两眼，三眼，甚至四眼，才会有那么一点感觉。今天，阴转晴，阳光中，走到市中心，方才觉得：这确实是座城市。

凌晨三点，就在等待白天的来临。布尔诺，被我提前唤醒了。呵呵！

在捷克，有太多的教堂和城堡，看得都没有感觉了。还是看看捷克姑娘吧。那些捷克姑娘，大眼，高鼻梁，两腿修长，身材挺拔，咚咚咚地走着，金色的披肩发，火焰般摇曳着，怎么看，都看不厌。难怪捷克会诞生出阿尔丰斯·穆夏这样的画家。

无论在布拉格，还是在布尔诺，公共交通都像是福利似的。坐有轨电车和地铁，都没有检票口，直接上车就是了。难道就没人查票吗？我在纳闷。昨天，在布尔诺一路车上，终于目睹了一幕查票情形。一位女士笑眯眯地让大家出示票据。年票，月票，天票，各类票证分别出示。我可以证明：全车，无一人逃票。

说着说着，天就转晴了。教堂顶上，难道有只手在掌控着气候？阳光中，马萨里克大学校园显出几分可爱了。

孟德尔，现代遗传学之父，曾在布尔诺工作过。死后被葬在布尔诺中央公墓。布尔诺一重要广场被命名为孟德尔广场。我每天出行都要经过那一广场。有轨电车上报其他站名，我听不太清，可报到孟德尔广场时，听得异常清晰。广场一侧就是孟德尔纪念馆。我喜欢纪念馆的院子，有绿色的草坪和各类高大的树木。

从孟德尔广场坐长途车，约四十分钟便到达穆夏的出生地伊文奇采。映入眼帘的乡村景色令我兴奋。绿草地，红房子，金色麦田，天空的蓝，已是一幅迷人的画。小镇虽小，却有像样的饭店和好几座漂亮的教堂。穆夏纪念馆同时兼作伊文切斯旅游服务中心。在那里，你能免费得到小镇地图、指南和景点介绍。

说实在的，穆夏纪念馆中的展品比较寒酸。画作不多，手稿复印件和照片不少。热情的工作人员费劲地用英语解释说，画家的代表性作品都保存在布拉格、巴黎等地了。在布拉格，我倒是看到了他的几幅尺寸较大的代表作。穆夏画画时，总是穿一件白色的工作服，看上去不太像画家，倒更像生物学家。

小镇的另一景点犹太墓地吸引了我们。有人要参观墓地时，工作人员便打电话通知守墓人泽邓卡大妈。老人并非犹太人，守墓已二十多年，完全是出于爱心，恒久的爱心。我们到达墓地时，老人提着一只篮子走了过来。她拿出留言簿，给我们看各种留言。同行的安卡会捷文，一老一少就这样站着聊了起来，那么投缘。

伊万奇采犹太墓地就其历史来说，在捷克排名第三。最古老的墓碑立于 1552 年。郁郁葱葱的树木，仿佛被灵魂滋养着，高大，秀美，庇护着绿色山坡上的墓碑群。一个美丽而宁静的地方，灵魂的理想归宿。每年，都会有些犹太人后裔从世界各个角落专程赶来，祭奠自己的先辈。

生与死，融为一体。在欧美，墓地常常紧挨着居民区，或者就在居民区中。伊万奇采犹太墓地对面就住着不少小镇的居民。各家门前一般都带有一个小花园。有时，居民也会到墓地的树下坐会儿。也许，在墓地，才有可能进行最深刻最本质的对话。无须言语。

深夜，再度醒来，听见宁静在流淌。时间在说话呢。此刻，想，是一片星空，无边无际……

要见捷克科学院布尔诺分院捷克文学所副所长杰里·特拉伏尼切克先生。按照约定时间，我来到布尔诺分院。漂亮的房子，幽静的院子，这样的环境本身就很文学。或者换句话说，这样的环境，还做什么文学。谈恋爱吧。

特拉伏尼切克请我共进午餐。我们边吃边谈，围绕捷克文学这一话题。谈到昆德拉和赫拉巴尔，他们都出生于布尔诺。特拉伏尼切克也觉得赫拉巴尔才是地道的捷克作家。至于昆德拉，他这样为他定位：出生于捷克的法国作家。这已是不少捷克作家和学者的共同观点。昆德拉本人其实也更愿意被当作法国作家。

1989 年之后，东欧各国文学普遍面临这样的问题：自由，并未成为写作的灵丹妙药。捷克文学同样如此。特拉伏尼切克承认，捷克文坛现状总体上令人失望。优秀作家和作品寥寥无几。人们依然主要在阅读恰佩克、万楚拉、霍朗、赫拉巴尔等知名作家。而捷克当代文坛，还没有哪位作家写出了经典作品。

自由与写作，这是个复杂而微妙的问题。齐奥朗说过：半自由、半专制的社会，也许才是理想的社会。我们该如何理解他这句话呢？

特拉伏尼切克问我想点什么菜。我说想吃地道的捷克菜，请他推荐。他说这家馆子倒是有地道的斯洛伐克菜。服务生端上来时，我一看：原来是菜花炒油渣。他吃得津津有味，很快便一扫而光。我勉强地吃着，最后还是只吃了一小半。一个教训：哪怕到异国他乡，吃饭也要有自主精神。

晴空下，布尔诺还是有点魅力的。那些教堂，那些街市，那些建筑上的小小细节，就像可爱的小小宝贝。欧洲许多城市都依地势而建。布尔诺同样如此。几座山丘，便让城市有了起伏、变化和层次。到处的树木，又给城市增添了不少的色彩。不仅仅是绿色，还有紫色，白色，金黄色……有色彩，也就有了生命了。

不知不觉就到了午饭时间。走进商场，一抬头，就看到了中国快餐几个字。出于好奇，看起了菜谱。都是些怎样的菜名啊。有一道菜名为：阿拉上海。你还别说，正是这一菜名让我做出了选择。就要阿拉上海。结果，端上来的是半吊子的糖醋里脊。哈哈！

站在圣彼得和圣保罗大教堂底下，我看到了另一座山丘以及山丘上显著的建筑斯皮尔博克城堡。昆德拉就曾提过这座从布尔诺四周都能望见的城堡。一定要去看看。问路。一位教授模样的老者，手拿地图，叽里咕噜讲了一大段我听不懂的语言，就算是给我指了路，然后用英文说出两个字：贡献。要钱，我明白了。

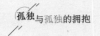

其实也就几步路，便来到斯皮尔博克山丘。沿小路蜿蜒而上，经过一对对情侣，几分钟就站在城堡面前了。城堡建于 13 世纪中叶。后逐渐变成了全欧洲臭名昭著的监狱。曾关押过不少政治犯。这可是座外表辉煌而豪华的监狱。城堡，变成了监狱，这就是人类的历史吗？我一边看着，一边琢磨着。

说实在的，整座城堡更像是建筑博物馆，通道，瞭望台，塔楼，炮台，还有各层露天平台，能让你从各个角度和高度观望整座城市。当初，将士侦察敌情；如今，游客欣赏风景。而那些炮台上的大炮也成了一件件摆设。不过，我们可要警惕，大炮随时都有可能变回大炮的。波黑就是血淋淋的例子。

布尔诺，靠近维也纳，你处处能看到德语文化的痕迹。居民许多会德语，不懂英文。因此，问路比较费劲。在捷克问路，你最好找学生模样的青年，一般都会点英语。千万别去问老人。连教授模样的老人都不要去问。无论如何，捷克比奥地利、德国强多了。英语很管用。人们也大多热情，友好，乐于助人。

我们都是没妈的孩子了。早晨，兄弟的话让我潸然泪下。

深秋的夜晚，寒意浓了。有暖的被窝在等着吗？此刻，说，与不说，都是一样的。词语，被词语融化了……

坐在河边，把鞋脱掉，聊，或不聊，就望着伏尔塔瓦河，望着河面上的天鹅，在逆光中游弋；或者骑上一辆自行车，在夕阳中，绕着布拉格城堡，一圈又一圈地游逛；或者就花五十克朗要一扎啤酒，在露台上坐上两个小时，看来来往往的游客，看各种各样的表情……这些朴素的快乐，这些简单的快乐，让我感动。

星灿老师是翻译出《好兵帅克》《我曾伺候过英国国王》等大量捷

克文学作品的翻译家。听说她和老伴也到了捷克，欣喜不已。当然要见面。想了想，就在老城广场胡斯像前吧。好找。就像学生时代，我们都爱到天安门广场国旗旗杆下约会一样。

波兰散记

又一次独自旅行。这回，来到了华沙。在京城，过于忙碌，常常忙得喘不过气来。空气和环境也越来越糟。出来，倒是可以调整一下状态，同时也呼吸点清新的空气。九月，来到华沙，正是时候。到机场接我的李怡楠说：这是波兰最好的季节。

我下榻的酒店位于波兰国家体育场附近，是座庄园式酒店，草坪，绿荫，湖，酒吧，林中小道……如此浪漫和优美之地，适合情侣来度假的。我独自来此，又是一名大叔，有点资源浪费，不符合节约精神，只好在浪漫和优美中享受孤独了……

时差缘由，华沙时间凌晨三点就醒了。那时，波兰人还都睡得正香呢。困，却再也睡不着，只好静静地在床上躺着，就算是休养身心了。好不容易熬到天亮，赶紧起床，洗漱完毕，已是七点，第一个到达餐厅，吃上了一顿可口的早餐……

其实，昨晚就看到波兰国家体育场了。夜色中，一座发光的建筑，给我留下柔美的感觉。天亮后，特意到它跟前拍了几张照片……

出门，随意走走，熟悉一下环境和路线。酒店没有货币兑换。没有波兰钱币，也就无法坐车或打的。问清路后，朝着市中心方向走去。一路走，一路随手拍些照片。经过了著名的维斯瓦河。正是这条河将华沙分成东岸和西岸。而市中心和老城都坐落在西岸。此刻，我就从东岸向西岸不紧不慢地走着……

没看到任何英文路标。后来坐上车后发现，公交上也不用英文报站。不少老建筑上都有说明，可惜全是波兰语。在这点上，中国做得比较地道。但中国的问题是，外语处处有要抢母语之先的倾向了。比如外语教育。老外们倒是偷偷乐了。

果然，走了大约半个小时，就到市中心了。华沙的现代化面貌，出乎我的想象。

终于换到兹罗提了。心里立马有了底气。购得车票一张。走了半天路，加上睡眠不足，想坐车回去歇息，但心有不甘。还没到老城呢。到旅游信息处问路。波兰姑娘递上地图，并在老城方位上画了个圆。就去老城吧。完全没有方向感，还是走了不少冤枉路，幸好手中有那份画了圆的地图。最终还是找到了大方向……

走着，走着，忽然看到前面街上有大批的游客。我知道我要找的地方找到了。不过，说到华沙老城，里面有悲惨的故事。华沙老城其实早就被希特勒夷为平地了。现在大多是战后重建的。老城实际上也是新城。但众多游客走在这片土地上，不知还会不会想起 1944 年华沙起义的故事？

今晚还不错，熬到了华沙的子夜。困了，累了，也饿了。还是先睡吧……晚安！哦，还要说声早安！

睡了三个多小时。又在凌晨醒来。华沙静悄悄的。才刚凌晨四点多。年纪真是大了。六个小时的时差，就倒得如此费劲。要是到美洲去，该如何是好呢。想想兄弟，整天周游世界，得有多么好的适应力啊。再等会儿吧。等波兰醒来后，去湖边和林子里走走……

过于忙碌，没顾得上稍稍准备。该带上热水器的。要是在华沙的早晨，能沏上一壶白茶或冻顶乌龙，坐到小花园里，边喝茶，边听听水声和鸟鸣，那才是惬意无比的大叔生活……

　　波兰民族有反抗精神。反沙皇。反纳粹。反霸权和极权。作家们更是充满了这种精神。米沃什就是代表。我们说的华沙起义既有1943年犹太人发动的起义，也有1944年波兰抵抗军发动的起义。那真是惨烈！蓝天下，那纪念碑、纪念柱和纪念墙具有说不出的震撼力。那柱子上的每个牺牲者的名字都像一个惊叹号……

　　你难以想象华沙的绿化有多好。到处都是绿地和树林，到处都有休闲和散步的地方，哪怕是在闹市区。华沙人很安静，不像罗马尼亚人那么喧闹，说话总是轻轻地，让人感觉舒服。他们注重文明和秩序，同时也彬彬有礼。问路时，他们都会回答你。当然，你得懂得找谁问路。找那些年轻的学生模样的，就行……

　　又出去转悠了一天。回到酒店，才觉得腰酸背痛。在京城，一个月恐怕也走不了这么多路。再说那种环境和气候，也没有走路的兴致。华沙就不一样。一边走，一边看，不时地，在随处可见的长椅上坐坐，走路变成了一种享受，尤其在秋日，在暖和的光中。不知不觉还是向老城走去，看不够的老城……

　　沿着Nowy Swiat大街走。Nowy Swiat大概是新世界的意思。路过华沙大学，正好到校园里坐坐。一直有校园情结。无论何时何地，走进校园，就觉得心里舒服。比起我们的许多大学校园，华沙大学校园实在不算大，甚至都小得有点可怜。不大，却整洁，温馨，富有韵味，色彩搭配得十分和谐……

　　特别喜欢老城的各种红色城墙、台阶和建筑。不少城墙似乎都是装饰性的，营造美的氛围。在城堡广场，就有好几段如此的城墙，高高低低，形状各异，立体感和变化感都极强。在上世纪50年代，重建老城，竟然没怎么沾染苏联式的粗笨和恶俗，不能不算一个奇迹。波兰人的独立和反叛精神再一次显现了出来……

正在溜达，突然一个漂亮的波兰女子走上前来，说了声："你好!"这可是真真正正的中文啊。心头一阵惊喜。只听那漂亮女子一板一眼地自我介绍："我是波兰人，学过中文，我的中文名叫彩虹。我是大学老师。"该我了。我说我叫高兴，一直很关注波兰文学，译过米沃什、希姆博尔斯卡等波兰作家的作品。

我强忍着不睡，倒也罢了。竟然还有这么多人，都没睡。世界也无时差了。呵呵……

遇上彩虹，我正好打听打听，几个要看的纪念馆怎么走。彩虹说，居里夫人纪念馆就在前面。我带你去吧……

文学能拉近人的距离。波兰彩虹听我提到米沃什等作家的名字，显得十分兴奋。太好了! 太好了! 她连连说道，接着递上一张名片："请问你从中国哪里来?"我告诉她我来自北京。"那你能给我一张你的名片吗? 我以后到北京来找你。"没带名片，于是，就给她留了个电话和信箱。就在这时……

就在这时，一个又高又瘦的男子笑着向我们走近。彩虹说："我来介绍一下，这是我的丈夫，他是英国人，也会说点中文。"随后，又用英语为她丈夫介绍了一下我。他们是陪朋友来游览的。我们站着聊了会儿天。到现在，还没在老城留过影。看着彩虹丈夫像是会拍照的。就让他给我照了张相：大叔到此一游……

在彩虹的指引下，首先参观了居里夫人博物馆。博物馆是一套三层楼房，不算太大，但布置得还蛮温馨的。不管怎样，有点故居的感觉，虽然这并非居里夫人故居。大量的照片和图片，还有一些手稿和实物。

居里夫人用过的家具，某些政要赠予她的礼品，还有一些实验室用品。波兰以此方式向她伟大的同胞致敬……

照着彩虹画的路线图，寻访华沙起义纪念馆。阴差阳错，却来到了波兰犹太人历史博物馆跟前。一座奢华的建筑，庞大而又现代。定有犹太财团的资助。波兰政府不大可能有此能力。门前，一座波兰犹太人起义纪念碑，还有各种各样的纪念雕塑。纪念碑上，放着一堆堆的石子和石块。这是犹太习俗，纪念已故亲人……

再奔肖邦博物馆。坐车。问路。很快找见。离华沙大学不远。一幢气派的楼房，建在高处。里面设施十分现代，甚至过于现代。用了众多科技手段。比如音乐抽屉和音乐圆圈。拉开抽屉，踏上圆圈，就会响起肖邦。博物馆用卡参观。卡就是钥匙，打开一切的视听。也陈列着一些实物。最有价值的是肖邦最后的钢琴……

说实话，我不太喜欢肖邦博物馆的设计。总觉得过于现代，过于科技，缺了点韵致和灵魂，最终反而远离了艺术，当然也远离了肖邦。但我发现，几个中学生很喜欢，一遍遍地拉着抽屉，一遍遍地踏上地面圆圈。问题就在于此：博物馆变成了某种游戏厅……

又转悠了一天。刚回到酒店。饥肠辘辘。直奔饭馆。先点上一壶茶，再要一份波兰大餐：烤猪排，配土豆和酸白菜。美美吃上一顿。要是兄弟们在，肯定得喝点老酒了……

就这么大幅度游走，都没觉着怎么累。神了。可在京城，稍一劳动，就会感到累，那么容易累。定与环境和空气有关。环境幽美，空气清新，人也就感到赏心悦目，神清气爽。看来，我们为所谓的"发展"付出了太大的代价……

带了白茶，却没带电热杯。三天没喝茶，就坚持不住了。还是到饭馆点了绿茶，所谓的绿茶。聊胜于无啊……

　　文化科学宫有 237 米之高，是波兰最高建筑，据说当时是作为"苏联的礼物"修建的，典型的苏联式风格，庞大，结实，有霸气。它以及它的周边，似乎自然而然地成了华沙的市中心……

　　文化科学宫今天只开放观景台。坐电梯上三十楼。登高，既可望远，也能贴近。那几幢摩登的高楼大厦似乎就在跟前。游客甚多。最兴奋的是孩童……

　　天蓝得纯净，让秋日成为奢华。景致也就赏心悦目。曾在多地高处观景。上海的东方明珠，纽约的帝国大厦，西宁的凤凰台，德黑兰的电视塔……天气十分要紧。天气晴好，眼睛就能享福，高处的魅力方能显现。否则，高和低，几无区别，比如在京城的阴霾气候中……

　　那两个波兰少女，站在窗台上，成了风景中的风景……

　　顺路看了看华沙中央火车站。乘客不多，秩序井然。明天要去克拉科夫，就坐火车去吧。只是听说波兰火车速度极慢，有时还开开停停。同我们的高铁自然难以相比。但缓慢中，你的目光可以融入景致了……

　　走走歇歇，大叔的方式，像个退休职工。歇着的时候，许多细节进入视线。发现一些长椅，既可歇息，也是导游指南，还可放肖邦音乐。又发现华沙公交极度自由，带自行车的，可上；推婴儿车的，可上；牵着狗的，居然也上去了。呵呵。波兰的狗，也那么自由……

　　市中心，发小广告的，真多！许多像是学生。出于友好，拿上吧。也可顺便问问路。十个人中，八个都用波兰语直接回答你，不管你能否听懂。这倒挺绝的。波兰人坚持用母语和世界对话……

　　太喜欢这座建筑，怎么看都可爱，好看，尤其在蓝天下，有柔美的气息，不禁让我想起了广州的小蛮腰……

早安，朋友们！可我得对自己说声晚安了。华沙，已是凌晨三点。该睡了……

逛了几家书店，包括华沙大学附近的书店。收获不大。波兰文学方面的英文版书不多。只看到一本米沃什的双语诗集。不知华沙有没有类似于布拉格的那类莎士比亚书店。

华沙国家博物馆。有大型画展。部分 17－18 世纪欧洲画家的作品。大多是 19 世纪至 20 世纪初波兰画家的作品。按流派分布。还有几位波兰画家的独立的展室。竟还有一座名为中国男人的铜雕。博物馆里无空调，电风扇代替。木地板。走在上面咯吱咯吱，动静太大。逗留了三个多小时。艺术时光不知不觉……

八点多到达华沙起义博物馆。还没开门。先到院子里转转。这里原先是座工厂。经过改造。像北京 798，但没那么大。院子里处处可见一些纪念物。那堵追思墙上刻着数万名起义者的名字……

追思墙后面，一个长长的艺术苑。老照片。画作。重现起义情景。各种各样的花。还有那些洁白的石子和石块……

再到正门院子，票房前，竟然排起了长队。团组和散客均有。还有不少小学生和中学生……

进入博物馆，立即进入 1944 年华沙起义的各种情景。多媒体和工厂车间的巧妙和充分利用。还有各类陈列：枪械，主题画作，印刷工坊，通信设备……

波兰社会主义期间，有段时间，华沙起义不被承认，理由是唯有共产党组织和领导的抵抗运动，才合理合法。不少参与者遭到审查，逮捕，甚至被处决……

起义者中有不少女性，主要负责通信和伤员护理，也有不少人直接参与修筑街垒和正面交火。我译过的斯沃尔就曾在起义中当过护士。她的一本诗集就叫：《修筑街垒》……

从华沙起义博物馆来到维拉努夫宫，就仿佛来到现实中虚幻的一部分。碧绿的草坪。蓝天下闪光的宫殿。宫殿里的奢华。美丽如画的皇家园林……很少有人想到，是权力，而不是真正的劳动，带来了这一切。或者，你也可以说，它们就是权力的象征和炫耀……

从华沙坐火车，三个多小时，抵达克拉科夫。比预想的要快。入住。宾馆在市中心。离老城也不远。进入房间，一眼看到电热壶，一阵惊喜。终于可以喝茶了……

茶已沏好。慢慢地品。感觉生活重新开始了，在希姆博尔斯卡和米沃什生活过的地方……

秋天的华沙，美得就是一幅幅油画。一幅幅油画闪过。一对对新人走来。一个下午，起码碰到了十几对新人。新人喜庆。随手给他们拍几张，也沾点喜气……

懒散的大叔，总是怕麻烦，最终还是没带上像样点的相机。否则，定能出些片子的……

独自旅行，自由自在，但也有尴尬的时刻。比如，你就没法留几张像样的影。昨天，在维拉努夫宫皇家花园，忍不住想留张影，就看中一个看上去比较时尚的小伙子，请他帮帮忙。果然，他用极潇洒的动作为我连续拍了三张。结果，照成了这样……

到克拉科夫住下后，沐浴，品茗。然后，出去随意走走。离老城，也就几分钟路。天哪，一出门，感觉一阵阵的魅力扑面而来。克拉科夫，是一座有灵魂，有魔力，同时也有生活的城市。我愿意称之为米沃什的城市，或希姆博尔斯卡的城市……

踏进一家书店，惊喜地发现了不少波兰作家英文版作品。希姆博尔斯卡，米沃什，赫贝特，莱姆，鲁热维奇，扎加耶夫斯基……买了好几本。感觉克拉科夫比华沙有文化。在华沙，就没见到几家像样的书店。也许我见的还是太少……

倘若真的把自己当成游客，一个景点一个景点中规中矩地游览的话，那就有点对不起克拉科夫了。随意漫步，随时在咖啡馆坐下，喝杯咖啡，看看来来往往的美丽的姑娘，要不就走进一家书店，翻翻希姆博尔斯卡的诗集……兴许如此，才能感受这城市的韵致……你不是游客，你是回到了某个家园……

终于在书店遇到了一个英语流畅的波兰小伙，打听到希姆博尔斯卡和米沃什故居的地址。要去看看……

希姆博尔斯卡其实没怎么把写诗当回事，一直有一搭无一搭地写着，数量极少，质量却很高。来到克拉科夫，我似乎更加懂她了。在这座城市，你无须写太多的诗……

买到一本近六百页的赫贝特诗集。开心……

睡了三个小时。不错了。漫游，就意味着打破常规……

"写写爱，/那些漫长的夜晚，/那些黎明，/那些林子，/写写光/那无尽的耐心。"睡不着，就读读刚刚买到的扎加耶夫斯基诗集吧……

"我走过中世纪的城市/于夜晚，/或拂晓/我十分年轻，/或相当苍老。/我没有一块手表，/或一本日历，唯有我那顽固的血/度量着无边的扩张。"——扎加耶夫斯基

克拉科夫在下雨。绵绵细雨。在房间里，听不到雨声。但还是想起了童年的江南……

又淘得两本书。姆罗热克的幽默小品。扎加耶夫斯基的诗集。两位

作家，我都曾在《世界文学》介绍过他们的作品。在克拉科夫，这种文学的相遇，格外贴心……

米沃什故居已经找到，在老城不远处。但希姆博尔斯卡的还没有。得到诺贝尔文学奖之后，惊喜之外，她也感到惶恐："诺贝尔文学奖，让我变成了某种官方人士。这太可怕了。"结果，她搬到了一个偏远的地方，过起了半隐居的生活……

米沃什出生于当时属于波兰版图的立陶宛，但最终选择克拉科夫作为自己最后的归宿。看来，叶落，不见得非要归根。家园，可以是一种心灵选择……

希姆博尔斯卡八岁随全家定居克拉科夫，从此便在此地生活了一辈子。对了，她在雅盖隆大学上过学。这两天，正要去那座古老的大学的校园里散散步呢……

雨后，古城夜游。宁静的夜生活。遇到马来西亚华人林先生。他酷爱独自旅行，站在街角，给我讲了一段又一段旅途中的故事。夜色迷人，可腿已隐隐酸痛。

诗人胡桑已抵克拉科夫。真是太好了。用以亮的话说，我们已对上暗号，很快就将在市集广场碰头……

又在半夜醒来。没办法。我总是顽固地坚持着时间上的祖国……

三十年代/我尚未存在/但草在生长/一个女孩在吃草莓冰激凌/某人在听舒曼/（疯狂的、被毁的/舒曼）/我尚未存在/但多么幸运/我能够听见一切（扎加耶夫斯基《三十年代》，高兴初译）

克拉科夫。天晴。一会儿要见胡桑。一道拜谒米沃什和希姆博尔斯卡故居和墓地。有空的话，再看看犹太区和辛德勒的工厂。对了，还有雅盖隆大学……

我们从市集广场出发，漫步来到斯卡沃卡天主教堂。米沃什安息的地方。院子幽美，宁静，有艺术气息。地下墓室里安放的大多是诗人和艺术家的棺柩。米沃什的也许最为简朴，上面写着：切斯瓦夫·米沃什，诗人，1911——2004。除此，没有任何介绍。这极有可能是他本人的意愿。米沃什无须介绍……

　　晴朗。天空，纯净的蓝。贴心的蓝。再度登临瓦维尔山丘。宫殿和大教堂耸立，俯瞰着维斯瓦河。仿佛色彩已被唤出。克拉科夫的秋天，看什么，都是画，都是明信片。在画中生活，和在雾霾中生活，感觉肯定不同。游客们同时举起了相机……

　　漫步。走走停停。经过一座座教堂。穿过几条幽静的巷子。终于找到雅盖隆大学。这所大学是克拉科夫乃至波兰的骄傲。不大，却有韵味，却有一种气场，能一下子吸引住你。宏大的空洞，或者空洞的宏大，是可怕的。幸好，波兰的高校还未如此。校园里，竟然又一次遇到米沃什……

　　一个热情洋溢的波兰人告诉我们，市集广场附近有希姆博尔斯卡博物馆。意外的惊喜。当然要去看看。最终，我们发现，并不是博物馆，而是一次展览。展览有个贴切而诗意的名字：希姆博尔斯卡的抽屉。我和胡桑都觉得，这一展览其实比不少博物馆都要强。生动的女诗人，在众多细节中，复活了……

　　希姆博尔斯卡的抽屉。因为女诗人太喜爱抽屉了。抽屉里藏着她的各种宝贝：她收集的旧明信片，她收到的各种礼物，她的瓶贴画和剪报，她的老照片……纪录片介绍说，她家里抽屉如此之多，以至于，拍片时，一下找不到"诺贝尔"了……

　　墙上挂着电话。拿起话筒，拨上希姆博尔斯卡的电话号码6369977，你就立即能听到女诗人的声音：她朗诵的诗歌，宣读的诺贝尔文学奖授奖词片段，等等……

展览极度丰富，而又开放。太多的实物：女诗人用过的打火机，名片，各类证件，好几副眼镜，小摆设，亲友们赠送的礼品，其中就有米沃什送的小抽屉盒，手稿，诺贝尔文学奖证书，打字机，满满半面墙的图书……甚至把她家的沙发都搬来了。而且还让你坐。那我们就坐会儿吧……

她确实有点怕去领奖，但最终还是去了……

预报要下雨。结果，却看到了蓝天。还有一个地方想去看看。米沃什的故居。从来就不怎么会看地图。可今天却是依靠地图找到它的。临街的公寓楼。大门旁，一块铜牌上刻着切斯瓦夫·米沃什的名字。门紧闭着。他会住在几号呢？一位女士出门。我问她。她不懂英语，只是说了一句："米沃什，是的，米沃什……"

离开克拉科夫之前一个小时。再次走进克拉科夫国家博物馆书店。又购得诗集三本。包括一本希姆博尔斯卡的波兰文诗集。它的诱人之处是：随书赠送女诗人朗诵诗歌的光碟一张……

谢谢，在波兰语中听起来像：金贵啊！哈哈！多么贴切。谢谢，就是对别人为自己做的一切表示认可和感恩，就是承认他人的帮助对于自己很重要，很金贵……

旅行，不带行李，睡在火车里/一张硬邦邦的木椅上，/忘记你的故土，/从小车站冒出/当灰暗的天空升起/当渔船朝大海驶去（扎加耶夫斯基，高兴初译）

再次，读你的诗，/一个知晓一切的富翁，/一个无家可归的乞

丐,/一个孤独的移民写的诗(扎加耶夫斯基《读米沃什》片段,高兴初译)

敬佩米沃什,不仅在于他杰出的富有道德感和正义感的诗篇,还在于他给那些流亡诗人,尤其是东欧和俄罗斯流亡诗人提供的无私的帮助。温茨洛瓦就曾在文章中动情地讲述了米沃什给予自己的帮助……

克拉科夫,真是让人流连忘返啊。

华沙。早晨微雨。后渐成密集的中雨。循着路线,寻访犹太会堂和犹太剧院。它们就在文化科学宫的旁侧。先来到剧院。一小伙热情接待,说这可是欧洲唯一的犹太剧院,有时用意第绪语演出。演出广告上有卡夫卡的形象。那是一出有关卡夫卡生活和创作的话剧。为表敬意,购买犹太音乐 CD 一张……

犹太区,在几幢高楼的压迫下,仿佛在夹缝中生存着。寻找犹太会堂稍稍费了点工夫。事实上,它就在近旁,只是被居民楼遮蔽着。误入一犹太图书馆,一学者模样的先生说:Can I help you? 当然。知道我要找犹太会堂后,他指着不远处一幢楼说,就在它后面。没等我开口,他先说了声"谢谢!"

这可不是个寻常的会堂。它有着特殊的历史。不少犹太名人都在此住过,其中包括诺贝尔文学奖得主艾萨克·雷切尔·辛格。在讲到波兰文学时,有部分波兰学者坚持将辛格当作波兰作家。他们会自豪地说,波兰曾有五位作家荣获过诺贝尔文学奖。将辛格算上,确实是五位……

一幢破败不堪的老楼进入我的视野。阳台、窗户、墙面,都已严重损坏。墙上贴着的照片最为引人注目。那是些老照片。估计照片中人都在此楼里住过。这里肯定又涉及苦难和悲惨的故事……

十多天,无法深入了解一个民族。但我不得不说:对波兰人印象特别好。他们表面上似乎不太热情，但善良，实在，注重信誉，乐于助人。在克拉科夫，我和胡桑打听希姆博尔斯卡博物馆地址，一位男子说好像没听说过。几分钟后，他又专门骑车追上我们，告诉我们在克拉科夫国家博物馆有希姆博尔斯卡展览……

在国内，跟旅行社，时时得警惕，不知会有什么陷阱。去奥斯维辛，我们也跟旅行社。五人，一辆商务车。很快，大家成了朋友。导游兼司机马特细心，周到，落实每个环节。归来时，听说我们想去看看希姆博斯卡故居，他爽朗地说：没问题。要是在国内，可以想象，导游肯定会说，去可以，但得加点费用……

在华沙，住 Dedek Park Hotel。一座庄园式酒店。每天吃早饭，在酒店打工的学生莫尼卡看到我端着杯子，拿着茶叶，会立即煮上开水。这个美丽、善良的女孩，刚上大学一年级，说话时，脸都会微微发红，让我想起二十岁时的自己。那时，我是多么的羞涩，至今都没完全克服的羞涩……

出门。想去看犹太墓园。遇上示威游行。交通受阻。只好下车。问一女孩怎么回事。回答说示威者抗议政府，要求提高工资，改善居民福利，云云。示威者大多数属于中老年，年轻人不多。他们主要靠吹喇叭、鸣汽笛、呼口号制造声势。一示威者在过道里频频吹响喇叭，被一女子说了几句，两人对骂了起来……

灵机一动。打的去犹太墓园。的哥通常是最机灵的。各国均如此。迂回前进。终于抵达。犹太墓园规模之大，环境之幽静，令我震惊……

这里有文化，丰富的文化。墓园文化。难怪我们老总编高莽先生喜欢参观墓园，并写出了有关俄罗斯墓园文化的著作。个性化，想象力，创造性，丰富性……文化和艺术所需的所有元素，你在这里都能看到。

不少墓地和墓碑本身就是艺术品。再想想我们的众多公墓，制服般规范、整齐和统一，无比的单调……

一座炮车驾到了墓地上。估计死者曾经戎马生涯。还有位演员，他演过的三个角色，默默陪伴着他……

硕大的墓园，只见到五六个扫墓者，或参观者。忽然，一位少女进入我的眼帘。她在墓地写生，那么的静，那么的用心，仿佛要把永恒融入线条和笔触……

走出犹太墓园，有一种奇妙的感觉：仿佛凝固的时间重又开始流动。是的，生活在继续。望着路边或车站上一对对的情侣，我在心里默默地祝福他们……

回到酒店，到餐厅沏茶。莫尼卡和阿内塔正在布置婚宴。这里晚上要举办婚礼，莫尼卡微笑地告诉我。那将是幸福的时刻，我说。阿内塔补充了一句：暂时幸福的时刻。哈哈！这个丫头，小小年纪，语调里已有怀疑和悲观的气息。不管怎样，只要是幸福的时刻，哪怕是暂时幸福的时刻，我们都要抓住它……

今晚，Dedek Park 一片欢乐。这边，婚礼。那里，舞会。音乐和欢呼不断传来。坐不住了。来到餐馆，要了份波兰大餐，又点了杯格瓦斯。波兰格瓦斯味道有点怪，不同于俄罗斯格瓦斯。不同是正常的，否则就不叫波兰格瓦斯了。餐后，走进夜色。闪烁的体育场。灯火通明的剧院。不时驶过的有轨电车。不眠之夜……

在走和留之间，日子摇曳
——萨拉热窝随笔

你看过露天电影吗？

那么，就让我们来谈谈萨拉热窝吧。

谈论萨拉热窝，自然而然地会想起一部电影：《瓦尔特保卫萨拉热窝》。记忆中的灯盏，顿时照亮了童年。应该是在 1973 年或 1974 年看到的这部电影。当时也就十来岁。看的肯定是露天电影。

你看过露天电影吗？聊天时，我常常会冷不丁地问别人。有点愣，像强迫症，让人感觉莫名其妙。看过。噢，太好了，那我们就是同一代人。这几乎成了某种接头暗号。暗号对上后，聊天便能毫无障碍地继续下去。没错，露天电影已成为我们这一代人的集体记忆。那时，少有的几部外国电影便是最最好看的电影：其中就有阿尔巴尼亚的《第八个是铜像》，罗马尼亚的《多瑙河之波》《沸腾的生活》，还有南斯拉夫的《瓦尔特保卫萨拉热窝》，它们几乎吸引了所有人的目光，是我们童年的节日。在某种意义上，甚至可以说，它们还是我们的艺术启蒙和人生启蒙，构成童年最温馨、最美好和最结实的部分。甚至会因为电影而喜欢上一个国家。我是这样。诗人车前子也是这样。他在一篇文章中写道："我爱罗马尼亚，因为少年时代看到的第一部彩色电影就是他们拍摄的，看了七八遍……故事……风光……穿泳衣的姑娘……"

三十多年过去了，一些镜头依然难以忘怀。瓦尔特们似乎总是在夜间行动。这就是地下斗争。夜色中的萨拉热窝绝对有着神秘的色彩：隐约的清真寺，笔挺的宣礼塔，弯曲的小巷，起伏的山坡，从山顶望见的成片成片的屋顶。瓦尔特们在行动。德军也在行动。假瓦尔特打进了游击队内部。几十名游击队员倒在了血泊中。向着情人奔跑过来的阿德拉，被一阵子弹射中。特写。躺在地上的阿德拉：美丽和残酷的对照。我哭了吗？一定的。那么美丽的姑娘是不应该死的。可她偏偏死了，就躺在那里，苍白，却异常地动人，我的目光想躲都躲不开。那一刻，萨拉热窝又有了无限忧伤的气息。

也忘不了阿德拉的父亲谢德，那位修表店老板，总是穿着西服，文质彬彬的样子，一个沉默却又坚毅的形象，内心有着巨大的力量。当他望着死去的女儿时，心肯定在哭，可神情却在竭力克制着，脚步在缓缓地向前移动。正是他，为了保护瓦尔特，视死如归，临别前，对自己的徒弟说："要好好地学手艺，一辈子都用得着的。不要虚度自己的一生。"接着，谢德从容地走向清真寺。钟楼上的枪口。接着，慢镜头。谢德倒下，这时，一群鸽子飞上了天空。

还有电影中的台词和暗号。你怎能忘记那些台词和暗号。它们已成为我们青春的经典。"'空气在颤抖，仿佛天空在燃烧。''是啊，暴风雨来了。'""看，这座城市，它就是瓦尔特。"简直就是诗歌。是我们接触到的最初的诗歌。那么悲壮有力的诗歌。真正有震撼力的诗歌。诗歌，就这样和英雄主义和浪漫主义，紧紧地连接在了一道。而所有这一切，似乎就浓缩成了四个字：萨拉热窝。

于是，萨拉热窝种子般埋在了记忆里。这粒种子，兴许已开出某朵花儿，带着异域的芬芳，融进了我们的血液。谁知道呢？但在童年，我绝不会想到，有一天，我会踏上这片神奇的土地。那个年代，我们不敢做遥远的梦。我们顶多只敢在心里呼唤：

萨拉热窝！萨拉热窝！

| 萨拉热窝，诗歌的声音 |

这一回，是萨拉热窝在呼唤，以诗歌的名义。正是初春时节，天气依然寒冷，反复无常。当中国作协将萨拉热窝诗歌节邀请函发给我时，我的心里不由得生出无限感慨。多少年，在记忆中，这座城市似乎总与战争、仇恨和杀戮纠结在一起。围绕着这座城市，也总是回旋着各种各样的声音，介乎于真实与虚幻之间。终于，当各种各样的其他声音沉寂下来，我们听到了诗歌的声音，从萨拉热窝传来。是诗歌，而不是枪声，这让人感到欣慰和温暖。

整个四月，都在外面封闭式学习，还去了趟黄土高坡。要感谢作协外联部，感谢中国驻波黑使馆，感谢吴欣蔚和邓聪。他们为我的出访做了充分的准备，所有的手续都帮我办理妥当，所有的细节都考虑得那么细致、周到。以至于，从外地回到北京，我只需往箱子里放上几套衣服，几本书，以及一些生活日用品，便能轻松起程了。

2010 年 5 月 10 日，星期一，乘坐奥地利航空公司的班机从北京出发。九个小时的飞行。几部英文电影，热情的服务，空姐迷人的微笑，让这漫长的旅程变得可以忍受。抵达维也纳，再转机。衔接得特别流畅，几乎没有等待。维也纳机场刚刚下过雨。班机照常起飞。靠窗，望见大片大片的云海，奇特无比，恍若仙境，言语难以形容。这才是真正的三 D，比阿凡达还阿凡达。不知不觉中，飞机已开始降落。萨拉热窝就在眼前。

萨拉热窝国际机场小得出乎意料。可它绝对有着可以炫耀的阅历。

有段时间，它曾热闹非凡，像个舞台。记者，观察员，联合国官员，人道主义志愿者，维和部队，艺术家，等等，等等，纷纷从世界各地蜂拥而来。其中肯定也有诗人。

　　三个窗口，出关。简便，迅捷，起码比罗马尼亚和保加利亚更有效率。一出海关，便看见贺楠向我走来。年轻的中国外交官，朝气蓬勃的样子，开着宝马前来迎接。他说，要给诗人最高的待遇。哈哈。

｜凌晨，　萨拉热窝还没醒来｜

　　凌晨，萨拉热窝还没醒来，我却早已醒来了。实际上，时差的缘由，也就睡了一两个小时。旅行，或出访，就意味着打破常规，甚至某种颠覆。能睡上一两个小时，已经相当不错了。以往出访时，经常，连续半个月，每天也就睡两个小时，处于特殊状态中，照样精神无比。人，时不时地，需要打破一点常规，或某种颠覆。

　　我所下榻的波斯尼亚饭店属于典型的欧式风格，小巧，典雅，舒适，位于老城中心，一条小巷之中。贺楠说，这是家相当不错的饭店。六点左右，漫步的愿望彻底战胜了疲惫和睡意。轻声出门，街市一片安宁。过第个一红绿灯时，便在不经意间看到了苏珊·桑塔格街的路牌。眼睛不由得一亮，心里在想：真是巧了。来之前，就有朋友说起过这条街。也曾在《铸就偶像：苏珊·桑塔格传》一书中了解到一些桑塔格在萨拉热窝的情形。这是本相当不错的传记。作者基本上能保持客观的立场，信息量大，学术性也比较强。在我心目中，桑塔格始终是个矛盾又有魅力的形象：思想和姿态并存，常常，姿态还大于思想。也许，正是这种矛盾才让她魅力四射。她一生都很看重自己自由知识分子的形象。而要确立并巩固这一形象，便需要不断地行动，不断地亮相，不断地发出声音。桑塔格真像个明星，她就是个明星：自由，奔放，骄傲，坚强，有时甚至张狂，或盛气凌人，勇敢无畏，极端的聪敏，有时又不讲规矩，口头上总说渴望宁静，骨子里却不甘寂寞，极为善于在思想、姿态和智慧之间获得平衡。恐怕也就是美国社会能产生这样的自由知识分子。对于自由知识分子，在场，或缺席，像两个重要的隐喻。战争中的萨拉热窝，呼唤在场，当然少不了她的身影。这里也有她儿子里夫的重要作用。一开始，是里夫鼓动她去的。波黑战争期间，她总共十一次到访过萨拉热窝，有时待上几个星期，有时甚至待上几个月，开着旧吉普，四处巡游，观察，有时还当当义工，把危险当作了必要的衬托。她还在那里，克服种种艰难险阻，调动起当地一些演员和艺术家，用特别桑塔格的方式导演，并几乎篡改了贝克特的《等待戈多》。连她自己都明白，倘若贝克特在世，是绝不会允许她以这样的方式来演绎这部剧作的。又一个隐喻。又一个行为艺术。不管怎么样，萨拉热窝都记住了她。这条苏珊·桑塔格街便是证明。波斯尼亚国家剧院就在街旁的小广场上。不知《等待戈多》是否就是在这里上演的。

但在随后的几天里，我曾有意识地问不同的人是否知道苏珊·桑塔格街。许多年轻人都摇了摇头。只有几位和我年龄相仿的中年诗人知道这条街。

没有方向，完全是盲目地往前走。这种盲目的漫游，像历险，让我觉得过瘾。随时都可能出现的景致就有了惊喜的色彩。就这样，十来分钟后，我便来到了河边。是米尔雅恰河吧。山谷中的河流。山谷中的城市。南面和北面都是山陵。到过萨拉热窝的人都说，在萨拉热窝是不太容易迷路的。迷路的话，你就往河边走。到了河边，就又知道东西南北了。我朝着东面走去，越走越高。太阳正从那里升起。曲线，起伏，蜿蜓，高低不平，萨拉热窝拥有这天然的地理的优越，充满了变化的魅力。走过了一座座的桥，都是很秀气却各有特色的小桥。可我还叫不出它们的名字。

|一段五重奏， 拉开了诗歌节的帷幕|

从北京，到萨拉热窝，实际上，也就是从一种节奏，到另一种节奏。当缓慢和松散，一夜之间，变成现实时，我还真有点不能适应。某种程度上，我们都有点异化了。我们已不太会享受"缓慢的乐趣"了。昆德拉曾在小说《缓慢》中专门讨论过这一问题。

我这是在萨拉热窝。我这是在萨拉热窝。我提醒着自己。

似乎等了很长时间。下午一点多，终于，几位学生模样的男女青年来到饭店，带领几十名突然冒出来的各国诗人，不紧不慢地步出饭店，溜溜达达，说说笑笑，朝着斯肯德里亚青年宫走去。萨拉热窝诗歌节将在那里开幕。

萨拉热窝诗歌节，同萨拉热窝电影节以及萨拉热窝时装节一样，在国际上已享有一定的声誉，是萨拉热窝，乃至波黑以及前南地区最重要的文学活动和文学传统。它于 1962 年创办，每年一届，已连续举办了四十九届。说实在的，当我看到四十九这个数字时，一种敬意在心中油然而生。国内也有五花八门的文化节，不少初办时轰轰烈烈，如火如荼，可往往办不了几届就悄无声息，再无下文了。这其中有着各种各样涉及体制和动机的微妙的原因。而巴尔干一个小国的一座小城，却连续这么多年坚持不懈地让诗歌的声音一次次响起，实在令人尊敬和感动。这才是真正的诗歌热情。这才是真正的文化形象。诗歌节期间，我听到波黑诗人在不同的场合反反复复强调，即便在严酷的战争时期，萨拉热窝诗歌节也从未中断，骄傲之情流于言表。迄今为止，已有数千名世界各国著名诗人应邀参加过萨拉热窝诗歌节。他们有理由骄傲。

　　一路上，各种语言此起彼伏，成为语言的交响。英语，各种口音的英语，俄语，阿拉伯语，波斯尼亚语，还有一些我分辨不出的语言。忽然，我竟然听到了十分熟悉的罗马尼亚语。仔细一看，一名女士正同一位先生在用罗马尼亚语热情地交谈着。"你们好！"当我用罗马尼亚语问候他们时，两人流露出明显的惊讶之情，稍稍顿了一下，随后便是拥抱。"太不可思议了！"罗马尼亚女诗人诺拉·尤佳发出感慨："在萨拉热窝的大街上，罗马尼亚人诺拉，塞尔维亚人杜尚，中国人高兴，在罗马尼亚语中，聚到了一起。真是太不可思议了！"诗人之间，没有太多的客套，不知怎的，就谈到了去年获得诺贝尔文学奖的赫尔塔·米勒。"她总在谈论自己在罗马尼亚受到的'迫害'，显然已把这种'迫害'当成资本了。"听到诺拉·尤佳的这句评论，我不禁为我们的共识感到一阵欣喜，随即告诉她："看来，不管是在中国，还是在罗马尼亚，不少人都是有洞察力的。"在到访波黑之前，我刚刚在《中华读书报》《世界新闻报》和《世界文学》上发表过一些文章，谈论赫尔塔·米勒写作中的政治策略。我坚决认为：赫尔塔·米勒的获奖，是文学和政治的某种微妙平衡。

　　青年宫正在举办先锋绘画和雕塑作品展览。我们三三两两走进展厅时，只见诗歌节工作人员正在往展品中间放置一些椅子、凳子和话筒。不少诗人索性席地而坐。另一些诗人参观起了展览。大约又过了二十来分钟，我们忽然听到了一段热情、优美的音乐五重奏。一段五重奏，拉开了诗歌节的帷幕。所有人都安静了下来。五重奏表演结束后，女主持人埃达走近话筒，用波斯尼亚语眉飞色舞地说了一大通话。但没人翻

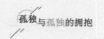

译。接着，诗歌节组委会主任、诗人哈德泽姆·哈热达雷维奇走上前去，同样用波斯尼亚语念起了发言稿。还是没人翻译。应该是欢迎词吧。反正当地诗人笑，我们就望着他们笑。当地诗人鼓掌，我们就跟着鼓掌。这样的场合，你就把表情当作语言吧。表情是人人都懂的语言。艾达的表情相当生动，我敢肯定，她的语言也一定十分有趣。随后，阿塞拜疆诗人成吉斯·阿里奥格鲁、加拿大诗人科林·卡贝莱、美国诗人布里安·亨利、罗马尼亚女诗人诺拉·尤佳、澳大利亚女诗人罗比莹·罗兰德、土耳其诗人穆罕默德·亚辛先后走近话筒，朗诵了自己的诗作。有几位诗人用忧伤的话语和诗句对萨拉热窝市民表示了同情。诺拉却说："我希望看到你们笑。"随后，又是一段热情、优美的音乐五重奏。开幕式就这样结束了。

开幕式当晚，"国际诗歌之夜"在波斯尼亚研究院举行。这是所有与会诗人的一次集体亮相，也是诗歌节的一场重要活动。我们又看到了那个五人乐队。我们又听到了热情、优美的五重奏。四个小伙子，和一个姑娘，都演奏得特别投入。高大的金发女郎阿迪萨坐在沙发上，跷着二郎腿，用波斯尼亚语和英语当起了主持。她显然很陶醉于自己的角色。几乎所有到会的外国诗人都先用母语朗诵了自己的诗作，再由翻译用波斯尼亚语朗诵一遍。组委会希望我用中文朗诵我的诗作《一天》。在简短的发言中，我讲起了电影《瓦尔特保卫萨拉热窝》在中国的影响。我说，如果你要访问中国，建议你带这么一张名片，上面写上：来自萨拉热窝的公民。肯定特别管用。一阵掌声。会后，好几位观众走到我面前，伸出手，说：来自萨拉热窝的公民。哈哈！握手！

临近子夜，诗歌节为诗人们准备了欢迎晚宴。年轻的萨拉热窝副市长到场。这时，北京时间已是凌晨六点。我就把这晚宴当作早餐享用了。

|历史，兴许都会蒙上层层雾霭|

贺楠来过，为我带来电热水壶，电压转换器，和拖鞋。在萨拉热窝，沏上一杯白茶，坐在阳台上，望着面前又高又直的白杨，望着一片密集的暗红色的屋顶，是何等的惬意。麦克法兰说："茶叶改变了一切。"茶叶是否改变了一切，我没有研究，不敢妄言，但起码，此时此刻，它确保了我的心情。

想写点什么，最终还是放下了笔。感觉还不够充沛。事实上，关于这座城市，还没有太多清晰的印象。毕竟，刚来一天。一切还没有完全展开。

思绪却在散漫着。

英国女作家韦尔登在她的短篇小说《萨拉热窝失恋记》中如此描绘这座城市："萨拉热窝是个美丽的城市，巴尔干风格，四面环山。一条宽阔湍急的浅河穿城而过，送走了山上的积雪，河上有一座座的拱桥。"

我所供职的《世界文学》杂志发表过这篇小说。是黄梅老师的翻译。这篇小说之所以给我留下了印记，是因为它把萨拉热窝刺杀事件当作了小说有机的部分。一场前途莫测的恋爱，和一个发生在遥远的过去的历史事件，成为两条线索，不断地交叉，又分离，再交叉……女作家这样做，似乎就是要让现实遭遇历史，从历史中获取某种启示，再理性地看待现实，处理现实。这样，历史上的"大事"同现实中的"小事"之间还可形成某种张力。此外，她可能还在强调时间、地点和人物的意味。有时候，时间和地点，再加上人物，就是宿命，就注定了一切。有点像中国古人所说的"天时地利人和"。普林西普，十七岁的塞族青年，

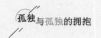

因患肺结核而显得病弱、苍白，两次行刺费迪南大公，第一次未遂，他
消失在人群中，走进一家咖啡馆。没想到，大公的司机由于惊慌失措，
迷了路，把车停在了街拐角，正好被坐在咖啡馆中的普林西普撞见。天
赐良机。他站起身，冲出咖啡馆，举枪，瞄准，开枪，第一枪未中，第
二枪打中大公的妻子索菲亚，第三枪打中了大公本人。而这三枪的后果
便是一场世界大战。三千万，或四千万人被战争夺去了生命。这些都只
是韦尔登的叙述。此刻，身处萨拉热窝，我感兴趣的当然只是小说中的
历史叙述。作为文学作品中的历史叙述，韦尔登特别提供了一些细节。
这些细节流露出诸多言外之意，也增加了作品的真实性。比如普林西普
开枪时手的颤抖，毕竟他是头一遭在杀人。比如他的年龄，就因为他才
十七岁，所以还不够上绞刑架。比如他死于监狱，肺结核病可能是重要
原因，而不仅仅是迫害和折磨。再比如，战争死亡人数是三千万，或四
千万，这一含混不清的说法正好证明了人们的冷漠和健忘。

再看其他书籍，有关这一事件，许多细节已不一致。有的说，普林
西普当时十九岁，是塞族爱国青年团体的负责人。他共开了两枪，击毙
了大公和他的妻子。有的说，普林西普一直在人群中伺机行事，看到车
队驶近拉丁桥，离他仅仅两米时，才冲出人群，刺杀了大公和他的妻
子。还有的说，普林西普是波斯尼亚恐怖组织"黑手会"成员。那天，
他已行刺过一回，却失败了，原本已放弃了这项任务。没想到，就在咖
啡馆里，看到了大公的车。他完全是因为种种偶然因素才成为历史人物
的。在塞尔维亚，他被视为爱国英雄。而在某些西方国家，他却被当作
恐怖分子。关于费迪南大公，也有着种种的说法。其中一种是：他已遭
遇过一次刺杀，却坚持要去医院探望那些为保护他而受伤的人。就这样
才坐车重新进入了普林西普的视野。据说临死前，大公还对怀有身孕的

妻子说："别死，你要为我们的孩子活着。"谁能想到，这样一个历史事件，不到一百年，已众说纷纭，竟有了好些个版本。

有一天，贺楠专门陪我来到了这个历史地点。街角处嵌有一块石碑，上面用英语和当地语两种语言写道："1914 年 6 月 28 日，加弗格里·普林西普从此处刺杀了奥匈帝国王储弗兰茨·费迪南大公和他的妻子索菲亚。"但人们所说的脚印我好像没有注意到。墙面的橱窗里展览着一些当时的照片：车队，大公和他的妻子，受审中的普林西普，等等。不远处便是拉丁桥，后来改名为普林西普桥。说实在的，街角和桥，都并不特别起眼。也没有什么人驻足。萨拉热窝人显然已把它们当作了日常生活的一部分，并不刻意去牢记它们的历史意义。我记得，头一天漫步时，也曾经过此地，但并没有想到，这竟是一个如此重要的历史地点。

望着这一地点，我感慨万千。起码这一地点是真实的。起码萨拉热窝是真实的。可历史，我们所读的历史究竟还留下多少真实性呢？历史，兴许都会蒙上层层雾霭。角度，情绪，记忆失误，语境，各种需要，以讹传讹，这一切都有可能扭曲历史，以至于到最后，历史，可能会演变成历史传说。因此，在任何时候，面对历史，怀疑和考究，都应有必要的姿态和精神。

| 老城，历史与现实交叉的小径 |

山谷中的城市，气候变化无常。有时，一天，你就能经历四季。贺楠介绍道。他在这座城市已工作和生活了近两年。

我算幸运的，5 月来访，正好赶上最好的季节。气候，总体上，是温和的，宜人的，出门，穿件短袖衬衫，或 T 恤，足矣。诗歌节选择在

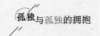

5 月举行，兴许就有季节上的考虑。

晴天。天空湛蓝如洗。白云成为点缀。上世纪 80 年代，北京的天空，也常常显出这样的蓝。那时，北京，春季温和，夏季凉爽，秋季晴朗，冬季寒冷，四季如此的分明。那时，我们一帮同学，常常在春天和秋天，骑着自行车到香山，坐在山脚下，望着这样的蓝，一坐就是半天。这样的蓝，是诗意的，纯净的，仿佛梦想，能牢牢吸引你。如今，在北京，这样的蓝，真的成了梦想了。

贺楠说，这么好的天气，应该出去走走。有贺楠陪同，指点，整座萨拉热窝就有了脉络。

来萨拉热窝之前，总是把它想象成一座受伤的城市。它确实受过无数次伤。最近的一次就是波黑战争。这场战争涉及深层次的民族问题、历史问题和政治问题。其中兴许还有大国利益的纠缠和搅和。肯定不会仅仅是亨廷顿所说的"文明的冲突"。事实上，没有深入地调查研究，谁都不好随便评论。但不管怎样，战争带来的总是破坏、杀戮和仇恨。

萨拉热窝曾经满目疮痍。这两天，我也特别留意战争痕迹。有几处，但并不特别扎眼。肯定还有许多的。毕竟，刚来一天，走的地方还不多。

然而，起码老城已得到了充分的复原。生活在继续。一切似乎都恢复了平静。人们平静地散步。商贩平静地做着买卖。有轨电车平静地行驶。平静而有秩序。平静得有点沉闷。人们好像都在试图忘记，但又无法忘记。于是，平静，却又小心翼翼。

我还是惊叹于萨拉热窝市民的优良素质和文明程度。比如：在红绿灯前，他们会严格地遵守交通规则。比如：在街上行走，他们绝不会随地吐痰，或乱扔废弃物。再比如：在酒吧或餐厅，他们都会自觉地压低声音说话。在和刘大使聊天时，我提到了这些细节。刘大使说：你观察得真细。

　　出波斯尼亚饭店，往左走，没多远，就是老城中的老城。一拐上那条主街，视觉就开始不断受到冲击。都有点目不暇接了。景象不断变换着，让我一阵阵惊讶：刚刚走过一座天主教教堂，迎面又看到了一座东正教教堂。而在东正教教堂的不远处，又耸立着一座座的清真寺。刚刚还是一幢幢欧式楼房，转眼便是各类土耳其建筑：古老的大巴扎，饮水亭，清真寺，宣礼塔，和钟楼。更令人惊叹的是，有时，一幢建筑竟同时包含着东西方各种风格。奥斯曼帝国，奥匈帝国，德军占领时期，南斯拉夫联盟，我的脑海中闪过一个个词。历史重现了，又重叠了，活生生的，就在眼前。这是多么奇妙的混合。是捷克作家克里玛所说的那种"富有刺激性的混合"。

　　贺楠用熟练的当地语言同店主们打着招呼。那些店主多数都是穆斯林，很友好。他们各自的店铺也都布置得极有韵味。各类银器和手工制品在阳光中闪烁着。

　　我们走进一座土耳其式院子。里面正在展览各种版本的古兰经和其他宗教书籍。我一直在寻找一些有关萨拉热窝的英文图书。但几乎没有。萨拉热窝，似乎还没顾得上向世界宣传和展示自己。

　　哈哈，我看到了电影中的那座钟楼，耸立在清真寺的旁边，和一座宣礼塔并排着，瘦高，却很精神，在蓝天下，格外引人注目。贺楠说：中国游客来，都会对这座钟楼表现出特别的兴趣。这是电影的影响力。

　　甜点街角，这个名字让我喜欢。几对恋人模样的青年男女就坐在街边的露天餐吧，品尝着萨拉热窝甜点。这是幅和谐的街景。

　　不知不觉就来到了著名的鸽子广场。就在饮水亭和几棵古树旁，贺

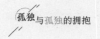

楠建议小坐一会儿。我喝着贺楠点的地道的咖啡，望着在广场上随意溜达的鸽子，陷入了幻觉。是历史和现实交叉的小径吗？它将把我带到哪里？此刻，内心深处，某种柔软的东西已被打动。我告诉贺楠，对这座城市，我开始有感觉了。抬起头来，前方的山峰显得更近了，像是在召唤。"走，我们上山去。"贺楠说。

也就十来分钟，我们便抵达了山顶。一眼望去，山谷，以及山谷中的萨拉热窝，尽现眼底。

"这真是座美丽的城市。"所有的感觉，最终，变成了这样一句话。随后便是长久的、美妙的沉默。

|寻找萨宾娜，一个旋律回荡着|

在太湖之滨，喝了太多的酒。心灵回到最本真的状态。话语融入雨中，似梦非梦，一切都在浮动。古镇仅仅露出它的嘴唇。还有它的眼睛。穿越南方，你就会遭遇幻觉。瞬间，便又来到萨拉热窝。寻找萨宾娜。仿佛寻找一个主题。

十多年前，在罗马尼亚古镇阿尔杰西与萨宾娜相遇，也是参加诗歌节，也是在雨中，漫步，聊天，我们一起读了一首又一首诗，用各自的母语。母语最能透露内心的气息。母语，让我们都变得生动，自然。她告诉我，她的故乡，波黑东部的一个小城，也是说下雨就下雨，就看是哪朵云飘过天空了。她说，童年和少年，她也常常在雨中漫步，那真是一种温柔，诗意的温柔。忽然，她流着泪，断断续续地说："很久很久，没有感受到这样的温柔了。我那灾难深重的故土，总是没完没了的冲突和战乱。有时，真的想离开那里。可我又能去哪里呢？多么羡慕你，有一个强大的祖国。中国，神秘的东方。我常用文字来想象。"随后，她讲到她读过的李白和王维，讲到她想象中的长城和扬子江。扬子江真的是蓝色的吗？她还问我。那一刻，内心深处，有种柔软的情绪在波动。但是，没有承诺。几天后，诗歌节结束，我们告别，并不知道何时才能再见。也曾经通过几封信，还收到她发给我的照片。再后来，当我出版随笔集《布拉格，那蓝雨中的石子路》时，将她的照片配上了一篇文章。前年，在参与主办青海湖国际诗歌节时，我还曾想邀请她。想让她看看长城和青海湖，也想让她认识更多的中国诗人。我发了好几封电子邮件，却始终没有得到回复。某种隐隐的担忧在心中闪现，变成一声声问候：萨宾娜，你还好吗？

萨宾娜，你还好吗？距离中，这一声声问候显得微弱，苍白。距离是客观存在的。你无可奈何。

于是，萨拉热窝之行，在我的潜意识中，伴随着心灵的一个使命：寻找萨宾娜。特意带了自己的书，上面有她的照片。问了塞纳丁。也问了诗歌节组委会主任哈热达雷维奇。他们都先是一愣，然后支支吾吾地回答：战争中，也不知她去了哪里。反正再也没见到她。

战争，一个巨大的悬念，一片无边的阴影。战争中，什么都有可能发生。不！不！萨宾娜不会有事的。她只是去了某个地方。我安慰着自己，也在祝福她。

其实，在萨拉热窝诗歌节期间，我们都很想了解，可又不敢贸然问及那几年的情形。毕竟，那是一个伤口。可一次闲聊中，杜尚不知怎么就主动说到了那个话题。"整整三年，没有水，没有电，冬天没有供暖，你们可以想象那有多难。"杜尚苦笑了一声，陷入沉默。

围困之城，许多事情都超越想象。巴尔干，实在让人困惑。英国历史学家马佐尔在《巴尔干，被误解的欧洲火药库》一书中发问："巴尔干半岛上的种族混合已显著地存在了许多个世纪，在绝大多数时间中，根本没有种族冲突；为什么就在最近这一两个世纪中，各种政治因素都变得骚动不安呢？"融合，并存，包容，这些一直是萨拉热窝的迷人之处。可平衡还是被打破了。政治让一切变得复杂。宗教也失去了它的独立性。不管原因如何，在冲突和战争中，遭受苦难的永远都是平民百姓。塞纳丁告诉我：在波黑战争中，有数十万人失去了生命，有数百万人离开了家园。在萨拉热窝漫步时，我发现了那么多的墓地。就在四处的山坡上。就在风景中。当年，那些狙击手就埋伏在山坡上。加拿大女诗人卡伦说：从未在其他城市见过这么多的墓地。子弹从风景中飞出，击碎城市的面容和灵魂。面容可以修整，灵魂还能复原吗？

恍惚中听到了大提琴曲。我回过头，仿佛看到那名男子又坐到了废墟上，演奏起那首忧伤得让人落泪的曲子。萨拉热窝的大提琴手，萨拉热窝的公民，连续二十二天，为死去的二十二位同胞演奏，每天演奏两个小时。那二十二位同胞是在排队买面包时，被炮弹炸死的。大提琴手以他自己的方式哀悼。不仅仅是哀悼。哀悼超越了哀悼本身。事实上，大提琴手在演奏时，没有任何表情，也没有任何想法。他已把自己交给了音乐。他已化成了音乐。就在他演奏时，枪声不时地响起，但迅即被琴声淹没。这一刻，只有琴声。琴声，渗入人们的内心。这是个真实的故事，就发生在波黑战争期间。加拿大作家斯蒂文·高勒威依据这一故事，写出了长篇小说《萨拉热窝的大提琴手》。走在萨拉热窝的街头，忽然就想起了这个故事，想起了这篇小说。萨宾娜，我轻声地喊道。没有任何回音。此时此刻，萨宾娜和那位大提琴手，又有什么关联？我在琢磨。

灵魂深处，琴声悠扬，一个旋律回荡着，一遍又一遍。

|一次漫游，　像一段插曲|

七八个诗人，组成了一个小分队，前往波黑北部地区。这是诗歌节的特意安排。组委会主任哈热达雷维奇亲自陪同。兴许是想丰富我们对波黑的印象吧。约旦诗人默哈买德，黎巴嫩女诗人哈娜，英国诗人彼得，澳大利亚女诗人罗比莹，俄罗斯诗人库布里亚诺夫，中国诗人高兴，就这样一同踏上了旅程。

萨拉热窝四周群山环抱，不少山坡都是天然的滑道，极为适合冬季滑雪运动。出城后不久，我们便看见了一座黑色的建筑。几位担任译员的年轻的大学生几乎异口同声地告诉我们：这是柯斯弗体育场，1984年冬奥会就是在这里举行的。我心头一惊，并没有感到丝毫的欢快。思绪又转向了那场战争。我早就听说，战争期间，柯斯弗体育场被当作了墓场。成千上万人被埋葬在这里。《萨拉热窝的大提琴手》中有这样一个细节：女主人公若矢到柯斯弗体育场参加一个朋友的葬礼。忽然，炮弹的呼啸声响起。所有人都本能地跳进了那些挖好的墓穴里，仿佛消失了一般。体育场顿时变得空空荡荡。但若矢没有这样做，只是扑倒在地。她觉得，如果跳进墓穴的话，就等于自己宣判自己死刑了。"我决不能充当活死人。"她告诫自己。这一细节震撼了我。即便在危难时刻，人的尊严依然高于一切。小说实际上是靠细节支撑的。一部成功的小说，必须有纳博科夫所称作的那种伟大的细节。战争期间，柯斯弗体育场曾被夷为平地。战后，在国际奥委会的资助下，体育场才得以重建，恢复了原貌。事实上，萨拉热窝的众多重要建筑，都经历了相同的命运。

乡村景致。难以形容的乡村景致。绿色的树林，麦田，树林中隐约的红房子。偶尔，能看到一两个农人在劳作。一幅幅诗意的画面扑面而来，透着田园的气息，是诗人们内心的向往。我不由得想起了法国诗人雅姆、印度诗人泰戈尔，罗马尼亚诗人布拉加，和英年早逝的中国散文家苇岸。他们都是出色的乡村歌唱者。读读他们的文字，心会进入宁静。在布拉加看来，永恒就诞生于乡村。雅姆几乎一生都过着恬静的乡村生活：阅读，狩猎，垂钓，散步，并写诗。苇岸在最后几句话中坦承："我非常热爱农业文明，而对工业文明的存在和进程一直有一种源自内心的悲哀和抵触。"艺术家，内心都是偏爱农业文明的。

我们都坐不住了，在行驶的车上，纷纷举起了相机，要捕捉那一个个瞬间。"我拍到了一张。"罗比莹欢呼。"我也拍到了一张。"默哈买德接着宣称。一场抓拍摄影比赛开始了。唯有彼得和哈娜坐在后面，像对情人，闹中取静，享受着他俩独处的时光。大约三个小时后，我们来到了切里奇，一座盛产蜂蜜的小镇。哈热达雷维奇说：他们可能会送给你们每人一罐蜂蜜。当地的几位诗人在等候着我们。已是下午一点多。直接进餐厅就餐。当服务生将餐盘端上来时，我惊喜地发现，好几种饭菜，竟然同中餐相似，其中有道和北京的褡裢火烧一模一样。在波黑北部一个小城，竟然吃到了褡裢火烧，真是神了。这成为我随后在朗诵会上的一个话题。我说："刚刚吃了顿美餐，感觉像是回到了家，因为好几种菜竟然和中餐一样。如果用上筷子的话，就是在吃中餐。瞧，这说明我们多么相近。"

道路的缘故，我们在切里奇换乘消防车，驶往布里奇科。布里奇科位于波黑、克罗地亚和塞尔维亚三国交界地，是个自治区。用哈热达雷维奇的话说，那是个自由世界。我们没有获赠期待中的蜂蜜，却吃上了切里奇诗人送的草莓。吃着草莓，不知不觉也就抵达了布里奇科。下榻宾馆。稍稍洗漱一番。然后，再次坐车前往布里奇科文化馆参加朗诵

会。朗诵会后来变成了讨论会。气氛友好而热烈。哈热达雷维奇在主持
会议时表示，希望诗歌能为各民族提供一个对话的平台。在波黑，这样
的话语让人感触良深。活动结束时，整座城市已被夜色笼罩。夜色中，
布里奇科呈现出一种神秘的美。市中心，天主教教堂灯光璀璨，吸引了
我们所有人的目光。可惜，时间关系，我们没能好好看看这座自由的城
市。翌日早晨，不到六点，便起床了。走出旅店大门，沿着公路行走，
想到市区转转。但好像越走越远，全然没有城市的影子。一问，方向错
了。索性就感受一下波黑乡村的早晨吧。光和影子，把乡村渲染得极有
韵味。那些农舍，简直就像别墅，门前一般都有一片花园和绿地。还有
一辆拖拉机。能让我们想到农业的就是这辆拖拉机了。否则，我们绝对
会误以为来到了什么度假村。在欧洲，这还是个贫困地区。优美的建着
各种"别墅"的贫困地区。我不由得感慨：贫困其实是个相对的概念。

　　在返回宾馆的路上，远远就看见了默哈买德。他一身西装革履，总
是彬彬有礼的样子，像位绅士。这两天，我们聊得比较多。从他那里，
我知道了不少阿拉伯国家的真实情形。有关阿拉伯国家和阿拉伯人历来
有着种种说法。一种说法是：阿拉伯男人都可以娶四个老婆。默哈买德
说：这实在是种误解。实际上，真正娶四个老婆的阿拉伯男人，极为罕
见。再说，要娶四个老婆，法律手续也纷繁复杂。没有人愿意找这样的
麻烦。由此可见，面对面的沟通，多么重要。默哈买德似乎很了解中
国，还听说过青海湖国际诗歌节。他的一位同事曾参加过。"我也很期
待着有一天来看看中国。"默哈买德对我说。

　　两个早起的东方人，一边神聊，一边享受着波黑乡村早晨的清新。
而此时此刻，其他几位诗人还在睡梦中呢。至于切里奇和布里奇科，我
们到末了也没游览它们的市容。我们到过切里奇和布里奇科吗？我问默

哈买德。就到了一家餐馆和一家文化馆。默哈买德默契地回答。随后，我俩同时大声笑了起来。

这次漫游，更像是萨拉热窝之行的一段插曲。

|在走和留之间， 日子摇曳|

雨，时断时续。斯堪德里佳桥边，一位少女站在雨中，修长，饱满，美丽，却那么的忧伤。她可能是附近女子高中的学生，可能正在等候喜欢自己的男生。贺楠告诉我，因为女子高中的缘故，许多男生常常会来到斯堪德里佳桥，寻觅心仪的女生。斯堪德里佳桥因此被称为情人桥。等候情人的少女，却没有丝毫的喜悦感，而是满脸的忧伤。我无法忘记这幅画面。我无法忘记她的忧伤。那位少女就是我在书店里遇到的莎姆拉迪。就是为我当翻译的阿米娜。就是我在寻找的萨宾娜。就是每回见面总会紧紧拥抱我的梅捷莉。在萨拉热窝访问期间，几乎我所遇见的每个人，无论年龄大小，都在有意无意中流露中忧伤的神情，尤其是那些少女。

她们在阴影下长大。她们依然在阴影中生活。阴影和记忆会压迫人的。在同几位年轻的大学生聊天时，他们告诉我，一个国家，好像有两个政府，总在争论，总也达不成决议，什么事都那么费劲，什么事都那么复杂。这样的国家还有什么希望和前途。所以，许多年轻人，一有机会，就会出国。法国，美国，德国，加拿大，意大利，都成了他们向往的国度。参加诗歌节闭幕式时，我认识了拉莫维奇，一位英俊的小伙子，说着一口地道的美国英语。当我夸奖他英语说得地道时，他自我介绍说：他在美国生活过多年，现在是法国公民。语调透着得意和骄傲。随后，他贴着我的耳朵，悄悄对我说："坐在我右边的姑娘太漂亮了。

我已把她搞定了。"那一刻，我感觉，拉莫维奇已不是一个波黑青年，而更像一个法国公子。

也正是在闭幕式上，土耳其诗人亚辛将他的萨拉热窝朋友塞纳丁介绍给了我。我们后来成了好朋友。塞纳丁高大，壮实，豪爽，曾在波黑战争中上过前线，战后，到意大利生活了十年。作为诗人，他最终还是回到了祖国。他，同其他波黑诗人一样，特别愿意将诗歌展现给我们，翌日早晨，给我们带来了好几部诗集，希望我们马上就读读。翻开他送给我的诗集，我读到了这样的诗句：

> 在古老的阿尔法科瓦奇墓地
>
> 我将手掌翻转过来，朝向天空
>
> 雪片落在我的手掌上
>
> 将它变成一幅新地图
>
> 我看到，世界所有的起伏和凹凸
>
> 都在我的呼吸中
>
> 旅行

诗歌是能拉近人的距离的。尤其在萨拉热窝。无须名片，也无须介绍。读读诗歌，或者谈谈诗歌，就行。闭幕式那个夜晚，亚辛，塞纳丁，和我，在清静的萨拉热窝街头逗留了很长时间，谈论着我们共同喜爱的诗人和作家：霍朗，萨拉蒙，阿米亥，格罗斯曼，布鲁诺，贡布罗维奇……亚辛兴奋地说："三个来自不同国度的人，竟喜爱着同一些诗人和作家。这真是美好。"亚辛生在土耳其，长在塞浦路斯，目前在英国剑桥大学教书，是个典型的"国际诗人"。我问他："到底该把你当作土耳其诗人呢，还是英国诗人？"他耸了耸肩膀："无所谓，真的无所谓。哪国都行。"说着说着，他就从兜里拿出一包东西："瞧，这是中国米饼，来一块吧。"

5月15日，诗歌节安排与会诗人前往风景胜地摩斯塔，并在那里过夜。由于16日要回国，我和亚辛怕时间太紧，原本打算放弃这次旅行。塞纳丁坚持说："我开车接送你们。保证让你们当天晚上回到萨拉热窝。摩斯塔不去，太可惜了。"贺楠也说："那是个值得看看的城市。"于是，15日一大早，我们三人就冒着大雨上路了。

抵达摩斯塔后，塞纳丁去摩斯塔大学讲课。我和亚辛先在城里转转，随后到老桥与他会合。一进入摩斯塔，我们立即感觉到了曾经的战争。北约轰炸期间，摩斯塔遭到重创。到处都是战争的废墟，到处都是战争的痕迹。街道上，市中心，居民区，一幢幢被炸得面目全非的建筑物依然留存着，仿佛成为城市生活的一部分。为什么不清理，重建？是要让人记住那场战争吗？还是因为资金问题？我和亚辛都在发问。风景和废墟，这构成巨大的反差和巨大的悖谬。来到老桥时，我和亚辛惊讶得说不出话来。废墟边的美，我们究竟该如何来描述呢。

暴雨倾盆而下。我们站在一家酒吧的顶棚下，望着面前的老桥。桥下碧绿的河水在悄悄改变着颜色。雨中的老桥，显得格外的单薄和脆弱，美得让人心痛。它会在暴雨中倒塌吗？这个念头在我心中闪过。历史上，它曾一次次倒塌，又一次次重建。最近的一次就是在北约轰炸中。《结束和开端》，我不知怎的就想到了波兰女诗人辛博尔斯卡的诗句："每次战争过后，总会有人去清理废墟，而整洁不会自动出现。"可波黑却拒绝清理废墟，至少拒绝清理所有的废墟，仿佛要让一部分废墟存留着，永远的，告诉人们这片土地上曾经发生的一切。是这样的吗？

还是有着其他更为错综复杂的原因？

　　结束和开端，历史就这样行进着，经过了多少腥风血雨。辛博尔斯卡的诗，表面上幽默和诙谐，可往深里读，你就会读出巨大的悲哀和无限的辛酸了。走和留，这成了波黑人的生存问题和生存状态。东欧不少人，包括作家和诗人，同样面临着这样的问题和状态。在走和留之间，日子摇曳。这是帕斯献给昆德拉的诗歌：

> 在走和留之间，日子摇曳，
> 沉入透明的爱。
>
> 此刻，环形的下午是片海湾
> 世界在静止中摆动。
>
> 一切都清晰可见，一切都难以捕捉，
> 一切都近在眼前，一切都无法触摸。
>
> 纸，书，笔，玻璃杯，
> 在自己名字的阴影里栖息。
>
> 时间在我的庙宇震颤，重复着
> 永恒不变的血的音节。
> 光将冷漠的墙
> 变成幽灵般的反光剧场。
> 我发觉自己处于眼睛的中央，

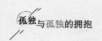
用茫然的凝视望着自己。

瞬间在弥漫。一动不动，
我留，我走：我是一个停顿。

　　　　——奥克塔维奥·帕斯《在走和留之间》　高兴　译

雨始终不停。"萨拉热窝也在下雨吗?"我问塞纳丁。"今天，全波黑都在下雨。"塞纳丁望着已经浑浊的河水回答。

　　　　　　　　　　　　　　　　　　　　2010 年 6 月 26 日于北京

Part 3
第三部分

读 书
LONELY

记忆，阅读，另一种目光

昆德拉说过："人的一生注定扎根于前十年中。"我想稍稍修改一下他的说法："人的一生注定扎根于童年和少年中。"童年和少年确定内心的基调，影响一生的基本走向。

不得不承认，上世纪五六十年代出生的人都有着不同程度的俄罗斯情结和东欧情结。这与我们的成长有关，与我们童年、少年和青春岁月有关。而在我们童年、少年和青春岁月中，电影，尤其是露天电影对我们又有着何其重要的影响！那时，少有的几部外国电影便是最最好看的电影。那些电影大多来自东欧国家。它们几乎吸引了所有人的目光，是我们童年的节日。在某种意义上，甚至可以说，它们还是我们的艺术启蒙和人生启蒙，构成童年最温馨、最美好和最结实的部分。

还有电影中的台词和暗号。你怎能忘记那些台词和暗号。它们已成为我们青春的经典。最最难忘的是《瓦尔特保卫萨拉热窝》。"'空气在颤抖，仿佛天空在燃烧。''是啊，暴风雨来了。'""看，这座城市，它就是瓦尔特。"简直就是诗歌。是我们接触到的最初的诗歌。那么悲壮有力的诗歌。真正有震撼力的诗歌。诗歌，就这样和英雄主义和浪漫主义，紧紧地连接在了一道。

还有那些柔情的诗歌。裴多菲。爱明内斯库。密支凯维奇。要知道，在上世纪七八十年代，读到他们的诗句，绝对会有触电般的感觉。而所有这一切，似乎就浓缩成了几粒种子，在内心深处生根，发芽，成长为东欧情结之树。

然而，时过境迁，我们需要重新打量"东欧"以及"东欧文学"这一概念。严格来说，"东欧"是个政治概念，也是个历史概念。在相当长一段时间里，它主要指波兰、捷克斯洛伐克、匈牙利、罗马尼亚、保加利亚、南斯拉夫、阿尔巴尼亚等七个国家。因此，在当时，"东欧文学"也就是指上述七个国家的文学。这七个国家，加上原先的东德，都曾经是以苏联为首的华沙条约组织的成员。

1989 年年底，东欧发生剧变。此后，苏联解体，华沙条约组织解散，捷克和斯洛伐克分离，南斯拉夫各共和国相继独立，所有这些都在不断改变着"东欧"这一概念。而实际情况是，波兰、捷克，匈牙利，罗马尼亚等国家甚至都不再愿意被称为东欧国家，它们更愿意被称为中欧或中南欧国家。同样，不少上述国家的作家也竭力抵制和否定这一概念。在他们看来，东欧是个高度政治化、笼统化的概念，对文学定位和评判不太有利。这是一种微妙的姿态。在这种姿态中，民族自尊心也发挥着不可估量的作用。

但在中国，"东欧"和"东欧文学"这一概念早已深入人心，有广泛的群众和读者基础，有一定的号召力和亲和力。因此，继续使用"东欧"和"东欧文学"这一概念，我觉得无可厚非，有利于研究、译介和推广这些特定国家的文学作品。事实上，欧美一些大学、研究中心也还在继续使用这一概念。只不过，今日，当我们提到这一概念，涉及的就不仅仅是七个国家，而应该包含更多的国家：立陶宛、摩尔多瓦等独联体国家，还有波黑、克罗地亚、斯洛文尼亚、塞尔维亚、黑山等从南斯拉夫联盟独立出来的国家。我们之所以还能把它们作为一个整体来谈论，是因为它们有着太多的共同点：都是欧洲弱小国家，历史上都曾不断遭受侵略、瓜分、吞并和异族统治，都曾把民族复兴当作最高目标，都是到了19世纪末和20世纪初才相继获得独立，或得到统一，二次大战后都走过一段相同或相似的社会主义道路，1989年后又相继推翻了共产党政权，走上了资本主义发展道路。之后，又几乎都把加入北约、进入欧盟当作国家政策的重中之重。这二十年来，发展得都不太顺当，作家和文学都陷入不同程度的困境。用饱经风雨、饱经磨难来形容这些国家，十分恰当。

换一个角度，侵略，瓜分，异族统治，动荡，迁徙，这一切同时也意味着方方面面的影响和交融。甚至可以说，影响和交融，是东欧文化和文学的两个关键词。布拉格是个典型的例子。生长在布拉格的捷克著名小说家伊凡·克里玛，在谈到自己的城市时，有一种掩饰不住的骄傲："这是一个神秘的和令人兴奋的城市，有着数十年甚至几个世纪生活在一起的三种文化优异的和富有刺激性的混合，从而创造了一种激发人们创造的空气，即捷克、德国和犹太文化。"①

克里玛又借用被他称作"说德语的布拉格人"乌兹迪尔的笔为我们描绘了一个形象的、感性的、有声有色的布拉格。这是一个具有超民族性的神秘的世界。在这里，你很容易成为一个世界主义者。这里有幽静的小巷、热闹的夜总会、露天舞台、剧院和形形色色的小餐馆、小店铺、小咖啡屋和小酒店。还有无数学生社团和文艺沙龙。自然也有五花八门的妓院和赌场。布拉格是敞开的，是包容的，是休闲的，是艺术的，是世俗的，有时还是颓废的。

---

① 见伊凡·克里玛《布拉格精神》第44页，崔卫平译，作家出版社1998年版。

布拉格也是一个有着无数伤口的城市。战争、暴力、流亡、占领、起义、颠覆、出卖和解放充满了这个城市的历史。饱经磨难和沧桑，却依然存在，且魅力不减，用克里玛的话说，那是因为它非常结实，有罕见的从灾难中重新恢复的能力，有不屈不挠同时又灵活善变的精神。如果要用一个词来形容布拉格的话，克里玛觉得就是：悖谬。悖谬是布拉格的精神。

　　或许悖谬恰恰是艺术的福音，是艺术的全部深刻所在。要不然从这里怎会走出如此众多的杰出人物：德沃夏克，雅那切克，斯美塔那，哈谢克，卡夫卡，布洛德，里尔克，塞弗尔特，等等，等等。这一大串的名字就足以让我们对这座中欧古城充满敬意。

　　布拉格如此。萨拉热窝、华沙、布加勒斯特等众多东欧城市均如此。走进这些城市，你都会看到一道道影响和交融的影子。

　　在影响和交融中，确立并发出自己的声音，十分重要。不少东欧作家为此做出了开拓性和创造性的贡献。我们不妨将哈谢克和贡布罗维奇当作两个案例，稍加分析。

　　说到捷克作家哈谢克，我们自然会想起他的代表作《好兵帅克》。以往，谈论这部作品，人们往往仅停留于政治性评价。这不够全面，也容易流于庸俗。《好兵帅克》几乎没有什么中心情节，有的只是一堆零碎的琐事，有的只是帅克闹出的一个又一个的乱子，有的只是幽默和讽刺。可以说，幽默和讽刺是哈谢克的基本语调。正是在幽默和讽刺中，战争变成了一个喜剧大舞台，帅克变成了一个喜剧大明星，一个典型的"反英雄"。看得出，哈谢克在写帅克的时候，并没有考虑什么文学的严肃性。很大程度上，他恰恰要打破文学的严肃性和神圣感。他就想让大家哈哈一笑。至于笑过之后的感悟，那就是读者自己的事情了。这种轻

松的姿态反而让他彻底放开了。借用帅克这一人物，哈谢克把皇帝、奥
匈帝国、密探、将军、走狗等统统都给骂了。他骂得很过瘾，很解气，
很痛快。读者，尤其是捷克读者，读得也很过瘾，很解气，很痛快。幽
默和讽刺于是又变成了一件有力的武器。而这一武器特别适用于捷克这
么一个弱小的民族。哈谢克最大的贡献也正在于此：为捷克民族和捷克
文学找到了一种声音，确立了一种传统。

而波兰作家贡布罗维奇与哈谢克不同，恰恰是以反传统而引起世人
瞩目的。昆德拉说："波兰人一向把文学看作是必须为民族服务的事情。
波兰重要作家的伟大传统是：他们是民族的代言人。贡布罗维奇则反对
这样做。他还极力嘲笑这样的角色。他坚决主张要让文学完全独立自
主。"在上世纪三四十年代，贡布罗维奇的作品在波兰文坛显得格外怪
异离谱，他的文字往往夸张扭曲，人物常常是漫画式的，他们随时都受
到外界的侵扰和威胁，内心充满了不安和恐惧，像一群长不大的孩子。
作家并不依靠完整的故事情节，而是主要通过人物荒诞怪僻的行为，表
现社会的混乱、荒谬和丑恶，表现外部世界对人性的影响和摧残，表现
人类的无奈和异化，以及人际关系的异常和紧张。长篇小说《费尔迪杜
凯》就充分体现出了他的艺术个性和创作特色。

捷克的赫拉巴尔、昆德拉、克里玛、霍朗，波兰的米沃什、赫伯
特、希姆博尔斯卡，罗马尼亚的埃里亚德、索雷斯库、齐奥朗，匈牙利
的凯尔泰斯、艾什特哈兹，塞尔维亚的帕维奇、波帕，阿尔巴尼亚的卡
达莱……如此具有独特风格和魅力的当代东欧作家实在是不胜枚举。

某种程度上，东欧曾经高度政治化的现实，以及多灾多难的痛苦经
历，恰好为文学和文学家提供了特别的土壤。没有捷克经历，昆德拉不
可能成为现在的昆德拉，不可能写出《可笑的爱》《玩笑》《不朽》和

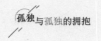

《难以承受的存在之轻》这样独特的杰作。没有波兰经历，米沃什也不可能成为我们所熟悉的将道德感同诗意紧密融合的诗歌大师。但另一方面，需要注意的是，由于语言的局限以及话语权的控制，东欧文学也极易被涂上浓郁的意识形态色彩。这似乎是件自然而然的事。因为，东欧文学，根本上，更多的是个政治概念。应该承认，恰恰是意识形态色彩成全了不少作家的声名。昆德拉如此。卡达莱如此。马内阿如此。赫尔塔·米勒亦如此。这些作家常常被人称为流亡作家。在我看来，流亡这两字在当下，有被滥用和误用的倾向。文学和政治的某种微妙平衡成就了不少作家，尤其是从东欧阵营中走出来的作家。我们在阅读和研究这些作家时，需要格外地警惕。过分地强调政治性，有可能会忽略他们的艺术性和丰富性。而过分地强调艺术性，又有可能会看不到他们的政治性和复杂性。如何客观地、准确地认识和评价他们，同样需要我们的敏感和平衡。

一个美国作家，一个英国作家，或一个法国作家，在写出一部作品时，就已自然而然地拥有了世界各地广大的读者，因而，不管自觉与否，他，或她，很容易获得一种语言和心理上的优越感和骄傲感。这种感觉东欧作家难以体会。有抱负的东欧作家往往会生出一种紧迫感和危机感。他们要用尽全力将弱势转化为优势。昆德拉就是一个典型。他对小国这一概念特别敏感。在他看来，身处小国，你"要么做一个可怜的、眼光狭窄的人"，要么成为一个广闻博识的"世界性的人"。别无选择，有时恰恰是最好的选择。因此，东欧作家大多会自觉地"同其他诗人，其他世界，和其他传统相遇"（萨拉蒙语）。昆德拉、米沃什、齐奥朗、贡布罗维奇、马内亚、卡达莱、萨拉蒙等东欧作家最终都成为"世界性的人"。关注东欧文学，我们会发现，不少作家，基本上，都在出走后，都在定居那些发达国家后，才获得一定的国际声誉。贡布罗维奇、昆德拉、齐奥朗、埃里亚德、扎加耶夫斯基、米沃什、马内阿、史沃克莱茨基等都属于这样的情形。各种各样的原因，让他们选择了出走。生活和写作环境、意识形态原因、文学抱负、机缘等，都有。再说，东欧国家都是小国，读者有限，天地有限。

在走和留之间，这基本上是所有东欧作家都会面临的问题。因此，我们谈论东欧文学，实际上，也就是在谈论两部分东欧文学：海外东欧文学和本土东欧文学。它们缺一不可，已成为一种事实。

有人发问："中国读者曾经非常熟悉东欧文学，但现在，对于不少人来说，东欧文学却成了一个陌生的概念。这是否意味着东欧文学遭到了低估和轻视。"我想，这主要和社会背景、时代变迁和国家发展有关。早在上世纪初，中国读者就读到了显克维奇、密支凯维奇、斯沃瓦斯基、裴多菲等东欧作家的作品。鲁迅等先辈倾心译介东欧文学有着明确的意图：声援弱小民族，鼓舞同胞精神。应该说，在国家苦难深重的时刻，这些东欧文学作品的确成为许多中国民众和斗士的精神食粮。新中国成立初期，百业待兴，作为文化的重要组成部分，文学翻译和研究事业得到了一定的重视。那是又一个特殊时期。中国正好与苏联以及东欧国家关系密切，往来频繁，东欧文学译介也就享受到了特别的待遇。东欧文学作品源源不断地被译成汉语。不过译介的作品良莠不齐。"文革"期间，东欧文学的翻译和研究事业基本中断，除去少量电影，我们几乎看不到什么东欧文学作品。到了上世纪70年代末和80年代初，美、法、英、拉美等国家和地区的文学作品大量涌入，大大拓展了读者的视野，也为读者提供了更多的阅读选择。相比之下，东欧剧变后，东欧文学翻译受到严重影响，基本处于停滞状态。

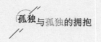

　　由此可见，在我国，东欧文学译介一直处于某种"非正常状态"。因此，在文学进入多元格局的今天，我们恐怕不能简单地说东欧文学遭到了低估和轻视。正是由于这种"非正常状态"，在很长一段岁月里，东欧文学被染上了太多艺术之外的色彩。直至今日，东欧文学还依然更多地让人想到那些红色经典。阿尔巴尼亚的反法西斯电影，捷克作家伏契克的《绞刑架下的报告》，保加利亚的革命文学，都是典型的例子。红色经典当然是东欧文学的组成部分，这毫无疑义。我个人阅读某些红色经典作品时，曾深受感动。但需要指出的是，红色经典并不是东欧文学的全部。若认为红色经典就能代表东欧文学，那实在是种误解和误导，是对东欧文学的狭隘理解和片面认识。因此，用艺术目光重新打量、重新梳理东欧文学已成为一种必需。为了更加客观、全面地翻译和介绍东欧文学，突出东欧文学的艺术性，有必要颠覆一下这一概念。蓝色是流经东欧不少国家的多瑙河的颜色，也是大海和天空的颜色，有广阔和博大的意味。"蓝色东欧"正是旨在让读者看到另一种色彩的东欧文学，看到更加广阔和博大的东欧文学。

寂寞中唱出不朽的歌
——读《悲欢的形体：冯至诗集》

  《悲欢的形体：冯至诗集》由冯至先生的女儿冯姚平亲自编选，共分为八个单元，涉及冯至先生一生的诗歌创作。由于深刻了解冯至先生的创作走向和人生轨迹，该诗集呈现出客观、真实、清晰、准确、精练又极具代表性的品质，值得信赖，可以帮助读者贴近诗人冯至的诗歌天地和生命世界。正因如此，我以为，《悲欢的形体：冯至诗集》不仅是一部诗歌小结，还是一部精神小传和人生小传。

  翻开《悲欢的形体：冯至诗集》，再次读到不少熟悉的诗时，一种无比的亲切感顿时涌上我的心头。冯至先生十六岁时已写出第一首诗《绿衣人》。我十六岁时刚刚步入校园，开始利用寒暑假大量阅读文学作品，包括诗歌作品。记得江南一个雨天，坐在亭子间里，偶然从一本书中读到了一首小诗《桥》，激动不已：

>   "你同她的隔离是海一样地宽广。"
>   "纵使是海一样地宽广，
>   我也要日夜搬运着灰色的砖泥，
>   在海上建筑起一座桥梁。"
>
>   "百万年恐怕这座桥也不能筑起。"

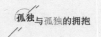

"但我愿在几十年内搬运不停，

我不能空空地怅望着彼岸的奇彩，

度过这样长、这样长久的一生。"

这首诗采用了对话形式，自然，朴素，轻盈，意象清新，却具有无限的能量，仿佛就是针对着少年一颗忧郁、迷惘和多愁善感的心灵的，就是呼应着一个自由、开放、积极向上的时代的。少年阅读，有个癖好，喜欢将令我心动的格言、警句、话语和诗歌抄录于笔记。我当即就将《桥》抄录下来，并牢牢地记住了它的作者冯至的名字。随后，便有意识地阅读冯至诗歌。于是，我的笔记本上又增添了《蛇》《无花果》《饥兽》等精美的短诗。就觉得这些诗好，说不出的好。这些诗还时常被我引用到文章、对话、甚至约会上。要知道，上世纪七八十年代，同女生约会时，你若能不时地背上几首优美的诗，你在女生心目中的形象立马就会高大许多。一个多么纯真而美好的年代！我时常在想：自己毕业后不去外交部，不去经贸部，而是毫不犹豫地选择了《世界文学》编辑部，是否也同冯至诗歌无形的影响有着某种关联？极有可能的。况且冯至先生还担任过《世界文学》的主编。

时间推移，少年和青年时期喜欢读的一些诗后来就不再读了。但冯至的不少诗歌却始终在一遍遍地读，喜爱和欣赏之情丝毫不减。最具典型意义的就是那首著名的《蛇》：

我的寂寞是一条蛇，

静静的没有言语。

你万一梦到它时，

千万啊，不要悚惧！

它是我忠诚的侣伴，
心里害着热烈的乡思：
它想那茂密的草原——
你头上的、浓郁的乌丝。

它月影一般轻轻地
从你那儿轻轻走过：
它把你的梦境衔了来
像一只绯红的花朵。

我们欣喜地发现，这首上世纪 20 年代写下的诗作，今天读来，依然让读者感觉隽永，敞开，贴心，充满了音乐和艺术的韵味。冯至先生极善于将抽象事物具象化，将寂寞比作蛇，绝对是神来之笔，实在是贴切！诗中由"草原"至"你头上的、浓郁的乌丝"的联想十分自然，同时先生对音乐性的注重，在诗中也得到充分的呈现。比如，"轻轻地"一词的两度出现，就让我们明白了诗歌中有意地重复所具有的美学意味。音乐性是渗透于冯至先生的血液中的。没有音乐性，就无法称作诗歌。这是冯至先生这一代诗人坚定的诗歌美学。他的作品真正的是诗与歌的有机融合，因此他写的是真正意义上的诗歌。

诗集中还有《吹箫人的故事》《帷幔》《蚕马》《寺门之前》等好几首谣曲特别引人注目。这些谣曲体现了冯至先生宽阔的写作路子和全面的写作才华。在这些谣曲中，冯至先生结构、叙事、铺陈、描绘、烘

托、把控节奏、提炼和提升的能力不得不让人敬佩。因此，冯至先生并不是某些评论者所认为的那种只善于写短诗的诗人。而创作这些谣曲时，冯至先生正值弱冠之年。这不由得让我想到了诗歌创作中的天才因素。

《十四行二十七首》无疑是冯至诗歌创作的巅峰。《悲欢的形体》全部收入。这是冯至先生沉寂十余年后的一次爆发，是寂寞中唱出的不朽的歌。可以想见，积累，沉思，叩问，深入，阅读，对于诗歌创作的重要性。这些诗中显然已有冯至先生热爱的里尔克、歌德、海涅等诗人的影子。影响和交融，能使一名诗人永远处于成长之中。这组十四行几乎每首都是精品，其中，《我们准备着》《威尼斯》《我们听着狂风里的暴雨》《几只初生的小狗》《这里几千年前》《案头摆设着用具》《从一片泛滥无形的水里》尤得我心。

如果我是编选者，目光可能不会投向诗集中的某些诗，比如《我们的西郊》《登大雁塔》等。从美学角度上来看，这些诗稍显苍白，牵强，有点应景。从这些诗中，我们可以看出，冯至先生一直渴望跟上时代的节奏，但最终实在有点力不从心。但编选者本着客观呈现的原则，不回避，不粉饰，尽量让读者看到一个真实的冯至。这恰好体现出了编选者的雅量和坦诚。

进入《世界文学》本身就暗含着同冯至先生的缘分。果然，有一天，《世界文学》老主编高莽先生要带我去拜见冯至先生。建国门外，一套普通的公寓里，冯至先生从诗歌中走出，出现在我的面前。一位朴实却不失端庄，谦逊却充满大师风范的老人，坐在书桌旁，说起话来，声如洪钟，听人说话，又那么专注。冯至先生不是那种象牙塔里的诗人，他关注现实，关注文学状况和国家形势。《悲欢的形体》中的诗歌其实准确地反映出了诗人的现实关怀和家国情怀。《绿衣人》《"晚报"》中的悲悯和同情，《北游》中的阴郁和悲伤，《鲁迅》《杜甫》等诗中的礼赞和呼应，都一次次让我们感到了诗人同现实世界和国家命运的深刻连接。此外，冯至先生晚年的反思姿态和批判锋芒也让我们感佩和感动。已故的高莽先生不止一次地提到冯至先生的一首题为《自传》的小诗：

> 三十年代我否定过二十年代的诗歌，
> 五十年代我否定过四十年代的创作，
> 六十年代、七十年代把过去的一切都说成错。
>
> 八十年代又悔恨否定的事物怎么那么多
> 于是又否定了过去的那些否定
> 我这一生都像是在"否定"里生活，
> 纵使否定的否定里也有肯定。
>
> 到底应该肯定什么，否定什么？
> 进入九十年代，要有些清醒，
> 才明白，人生最难得到的是"自知之明"。

"要有点阅历的人，才能明白这首诗的深意。"高莽先生轻声地对我说道。不知怎的，我总也忘不了他说完此话后的片刻沉默和眼神中不经意间流露出的忧伤。有些诗，你只能意会，不可言传。这恰恰是诗的妙处。

孤独与孤独的拥抱

　　严格而言，冯至先生的诗歌创作由两部分组成：他写的诗歌和他译的诗歌。他所译的里尔克曾经深深地影响了一代又一代中国诗人。在谈论《悲欢的形体》时，我们又怎能绕过里尔克或者冯至的《秋日》。虽然目下此诗已有好几个译本，但我依然只承认冯至先生的译文，因为那是他的发现，他的开拓，他融入了自己心血的独创和建设：

　　　　主啊！是时候了。夏日曾经很盛大。
　　　　把你的阴影落在日晷上，
　　　　让秋风刮过田野。

　　　　让最后的果实长得丰满，
　　　　再给它们两天南方的气候，
　　　　迫使它们成熟，
　　　　把最后的甘甜酿入浓酒。

　　　　谁这时没有房屋，就不必建筑，
　　　　谁这时孤独，就永远孤独，
　　　　就醒着，读着，写着长信，
　　　　在林荫道上来回
　　　　不安地游荡，当着落叶纷飞。

2018 年 9 月于北京

从往昔时光中提炼永恒的瞬间
——安德里奇和他的"波斯尼亚三部曲"

时间流逝，南斯拉夫正渐渐被人遗忘。它曾经是一个强大的联盟，第一次世界大战后逐渐形成，由塞尔维亚、克罗地亚、波斯尼亚－黑塞哥维那（就是我们通常所说的波黑）、黑山、斯洛文尼亚和马其顿六个共和国组成。而南斯拉夫文学就是这些共和国所有民族文学的总和。但东欧剧变后，南斯拉夫联盟一步步解体。如今，"南斯拉夫"这个名称更多地指向过去，并不遥远的过去。

作为一个统一国家，南斯拉夫已经不复存在，但南斯拉夫文学无疑是客观历史的产物，却难以省略和抹去。而说到南斯拉夫文学，我们不能不想到一个名字，一个被诺贝尔文学奖光芒照亮的名字：伊沃·安德里奇。

伊沃·安德里奇 1892 年出生于波斯尼亚特拉夫尼克附近的乡村。父亲是个手工匠。在他的童年时代，波斯尼亚还处于奥匈帝国的统治之下。中学期间，他就开始发表诗歌，字里行间洋溢着浓郁的民族情怀。上大学时，他的激情转化为行动。那时，对他而言，民族解放高于一切。为此，他曾被关进监狱，并且一蹲就是好几年。监狱生活倒给了他不少读书和思考的时间。出狱后，他首先完成了被延误的大学学业。然后，长期在南斯拉夫外交部工作。一度，还曾出任南斯拉夫驻柏林大使。1941 年，他刚刚离任回国，南联盟首都贝尔格莱德便遭到德国飞机的轰炸。在德军占领时期，他被迫隐居，从公众视线中消失了整整四年。后来让他扬名世界的"波斯尼亚三部曲"就诞生于那些艰难的岁月。

"波斯尼亚三部曲"由《德里纳河上的桥》《特拉夫尼克纪事》和《萨拉热窝女人》三部长篇小说组成。1945 年，南斯拉夫读者几乎同时读到了这三部小说。安德里奇在南斯拉夫文坛上的重要地位从此确立。三部作品都被评论界称作"小说形式的编年史"。严格来说，这三部曲除了波斯尼亚基本背景外，都是各自独立的长篇小说，结构、角度、篇幅都各不相同。其中，可以看出，《德里纳河上的桥》绝对是安德里奇的呕心之作和得意之作，最能体现他的艺术功底、创作才华和文学成就。瑞典学院常务秘书奥斯特林称赞波斯尼亚三部曲，尤其是《德里纳河上的桥》，"达到了史诗式的完美程度"。我个人认为，《德里纳河上的桥》完全可以视为安德里奇的文学巅峰。因此，三部曲中，我们有必要重点打量一下《德里纳河上的桥》这部杰作。

波斯尼亚，恰如巴尔干其他地区一样，历史曲折，复杂，丰富，充满了苦难、冲突，甚至血腥，同时也存在着融合、共存与和谐。面对如此幽深庞杂的历史，任何政治结论和道德评判常常都会显得苍白、粗鲁，无效，让人难以信服。这时，文学恰恰可以通过发掘、捕捉、描述、呈现、分析、想象、浓缩、提炼等手段尽可能地照亮历史和人性的幽微之处。但如何处理庞杂混乱的历史材料，同样是文学需要面对的问题。安德里奇在小说结构上显然颇费了番心血，他最终决定将德里纳河上的桥，以及桥边上的维舍格勒小城和村落作为主线，一下子就可以串联起不同的历史时期和无数古老的传说和故事。作者也顿时可以掌握并发挥小说创作的灵动性和创造性了。作为主线和灵魂，大桥、小城和村落自然会首先出现在读者眼前：

> 在德里纳河宛若从乌黑险峻山巅上一块完整峭壁中间、以其碧波巨澜泡沫飞溅的磅礴之势汹涌而下的地方，矗立着一座雕琢精美和谐、拥有十一个大孔的宏伟石桥。从这座大桥的起始处起，绵延起伏着一片扇形盆地和维舍格勒小城及其郊区；一座座小村落散布在山坳里；阡陌、牧场、李园纵横，田间小路、篱笆交错，一片片小树林和一簇簇稀疏的阔叶林满山遍野。所以，若是从远处遥望，从白石桥宽大洞孔中倾泻而下的似乎不仅是德里纳河碧绿的河水，还有那阳光明媚静谧富饶的辽阔大地，以及大地上的万物生灵及其上方的南部天空。

此刻，细心的读者可能已经注意到，小说真正的主角其实就是德里纳河上的大桥。如此，作者就有必要就大桥的历史从头慢慢道来。大桥建于 16 世纪，建桥人是当时奥斯曼帝国宰相穆罕默德帕夏。他的故乡索科洛维奇村就坐落在环抱小城和大桥的群山后边。从作者的描述中，我们还可以发现这座大桥的地位和意义。在很长一段时间里，这座大桥是德里纳河整个中上游流域唯一可靠的通道，也是连接波斯尼亚与塞尔维亚，再经由塞尔维亚进而连接奥斯曼帝国其他地区直至伊斯坦布尔必不可少的纽带。大桥的重要地位和意义正好为之后众多事件、故事和传说的生发和展开提供了逻辑依据。

在世界各国都流传着不少有关价值和代价主题的民间传说。比如罗马尼亚的《马诺内工匠》就是这样的传说。马诺内工匠决心要建造一座辉煌无比的修道院。但白天建造的一切，到了晚间就自动倒塌了。这让他十分苦恼。一夜，他忽然得到神谕：必须将翌日见到的第一个生命砌进墙壁，修道院方能建成。残酷的是，翌日早晨，马诺内见到的第一个生命便是前来给他送饭的妻子安娜。为了建成修道院，马诺内不得不忍痛将自己的妻子砌进墙壁。没过多久，一座美轮美奂的修道院便拔地而起。任何创造都需要有牺牲作为基础，这就是该传说想要表达的思想。安德里奇十分熟悉这类传说，在小说中通过孩童视角融入了这样的传说：河神曾经对修桥进行过阻挠，一到夜里，便出来拆毁白天修完的部分。建筑师听到水中的声音，必须寻找两个婴儿，将他们砌进桥墩。人们终于找到两个正在吃奶的孪生婴儿，将他们从母亲怀抱中强行夺走。母亲又哭又喊，紧追其后。最终，两个孩子还是被砌进了桥墩。但建筑师出于同情和怜悯，在桥墩上留下几个小洞，让不幸的母亲通过这些小洞给两个充作祭品的孩子哺乳。作者显然对民间传说进行了艺术加工，使之更加动人，更具人性色彩，与此同时，又赋予大桥以某种悠远深长的寓意。

　　起初，大桥修建更多的是宰相的意愿，是帝国的行为，是一项劳民伤财的巨大工程，必然会影响和损害无数普通人的生活和利益，必然包含着压迫、反抗和牺牲。农夫拉迪萨夫便是令人难忘的反抗者形象。他表面上丑陋矮小，可怜兮兮，内心却充满了惊人的勇气和坚定的意志。小说中有这样的画面：他"被钉在木桩上，上身裸露，挺起胸膛，身子笔直。从远处，人们只能推测木桩已经穿透他，双脚被捆，双手反绑背后的身体。因此，人们看他就像是紧挨脚手架旁边，高耸在河流上空的一尊塑像"。这简直就是一个圣徒的形象。从这样的描述中，我们可以领略到小说家安德里奇出色的人物刻画和塑造能力：客观，冷静，真实，精准，同时又随时能够自然而然地提升。整部小说中，还有不少真实鲜活的人物留在了我们的记忆中，比如美丽而又悲壮的法塔，坦诚而又执拗的阿里霍加，沉着冷静的尼古拉神父，泼辣但又善良的罗蒂卡……他们的命运，他们的故事都能牵引住我们的目光，并深深地打动我们。

德里纳河上的大桥建成后，跨越了三百六十多年的历史。这是一座异常宏伟和华丽的大桥，十一根白色石块砌成的拱形桥墩成为大桥坚定的支撑。小说中，作者一次又一次地对不同季节、不同时段、不同气候中的大桥做了生动而又精细的描绘，显然是想要让读者明白它曾经的显赫、美丽和辉煌。而这座曾经显赫、美丽和辉煌的大桥终于在第一次世界大战中遭遇了毁灭的命运。桥的历史实际上也是帝国的历史，民族的历史，侵略和反侵略的历史，残酷和英勇的历史，说到底，都是人的历史。人在上演着一幕一幕的戏剧，正剧、悲剧和喜剧都有。而桥始终在默默地见证。它还是某种象征，显赫和衰弱都有着强烈的暗示意味。耐人寻味的是，随着它的崩溃，奥匈帝国也崩溃了。而奥斯曼帝国那时早已灰飞烟灭。

《德里纳河上的桥》显示出了安德里奇惊人的历史驾驭能力、故事讲述能力、人物刻画能力、节奏控制能力和瞬间提炼能力。他似乎就坐在读者面前，本本分分，不动声色，以最朴实最自然的方式讲述，但他不动声色的讲述不知不觉中就呈现出一幅幅极具冲击力和感染力的画面，提炼出一个个永恒的瞬间。

《特拉夫尼克纪事》将时间锁定在了拿破仑战争时期。当时，欧洲几大列强都在争夺波斯尼亚。特拉夫尼克是波斯尼亚一座古老而又衰败的城市。它的丰富也正意味着它的复杂。各类人物和各种宗教会聚于此，接触和冲突也就不可避免。东西方文化也在此进行着较量和冲撞。而塞尔维亚和克罗地亚的农民又在秘密组织着反抗活动。因此，小说涉及的主题纷繁，棘手，十分考验作者的驾驭能力和叙事水平。它也需要作者具备丰富的知识和广阔的视野。心理描写是小说的一大特色。从书中大量的心理描写，我们可以看出，作者对各种不同人物简直是熟悉到了令人惊叹的地步。奥地利领事和法国领事之间的钩心斗角就是场绝妙的心理战。

《萨拉热窝女人》是三部曲中的最后一部，故事相对要简单一些。小说的女主人公小姐是萨拉热窝一个富商的独生女儿。这位富商不幸破了产，临终前谆谆告诫女儿要不惜一切手段保护自己的利益。在他看来，唯有财富才能让人逃脱残酷的现实。小姐牢牢记住了父亲的遗嘱，于是拼命追逐财富，幻想财富，把财富当作了人生的最高意义。一个贪婪者和病态者的形象也就自然而然地出现在了我们面前。在这部小说中，作者同样把重点放在了心理分析和研究上。因此，欧美不少文学评论家索性将它归入了心理小说。

安德里奇还有许多其他优秀的作品，但"波斯尼亚三部曲"已足以显示他的最高成就。作家本人特别喜欢一句话："我思索往昔的时光，却牢记永恒的年代。"这正好说出了他的作品的全部意义。诺贝尔文学奖颁发给他的一个重要理由，也恰恰是他"以史诗般的气魄"从他的祖国历史中"找到了主题并描绘了人类的命运"。

没错，他描绘的是人类共同的命运。

2018 年 3 月

来自玫瑰国度的声音

——读《保加利亚中短篇小说集》

专业的缘故，时不时会读到保加利亚文学作品，一些诗歌，几篇散文，两三个小说，大多呈零星状态。而集中地、大规模地读到保加利亚文学，于我，总是件近乎奢侈的事。刚刚摆上我案头的《保加利亚中短篇小说集》（余志和译，人民文学出版社 2018 年 4 月出版）便给了我如此的惊喜。惊喜之外，我还感到无比的亲切。在罗马尼亚康斯坦察当外交官期间，曾经多次造访近在咫尺的保加利亚。那里，你处处都能闻到玫瑰的芬芳，玫瑰精油也似乎成为保加利亚的名片。我因而特别喜欢称保加利亚为玫瑰的国度。

特殊的历史和政治原因，保加利亚往往被我们归入东欧国家。它实际上位于巴尔干半岛东南部，与罗马尼亚、土耳其、希腊、塞尔维亚等国家接壤。它的东面是黑海，海岸线长达三百多公里。夏天，瓦尔纳的金色沙滩曾给我留下美丽的印象。缓慢的节奏，简朴的建筑和道路，相对滞后的经济，以及处处散发的农业气息也曾让我感慨。我知道，这是片浸透着鲜血和苦难的土地，历史上曾经多次遭到侵略和蹂躏。从 14 世纪到 19 世纪，整整五百年，土耳其奥斯曼帝国统治着保加利亚。民族生活和文化长期受到压抑。然而，保加利亚文学却在艰难困苦中顽强地并不断地发出自己的声音。《保加利亚中短篇小说集》便是明证。

《保加利亚中短篇小说集》洋洋洒洒，厚达 867 页，分成上下两卷，

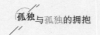

共选入现当代 18 位作家的 41 个中短篇小说，大致让我们看到了保加利亚现当代小说的基本面貌。所选作家都是些保加利亚文学史绕不过去的人物。从他们的作品中，我们也能感受到保加利亚文学深厚的现实主义传统。

说到保加利亚文学，人们有可能会想到两个名字：埃利亚斯·卡内蒂和伊凡·伐佐夫。卡内蒂出生于保加利亚，但六岁时随父母移居英国。文学史家往往将他当作英国作家。虽然他会说保加利亚语，但由于犹太人血统，他更愿意将德语当作他的母语。而伊凡·伐佐夫则是地地道道的保加利亚作家，始终将保加利亚当作自己血肉相连的祖国，并已成为保加利亚文学不可替代的代表。

伐佐夫已绝对和他的鸿篇巨制《轭下》融为一体，以至于谈起伐佐夫，读者准会立马想到《轭下》。伐佐夫是在 1887 年流亡俄国敖德萨期间开始创作《轭下》的，期待着通过书写这部小说同祖国保持心灵上的连接。很长一段时间，在中国语境中，《轭下》常常容易被狭隘地理解为"一部反映保加利亚人民英勇反抗土耳其统治的小说"。其实它的丰富内涵和多元主题远远要超过这一理解。我更愿意将它视作一部有关理想和激情的英雄小说，一部动人的爱情小说，一部深刻的心理小说，一部有力的批判现实主义小说，以及一部优美的浪漫主义小说。由于艺术性和思想性的完美结合，《轭下》已成为名副其实的世界文学经典，一直代表着保加利亚的文学形象。

但《轭下》之外，伐佐夫还创作了不少中短篇小说。在《保加利亚中短篇小说集》中，我们就读到了《一个保加利亚农妇》《约佐爷爷睁着眼睛》等四个中短篇。保加利亚的历史基本上就是一部反抗压迫、反抗异族统治的历史，因而保加利亚文学中，爱国、起义、反抗、自由、英雄和苦难主题的作品也就格外地丰富。对于中国读者，由于鲁迅先生的译介，《一个保加利亚农妇》已是伐佐夫的名篇。朴实的农妇伊利伊查抱着奄奄一息的小孙子赶往修道院，期望通过神父的祈祷，挽救孩子的生命。路上，她意外地遇见了一个从林子里钻出来的小伙子，穿着古怪，面色苍白，还背着一支枪，一看便知是遭到土耳其军队追缉的起义者。在小伙子的恳求下，伊利伊查决定向他伸出援手。她明白要是有人看见，她会被活活烧死的。但她没有过多地犹豫，这与其说是出于爱国觉悟，不如说是出于善良天性。农妇真实、善良、英勇的形象跃然纸上，令人感动。伐佐夫特别善于营造气氛、描绘细节，小说篇幅虽然不长，但字里行间，我们可以感到一种紧张、危险、严酷和悲壮的气息。

《约佐爷爷睁着眼睛》从一个独特角度书写了爱国主题。约佐爷爷在 64 岁时双目失明，从此陷入黑暗的世界。但他心里藏着一个愿望，就是要看看"保加利亚魂"，也就是自由的保加利亚。祖国终于解放了。约佐爷爷从村民身上和日常生活中感觉不到有什么新奇之处。有一次，区长来了，这可是保加利亚人自己的区长，约佐爷爷一定要去"看看"区长："约佐爷爷走上前去，把帽子夹在左边胳肢窝下，抓住他的手，摸着他的毛手套，捏捏他胸前的铜纽扣和穗带，颤抖的手在摸到他银灰色的肩章时，把它托起来，吻了吻。"老人激动万分，泪水从呆滞的眼睛中涌出。于他，保加利亚人自己的区长就是"保加利亚魂"。还有一次，村里唯一的士兵回家休假。这可是保加利亚自己的士兵。约佐爷爷一定要去"看看"这位士兵。他得知士兵穿着军装，佩着马刀，一步走上前去，仔仔细细摸了摸士兵的军大衣、纽扣、军帽，又抓起马刀，吻了吻。他看到保加利亚魂了。泪水再次从他的眼睛里涌出。又过了不久，老人听说伊斯克尔谷地要修建由保加利亚工程师自己设计的铁路，震惊不已，心里充满了自豪。铁路竣工后，他每天都会赶到山崖，听听汽笛鸣叫，听着火车呼啸而过："旅客们透过车厢的玻璃窗，观赏着山环水绕的峡谷的风景，同时也惊奇地发现，在铁路旁边的岩石上，站着一个向他们挥着帽子的老人。"老人以自己的方式"看见"，他实际上始终睁着眼睛呢。从这些作品，我们可以看出，伐佐夫不仅有建筑宏伟大厦的才干，同样有修建精致小屋的手艺。

埃林·彼林同样在保加利亚文学史上占有重要地位。他熟悉乡村，熟悉乡村人物和风物，熟悉乡村流传的各种故事和传说，总是从乡村生活中发掘创作题材和主题，作品因而具有浓郁的乡土气息。他永远关注那些普通人物的喜怒哀乐，关注他们的七情六欲，笔下的人物有血有肉，客观真实，都是一个个饱满的立体形象。《保加利亚中短篇小说集》中选入的《割草人》《水磨坊边》《安德雷什科》等作品都具有典型的埃林·彼林特色。《割草人》中的拉佐新婚不久就离开新娘，出来劳动挣钱。用他自己的话说，日子艰难，有啥办法。晚上，几个割草人围在火堆旁休息，为了消磨时间，开始讲述女人独守空房时可能发生的种种故事。听着听着，拉佐终于坐不住了，开始胡思乱想，害怕他的彭卡独自一人时，也会"一大早就起床，像鹿那样敏捷，然后去井台打水……"并碰到某个男人。清晨，当曙光唤醒割草人时，他们发现，拉佐已经离开了他们。

《水磨坊边》是一个更为动人的情感故事。磨坊主乌格林是个鳏夫。他的女儿米列霞同斯维伦一直相互爱恋，但由于贫穷，他们无法结为夫妻。米列霞不得不嫁给了别人。一天晚上，为了照顾病中的老父，米列霞回到水磨坊边的家中，并到磨坊后面的菜园里帮父亲干点活。就在这时，树枝的黑影里站着一个人，正是依然深爱着她的斯维伦。一见到斯维伦，米列霞立即就被点燃了，意识到自己也仍然爱着他。爱，实在难以阻挡，两人又情不自禁地拥抱在了一起。

《割草人》和《水磨坊边》的故事都发生在夜间，隐隐约约，朦朦胧胧，语调低沉，静谧中仿佛都能听到回响。作者又极善于通过环境描写来烘托气氛，正好适合主人公们错综微妙的心理。而《安德雷什科》则要诙谐、明快一些，还带有几抹漫画色彩。驾车人安德雷什科为了阻挡一个愚蠢霸道的法官去处罚自己的乡亲，运用乡人的智慧将法官抛弃在半路的水洼中。这样的故事，百姓读了往往会很解气。但从艺术角度看，故事稍显单薄，人物也比较脸谱化，我可能更喜欢前面的两部小说。总体来看，埃林·彼林的小说虽然场面不大，人物也不多，但却生动，精准，极有韵味。而这既需要深厚的艺术功底，更需要扎实的生活功底。

如果说伐佐夫和埃林·彼林是中国读者比较熟悉的作家，那么，约尔丹·约夫科夫可能会是个相对陌生的名字。但在保加利亚文坛，他却是个响当当的人物。约夫科夫有过军旅生涯，对战争和生活中的剧烈冲突场景始终怀有浓厚的兴致。集子中的《希比尔》和《阿尔贝娜》都是特别好看的故事。《希比尔》属于绿林好汉题材，而《阿尔贝娜》则涉及道德主题。短篇小说在欧美被称作短篇故事。约夫科夫不愧为讲述故事的高手，铺垫，空白，悬念，节奏都掌控得十分到位，就为了将故事推向最后出人意料又惊心动魄的一幕。绿林好汉希比尔一直是土耳其警察和保安队的眼中钉。警长和保安队长联合设下圈套，让警长的女儿，美丽的拉达，上山去引诱希比尔下山自首。拉达的美貌和个性征服了希比尔，他决定下山同拉达会面。保安队员已埋伏在会面地点周围。依据暗号，若保安队长挥动白毛巾，则表示宽恕；挥动红毛巾，则表示枪

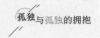

毙。希比尔如期出现，他的英俊美貌让保安队长迟疑。警长催促保安队长挥动起红毛巾，枪声大作。没想到，此时，拉达冒着枪林弹雨冲向了希比尔，两人同时倒在了血泊中。

《阿尔贝娜》同样是那种能牢牢吸引住你眼球的故事。美若天仙的阿尔贝娜卷入了凶杀案。受害者便是她那奇丑无比的丈夫"瘸子"。警察前来押解阿尔贝娜的时候，邻里乡亲看到美丽可爱的阿尔贝娜，全都怀着同情站到了她一边，并发誓要保护她。就在这时，石匠尼亚古尔穿过人群，跳到车上，坐在阿尔贝娜旁边，声称是他杀了"瘸子"。耐人寻味的是，刚刚还站在阿尔贝娜一边的乡亲们突然开始对她破口大骂，同情瞬间变成了仇恨。他们无法容忍尼亚古尔坐在阿尔贝娜旁边。这是多么难以描述的微妙心理，混杂着封建、狭隘、嫉妒和愚昧。但对与错、是与非，作家并没有给出任何答案。事实上，简单的道德评判解释不了错综幽微的人性。没有答案的道德主题小说恰恰是最符合人性的。

《保加利亚中短篇小说集》中，还有不少独具特色的小说。卡拉维洛夫表现保加利亚人性格的《格拉夫乔》，康斯坦丁诺夫俏皮幽默的《时过境迁》，维任诺夫寓意深刻的《学拉小提琴的男孩》都给了我极大的阅读享受。虽然就写作手法而言，这部小说集中的作品略显单调，陈旧，不够活泼；就作家年龄而言，基本上是现代经典作家和当代老一代作家，而杰奥吉·戈斯鲍迪诺夫、米罗斯拉夫·潘科夫等新一代优秀作家的作品未能收入，但结实的现实主义作品起码能给我们如此的启示：贴近大地，深入现实，对于作家，实在是重要。文学是了解一个民族、一个国家的最有效的途径。《保加利亚中短篇小说集》的意义和价值正在于此。

2018 年 7 月

词语深处：光伸出它的手
——读刘恪的《词语诗学》

冷。风吹来。光秃秃的枝丫。裸露的地。湖已冻结。冰上，没有舞者。

灰色，或白色。含糊的天空。手握不住笔。坠落。那是雪。不成样子的雪，在子夜飘洒，仿佛要替代所有言语。

站在冬天的中央。呼吸变得艰难。表达也变得艰难。你还能说些什么？只有念想。没有表达。一切都冻结在心里。

这是我在某个冬夜写下的文字，表达词语的艰难。

词语。词语。其实，无论阅读，还是写作，说到底，都是在与词语打交道，是与词语的纠缠、妥协和搏斗。妥协永远是相对的，纠缠和搏斗却无穷无尽，没完没了，贯穿一生，有时甚至到达近乎残酷的地步。你若彻底投降，你的阅读和写作也就流于平庸，难以进步，你的创作生命也就结束。这一点，我想，真正的阅读者和写作者肯定都有深刻的体验。永不满足，创造才能插上翅膀。正因如此，探究词语，激活词语，便具有一种挑战和开拓的意义，便需要相当的勇气、学识和功底。

又是刘恪。他总是给人惊喜，令人钦佩。我不下地狱，谁下地狱，他喜欢说这句话。一个文学上的拼命三郎。2008 年 8 月，正是仲夏时节，我们约好要见面。他来了，依然横挎着那个破旧的书包，依然那身朴素又有点古怪的打扮。一进门，大汗淋漓的样子，二话没说，就从书包里掏出两本书，摆在了我的书桌上，定定地望着我。是他最新出版的两卷本专著《词语诗学·空声》和《词语诗学·复眼》，印制得十分大方，精致，封面鲜艳，却又不失雅致，满溢出视觉的诱惑。词语，被刘恪照亮的词语，反过来又照亮了我。当我在第一时间捧起这两本书时，惊讶、目眩和钦佩，竟让我一时失语，都忘了叫他赶紧坐下，喝口水。

记忆，感觉，忧郁，孤独，想象，梦境，文化，形象，神话，人性，情爱，符号，存在，认识，神秘，真实，隐喻，灵魂，时间，空间，自然，生命，物质，寂静，自由，正义，平等，身体，地缘，权力。一共五个单元，三十个词语。这些词语，我们几乎天天都会听到，看见，或挂在嘴边，早已习以为常，而正因习以为常，对于它们，表面熟悉，内里恐怕已然麻木，机械，冷淡，忽略了它们的根本和轻重，仅仅将它们视作日常的部分，同吃饭和睡眠并入一道。天天被词语包围着，反而会视而不见。有些词语甚至全然偏离了它们的本义。词语已到严重的时刻。这样的时刻，刘恪恰恰挥舞起各种兵器，解剖它们，重新审视它们，掂量它们，擦亮，并复活它们。

没错，读《词语诗学》时，我的目光，我的心灵，始终都有一种被照亮的感觉。这说明它在闪光，是部闪光的杰作。读过几页，我就意识到了刘恪的优势和特色，意识到了他的厉害。风格依旧，只是又朝高处迈出了一大步。向高处的进军，悲壮，而又辽阔。书籍自有书籍的命运。与其说刘恪写出了这本书，不如说这本书只等着刘恪写出。必然的诞生，绝对是一种宿命。一次书本与作家的诗意邂逅。刘恪既是优秀的小说家，又是出色的理论家。这有他的几十部小说和理论作品为证。用他自己的话说，他是"一个行走于小说与理论之间的写作者"。这种双重身份意味着天赋，意味着兴趣、修养和境界，意味着自由，意味着如虎添翼，意味着有效的文学通行证。艺高，方能胆大，说的是同样的道理。一个作家一生能赢得一张通行证，已是件幸运和幸福的事。而在我看来，刘恪已拥有了好几张文学通行证。《蓝雨徘徊》，《城与市》，《梦与诗》，都不愧为刘恪的文学通行证。不是随便什么人都能达到这种境界的。也不是随便什么人都能得到这种幸运和幸福的。

有关词语书写的作品不少，萨特写过，福柯写过，威廉斯写过，昆德拉写过，还有一些中外作家写过。有些不乏精彩，肯定给过刘恪无数启示。但它们大多偏重于理论，或艰涩，或枯燥，或局限于一个层面，停留于一个文本意图，或说教味浓，以灰色的沉重，使得阅读同样变得沉重。而在刘恪，则是另一番情景，另一片天地。感性和理性、想象和逻辑、诗与思的结合，显然是他的文本策略，也是他的行进路径。正是这种完美的结合，让刘恪充满了自信，让《词语诗学》散发出了独特的魅力，呈现出了闪光的品质。

在导论部分，洋洋洒洒几万字，刘恪便如此亮相：从童年出发，步履轻轻的，声音轻轻的，笔调也轻轻的，却自由，却灵活，却有力，却艺术，却饱满，却直抵心灵。走近词语，从一开始就意味着走向童年，走向生命的源头。童年记忆，乡村经验，女教师白皙的手，叮叮当当的钟声，田野，河畔，都在滋生着词语，围绕着词语，呵护着词语。"乡人素来保持着对词语的敬畏，只要孩子们大声地念词语，农人们就互相做手势，保持安静，看着那些咿咿呀呀的词语从柳叶上滑下来，滴在渠道沟里发出铮铮的声音。"肯定不是纯理论，而是画面，而是诗歌，而是思绪穿越悠远的时空。基调既定，只待言说。尽兴尽致地言说。关于词语，刘恪说得多么诗意，多么形象，又多么准确：

词语首先是感性化的，像鸟一样会飞，像鱼一样能游，像花一样地散发香气。它是一个精灵，你必须用心血喂养，让它染上血的红色，让它葆有青春，让它携带体温，你一遍又一遍地抚摸它、亲吻它，在阳光下把它放在手心里细细地长久地凝视，是那种 X 射线透视，又把它置于黑箱内用耳朵去听，感受词语的秘密如何从每根羽毛的绒线里传感出来。词语从黑暗处飞出来，在空中划出了弧形，落在你的手指尖，用拇指辗一下，斗箕与斗箩会摩擦出词语的纹路，从词语的纹线里会散发气味：酸甜苦辣辛都有，用指尖弹一弹，那里有词语金属般的声音，每一个弹性会有重量、压力。把词语紧紧地贴在脉管上，让血液的涌动渗出词语内在的灵性。

　　词语在闪光。这段文字，闪烁着散文诗的光泽，仿佛源自内心的秘密花园，写作的秘密花园，我读了一遍又一遍，无比地喜欢，同时又深深地感动。这是作家与词语的动人默契。是生命与词语的隆重约定。从中我读到了敏感，柔情和敬畏。我想，这是每一位读者和作者，对词语所应保持的敏感、柔情和敬畏。有了这样的敏感、柔情和敬畏，阅读才有可能深入，写作才会有生命力和创造力。

　　绕不开的词语。比如：忧郁。评论家王一川先生说他最喜欢刘恪写的这个词语。我也喜欢。忧郁人人都感受过，遭遇过，是人生永远的伙伴，谁都摆脱不了。可忧郁是什么？谁又知道。刘恪知道吗？他否定。或者说不愿正面回答，而是先给你讲述一段个人体验。是一个秋天的夜晚。静。细微的风。偶尔有几声狗吠。忽然，一阵战栗袭击了他。"有一种从全身抽丝的东西涌动，我仔细地体验，仿佛都回到大脑，从所有头发的根部溢出来，停在额前，我企图抓住它，无形无色，它滑走的状态我已感到，不能让它在强暴我身体之后便悄悄地溜走。"作家明白，这是忧郁，是"他从童年便带在身边的种子"。但他觉得这是一粒奇怪的种子，因为在他刻意寻找它的时候，它常常了无踪影。而当他几乎忘记它的时候，它又会出其不意地击中他。接着，刘恪从生理学、心理学、社会学、文学等各个角度出击，探寻忧郁的来源，分析它的状态，认为它与恐惧、痛苦、焦虑、空虚、伤感等情绪同根同源。所不同的是，忧郁的感觉难以描述。在具体考证和分析后，刘恪又运用命名的力量，将忧郁分为境遇性忧郁和原发性忧郁。巧妙的迂回，成为最好的贴近。读着读着，我们分明感觉，原本无形无色的东西渐渐长出了腿脚，生出了翅膀，有了形，有了色，有了香息，有了声音和动静，变成了精灵。忧郁的精灵，在蓝光中奔走，嘴里衔着一朵花，刘恪称它为忧郁花。

再比如：孤独。诗人的恒常主题。现代人的普遍景况。你不用寻找，它就在那里。写这一词语时，刘恪主要在梳理，提升，表现出了严密的逻辑，和冷静的姿态。那是一种笃定，一种酷。"生命，单子。活着，意味着固守肉体的单独存在。"因此，"孤独，是生命的本体。"刘恪认为，认识孤独，对人类，意义重大，因为"认识孤独，人类明白了拥有不过是一种幻觉。认识孤独，人类明白丧失才是人与事物的本质。认识孤独，人类明白了个体占有的位置是一种局限"。这种认识也就是顿悟。有了这种顿悟，人们便会懂得去享受孤独，甚至去创造孤独。而这时，孤独常常就上升到了哲学的高度，艺术的高度，成为一种权力，成为一种想象力和创造力。古往今来，孤独造就了多少不朽的思想和艺术。荷马，但丁，伽利略，凡·高，卡夫卡，司马迁，屈原，李白，杜甫，曹雪芹……这一大串的名字，都让我们想到了孤独。因而，它也就同高贵、智慧、修养、崇高、牺牲和神圣连接在了一起。伟大的孤独。

伟大的孤独者。

想象是人生的关键词。也是写作的关键词。没有想象的人生一定单调，乏味，灰暗，缺乏原动力。而对于写作，想象就是创造力的最好体现。想象力，在某种意义上，就是创造力。但这又是个被人用滥，用坏的词语，常常同空想、联想、瞎想混淆在一起，背离了它的原本。看看刘恪是如何贴近，捕捉，擦亮这个词语的。"象是事物的必然逻辑。创造的象，是想的结果，思维造象是人类的一种本能，也是塑造世界的一种技术。想象因此而诞生。"刘恪还特别指出，想象有一个极为重要的前提：那就是自由。"消灭自由实际上也就消灭了想象，它们几乎可以互为表里。有了自由的精神才有想象的升腾。自由托着想象去远游，有了想象的抵达才可以扎下自由的根基。"至此，似乎还停留于理论和抽象，只是说出了想象诞生的动力和环境。那么，想象到底是怎样展开它的翅膀的。刘恪首先定义想象："想象是非原物的，它是增值的，改装的，略缩的，变形的。"接着，他又以树为例，为我们完整演绎了一次文学想象："树的想象要逸出树的自身……我们说了，想象要有异于自身而增值的东西。树变成非树。树不是树是什么，是生命形态的一种执着表演，它以高于云层的心情阅万世的流芳，揽百年之逸事，人事沧桑在树的躯干里听到了回想，伸出无数只手臂，向天敞开，它对日月星辰，云雾水滴的交融，倾诉。树是大地对天空鸣唱的一部固体音乐，它耸身一摇倾泻而出的是绿色的音笛，飞扬则行云，坠下则雨滴，汇成音响的河流，流动的是树的灵魂。"这就是想象。这就是永远动人心魄的想象之美。在这鲜活的想象中，刘恪进一步深入词语想象，认为有两类写作者，一类对词语已经麻木，只是把词语当作砖瓦一样的东西，堆砌起来；另一类将词语当作血肉，每一个词语都是一个庞大的世界，充满了无限魅力。一个词语是一生的心血。不言而喻，前者的写作生命实际上已经停止。而后者，在与词语的对望中，在对词语的想象中，让创作成为舞蹈、倾听和歌唱。

我们时时都在说文化。可如果有人问：什么是文化？我们能说得清楚吗？刘恪深知它的丰富性、含混性与包容性。因此，面对这一词语，主要运用知识和理论这两大武器。他对现代主义和后现代主义的分析和批评，精到而又严密，体现出了他的理论修养和批评水准。而在清算现实主义时，我们甚至可以感觉到他的激动，他的不可抑制，他的势如破竹：竟像机关炮似的一下子射出了六发炮弹，每发都击中了要害，充满了理论激情和批判锋芒。俨然一位雄辩家和演说家，思辨能力和演说能力都发挥得淋漓尽致。这不禁让我想到了讲坛上的刘恪教授。对于传统，对于时尚，对于空间，对于基本人格，刘恪也都有着自己鲜明的观点。如此谈论文化，底气十足，同时又毫不做作，毫无保留，让人觉得实在过瘾，大开眼界。刘恪还特别强调我们必须重视乡村文化，因为它是我们心灵深处的无意识力量，是我们的文化起点，是人生的根基，有着巨大的凝聚力。不同于其他词语，这一词语写得密集，凝重，激昂，速度极快，洋溢着理性色彩和知识光芒。

翻到身体词语时，说实话，我的心中带着某种好奇。我想看看刘恪究竟能把身体写到什么地步。因为，说到身体，一不小心，就会险入狭隘、庸俗或虚伪。刘恪一开始就站在了极高处："世界是什么？世界是我们的身体。我们的身体便是世界灵魂的表述。"如此，便确立了一个广阔的身体概念。我们于是明白世上所有事物都有身体。有生物的身体，无生命的身体。血肉的身体，物理的身体。自然的身体，社会的身体。价值的身体，理性的身体。审美的身体，生命的身体。甚至水也是一个身体：

"把人类的童年洗涤干净，也把自己清纯，于是它经过了风云的循环，在岩石和沙砾中，淘洗祖宗抄录的经典，阴影透过水滴送递，保存了自己复杂的姓氏。水没有苍老，力量在山谷之中储存，保持旋涡般的记忆，手足遍布大地的内部，无论埋没多少世纪，你的眼睛依然清亮如故。"紧接着，刘恪又进入局部，进入细节，一一描述了头脑、脸面、眼睛、鼻子、耳朵、嘴等各种器官。身体充满了悖论。中部器官最最重要，却长期遭到忽视。刘恪的观点一针见血：中部器官包括乳房、臀、生殖器，往往涉及性，涉及道德因素和社会禁忌，因此，人们只好止步不前。但刘恪没有止步不前，而是把目光投向了女性乳房：最容易受到异性抚摩的地方，最能体现女性优美体态的地方。不仅是优美，还有悲哀，还有沧桑，还有时间感叹和生命遗憾，就这样，一对乳房，被刘恪写出了无限的意味。身体还充满了残酷。为了生存，所有动物身体，尤其是人类，都需要吞食其他生物和动物的身体，有时甚至是自己的同类。"人类战争铁证如山。"读到此处，我感到悲凉的气息在空中弥漫。身体引发种种的欲望。而欲望既有推动的力量，也有毁灭的力量。我们就在这样的矛盾和悖论中生存着。说不清道不明的身体。因此，我深深理解刘恪的无奈："我是身体的文盲。"我们都是身体的文盲。

《词语诗学》不太容易归类。我也不太愿意将它归类。实际上，任何归类都会显得过于简单和狭隘，有遮蔽和偏颇的危险。我倒更愿意称它为一部杰作，或者一件艺术品。只有这样，才能维护它的丰富性和艺术性。在读《词语诗学》时，我又恢复了青春时代的习惯：一边读，一边记。情不自禁。记下那些精彩的段落和句子。这样的段落和句子在《词语诗学》中俯拾皆是，有些简直就是格言和警句，不禁让我想到拉罗什福科、蒙田、帕斯卡尔、齐奥朗等欧洲文学家和思想家的著作。

"记忆，是思维的双刃剑。记忆是历史，是传统，是恶魔，它也是一个沉重的负担，所以向过去告别，从本质上说是不可能的。""准确只是记忆一个相对的特性，而偏移却是记忆确凿无疑的特性。也许因为有这种功能，记忆里有幻想与想象，这倒成全了记忆的创造能力。""艺术家的任务：修复人类的感觉，使之成为审美创造。医学家的任务：修复人类感觉，拯救人类身体。""古典主义诗人把忧郁写在诗中。现代主义诗人把忧郁写在诗的背后。"这些精练而优美的句子闪烁着词语之光，思想之光，是长期思索的结晶，是孤独高处落下的果实，让人拍案叫绝。它们还不时地透露生命的秘密，写作的秘密。谈论记忆，刘恪便说出了一个秘密："我有一个经验，在激活记忆时写下的想象，把它放置一旁，假以时日之后，再来阅读自己的文本，你会觉得陌生与精彩，感叹记忆里留下了闪光的东西，那么你的写作就是成功的，最好的；如果再阅读时它的全部信息都在你的记忆里熟悉，那样的写作基本上是失败的。"

在探究词语时，刘恪融入了许多人生体验。这顿时让他的文字有了活力，有了生命气息和灵魂色彩。就好比一幅画有了人的踪影和气息。就好比一个女人有了曲线、表情和声音。就好比一棵树因了风而开始微微摇曳。我特别喜欢听刘恪讲述自己生命中的故事。这些故事穿插其中，既能调节文字的节奏，又能丰富文字的韵致，还能增加文字的生动性和可读性。文本也因此变得更加饱满，艺术，充满了灵性。

这本书里涉及太多的学科，太多的领域。像一项跨领域、跨学科的庞大而又艰巨的工程。面对它，读者确实容易产生晕眩的感觉。有几位文学博士在读这部作品时，首先感到眩晕，随后便是折服。我能想象他们的阅读感受。如果没有足够的知识储备和扎实的知识结构，如果没有硬功夫，刘恪肯定对付不了这样的工程，做不出这样的绝活儿。

平时，除了教书和写作，刘恪几乎把所有时间都用在了读书上。一川先生在刘恪作品研讨会上，有一段描述，实在是传神，让我难以忘怀："他长年孑然一身，没有万贯家财却有满腹诗书和万卷藏书。根据他在《耳镜》后记里的不打自招，他至少在湖南故乡、北京、廊坊和开封四地都私藏上万册图书，中外文学作品、文论著作及其他人文社科书籍几乎应有尽有，何其奢侈！说到生平嗜好，他可谓非烟、非酒、非茶、非肉、非玩、非家……之人，仿佛整个人除了书就还是书。好一个生来就如此好书的亡命之徒！记忆中，我同他的交往似乎每次都离不开逛书店，而逛书店就少不了看书、聊书和买书。京城的昊海楼、第三极书局、风入松、万圣书园、盛世情、中关村图书大厦、三联书店、琉璃厂古籍书店等以及地坛书市，是我们时常光顾的地方。我发现他真是那种见不得好书的好书之徒啊，一见就两眼放光，买！那劲头简直就是收藏家见了稀世珍宝！有时甚至还主动替我及其他朋友买来他认为我们应该读而又没有来得及买的书。开始我还劝他审慎一点，例如最好少买一点跨学科的东西。买那么多书干吗呢？你一没地方放，二没那么多精力去读，何必？何苦？但他总是跟我辩，解释说小说写作总是需要知识积累和参考之类，逼急了就干脆一笑置之，仍然我行我素，所以后来我就一律不劝了。简直一个书迷、书呆、书痴！他就是这么手不释卷，读书、买书、写书、聊书、藏书皆成癖，我只好据此把他形容为一个所谓'五书主义'者了。当然，现在也可以加上教书一项，那他就成了'六书主义'者了。"如此看来，刘恪一直在积累，在修炼，在摩拳擦掌，随时准备着出击，喷发。

　　攻读过古典文学，对外国文学了如指掌，喜欢绘画、音乐和电影，钻研过物理学、天文学、考古学，长期为中央电视台《科技博览》节目撰稿，天哪，刘恪长着怎样的一个大脑！我惊讶于他深厚的学识，同样惊讶于他的想象力和创造力。还有他姿态和角色的自如转换。生活中，刘恪普通得不能再普通了，甚至还有点木讷，有点土里土气，绝对不合时宜。我总说他笨，生活上太笨。十多年前，家里就摆着一台电脑。那时，电脑可是奢侈品。不是人人都能买得起的。他用台布严严密密地盖着。贵重的用品，自然要爱惜。再后来，又有朋友赠他一台笔记本。他将它珍藏在柜子中的柜子里，小心翼翼地加上了三把锁。更贵重的用品，自然要更加爱惜。我们总是对他讲述电脑的种种好处，总是催促，甚至逼迫他学电脑。好几次，他也答应要学，并且像模像样地摆好了架势。家里搁着两台电脑，不学实在说不过去了。我们一直期待着。一年，两年，十年，十五年，时间在流逝。有一天，他拿了个三寸软盘，从石景山穿越整个城市，来到我家，嘱我帮他发篇稿子给《芙蓉》杂志。我说马上就发。这时，他在一旁说话了："不行，今天不行，今天是周末，办公室没人，收不到的。他们周一上班。那边一有人，我就电话通知你。你就等我电话吧。"真叫我哭笑不得。

　　然而，一反于生活常态，只要一进入书本，他立马就信心十足；只要一进入文字，他立马就神采飞扬，仿佛变了个人。《词语诗学》中的刘恪真是风流倜傥，潇洒至极：有时，他在沉思；有时，他在飞翔；有时，他又在穿越，在舞动；速度、节奏、声色和起伏都听从他的召唤和掌控。好一个文字的君主。有时，感觉他是梦想家和历险者；有时，感觉他是理论家和哲人；有时，感觉他是建筑师和雕刻家；有时，他又当起了心理医生和分析师，开出各种各样的方子。当然喽，更多时候，他还是回到了作家的本色，诗人的本色，在让文字言说，在通过文字命名。本质上，我始终觉得刘恪是个诗人，是诗人小说家，是诗人学者，或者全面地说，是诗人学者小说家。他的文字中总是弥散着挡不住的诗意，有些简直就是诗："我看到许多灵魂的面影：一朵花凄清凋落，一张紫红艳丽的脸，在日落的草丛、坟岗。灵魂飘动白色的幡，幽谷里蓝色的花与粉红的香，混合成滚动的箫声，长长地迂回在石头的缝隙，洞穴里贴壁的苔藓与泡沫下的蝌蚪，散发出腐败、酸重、黏稠的气息，在自然的迷宫里进行一场神秘的约会。时间的耳朵是伸在风中的漏斗，把色彩过滤成彩丝的河流，长牙齿的土地上，一场神圣的祭奠，抓住天空的手，拧碎几颗星星散成珍珠粉，相信启示的光芒照亮海底。"

日常状态，生命体验，学术考古，这三个维度，三个层面，三种兵器，融为一体，便是一条条通道，幽深，曲折，却敞亮，可靠，沿着知识、审美和研究的方向，抵达词语的深度和高度。风景无限。许多见解独到，而新鲜。他甚至提出词语就是事物的本质直观，就是人生诗意的审美，就是一部学术史，就是一种权力。"词语是一个建筑师，构造了许许多多的乡村别墅。"在相当程度上，这部七十余万字的著作便是刘恪创作中最重要的文字建筑。

刚刚获得诺贝尔文学奖的法国作家勒克莱齐奥在其演说《在悖论的森林中》说："作家、诗人、小说家，都是一些创造者。这并不是说他们创造了言语，而是说，他们使用言语创造了美、思想、形象。因此，人们不能没有他们。言语是人类最最无与伦比的创造，她牵引一切，分享一切。没有了言语，就没有科学，没有技术，没有法律，没有艺术，没有爱。但是，这一发明创造，若是没有了说话者的支撑，便变得虚无缥缈。它就会贫血，萎缩，消失。作家，从某种方式上说，就是它的守护神。当作家写出了他们的小说，他们的诗歌，他们的戏剧时，他们就让言语活着。他们并不是在利用词语，相反，他们是在帮助言语。他们颂扬它，磨炼它，改变它，因为言语因他们、通过他们而活着，并伴随着他们时代的社会或经济变化而变化。"在深夜，读到这段话，我感到安慰，温暖，心中涌起了某种他乡遇知音的欣喜。我想说而没能说出的话，勒克莱齐奥说出了。这是一种敬意。作家对作家的敬意。这段话用在刘恪身上，用在刘恪的创作上，实在是最恰当不过了。

"一个人，孤独。仅仅因为他是生命个体。"这是刘恪的清醒。他从不通过大众饮品来回避孤独。他甚至有意识地创造孤独。创作需要孤独。创作本质上就是孤独的。在创作中，孤独能成就独特，它甚至就是独特的代名词。孤独深处，思想和想象之花怒放。"所有的人都散去，剩下我自己，独立于高山之巅，孤舟海流，站在风口浪尖，幽谷之中的旅程，清风独语，告别白昼，在漫漫的黑夜里，我一个人，依旧前行。"短短几年，刘恪竟然就有五部著作接连问世，这是怎样的一种奇迹。可我知道，刘恪本人更知道，这绝非偶然。它们背后是厚重的孤独。如果刘恪要感激什么的话，我觉得他最该感激的恰恰是孤独。

每每想到刘恪，想到刘恪的写作，我的心中都会出现一个坚守者、开拓者和牺牲者的多重形象。一个把文学当作中心的人。一个把书当作情人的人。一个把写作当作命根子的人。一个宁可要写作，也不要老婆的人。一个既有古典情怀，又有先锋姿态的人。一个坚信自己的道路、在拒绝中成长和突破的人。这样的人，当今作家中，还能有几个？坦率地说，刘恪的写作，刘恪的价值，刘恪的意义，都远远没有被时代所认识和重视。这不是刘恪的悲哀。这是时代的悲哀。

2008 年 1 月 20 日深夜初稿

2008 年 1 月 23 日中午定稿

阅读之光，渗入时间的缝隙

　　阅读需要宁静，阅读又带来宁静，因此，对于总是处于紧张和忙碌中的人们，阅读实实在在是一种理想的身心休养。也因此，每每盘点阅读，我总会首先心生感激之情：幸好我们还有阅读。

　　清楚地记得，年初，意大利女作家达契亚·玛拉依妮的长篇小说《小女孩与幻梦者》（孙双译，人民文学出版社 2018 年 5 月出版）就伴随着我度过了一个难忘的周末。我当时看的还是电子稿，可以算是该小说中文版的第一读者。这是部你恨不得一口气读完的小说，故事简单，但层次和内涵却极为丰富。主人公萨比恩查是一位悲伤而孤独的教师：年幼的女儿因白血病夭折，妻子也最终离他而去。一天，他梦见一个穿着红衣的小女孩，和他女儿走路的姿势一模一样，他不由得呼唤了一声，小女孩回过头来，他发现那并不是他女儿。在他醒来后，碰巧听到了收音机里的一则寻人启事："一个身穿红色外衣的女孩在上学的路上失踪。"失踪的女孩竟然和他梦中的姑娘一模一样。而梦中的姑娘又与他失去的幼女十分相像。梦境就这样神奇地和现实纠缠在了一起。他仿佛听到了天上女儿的召唤，因此就在案件几乎不了了之时，亲自介入，开始艰难而执着的破案之旅。故事也就自然而然地循着侦探小说的节奏向前推进。但女作家显然并不满足于讲述一个侦探故事。小女孩失踪案所涉及的社会问题、心理问题、教育问题、家庭问题等使得原本可能简单的故事变得格外复杂、厚重和丰富。女作家还特意虚构了一只飞禽陪伴着主人公，时时和他对话。这只飞禽分明是主人公的另一个自我，以生动和自然的方式，展示出主人公细腻复杂的内心世界。《小女孩与幻梦者》最大的动人之处还在于它所专递的信息：同情，爱，担当，责任，坚定和希望。而这些正是当今社会和世界最最需要的。

　　回顾一年的阅读，赫拉巴尔是个绕不过去的名字。自去年起，花城出版社"蓝色东欧"译丛接连推出赫拉巴尔的《温柔的野蛮人》《绝对恐惧：致杜卞卡》《雪绒花的庆典》和《严密监视的列车》等多部作品。读赫拉巴尔，再读赫拉巴尔，于我，总是无比美好而愉悦的事。我在内心早已称他为永远的赫拉巴尔。永远的赫拉巴尔也是可亲可爱的赫拉巴尔。他的姿态，他的讲述，他的目光，他的想象，他的形象，哪怕他的絮叨，他的闲扯，都散发出迷人的捷克味道和浓郁的亲人的气息。我知道，无论于捷克的众多读者，还是于中国的无数粉丝，赫拉巴尔都是位亲人般的小说家。赫拉巴尔从来只写普通百姓，特殊的普通百姓。他将这些人称为巴比代尔。巴比代尔是赫拉巴尔自造的新词，专指自己小说中一些中魔的人。他说："巴比代尔就是那些还会开怀大笑，并且为世界的意义而流泪的人。他们以自己毫不轻松的生活，粗野地闯进了文学，从而使文学有了生气，也从而体现了光辉的哲理……这些人善于从眼前的现实生活中十分浪漫地找到欢乐，因为眼前的某些时刻——不是每个时刻，而是某些时刻，在他们看来是美好的……他们善于用幽默，哪怕是黑色幽默，来极大地装饰自己的每一天，甚至是悲痛的一天。"这段话极为重要，几乎可以被认作是理解赫拉巴尔的钥匙。巴比代尔不是完美的人，却是有个性、有特点、有想象力，也有各种怪癖和毛病的人。兴许正因如此，他们才显得分外的可爱，饱满，充满了情趣。《温柔的野蛮人》中的语言狂欢和友情表达，《绝对恐惧：致杜卞卡》中的

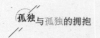

私密情感和思想光泽，《雪绒花庆典》中的奇妙故事和个色人物，《严密监视的列车》中的人性挖掘和紧张节奏都构成了独特的魅力。我想稍稍谈论一下《严密监视的列车》。这部小说集由《严密监视的列车》《小汽车》和《中老年舞蹈班》三个中篇小说组成。其中《严密监视的列车》无疑是整部小说集的灵魂和支柱。《严密监视的列车》真的是以列车行驶的节奏推进的，渐渐地加速，直至紧张和急速。这一回，赫拉巴尔的笔下是二战时期捷克一座小火车站的几名职员，依然是些普通百姓。小说中的列车调度员胡比齐卡就是一个典型的巴比代尔。胡比齐卡风流成性，绯闻不断。他还有个怪癖，每回与车站女电报员风流之后，喜欢在女电报员的屁股上盖上一个又一个火车站的戳，连日期都不落下。然而正是胡比齐卡，在关键时刻，凭借智慧和勇气，不惜牺牲自己的生命，炸毁了德军运送武器弹药的"严密监视的列车"。人性的复杂、幽深和丰富，渐趋紧张的节奏，极有味道的语言，让《严密监视的列车》格外好看和耐看。读赫拉巴尔，我们不仅会笑，也会感伤，甚至会哭。赫拉巴尔还满怀敬爱，将语言和细节提升到了诗意的高度。这既是小说的诗意，也是生活的诗意。

我承认，出于欣赏、敬佩和友情，我一直关注着翻译家余泽民的翻译和写作状况。余泽民曾给我看过一张照片，照片中的他于深夜一手抱着一岁多的儿子，一手在做翻译。几十年来，余泽民就是在如此艰难的情形下翻译出一部又一部匈牙利文学作品的。而且他常常瞄准一些特别的作品，一些极具挑战意味的作品。《撒旦探戈》就是典型。2018年，他又翻译出版了匈牙利女作家萨博·玛格达的小说《鹿》（花城出版社2018年6月）和匈牙利作家马利亚什·贝拉的小说《天堂超市》（花城出版社2018年7月）。此前，我们已读过萨博·玛格达的小说《壁画》

（舒荪乐译，花城出版社 2018 年 3 月），那是部典型的意识流小说。这样的意识流小说假若在上世纪七八十年代译介到中国，定会引发极大的关注。用此手法写成的小说，隐隐约约，时空倒错，线索交织，有神秘气息，需要读者互动，也需要反复阅读。相比于《壁画》的多种声音、多条线索和多个人物，《鹿》则专注于一个人的心理和故事。出色的女演员艾丝特出生于没落贵族家庭。战争，贫困，社会歧视，家庭情感的匮乏让她丧失了信仰、生活热情和爱的能力。无论境遇的改善，还是爱情的降临，都难以唤醒她内心美好、善良的一面，都无法令她摆脱那个阴暗可怕的自我。她最终走到了杀人的地步，而且杀了爱她的人，从而也等于将自己判处了死刑。我想用“极致”来形容《鹿》：极致的细腻，极致的微妙，极致的纠结的情感，极致的人物。《鹿》的主题实际上是嫉妒。嫉妒让一个女人变态，分裂，极端。马利亚什·贝拉的《天堂超市》则全然是另一种风格，具有喜剧色彩，手法夸张，节奏疯狂，想象力旺盛、生猛，矛头直指天堂和上帝。世上本无天堂，所谓的天堂兴许比地狱更加恐怖。作者显然想颠覆天堂的概念，并提醒人们踏踏实实地活在人间，活在当下。

　　我的目光也会不时地投向一些中国作家的作品。《悲欢的形体：冯至诗集》（新星出版社 2018 年 4 月）、钟立风的《弹拨者手记》（上海三联书店 2018 年 8 月）和刘亮程的《捎话》（译林出版社 2018 年 10 月）便是其中的三部。

　　《悲欢的形体：冯至诗集》由冯至的女儿冯姚平亲自编选，涉及冯至一生的诗歌创作。由于深刻了解冯至的创作走向和人生轨迹，该诗集呈现出客观、真实、清晰、准确、精练又极具代表性的品质，值得信赖，可以帮助读者贴近诗人冯至的诗歌天地和生命世界。正因如此，我以为，《悲欢的形体：冯至诗集》不仅是一部诗歌小结，还是一部精神小传和人生小传。冯至是《世界文学》老主编，我曾有幸目睹过他的风采，聆听过他的教诲。因此，每每读先生的作品，总是既感到一种文学享受，又感到一种心灵慰藉。

说到钟立风，我总是难以掩饰发自内心的喜爱和欣赏。作家和音乐人的双重身份让他、他的文字以及他的音乐具有某种特别的魅力。他力图打通文学和音乐的边界，通过文学激发音乐的灵感，反过来经由音乐表达文学的意蕴。于是，一种奇妙的情形出现了：读他的文字，你能感觉音乐在讲述；听他的音乐，你又能感觉文思在流淌。读《弹拨者手记》，我惊叹于钟立风宽阔的艺术视野和独特的思维方式。"一幅山水画里，我们看到一棵树，一座悬崖，一只飞逝而去的鸟的影子，一个很小很小的踽踽独行的人……我们迷恋着这些看得见的精致，但更加令我们心里暗涌的是这些精致内深藏（弥漫）着的某种难以言说的意蕴（气韵）——看不见的神秘。"钟立风写道。这些思绪不禁让我想到罗马尼亚尼亚诗人斯特内斯库所说的"思想的影子"，有着说不出的美妙和味道。

临近岁末，读到《捎话》，感到一阵惊喜。这真是一部奇书，中国文坛罕见的小说，一则饱满、丰富、意味无穷的寓言，有着荒诞色彩和梦幻气质，有着无数让人拍案叫绝的细节，充满了想象力、洞察力和穿透力。作者打通所有界限，将创作自由发挥到了极致。语言洗练，清晰，传神，有节奏感，有不动声色的幽默，同时又充满诗意，哪怕是残酷的诗意。整部作品弥漫着一种令人揪心的哀伤和悲凉气息。不少细节意味深长，令人难忘。比如放屁报复行动，比如乔克努克将军脸上的两种表情、说话时的两种声音、目光中的两种眼神，比如妥的头和觉的身的对话，再比如人变成羊的过程，等等，等等。战争，语言，历史，信仰，自由，权利，束缚，欲望，灵与肉，人与社会，人与动物等都是《捎话》所涉及的主题，一句两句实在难以说清。而且许多寓意只可意会，难以言传。倒是作者本人的一番解说道出了天机："一个好故事里必定隐藏着另一个故事，故事偷运故事，被隐藏的故事才是最后要讲出来的。用千言万语，捎那不能说出的一句话。小说家也是捎话人，小说也是捎话艺术。"

译林出版社以译介外国优秀作品而闻名遐迩，近几年来，开始关注并出版国内优秀作品。译林出版社出版国内作家作品，无形中已有一个标杆，那就是那些世界文坛最优秀的作品。我主要从事译事，也是捎话人，因此，特别希望这部书能译介出去，让外国读者领略中国作家特别的幽默、想象、思索和表达，让外国读者听听中国作家最想捎去的那句话。我相信《捎话》即便放到世界文坛也毫不逊色，完全可以代表中国文学。

信息时代，在紧张和忙碌中，我们的时间已被分割成无数的碎片。然而，就在这些时间碎片的缝隙中，阅读之光渗入，给我们的生存涂抹上一缕缕诗意的光泽。这是我们的幸福。

2018 年 12 月 19 日夜

阅读·成长·岁月

一

　　说来惭愧，在童年和少年，几乎没读什么书，连小人书也没怎么读过。这样的空白，自然同社会环境有关。那时，只知道白相，整天都白相。童年和少年就是一个大游乐场：游水，打水仗，抓螃蟹，拍烟盒，前门压过凤凰，中华压过前门，抽"贱骨头"，滚铁圈，抽丝瓜藤烟，跟随大人到太湖去钓鱼，打野鸭……虽然没读什么书，却能时常感受田野、林子和湖泊。因此，我曾在多种场合郑重声明：我从不说我的童年很贫乏。我的童年有着另一种丰富。一种书本无法提供的丰富。

　　真正的阅读，从大学开始。主要利用寒假和暑假，读一些课本以外的书。少年时代接近尾声，青春年华刚刚开始。步入青春，也就懂得了忧郁。因此，也可以说，对我而言，真正的阅读，从忧郁开始。

　　80 年代初，有几本书在社会上流传，半公开，半地下，带着几许神秘色彩。其中就有《第二次握手》和《人啊，人》。是姐姐借来的。姐姐读完，才轮到我读。那是一种启蒙阅读。爱情，第一次，以文字的形式，展现在我的面前，美丽，但又忧伤。还有诗意。还有想象之美，词语之美，思辨之美。至今，还记得《第二次握手》中的丁洁琼和苏冠兰。琼姐，兰弟，他们互相称呼。让人羡慕。有段时间，我总梦想着自己就是兰弟，就是一段曲折爱情的男主人公，念念不忘心中的琼姐。我的琼姐在哪里？忧郁中，我一次次发出这样的呼唤。琼姐是天上的，永远也呼唤不到。而《人啊，人》带给我的是诗与思。不同的人在讲述。好像都是些有品位、有思想的人，有大学老师，有小说家，有诗人。不时地，总会运用诗句，总会闪出思想的光辉。我几乎一边读，一边记，把那些打动我的诗句和警句都记在本子上。记诗歌，记格言、名句和精彩段落，是我青春年代的一大热情。竟然记了好多本。至今还保存着呢。在江南的细雨声中，读这些文字，记这些文字，忧郁、诗意和梦都在增强，蔓延，最后同雨融合在了一起。

二

大学学习，紧张，而又充实。我们那批学生，好像都异常用功，好像都有着隐秘的动力。确实有动力。外语学院，班级一般都不大，一个班也就十几个学生，差不多一半女生，一半男生。女生和男生，总会自动组成学习小组，一道做功课，一道上图书馆，一道练习外语会话。如此，许多男生和女生练着练着口语，最后终于说出了那句用外语比用母语更容易说出口的话："I love you！"光我们那个班，就成就了三个幸福的家庭。如今，他们的孩子都长大了。我祝福他们。

我始终没有寻到心中的琼姐。也好。一门心思读书吧。在紧张学业的空隙，阅读，成为调剂和滋润。也有提高修养的意图。徐志摩，戴望舒，冯至，卞之琳，李金发，郭小川，艾青，朱光潜，歌德，普希金，司汤达，雪莱，勃朗宁夫人，泰戈尔，波德莱尔，莎士比亚，等等，等等，都是在校园环境中读到的。都是些名家名著。并不是每个都读得那么投入。有些读得有点稀里糊涂，似懂非懂。普希金、密茨凯维奇、泰戈尔、爱明内斯库们更能吸引我。总体上，诗歌作品读得多些。常常，一首诗，甚至几行诗，就能确定我对一位诗人的喜爱。徐志摩的《再别康桥》。戴望舒的《雨巷》。卞之琳的《断章》。郭小川的《团泊洼的秋天》。普希金的《致凯恩》。密茨凯维奇的《犹豫》。泰戈尔所有的散文诗，尤其是他的《游思集》，都让我爱不释手。他的节奏，很长一段时间，左右着我的写作。一写东西，就是那种节奏，想摆脱都难。而对歌德，读小说《少年维特的烦恼》还好些，读诗歌，却怎么读都没有感觉，怎么读，都读不出他的好。肯定是我的问题，是我的境界还不够高，无法领会歌德的伟大，我当时就那么想。

到新华书店，也总是盯着诗集。漓江出版社的《西方爱情诗选》就是在那时买到的。小开本，很轻巧，不到三百页，定价为 0.8 元，发行量竟达到了几十万册。那可是本珍贵的书，几乎伴我度过了大学时光。一翻开那本诗选，我就意外地读到了马克思的两首诗《给燕妮》和《思念》，惊诧不已，都有点不敢相信自己的眼睛：

> 燕妮的名字，哪怕刻在沙粒般的骰子里，
> 我也能够把它念出！
> 温柔的风送来了燕妮的名字，
> 好像给我捎来了幸福的讯息，
> 我将永远讴歌它——让人们知悉，
> 爱情的化身啊，便是这名字燕妮！

如此火热的句子，唯有热恋情人才能写得出来。马克思居然也谈恋爱，而且那么情意绵绵。我顿时感觉这位伟人有了血肉，亲切了许多，激动之下，还写了条眉批："原来马克思也是人啊。"

三

"朦胧诗"也是在校园读到的。感受到巨大的冲击，言语难以描述。这种冲击有诗歌的，更有人性的。是审美的一种颠覆，也是心灵的全新体验。

当时，北岛和舒婷们的许多诗作我都能倒背如流。"卑鄙是卑鄙者的通行证/高尚是高尚者的墓志铭/看吧，在那镀金的天空中/飘满了死者弯曲的倒影。"这才是真正的诗歌，冷峻，犀利，悲壮，富有征服的气势和反抗的精神，紧紧抓住了我的心。这样的诗句，朗诵起来实在过瘾。我大概就是在那时喜欢上朗诵的。也喜欢听朗诵节目。诗歌就该发出声音，发出声音，才是诗歌。那时，电台常常播放配乐诗朗诵节目。因此，许多诗歌我是首先听到的，然后再去找来读。电台曾将舒婷的《祖国啊，我亲爱的祖国》制作成配乐诗朗诵节目，反反复复地播。我反反复复地听，边听边随着朗诵，每一次，都泪流满面，如痴如醉，就像深深进入了角色，需要好一会儿才能让自己回过神来。那就是诗歌的力量。如今，时隔近三十年，再听这首诗，不知是否还会有如此的感动。

春风文艺的《朦胧诗选》和老木编选的《新诗潮诗集》几乎成为我随身携带的书本。后来，一个午后，在诗人陈敬容先生家见到老木，为了《新诗潮诗集》，我向他表示了敬意。去美国访学时，行李限制的缘故，只能带几本书，我毫不犹豫地挑选了《朦胧诗选》。在异国他乡，孤独的时刻，思念的时刻，无聊的时刻，大雪封门的时刻，甚至想吃饺子或馄饨的时刻，总要捧起它，读上几首自己喜欢的诗。《朦胧诗选》外，我还带上了树才和莫非的诗歌，刘恪的诗意小说。读朋友的文字，

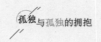

倾听和诉说，仿佛在同时进行，有着另一种温暖和安慰。

80年代真是金子般的年代：单纯，向上，自由，叛逆，充满激情，闪烁着理想主义的光芒。那时，我们穿喇叭裤，听邓丽君，谈萨特和弗洛伊德，组织自行车郊游，用粮票换鸡蛋和花生米，看女排和内部电影，读新潮诗歌，推举我们自己的人民代表；那时，学校常能请到作家、诗人、翻译家和艺术家来做演讲。有一次，北岛来了，同几位诗人一道来的。礼堂座无虚席。对于我们，那可是重大事件。我们都很想听北岛说说诗歌。其他诗人都说了不少话，有的甚至说了太多的话，可就是北岛没说，几乎一句也没说，只是在掌声中登上台，瘦瘦的、文质彬彬的样子，招了招手，躬了躬身，以示致意和感谢。掌声久久不息。北岛坚持着他的沉默，并以这种沉默，留在了我的记忆中。我们当时有点失望，后来才慢慢理解了他。诗人只用诗歌说话。北岛有资本这么做。

无论在人生的道路上，还是在诗歌的道路上，"朦胧诗"都对我起到了革命性的影响。

四

不知为何，阅读总是让我想到冬天，想到冬天的夜晚。仿佛唯有冬天，唯有冬天的夜晚，我才阅读。雪，壁炉，打开的书页，宁静中细小的声响……这幅冬夜读书图，更多地来自想象，来自诗歌，来自闭上眼睛的那一刻。它，那么温馨，像一个梦，更是一种诱惑，吸引着我的内心。

没有壁炉，只有台灯，各种各样的台灯。台灯散发的光芒，无疑，能营造梦幻的氛围。一定要拉上窗帘。那样，你就完全沉浸在自己的梦幻世界里了。有些东西，我总是顽固地喜欢，直到现在都喜欢，比如笔

记本，比如钢笔，比如台灯。记得考上大学时，众多亲朋好友送来各种
礼物。什么都有。有洗脸盆，有毛巾，有全国粮票，有帽子，也有笔记
本和钢笔。我满心欢喜地接受着那些礼物，见到笔记本和钢笔时，眼睛
就会发亮。那些笔记本上往往还都有赠言。"勇攀科学高峰"是 80 年代
流行的口号，人们常常用来当作赠言。那些笔记本和钢笔，我如此的喜
欢，都不舍得用，被我视为纪念品，长时间收藏着。当时，好像没有人
送台灯，也许是考虑到路途遥远，不便携带的因素。再说，台灯，在那
时，还是件奢侈品。

　　还是朋友为我做了盏台灯。一件特别的礼物。我将它带到了北京，
放在了宿舍里。冬天，基本不去图书馆，就在宿舍读书。台灯一亮，立
即就能进入宁静状态，立即就能集中所有的注意力。真是神奇。神奇的
灯光，和阅读融为一体，成为阅读的一部分。北方的冬夜，漫长，寒
冷，灰蒙蒙一片。这让我对台灯生出了某种依赖。温暖的依赖。

五

　　看电影和杂志，其实是另一种阅读。绝对是的。80 年代，又逢青春
时期，谁又能否认电影和杂志的深刻影响。青春的目光里总有着幻想和
渴望，挡也挡不住的，尤其在看罗马尼亚电影时。《多瑙河之波》《沸腾
的生活》《神秘的黄玫瑰》，头一回看到了金发女人，真正的女人，穿着
泳装，在沙滩上奔跑，胸脯高高的，腿长长的，性感，迷人，让人热血
沸腾，心中生出种种的幻想。

　　没想到，电影中的金发女人从屏幕中走了出来，径直来到了我们的
面前，教我们罗马尼亚语。先是弗洛里奇格夫人，穿着大喇叭裤，足蹬
高跟鞋，胸脯高高的，腿长长的，总是红扑扑的脸蛋，如此的美丽，动

人，我都不敢直面，只是低着头，一遍遍跟随着她读单词，读课文，不时地，偷偷抬头看她一眼。罗马尼亚语中，弗洛里奇格，有玲珑花朵的意思。好一朵玲珑花朵啊，向我们展现出了生命的美。接着是丹尼洛夫夫人，白皙，饱满，气度高贵，另一种类型的美女。她把我们当孩子，开心的时刻，喜欢摸一下我们的头。我多么愿意被她摸一下头啊。那简直就是奖赏。有段时间，丹尼洛夫夫人外出办事，总是叫我陪同当翻译。当然很乐意去。每回，任务完成后，夫人都会邀请我到友谊宾馆他们家中小坐一会儿，吃点点心，喝点咖啡。此刻，回忆起来，我都依然能闻到浓郁的咖啡香呢。二十多年后，我到罗马尼亚工作，本该去看看两位女老师的，可内心一直复杂，矛盾，犹豫，最终也没成行。我是在怕时间。怕时间会摧毁她们在我心中的美好形象。

待看到法语系的内部电影时，罗马尼亚电影就被搁置到了一旁。礼堂总是挤得满满的。其他系的男生都涌来了，怀着心照不宣的期待。一出现裸体的镜头，礼堂都会鸦雀无声，那么的静，死一般的静，仿佛大家都屏住了呼吸。沐浴中的女人，乳房上滴着水珠，臀部闪着光……怎么看都好看，无比的好看。乳房，臀部，都没问题，一旦有情爱镜头，放映员就会将镜头模糊掉，屏幕上只留下朦胧一团。嘘声也就会在那一刻响起。嘘也没用，放映员准是在执行严格的纪律。而这纪律又是为了"保护学生的身心健康的"。现在想想，倒也完全可以理解。

六

在幽暗中，在雪

始终没有飘落的冬天

旋律回荡

可礼堂已经空空荡荡

歌者，站在舞台中央
索性闭上眼睛
继续歌唱
仿佛在为自己而歌唱
或者，在为歌唱而歌唱

谁知道他的柔情
他的期盼，他的失落
他内心深刻而又无言的忧伤

　　80 年代，我又禁不住回到你的身边。缓慢，却单纯的时光，充满了盼望。是那种真正意义上的盼望。把时间撑得空空的，又填得满满的。每天都会一趟趟地去开信箱，看看有没有家书抵达。有时，会等半个月，甚至一个月。半个月，或一个月才等到的家书，你肯定会读了一遍又一遍。压在枕头下，放在书包里，随时拿出来读。贴着心读。读到的是几十倍的温暖，几十倍的欣慰。读着读着，就会泪流满面。然后，脸红。然后，笑。很丰富的笑。

　　想家，也是一种病：homesick。这个词，英语显然比汉语贴切。几乎期中考试一过，就开始盼着放假，盼着回家。暑假，寒假。金子的时光。无论如何都要回家。欢欣鼓舞地回家。排除万难地回家。火车再挤，路途再长，也得回家。书包里，总要搁进几本书。假期里读。可常常，也就是装装样子。一回到家，心，就散了，就飞了。聚会，见同

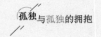

学，找邱悦，找姜勇，找慧良，找益明，吹牛皮，吃茶，逛公园，白相。紧张了一个学期，也该放松放松了。心里总能为自己开脱。那时，白相，是件朴素的事情。吃块冰砖，喝碗绿豆汤，到趟盛泽，去趟苏州，已是满心的欢喜。要是能约上一两个女同学，就更开心了。可我们都太羞涩，太胆怯。想，却不敢。见到女同学，照样低下头，擦肩而过。

而书就被搁置在写字桌上。一天，两天，十天。总觉得假期太短。一晃，还有一个星期就要开学了。赶紧拿起书本。怎么都得读上几本。否则，心里会不踏实，会自我检讨和批评。可也不能整天读书。就主动要求做饭。不会太难的。凭想象就行。我的理论是：研究生都能考上，还能学不会做饭。一上来就要做红烧肉。全家都盼着吃我做的红烧肉呢。切好肉，切好姜和蒜，倒上油，搁点盐，倒上红酱油和醋，放上点糖，再满上水。文火。慢慢炖。香味渐渐溢出了。不一会儿，已满屋飘香了。真想邀请全世界都来吃吃我这研究生做的红烧肉。偏偏这时，又捧起了书。偏偏这时，就读到了一个精彩段落。待从书本上抬起目光时，糟糕，香味变成了焦味。结果，研究生做的红烧肉，谁都难以下咽。读书害人啊，我在沮丧中感叹。

七

在北外，一共度过了八年。那是成长的关键时刻。毕业后，没去外交部，也没去经贸部，而是来到《世界文学》编辑部工作。是我自觉的选择。当然是出于文学热情和理想主义情怀。而我的文学热情，和理想主义情怀，基本上，就是在北外岁月中培育起来的。一晃，毕业离开母校，已二十多年了。可每每再次走进母校，一种难以形容的亲切和美好，会在心里油然而生。就在今年三月的某一天，路过母校，禁不住到校园里走了走。风吹着，已有初春的暖意。忽然，一些诗句，涌上了心头，那么自然，温暖，而美好：

> 风吹着，吹着，就吹开了一片岁月
> 三月，树下，面对八年
> 是怎样的结
> 让它们分开，又聚拢
> 八年，八年，这不大的校园
> 回声和脚步重叠，竟长成了竹林
>
> 我看着你，你也看着我，好吗
> 太早了，世界还未醒来
> 我们一道往回走，走到
> 那些睡懒觉的时光，做春梦的
> 时光，在操场边读书的时光
> 头一回坐火车的时光，一口气
> 吃三大碗米饭的时光，到图书馆
> 抢座位的时光，骑车带着女生
> 兜风的时光，凌晨四点
> 去看日出的时光，手捧诗集
> 在天安门国旗下约会的时光……
>
> 那些时光，飘浮着，在空气里，

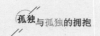

在南锣鼓巷，在老同学酒杯与酒杯的

相碰之间，如一缕笑

那么熟悉，贴心，却又烟雨般

迅即消隐

世界还未醒来。你看着我，我也看着你

2012 年 10 月 24 日修改稿

Part 4

第四部分

翻 译
LONELY

从远方，到远方

——翻译温茨洛瓦

　　从今年三月到五月，整整三个月，我都在翻译托马斯·温茨洛瓦。坦率地说，那是个痛苦多于快乐的过程，不仅仅是挑战，而且近乎磨难。我不得不从各种缝隙中挤出时间，不得不做出诸多牺牲，让自己进入高度专注的状态，有段时间，推却所有的应酬和活动，索性将自己封闭起来，一首一首地啃着温茨洛瓦的诗。焦虑和忐忑，不时地占据着内心。我就在焦虑和忐忑中度过了春天，或者更准确地说，忘记了春天。

　　译诗，本来就难。译温茨洛瓦的诗，似乎更难。这是位特别的学者诗人，受家庭熏陶，从小就饱读诗书，视野开阔，通晓好几门外语，喜欢周游世界，已走过半个世纪的诗歌写作历程，又有着丰富复杂的成长经历和生活阅历。他是昆德拉所说的那种典型的"世界性的人"。在谈到自己的诗歌写作时，温茨洛瓦说："我的诗歌写作不仅与立陶宛传统相连，也与俄罗斯以及西方的传统有关。我的诗中不乏对当时现实的抗议，当时，立陶宛被并入苏联，而这违背了大多数立陶宛人的意愿，生活时常是无望的。但是，我并未像其他许多人那样，在旧的立陶宛乡村、立陶宛历史和神话中寻求出路，我竭尽所能地让立陶宛接近欧洲和整个世界，我做了尝试，发展了都市题材。随着时间的流逝，我的诗获得了'学者诗歌'的特征，这类诗歌曾于 18 世纪在立陶宛占据统治地位，之后却很少有人写作。此类诗歌常常采用古典形式，与此同时，大多数当今立陶宛诗人却使用自由诗体。此外，我的诗中还有很多源自欧洲神话和欧洲古典文学的引文和暗示，若不加注释，当代读者并不总能理解。我于 1977 年来到西方，我感觉从这时起，我诗中的讽刺成分加强了，同样有所强化的还有史诗风格，即某种讲述历史的愿望。不过我觉得，我的诗歌风格仍是容易辨认的。我的作品中也有当代生活特征，有个人主题和公民主题，还有某些神秘、费解的东西，在我看来，诗若一览无余便不再为诗了。"

　　这段话极为关键，可视为温茨洛瓦的诗歌自述。从中，我们可以清楚地了解到温茨洛瓦的诗歌追求和诗歌风格，也可以明显地感觉到温茨洛瓦诗歌的高度和难度。温茨洛瓦在诗歌写作上采用了古典主义的形式。但他的古典主义却充满了叛逆精神和现代寓意，始终把现实当作关注的焦点，始终把故土当作诗歌的中心。个人经验在他的诗中起到了至关重要的作用。他本人也坦承："我的诗歌首先表达的是我的个人经验。"同时，他认为，诗歌本身也是民族文化的一种存在方式。所有这些让他的诗歌显得格外的沉重。他确实是一位沉重的现实成就的沉重的诗人。换一种说法，也有人称他为"在废墟上成长起来的诗人"。温茨洛瓦还强调："诗中，一切皆有意味。"也就是说，你得传达出他的所有意图，形式的，内容的，一切的一切，才算完全翻译出他。而我显然力不从心。这又加深了我的焦虑和忐忑。

　　然而，尽管焦虑和忐忑，我却始终没有想到放弃。这同温茨洛瓦诗歌本身的气息相关，也同它的主题相关。流亡，祖国，记忆，景致，使命，苦难，抗议，愤怒，诗歌，语言，生与死，黑暗，光明，悲剧，爱情，友情，亲情，等等，等等……这些主题以及温茨洛瓦对这些主题的艺术处理，构成了一个磁场。它在你翻译时折磨着你，却在你阅读时吸引着你。你仿佛面对一个自己爱恨交加的情人。爱恨交加，常常是爱的最真实和最微妙的状态。从这一意义上，也可以说，这本译诗既是焦虑和忐忑的产物，也是爱恨交加的产物。那么，译一本诗，就仿佛在谈一场恋爱。倒是挺美妙的。

五月底，勉强交出初译稿。但焦虑和忐忑并未减少多少。十来天后，内心的要求，让我决定抽出几天时间，再次修订译稿。于是，我来到青海，在高原，在黄河边，在孤寂和宁静的状态下，再次读起温茨洛瓦。孤寂和宁静，恰恰是阅读温茨洛瓦所需的最好的状态。

终于定稿。在将稿子交给出版社的时候，心想："要是给我一年，而不是三个月，这本诗集，肯定会译得更好。"再一想，这更像是一种开脱。我其实是在诚惶诚恐。因为，我自己就说过："不是所有人都能译散文和诗歌的。再严格一点说，也不是所有人都能做文学翻译的。做文学翻译，要有外文和中文功底，要有文学修养，要有知识面，还要有悟性、才情和灵气。而悟性、才情和灵气常常是天生的。此外，最最重要的是：你必须热爱。"而所有这些，我都欠缺。因此，拙译中，谬误一定不少。我期待着大家的批评和指正。

在诗集翻译过程中，诗人吉狄马加不断地给予我鼓励和支持，他对诗歌的敬畏、热爱和奉献也一次次地感动着我；学者、翻译家刘文飞将温茨洛瓦赠予他的诗集供我阅读和使用，还为我提供了不少相关线索和资料。他和温茨洛瓦有着几十年的友情，在我们和温茨洛瓦之间，他总是起着桥梁的作用；小说家刘恪、诗人树才和潇潇、翻译家松风和苏玲也以种种方式鼓励和帮助我。而温茨洛瓦先生对我有问必答，始终那么耐心，和蔼。虽未谋面，但一位睿智、儒雅的长者形象，已在我心中扎下了根。对于他们，我唯有深深的感激。

我的翻译依据的是艾伦·欣希主编的英文版温茨洛瓦诗选《连接》（艾伦·欣希、康斯坦丁·罗萨诺夫和狄安娜·塞内查尔译，血斧图书出版公司，2008年版）。对于英文版编者和译者，我也要表示感谢！

　　我还要感谢龙潭湖公园。每天，译到疲倦时，我都会到那里歇息一下身心，呼吸呼吸新鲜空气，并绕着湖走上两圈，一边走，一边想着远方。诗歌就是远方，诗歌翻译也是某种远方，是我们要努力抵达的远方，是温茨洛瓦追忆或向往的远方。人人心中，都有自己的远方。人的一生，其实，就是从远方，到远方。

　　一步一步，但愿我们能抵达我们想抵达的远方，但愿我们能不断地从远方，到远方……

2011年6月23日夜于北京

细菌的志向

——翻译索雷斯库

　　1996 年 12 月 6 日，马林·索雷斯库因患癌症逝世，享年六十。又一位过早离去的罗马尼亚诗人。罗马尼亚著名评论家尼古拉·马诺内斯库不禁悲叹："索雷斯库之死令我不知所措，令我悲痛不已。多么残酷的岁月啊！我们的诗人正一个接一个地死去。"

　　面对死亡，索雷斯库本人倒显得十分坦然。只是一次离去，和平时没什么区别：

> 他走了，没有检查一下
> 煤气是否关上，
> 水龙头是否拧紧。
>
> 没有因为新鞋挤脚
> 需要穿上旧鞋
> 而从大门返回。
>
> 从狗的身边走过时，
> 也没有同它聊上几句。
> 狗感到惊讶，然后又安下心来：

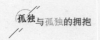

> "这说明他
>
> 不会走得太远。
>
> 马上就会回来的。"

——《离去》（高兴　译）

最后的时光，他写了不少诗，谈论死亡主题。这便是其中的一首，离去世仅仅几天。我在《罗马尼亚文学报》上读到这组诗时，有一种莫名的感动。依然的平静语调。依然的朴实手法。依然的温和气息。只是稍稍有些伤感，而适度的伤感令这组诗格外的动人。诗人在以自己特有的方式告别这个世界。我愿意郑重地称之为：索雷斯库的方式。

在罗马尼亚当代诗坛，索雷斯库享有极高的声望。他的诗歌题材极为广泛。爱情、死亡、命运、瞬间与永恒的关系、人与自然的冲突与融合、世间的种种荒谬、内心的微妙情感等都是他常常表现的主题。于是，人们会认为一定是丰富的阅历使他写出了丰富的作品。其实，他的阅历简单得几句话就可以概括：1936 年 2 月 19 日出生于罗马尼亚多尔日县布尔泽西狄乡一个农民家庭。童年和少年在乡村度过。中学期间，对文学，尤其是诗歌，发生兴趣。1955 年至 1960 年，就读于雅西大学语言文学系。诗歌写作正从那时开始。大学毕业后，先后在《大学生生活》杂志、《金星》周刊担任编辑。期间，曾到联邦德国和美国短期学习和考察。从 1978 年起，长期担任《枝丛》杂志主编。1994 年至 1995年，也就是在罗马尼亚"剧变"后，担任过罗马尼亚文化部部长。

他的"从政"在罗马尼亚文学界引起了一定的争议，多多少少影响了他的声誉。好在创作实绩已为他确保了足够的"底气"，也为他赢得了难以替代的文学地位。在四十余年的写作生涯中，索雷斯库出版了

《孤独的诗人》(1964)、《诗选》(1965)、《时钟之死》(1966)、《堂吉诃
德的青年时代》(1968)、《咳嗽》(1970)、《云》(1975)、《万能的灵魂》
(1976)、《利里耶齐公墓》（3卷，1973—1977）等十几部诗集。其中，
《诗选》、《利里耶齐公墓》等诗集获得了罗马尼亚作家联合会大奖、罗
马尼亚科学院奖等多种文学奖。罗马尼亚文学史、文学报刊和无以数计
的研究专著都对他的每一部作品做出了迅速的反应。他的诗歌被译成英
语、法语、德语、俄语、汉语等几十种语言。除了诗歌外，他还写剧
本、小说、评论和随笔。他的富有象征意味的剧作《约安娜》曾获罗马
尼亚作家联合会大奖。罗马尼亚评论界因此称他为一位难得的"全能的
作家"。

中国读者早在上世纪 80 年代就通过《世界文学》等刊物读到了马
林·索雷斯库的诗歌。许多中国读者，包括不少中国诗人，都对索雷斯
库的诗歌表现出了特别的兴趣和喜爱。关于索雷斯库，诗人车前子在
《二十世纪，我的字母表》一文中写道："很偶然的机会，我读到罗马尼
亚诗人索雷斯库的诗作，感动之余，我觉得该做点什么：必须绕开他。
诗歌写作对于 20 世纪末的诗歌写作者而言，差不多已是一种绕道而行
的行为。"绕开他，实际上是一位诗人对另一位诗人最大的认可和敬意。
而诗人蓝蓝如此评价索雷斯库："他正是从日常生活'特定的场合'捕
捉观察自身和事物时闪电般的感受，并将此化为令人震惊的诗句，而这
一切都是在专制统治、个人独裁背景下发生的。"毋庸置疑，相似的经
历，相似的背景，使得中国诗人更容易贴近东欧诗人，包括索雷斯库。

在我读过的罗马尼亚诗人中，马林·索雷斯库是最让人感觉亲切和
自然的一位。亲切得就像在和你聊天。自然到了没有一丝做作的痕迹。
写诗，其实多多少少都会有一点做作的味道。当今社会，道德力量和心

灵力量日渐枯竭，这种做作的味道，似乎越来越浓了。要避开这一点，不是件容易的事。所谓大艺无痕，说的大概就是这个意思。

而面对索雷斯这样自然的诗人，你就很难评说。所有的评说和归类都会显得极不自然。

要理解索雷斯库，有必要稍稍了解一下罗马尼亚诗歌的历程。罗马尼亚，巴尔干半岛的一个异类。它实际上是达契亚土著人与罗马殖民者后裔混合而成的一个民族，属于拉丁民族。同意大利民族最为接近。语言上也是如此。在历史上，长期被分为罗马尼亚、摩尔多瓦和特兰西尔瓦尼亚三个公国。这三个公国既各自独立，又始终保持政治、经济和文化等各方面的密切联系。作为弱小民族，长期饱受异族侵略、统治和凌辱。19世纪起，借助于几次有利的发展机遇，罗马尼亚文学出现了几位经典作家：爱明内斯库、卡拉迦列和克莱昂格。真正意义上的罗马尼亚文学始于那个时期。1918年，罗马尼亚实现统一，进入现代发展时期。

由于民族和语言的亲近，罗马尼亚社会和文化生活一直深受法国的影响。一到布加勒斯特，你就能明显地感觉到法国文化的影子。在上世纪二三十年代，布加勒斯特甚至有"小巴黎"之称。那时，罗马尼亚所谓的上流社会都讲法语。作家们基本上都到巴黎学习和生活过。有些干脆留在了那里。要知道，达达主义创始人查拉是罗马尼亚人，后来才到了巴黎。诗人策兰，剧作家尤内斯库，音乐家埃内斯库，雕塑家布伦库西，文学和哲学家齐奥朗，也都曾在罗马尼亚留下过自己的人生印迹。

统一给国家的发展注入了异常的活力。文化最能体现这种活力。或者更确切地说，文化本身就是一种活力。两次世界大战之间，罗马尼亚文化，包括哲学、文学和艺术，曾出现过空前的繁荣。诗歌领域就曾涌现出图道尔·阿尔盖齐、乔治·巴科维亚、伊昂·巴尔布和卢齐安·布拉加等杰出的诗人。他们以不同的诗歌追求和诗歌风格极大地丰富了罗马尼亚诗歌，共同奠定了罗马尼亚抒情诗的传统。这些诗人中，卢齐安·布拉加（1895—1961），对于罗马尼亚当代诗歌，更具有承上启下的意义。

　　然而，在走上社会主义道路后相当长一段时间里，罗马尼亚紧随苏联，全面推行苏联模式。极"左"路线在 50 年代达到登峰造极的地步，给整个国家带来了灾难。文学自然也无法幸免。文学评论家阿莱克斯·斯特弗内斯库在其专著《罗马尼亚当代文学史：1941—2000 年》中形象地说道："文学仿佛遭受了一场用斧头做的外科手术。"布拉加等诗人建立的罗马尼亚抒情诗传统遭到否定和破坏，罗马尼亚诗歌因而出现了严重的断裂。言论和创作自由得不到保证，不少作家和诗人只能被迫中断创作，有些还遭到监禁，甚至付出生命的代价。诗人和哲学家布拉加同样受到种种不公待遇：作品遭禁，教研室被取缔，教授生涯中止，被迫当起图书管理员。从 1949 年直至离世，诗人索性选择了沉默，在沉默中保持自己的尊严，在沉默中抗议这野蛮和黑暗的岁月。这段岁月后来被小说家马林·普雷达称为"苦难的十年"。

　　进入 60 年代，由于国际和国内政治形势的变化，罗马尼亚文化生活开始出现相对宽松、活泼和自由的可喜景象。这一时期已被史学家公认为罗马尼亚的政治解冻期，时间上，大致同"布拉格之春"吻合，也不排除"布拉格之春"的影响，因此，也有罗马尼亚评论家称之为"布加勒斯特之春"。这一时期，卢奇安·布拉加等作家的作品被解除了禁戒。人们重又读到了两次大战之间许多重要诗人和作家的作品。也正是在这一时期，尼基塔·斯特内斯、马林·索雷斯库等诗人，仿佛听到了诗歌神圣的呼唤，先后登上诗坛，努力恢复和延续布拉加等诗人建立的罗马尼亚抒情诗传统，并以自己具有独特风格的诗歌，为诗坛吹来清新之风，开始致力于罗马尼亚诗歌的现代化运动。

在某种意义上，索雷斯库是以反叛者的姿态登上罗马尼亚诗坛的。为了清算教条主义，他抛出了一部讽刺模拟诗集《孤独的诗人》，专门嘲讽艺术中的因循守旧。尽管在那特定的时代，他还是个"孤独的诗人"，然而他的不同的声音立即引起了读者的注意。在以后的创作中，他的艺术个性渐渐显露出来。他的写法绝对有悖于传统，因此评论界称他的诗是"反诗"。

有人说他是位讽刺诗人，因为他的诗作常常带有明显的讽刺色彩。有人称他为哲理诗人，因为他善于在表面上看起来漫不经心的叙述中突然挖掘出一个深刻的哲理。他自己也认为"诗歌的功能首先在于认识。诗必须与哲学联姻。诗人倘若不是思想家，那就一无是处"。有人干脆笼统地把他划入现代派诗人的行列，因为无论是语言的选择还是手法的运用，他都一反传统。但他更喜欢别人称他为"诗人索雷斯库"。一位罗马尼亚评论家说："他什么都写，只是写法与众不同。"

写法不同，就需要目光不同，就需要想象和创造，就需要一双"不断扩大的眼睛"：

> 我的眼睛不断扩大，
> 像两个水圈
> 已覆盖了我的额头，
> 已遮住了我的半身，
> 很快便将大得
> 同我一样。

甚至超过我，

远远地超过我：

在它们中间，

我只是个小小的黑点。

为了避开孤独，我要让许多东西

进入眼睛的圈内：

月亮、太阳、森林和大海，

我将同它们一道

继续打量世界。

——《眼睛》（高兴　译）

　　自由的形式，朴素的语言，看似极为简单和轻盈的叙述，甚至有点不拘一格，然而他会在不知不觉中引出一个象征，说出一个道理。表面上的通俗简单轻盈时常隐藏着对重大主题的严峻思考；表面上的漫不经心时常包含着内心的种种微妙情感。在他的笔下，任何极其平凡的事物，任何与传统诗歌毫不相干的东西都能构成诗的形象，都能成为诗的话题，因为他认为："诗意并非物品的属性，而是人们在特定的场合中观察事物时内心情感的流露。"

　　　　电车上的每个乘客

　　　　都与坐在自己前面的那位

　　　　惊人地相似。

兴许是车速太快，

兴许是地球太小。

每个人的颈项

都被后面那位所读的报纸

啃啮。

我觉得有张报纸

伸向我的颈项

用边角切割着我的

静脉。

——《判决》（高兴　译）

　　这已经是世界所面临的一个普遍问题了。个性和创造力的丧失，自我的牺牲，私人空间的被侵入，恐怕算是现代社会对人类最最残酷的判决了。如此情形下，诗人面临的其实是个严重的时刻，甚至是个深渊，就连上帝都是个聋子，他的声音还有谁能听见呢？

　　我忽然发现，骨子里，索雷斯库原来是那么的忧伤和沉重。

　　目光和思维，始终都在不停地转动，然后，不得不用诗歌表达，这就是马林·索雷斯库。"你内心必须具有某种使你难以入睡的东西，某种类似于细菌的东西。倘若真有所谓志向的话，那便是细菌的志向。"诗歌因此成为生命的有机组成部分。他是个什么都要看看、什么都要说说的诗人。而且每次言说，都能找到一个绝妙的角度。对于诗人，对于作家，角度，常常就是思想，就是想象，就是智慧，就是创新。索雷斯库极为注重创新。他也十分明白创新的艰难。他认为诗歌的艰难到最后实际上就是创新的艰难："写诗就像弹钢琴一样必须从小学起。我们创作活动中的艰难阶段常常与我们自我更新的愿望紧密相连。我所谈的是主观上的障碍。就我个人而言，我总尽力避免使自己在一种类型中衰老。从一种类型到另一种类型的转变无疑意味着巨大的努力。但一旦成功，你便会享受到一种来自新天地的喜悦。你必须时常努力从一个新的角度来审视自己。"

当然，角度也就是情感。索雷斯库自称性格内向，喜欢含蓄。生活中，他不善言语，在公开场合，常常会由于不知所措，不停地捻着自己的胡子。诗人，仅仅用诗歌说话。他是个典型。因此，他的情感往往都潜藏于诗歌的深处。

可惜，罗马尼亚始于 60 年代的开明时期并没有持续太久。而 70 年代和 80 年代可以说是专制统治最为黑暗的时期。但恰恰是这种黑暗，能让我们看到一名真正的诗人的智慧、勇气和力量。黑暗中，诗歌之光隐秘，却又耀眼，有拯救的意义。

俄罗斯诗人布罗茨基在评论踏上流亡之路的立陶宛诗人温茨洛瓦时，说过这样一段话："艺术是抗拒不完美现实的一种方式，亦为创造替代现实的一种尝试，这种替代现实拥有各种即便不能被完全理解，亦能被充分想象的完美征兆。"这段话适用于所有在专制政权下生活或生活过的诗人和艺术家。当然也适用于马林·索雷斯库。在专制政权下生活，也就是在禁忌下生活，也就是在夹缝中生存。夹缝中的生存需要勇气、坚韧和忍耐，更需要一种有效而智慧的表达。诗歌以其婉转、隐秘、浓缩和内在，成为最好的选择，恰似一丝丝无形的氧气，在社会和文化生活中，发挥着自己隐秘却不可忽视的作用。

　　于是，我们便可理解，为何在专制统治最为严酷的 80 年代，在小说、戏剧、散文受到压抑，相对难以发展的情形下，罗马尼亚诗歌却一直如暗流般悄然奔突着，一刻也没有停歇。有一些作家，包括诗人，以沉默对抗着专制。也有一些诗人选择了流亡和出走。但更有一些诗人，立足于主流之外，不求名利，不畏专制，只顺从文学和内心的呼唤，孜孜不倦地从事着诗歌创作。他们将笔触伸向日常生活，伸向内心和情感世界，关注普通人物，关注所谓的"琐碎题材"和"微小主题"，或者充分调动想象，以象征和寓言手法迂回地影射政治和现实。他们重视诗歌形式，重视角度和手法，重视语言的各种可能性，把艺术价值放在首位，同时也并不忽略社会效应、道德力量，以及同现实的连接。通过诗歌探索和实验，表达对专制的不满，对自由的向往，对教条和空洞的反叛，也是他们创作的重要动力。尽管诗歌抱负相似，但他们各自的写作又呈现出了强烈的个性色彩。在他们的作品中，我们也听出了各种语调，感到了各种气息，看到了各种风格。反讽，神秘，幽默，表现主义，超现实主义，文本主义，沉重，愤怒，寓言体，哀歌，等等，等等，正是这些写作上的差异和不同，让他们发出了自己的声音。对于文学而言，发出自己的声音，是多么的重要。而不同的声音的交融，便让80 年代罗马尼亚诗歌有了交响乐般的丰厚，以及马赛克似的绚丽多彩。而在这些诗人中，斯特内斯库和索雷斯库以各自的方式，成为领军人物。随着时间的推移，我们愈发意识到了他们的意义：他们实际上在一个关键时刻通过自己的诗歌写作和诗歌行动，重新激活了罗马尼亚诗歌的生命力和创造力，让罗马尼亚诗歌再度回到了真正的诗歌轨道，并为罗马尼亚诗歌的未来积蓄了巨大的能量。

每天晚上，
我都将邻居家的空椅
集中在一起，
为它们念诗。

倘若排列得当，
椅子对诗
会非常敏感。

我因而
激动不已，
一连几个小时
给它们讲述
我的灵魂在白天
死得多么美丽。

我们的聚会
总是恰到好处，
绝没有多余的
激情。

不管怎样
这意味着
人人责任已尽，

可以继续

向前了。

——《奇想》（高兴　译）

怎么能没有诗歌？任何时代都不能没有诗歌。它可以帮助你寻找灵魂、抵御灰暗和孤独。它甚至就是你的灵魂。诗人何为，尤其在苦难和灰暗的年代？索雷斯库似乎在告诉我们：对于诗人，生命意识、社会担当和道德责任，都同样的重要。

诗人蓝蓝写过一篇精彩的文章，谈论罗马尼亚诗歌。她在其中说道："语言是生命的居所，是一切隐秘事物的幽居地，也是爱和意义的诞生之处。诗人的作用在于激发出语言的某种独特的形式，使无语中的事物开始说话和表达自身，这即如对生命和爱的呼唤，以便和人内心对爱的渴望和牺牲付出的愿望相对称。在这两者交汇的雷电中，生命和诗互相被照亮，洞彻我们晦暗不明的存在。"

蓝蓝说得真好。她显然就是在说马林·索雷斯库，在说尼基塔·斯特内斯库，在说切斯瓦夫·米沃什，在说所有真正意义上的诗人。

2012 年 7 月 12 日修订于北京

写出《梦幻宫殿》的卡达莱
—— 翻译卡达莱

在我眼里，卡达莱一直是个分裂的形象。仿佛有好几个卡达莱：生活在地拉那的卡达莱；歌颂恩维尔·霍查的卡达莱；写出《亡军的将领》的卡达莱；发布政治避难声明的卡达莱；定居巴黎的卡达莱；获得曼布克国际文学奖的卡达莱……他们有时相似，有时又反差极大，甚至相互矛盾，相互抵触。因此，在阿尔巴尼亚，在欧美，围绕着他，始终有种种截然相左的看法。指责和赞誉几乎同时响起。指责，是从人格方面。赞誉，则从文学视角。他的声名恰恰就在这一片争议中不断上升。以至于，提到阿尔巴尼亚，许多人往往会随口说出两个名字：恩维尔·霍查和伊斯梅尔·卡达莱。想想，这已有点黑色幽默的味道了。

而此刻，我们面对的是写出《梦幻宫殿》的卡达莱。不管怎样，写出《梦幻宫殿》的卡达莱，同写出《亡军的将领》等杰出作品的卡达莱一样，严肃，深刻，富有想象力和洞察力，值得阅读，也值得关注，完全可以和当今世界文坛那些一流的小说家相媲美。事实上，相当一批读者已然把卡达莱当作阿尔巴尼亚文学的代表。

那就让我们把目光转向《梦幻宫殿》这部小说吧。

奥斯曼帝国，居然有这么一个机构，由执政苏丹亲手创办，主管睡眠和梦幻，专门征集梦，对它们进行归类、筛选、解析、审查并处理，一旦发现任何对君主统治构成威胁的迹象，便立即上报给君主，君主会

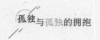

采取一切措施，坚决打击，镇压，毫不留情。这个机构名叫塔比尔·萨拉伊，人们也称它为梦幻宫殿。这自然是卡达莱小说中的世界。故事就从这里展开。

梦幻宫殿，像一座迷宫，交织着漫长、幽暗的长廊和通道，没有任何标记，阴森，神秘，怪异，甚至恐怖，充斥着幽灵般的气息。它是个庞大的机构，在帝国各地还有着数以千计的分支。由于它的重要性和保密性，不是随便什么人都可以进入这座宫殿的。马克一阿莱姆，小说的主人公，可不是随便什么人。他来自权势显赫的库普里利家族。这个家族，属于阿尔巴尼亚血统，曾为奥斯曼帝国培育了五位宰相，还有无数的大臣、司令和将领。甚至在著名的拉鲁斯百科全书中，它都拥有自己独立的条目。将近四百年来，这个家族既享受了无数的荣耀，也遭受了许多的不幸，似乎"注定逃脱不了荣辱参半的命运"。马克一阿莱姆的小舅库特曾用苦涩的口吻形象地说："我们库普里利家人仿佛生活在维苏威火山脚下的居民。每当火山爆发，这些居民便会被灰尘覆盖。我们也有着同样的命运，生活在君主的阴影下，时常会被他打倒在地。火山平息后，他们会耕作既危险又肥沃的土地，继续自己平常的生活。我们同样如此，虽然遭到君主的猛烈打击，可仍将继续在他的阴影下生活，并忠心耿耿地为他服务。"他的大舅在边疆担任地方长官，二舅身为外交大臣，是目前地位最高的家族成员，两位表兄也都当上了副大臣。正是凭借家族方方面面的关系，马克一阿莱姆才得以进入梦幻宫殿任职。这实际上是家族的决定，主要是大臣的主意，其中自然也有着家族的期望和野心，毕竟，梦幻宫殿，对于他们，太重要了。马克一阿莱姆只能服从。

进入梦幻宫殿，也就意味着进入一个不同寻常的天地，开始一种全新的生活。同样由于家族势力的影响，马克—阿莱姆直接被分到筛选部工作，没过多久，又被调到解析部。这在常人看来就像是一步登天。他整天都要处理大量的案卷。全是梦。各种各样的梦。简直就是一片恐怖的海洋。这让他感到压抑、厌倦和乏味。在审理案卷时，他两次读到了这样一个梦：桥边，一块荒地；那种人们扔垃圾的空地。在所有废物、尘土和破碎盥洗盆的中间，有件稀奇古怪的乐器在自动演奏着，一头公牛，仿佛被乐声逼疯了，站在桥边，吼叫着……他觉得此梦毫无意义，可并没有将它丢弃，淘汰。没有想到，后来，正是此梦成为君主打击库普里利家族的由头。他最喜爱的小舅甚至为此失去了生命。

　　同卡达莱的其他小说一样，《梦幻宫殿》格局不大，篇幅不长，主要人物几乎只有一个，那就是马克—阿莱姆，所有故事基本上都围绕着他进行，线索单纯，时间和空间也很紧凑。可它涉及的主题却广阔，深厚，敏感，有着丰富的外延和内涵。卡达莱于 1981 年在他的祖国发表这部小说。作为文本策略和政治策略，他将背景隐隐约约地设置在奥斯曼帝国，似乎在讲述过去，挖掘历史，但任何细心的读者都不难觉察到字里行间弥散出的讽喻的气息。因此，人们也就很容易把它同卡夫卡的《城堡》、奥威尔的《动物农场》等寓言体小说连接在一起，将它当作对专制的揭露和讨伐。难怪出版后不久，《梦幻宫殿》便被当局列为禁书，打入了冷宫。卡达莱本人在谈到此书时，也意味深长地强调："我试图描写地狱的情形。"他在移居法国后曾再三说过："我每次写一本书，都感觉是在将匕首刺向专制。"尽管他说此话有讨好和迎合西方读者之嫌，真诚中夹杂着一些虚伪和狡黠，但起码《梦幻宫殿》可以成为他这番言论的有力证明。倘若说走向西方需要亮出某种通行证的话，卡达莱肯定最愿意亮出《梦幻宫殿》了。事实上，他也这么做了，而且效果极好。

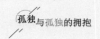

欧美已有评论家呼吁:"单凭《梦幻宫殿》一书,伊斯梅尔·卡达莱就完全有资格获得诺贝尔文学奖。"

它同样是一部命运之书。马克—阿莱姆个人的命运。库普里利家族的命运。帝国所有民族的命运。当"帝国领土上的任何梦,哪怕是由最最邪恶的人在最最偏僻的边疆和最最普通的日子做的梦,都不得逃脱塔比尔·萨拉伊的审查"时,任何命运都注定不可能由自己掌握。家族的历史,童年记忆,梦幻宫殿里发生的一切,都让马克—阿莱姆过早地意识到,在命运面前,个体是多么的弱小,苍白,无可奈何。因此,他总是选择克制、恭顺和服从,任由命运那只无形的手推动着自己一步步向前行走。被动是他的基本态度。家族势力安排他进入梦幻宫殿,原本是为了让他尽力维护家族的利益和平安。可他实在无能为力。因为,梦幻宫殿的可怕就在于它的荒谬,在于它的远离人性,在于它的任意,在于它"最最盲目,最最致命,也最最专制"。为了权利,为了统治,有些梦甚至可以被制造出来。某种意义上,正是马克—阿莱姆在不知不觉中把绞索交给了统治者,眼看着他们将它套到了自己亲人的脖子上。而正当家族遭受厄运的时刻,他竟然还得到升迁,几乎掌握了梦幻宫殿的最高权力。这是怎样的悲哀和反讽啊!

厌倦、单调、恐惧,都没能阻挡马克—阿莱姆投入地做事,没能阻挡他每天准时去上班,还生怕自己会迟到。甚至,在梦幻宫殿工作了一段时间之后,他反而不习惯现实生活了。有一天放假,他走上街头,竟然觉得天空空空荡荡,外面的一切了无生气,整个世界似乎刚刚生了一场病,失去了它的全部色彩。他不禁怀念起梦幻宫殿,怀念起那些案卷来。"那里,他的案卷中,一切如此不同,如此美丽,如此充满了想象……云朵的色彩,树木,雪,桥梁,烟囱,鸟儿——一切都要生动得多，有力得多。人和物的动作也更加自由，更加优雅，恰如牡鹿奔跑着穿过雾霭，无视时空的法则！与他眼下服务的世界相比，这个世界显得多么沉闷，贪婪和狭窄！"现实世界竟然比不上地狱般的梦幻宫殿。这一笔着实厉害，真的就有了匕首的锋利，直接刺向了现实世界。从另一角度，这也暗示着马克－阿莱姆人性的扭曲。命运之书就这样过渡到了人性之书。

人性，或者反人性，显然是《梦幻宫殿》的另一主题。阴郁，沉闷，幽暗，寒冷，既是整部小说和梦幻宫殿的气氛，也是小说中不多的几个人物的性格基调。细细阅读，我们会发现，主人公马克－阿莱姆，以及其他几个人物基本上都没有外部特征。我们不知道他们的长相和模样，只能听到他们的声音，看到他们的动作。他们模糊不清，仿佛处于永远的幽暗，仿佛一个个影子，唯有声音和动作在泄露他们的情感和内心。马克－阿莱姆的优柔寡断，母亲的担忧，大臣的老谋深算，心事重重，都以这种特别方式传达给了读者。地狱就该是幽暗的，就该是反人性的。这正符合卡达莱的创作意图。几个人物中，唯独马克－阿莱姆的小舅有着清晰的形象和鲜明的性格。他"一头金发，淡蓝色的眼睛，蓄着浅红色的胡子，取了个半德国半阿尔巴尼亚的名字：库特。他被视为库普里利家族的野玫瑰"。库特是性情中人，热爱生活，又善于思考，并有着强烈的反叛和独立精神。正是他一针见血，指出了梦幻宫殿的荒谬和可怕。也正是他把阿尔巴尼亚狂诗吟诵者请来为家族聚会表演。对于专制，库特自然是个危险分子，是个异己。除掉他，属于专制的逻辑，也就成为理所当然的事。在此意义上，库特的罹难，既是牺牲，又是象征，最能反映专制的反人性特点。在刻画人性方面，卡达莱极为冷峻，内敛，不动声色。但不动声色中，总有一股暗流在奔突，涌动。在经历了家族的苦难后，马克一阿莱姆终于难以抑制内心的情感。于是，我们在全书的结尾读到了如此感人的文字："虽然顾虑重重，但他没有从窗户旁掉过脸去。我要立马吩咐雕刻匠为我的墓碑雕刻一枝开花的杏树，他想。他用手擦去了窗户上的雾气，可所见到的事物并没有更加清晰：一切都已扭曲，一切都在闪烁。那一刻，他发现他的眼里盈满了泪水。"说实话，在译完这段话后，我的眼里也盈满了泪水。

此外，小说还涉及权利斗争、史诗、寻根、巴尔干历史问题等诸多主题。这些主题交织在一起，互相补充，互相衬托，互相辉映，让一部十来万字的作品散发出巨大的容量。在呈现史诗时，卡达莱的诗歌天赋得到了发挥。尤其是阿尔巴尼亚史诗，粗犷，大胆，直接，画面感很强，戏剧性很强，冲击力也很强，让人不得不屏住呼吸倾听："劫持妇女和姑娘；充满危险的婚礼过程；酗酒的马；被背信弃义者害得失明的骑士骑着同样失明的战马；预报灾难的猫头鹰；深更半夜，奇怪的庄园主府邸响起的敲门声；一位生者，带着两百只猎狗，潜伏在墓地，向一名死者发起令人毛骨悚然的挑战；一轮冰冷的太阳，贯穿大地，放射出光芒，却并不温暖大地。"那些史诗片段，关涉死亡、爱情、婚姻、忠诚、背叛和荣辱等主题，关涉家族之根，民族之源，以低沉的声音吟唱，具有震撼人心的魅力。在艺术手法上，卡达莱表现出他一贯的朴素、简练、浓缩的风格。在主题上挖掘，在细节上用力，巧妙而又自然地调动起回忆、对话、暗示、反讽、沉思、心理描写等手法，始终控制着小说的节奏和气氛，让意味在不知不觉中生发，蔓延。这是他的小说路径。这样的路径往往更能够吸引读者的脚步和目光。

时隔两年，重读这部译稿，依然有不少触动和感受。我将它们写下来，和读者朋友分享，也敬请读者朋友批评和指正。书籍自有书籍的命运。但愿这部小说能给大家带来阅读的乐趣和感动。

2009 年 3 月 22 日于北京

这些用命写出的诗歌
——翻译斯沃尔

已经过去了十五六年了，但我依然记得那一刻的情形。在美国印第安纳大学图书馆里，我第一次读到了波兰女诗人安娜·斯沃尔的诗歌。仿佛被电击一般，我内心的震撼和感动久久难以平息。

一些朴实到极致的诗，一些简洁到极致的诗，却散发出巨大的内在的力量和能量。秘密何在？只要细细读，你会发现，这些文字仿佛剔除了所有杂质，也似乎摒弃了所有手法，只剩下了呼吸、凝视和燃烧，只剩下了血肉。这简直是用命在写作。就是用命在写作。这样的写作既在散发，也在消耗。巨大的消耗。搭进了情感和生命。安娜·斯沃尔，一个用命写作的女诗人。

安娜·斯沃尔（AnnaSwir，1909—1984），本名安娜·斯沃尔茨申思卡，出身于华沙一个画家家庭。她的童年实际上是在父亲的画室中度过的。据她自己回忆，她那时整天待在父亲的画室里，玩耍，做功课，睡觉。由于家境极度贫困，她被迫早早地就出去打工，替父母分担生活重负。用她自己的话说，"我那时极为害羞，难看，内心的焦虑山一般压迫着我。"上大学时，主攻中世纪和巴洛克时期波兰文学。她发现，15 世纪的波兰语言是最有力量的。30 年代，她开始发表诗作。最初的诗作带有明显的成长环境的印记，诗歌中的许多意象都来源于各类画作和画集，以及她对中世纪的迷恋。那些诗作大多是些短小的散文诗，像精致的微雕，隐去了所有个人色彩，具有浓厚的唯美主义倾向。微雕成为她一生钟爱的诗歌形式。

　　战争既改变了她的生活，也改变了她的创作。德国占领时期，她当过女招待，为地下报刊撰过稿。1944 年华沙起义中，她担任过起义军护士。后被捕，在几乎就要被处决的一刹那，又幸运地死里逃生。她说："战争让我变成了另一个人。只是从那时起，我的个人生活，我同时代人的个人生活，开始进入我的诗歌。"她极想把战争中经历的一切写成诗歌，但在很长一段时间里，苦于找不到恰当的形式。三十年后，她终于写出了描写战争的诗集《修筑街垒》（1974）。依然是些短诗，依然使用微雕手法，可斯沃尔的诗风已完全改变，由唯美主义转向了现实主义，转向了内心。

　　可以说，直到这时，斯沃尔才基本确立了自己的风格，发出了自己的声音。

　　她开始专注于内心，专注于情感。有段时间，她还写过不少儿童诗歌和儿童故事，并因此赢得了不小的声名。年过六十，她奇迹般出版了《风》（1970）和《我是一个女人》（1972）等诗集。诗集《我是一个女人》犹如一份女权主义声明。她在诗集中大声宣布：即使上了年纪，女人也同样有性爱的权利。之后，她又创作了许多直抒胸臆、感人肺腑的情诗。《快乐一如狗的尾巴》（1978）、《丰满一如太阳》（1980）等便是这一方面具有代表性的诗集。这些诗直接，大胆，简洁，异常的朴实，又极端的敏感，经济的文字中常常含有巨大的柔情和心灵力量，有时还带有明显的女权主义色彩。

　　"诗人必须像疼痛的牙一般敏感。"女诗人说。"诗人的意识空间必须不断扩大。那无法震撼并激怒他人的一切，震撼并激怒诗人。"或许正是这种玩命的写作姿态，让她在晚年抵达了诗歌的高峰，写出了那么多动人心魄的诗作。一些燃烧的诗。一些奔跑的诗。一些滴血的诗。这些诗作终于点亮了她的同胞、旅居美国的波兰诗人切斯瓦夫·米沃什的目光。他敏锐地注意到了这些诗作的中心主题：肉体，狂欢中的肉体，痛苦的肉体，恐惧的肉体，害怕孤独的肉体，充沛的、奔跑的、懒散的肉体，女人生产时的肉体，休息、打鼾、做早晨健美操的肉体，意识到时间流逝，或将时间浓缩为一个瞬间的肉体。米沃什认为，安娜·斯沃尔的这些感官的、剧烈的诗歌中，有一种罕见的干净。她诗歌中的肉体常常同灵魂纠结在一起。灵魂其实一刻也没缺席。

米沃什极为欣赏女诗人的才华，长期关注着她的诗歌创作。这是一个诗人向另一个诗人表示的敬意。也是一个诗人同另一个诗人之间的惺惺相惜。还有着同胞间的深厚情谊。他决定做点什么，要让更多的读者读到斯沃尔的诗歌。于是，他利用自己的影响力，同人合作将女诗人的许多诗作译成英文，介绍给欧美读者，其中包括组诗《关于我父亲和母亲的诗》。这组诗以近乎白描的写作手法，通过一个个平凡而又动人的瞬间，表现出了一位女儿对父母深沉的爱。米沃什感叹："在 20 世纪的诗歌作品中，我还从未见过这么出色的表达对父母之爱的诗，一个以尽可能少的文字讲述的故事。"

安娜·斯沃尔总是在以尽可能少的文字，讲述她的故事，肉体的，灵魂的，女人的，男人的，女人和男人的，女儿的，父母的，女儿和父母的，以及其他各种各样的故事。这些故事贴着我们的肉体和心灵，贴着我们的生命，让我们不得不倾听。

2010 年 8 月 12 日于北京

他是他自己的上帝

——翻译萨拉蒙

　　陆陆续续译过一些萨拉蒙诗作，为唐晓渡、西川主编的《当代国际诗坛》，为吉狄马加创办的青海湖国际诗歌节，为北岛主持的香港诗歌节，但都属于客串性质，依据的也都是些零星的资料。去年春天，在广州，同诗人黄礼孩相聚。礼孩说他决定将第七届"诗歌与人·诗人奖"授予斯洛文尼亚诗人托马斯·萨拉蒙。当我将这一消息告诉萨拉蒙时，他的欣喜溢于言表："亲爱的高兴，获知这一消息，我的心里充满自豪、感动和幸福之情。你的名字真好，你的作用就是在世上传播幸福。可惜，我一点都不懂中文，但所有中国作家都说你翻译我，翻译其他诗人，都十分出色，有力。我怀着谦卑之心，欣然接受你们的负有盛名的奖项。托马斯①是我的老朋友。我也十分珍惜欧金尼奥·安德拉德的作品。你将要翻译我的诗集，这让我的心智都感到温暖。请代我向黄礼孩先生表达我的欣喜之情和诚挚问候。"

　　为配合颁奖，需要翻译出版一本萨拉蒙诗选。此诗选先由礼孩以民间方式出版，然后再加以扩充，交由花城出版社正式出版。得知这一出版计划，萨拉蒙十分开心，甚至有点激动，迅速快递给我他的四本诗

---

　　①　指瑞典诗人托马斯·特朗斯特罗姆，在获得诺贝尔文学奖之前，他曾获得过"诗歌与人·诗人奖"。

集，以及翻译和出版授权书。手捧着他题赠的诗集，我的心里突然生出一种奇妙的感觉：他仿佛正透过镜片望着我，笑盈盈的样子，是美国诗人罗伯特·哈斯所说的那种"天使般的微笑"。

于是，就在这"天使般的微笑"的注视下，几乎在京城最为闷热难耐的时刻，在大雨的悬念中和阴影下，我又一次开始翻译托马斯·萨拉蒙。

一个美国作家，一个英国作家，或一个法国作家，在写出一部作品时，就已自然而然地拥有了世界各地广大的读者，因而，不管自觉与否，他，或她，很容易获得一种语言和心理上的优越感和骄傲感。这种感觉东欧作家难以体会，却由衷向往。有抱负的东欧作家往往会生出一种紧迫感和危机感。他们要用尽全力将弱势转化为优势。昆德拉就是一个典型。他对小国这一概念特别敏感。在他看来，身处小国，你"要么做一个可怜的、眼光狭窄的人"，要么成为一个广闻博识的"世界性的人"。别无选择，有时，恰恰是最好的选择。昆德拉如此。萨拉蒙亦如此。了解一下萨拉蒙的人生简历和诗歌道路，我们便能清晰地看到一位小国诗人是如何成为"世界性的人"的。

托马斯·萨拉蒙（Tomaz Salamun）于 1941 年 7 月 4 日出生于克罗地亚首府萨格勒布市，成长于科佩尔小镇。科佩尔位于亚得里亚海滨城市的里雅斯特南部，历史上曾长期属于威尼斯管辖，一度由哈布斯堡王朝统治，两次世界大战之间，又回归意大利。上世纪 40 年代，科佩尔小镇仅有一万五千人口，大多数居民讲意大利语，小镇当时由南斯拉夫军队管理。1954 年后，归入南斯拉夫斯洛文尼亚共和国。1960 年，萨拉蒙进入卢布尔雅那大学，攻读历史和艺术史专业。他自己坦承，那时，他"是一个迷茫而纯真的年轻男子，渴望在这世上留下印记，但更主要的是，渴望自由。只是稍稍被兰波、杜甫、索福克勒斯和惠特曼所打动。确实，当一位有力的斯洛文尼亚诗人丹内·扎奇克出现在我们的研讨会上，朗诵起他的备受折磨、伤痕累累的诗篇时，一丝小小的感染爆炸了。一场大火，一道我们崇高而古老的行当的火柱，燃烧着我，诱惑着我，定义着我。相对于行当，那更是一种命运"。从此之后，萨拉蒙便踏上了诗歌之路。

　　但在那特殊的年代，踏上诗歌之路，也就意味着踏上一条危险之路。果然，1964 年，他在编辑文学杂志时，因发表"出格作品"，引起当局不满，曾被关押五天。阴差阳错，他却因此成为某种文化英雄，受到斯洛文尼亚文化界的瞩目。1965 年，他获得艺术史硕士学位，并于翌年，以地下方式出版处女诗集《扑克》。人们普遍认为，这部诗集，凭借其荒诞性、游戏性，以及反叛色彩，成为战后斯洛文尼亚现代诗歌的肇始。之后，他又先后赴意大利和巴黎进修艺术史。回到卢布尔雅那后，曾担任现代美术馆馆长助理。从 1969 年起，他开始以环境艺术家和观念艺术家身份在南斯拉夫各地举办巡回画展。1970 年夏天，他来到美国纽约参加国际画展。接着，又回到卢布尔雅那，并在美术学院讲授20 世纪艺术。一年后，应衣阿华大学国际写作中心邀请，再度来到美国，一下子待了两年。正是在那里，萨拉蒙开始广泛阅读和接触美国诗人。也正是在那里，他同衣阿华诗人合作翻译出版了两部英文版诗集《涡轮机》(1973) 和《雪》(1974)。事实上，这两本诗集出版时，萨拉蒙已又一次回到卢布尔雅那，做过一些奇怪的行当：写诗的同时，翻译过威廉·卡洛斯·威廉斯、阿波利奈尔、巴尔扎克和西蒙·波伏瓦，在乡村小学教过书，还当过推销员。1979 年，他获得资助，得以前往墨西哥工作和生活了两年。在此期间，他始终坚持诗歌写作，不断地有新作问世。进入 80 年代，他的诗歌写作节奏有所放慢，诗歌中的基调也日趋阴暗。而随着他的诗歌被译成英语、德语、波兰语等语言，他已开始为国际诗坛所瞩目。

一次又一次的出走和回归，"同其他诗人，其他世界，和其他传统相遇"，这种自觉的追求，极大地丰富了萨拉蒙的阅历和视野。他也因此渐渐成为一个具有宇宙意识和全球目光的诗人。

在介绍东欧文学时，我曾说过："影响和交融，是东欧文学的两个关键词。"萨拉蒙无疑是个东欧诗人，而且是个典型的东欧诗人。同时，当你阅读他的诗歌，当你了解了他的经历和视野，当你看到他流畅地用英语、法语、意大利语同别国诗人交流时，你会清楚地意识到，他绝对又是个世界性的诗人。不难看出，影响和交融，也是他人生履历和诗歌写作的两个关键词。在评析萨拉蒙诗歌时，罗伯特·哈斯认为，兰波，洛特雷阿蒙，惠特曼，赫列博尼科夫，德国表现主义，法国超现实主义，俄国未来主义，美国纽约派诗歌等诗人和诗歌流派，都曾对萨拉蒙的诗歌写作产生过影响。除去影响和交融，我们也千万不能忽视他的成长和生活背景：东欧曾经高度政治化的现实。某种程度上，这种特殊的现实，为萨拉蒙，也为东欧其他作家，提供了特殊的创作土壤。正是在这样的影响、交融和背景中，萨拉蒙确立了自己的声音，找到了自己的指纹：

托马斯·萨拉蒙是头怪兽。

托马斯·萨拉蒙是个空中掠过的球体。

他在暮色中躺下，他在暮色中游泳。

人们和我，望着他，目瞪口呆，

我们愿他一切如意，兴许他是颗彗星。

兴许他是诸神的惩戒，

世界的界石。

兴许他是宇宙中一粒特别的微尘，

将给星球提供能源，

当石油、钢铁和粮食短缺的时候。

他或许只是个驼子，他的头

该像蜘蛛头那样被砍掉。

但那时，某种东西将会吮吸

托马斯·萨拉蒙，也许是他的头。

也许他该被夹在玻璃

之中，他的照片该被拍摄。

也许他该被泡在甲醛中，这样，孩子们

就能看他，像看胎儿、蛋白

和美人鱼一般。

来年，他也许将在夏威夷

或卢布尔雅那。看门人将倒卖

门票。那里，人们赤足

走向大学。浪涛能达到

百英尺之高。城市美妙无比，

挤满了不断增长的人群，

微风柔和。

但在卢布尔雅那，人们说：瞧！

这就是托马斯·萨拉蒙，他同

妻子玛茹什卡到店里买了点牛奶。

他将饮下那牛奶，而这就是历史。

——《历史》

诗人萨拉蒙笔下的历史，显然不是统治者的历史，而是个体的历史，而是诗人的历史，而是具体生存的历史，而是颠覆者的历史。诗人就该是独立的，不羁的，反叛的，像头"怪兽"，与众不同，而又充满人性、自信和能量。诗人就该成为历史的主角。诗人就这样登上了人生和世界舞台。可以想象，这样的定位和形象，对当时的斯洛文尼亚诗坛会构成怎样的破坏力和冲击力，同时，又具有怎样的建设意义。

破碎，即兴，随心所欲，丰沛的奇想，和强烈的反叛，有时又充满了反讽色彩，荒诞意识，和自我神话倾向，而所有这些又让他的诗歌流露出神秘的气息。诗歌中的萨拉蒙时而愤怒，时而忧伤，时而幽默，时而深情，时而陷于沉思和幻想，时而热衷于冷嘲热讽，时而站立于大地，时而升上太空，时而舒展想象的翅膀，时而又如孩童般在同语言和意象游戏。但不管怎样，他都有着鲜明的特色和坚硬的质地：

……我笑个不停，

或者忧伤，如一只猴子。

其实，我是这样的一块地中海岩石，

你甚至可以在我身上烤肉排。

——《我在阅读，关于博尔赫斯……》

他是个艺术幻想家，又是个语言实验者。他注重诗歌艺术，但又时刻没有偏离生活现实。在诗歌王国中，他豪放不羁，傲慢无礼，鄙视一切成规，沉浸于实验和创新，同时也没忘记社会担当和道德义务。在介绍斯洛文尼亚人时，萨拉蒙说："斯洛文尼亚人从来都中规中矩。"现实生活中，他可能也像他的同胞那样中规中矩。在同他的通信交往中，我发现他总是那么的温和，儒雅，周到，彬彬有礼，富有教养。但在诗歌写作中，他绝对是个例外。在诗歌世界里，他可以冲破一切的规矩。他通过否定而自我解放。他只信从反叛诗学。他是他自己的上帝。于是，我们便在《民歌》中听到诗人发出这样的宣言：

> 每个真正的诗人都是野兽。
> 他捣毁人民和他们的言辞。
> 他用歌唱提升一门技术，清除
> 泥土，以免我们被虫啃噬。
> 酒鬼出售衣裳。
> 窃贼出售母亲。
> 唯有诗人出售灵魂，好让它
> 脱离他爱的肉体。

在几十年的诗歌生涯中，托马斯·萨拉蒙已出版诗集近四十部，较近期的有《自那儿》（2003）、《太阳战车》（2005）、《蓝塔》（2007）等。他被认为是中欧目前最重要的诗人之一。在国内外获得过多种奖项，还担任过斯洛文尼亚驻纽约大使馆文化专员。他的作品常常出现在各种国际性期刊上。他本人也常常出现在各种艺术、文化和诗歌场合。至2009

年，他已有《托马斯·萨拉蒙诗选》《盛宴》《献给梅特卡·克拉索维奇的民谣》《给我的兄弟》《牧人，猎者》《忧郁的四个问题：新诗选》《蓝塔》等十多部用英语出版的诗集。英语外，作品还被译成法语、德语、俄语、意大利语、西班牙语、汉语等几十种语言。他这样回顾和总结自己的诗歌生涯："听见和倾听，迷失，或几乎被碾碎，受伤，同样，正如人类生命中通常会发生的那样，得到幸运的青睐。"这就是他的诗歌之路。因了诗歌，他觉得自己的人生幸福而又美丽。生活于一个仅有两百多万人口的小国，诗人萨拉蒙十分清楚翻译对于传播自己诗歌的重要。他显然乐意面对更加广大的读者。在某种程度上，他始终在为世界而歌。这既是他的志向，也是他的姿态。对于所有译者，他都一再地表示感激。

一个充满想象力和创造力的诗人写出的诗，自然就构成了一道"想象的盛宴"（美国诗人爱德华·赫希语）。与此同时，一个充满想象力和创造力的诗人，也就意味着不断地出走，偏离，脱轨，和游戏。翻译这样一个诗人，显然既是一种享受，也是一次冒险。我因此兴致十足，同时又忐忑不安。被我译成汉语的萨拉蒙，究竟在多大程度上还是萨拉蒙？翻译过程中，我不断地发出这样的疑问。可我转而想到，一个出色的诗人必然能为读者提供不断阅读的可能性。翻译其实也是一种阅读。那就让我把这次翻译当作阅读托马斯·萨拉蒙的开始吧。

2013 年 3 月 15 日于北京

他"美丽得犹如思想的影子"

——翻译斯特内斯库

　　罗马尼亚有举办诗歌节的传统。诗人们聚集在海边或林中空地，饮酒诵诗，通宵达旦，常常把时间抛在一边。

　　在这样的场合，尼基塔·斯特内斯库往往是中心人物。那是 20 世纪 70 年代。当时，他也就四十来岁，高高的个子，稍显瘦弱，一头金发，英俊潇洒，无拘无束，又充满了活力，极能吸引众人的目光。他的周围常常围着一群热爱诗歌的美丽的女人。诗歌，女人，和酒，他在生活中最最看重这些了。典型的先锋形象，倒也十分符合他在罗马尼亚诗坛上的地位。

　　"哦，我曾是一个美丽的人/瘦弱而又苍白"，他自己写道。

　　许多罗马尼亚人都能背诵他的诗歌。可惜，这个美丽的人过早地离开了人世。那是 1983 年。他刚刚五十岁。有人说，他的死亡同酗酒有关。

　　时空转换。80 年代中期，中国，西子湖畔，我和罗马尼亚女演员卡门不由得谈起了斯特内斯库。就是在那一刻，卡门轻轻地为我吟诵了斯特内斯库的《追忆》：

　　　　她美丽得犹如思想的影子

　　　　她的后背散发出的气息

像婴儿的皮肤，

像新砸开的石头，

像来自死亡语言中的叫喊。

她没有重量，恰似呼吸。

时而欢笑，时而哭泣，硕大的泪

使她咸得宛若异族人宴席上

备受颂扬的盐巴。

她美丽得犹如思想的影子。

茫茫水域中，她是唯一的陆地。

　　至今还记得卡门吟诵这首诗时动情的样子。我被打动了。因为感动，也因为喜欢，我当场就记下了这首诗，很快便将它译成了汉语。

　　反复地读，反复地品，我读出了我品到的味道。

　　追忆本身是一种难以捉摸的思维活动。但在诗人的描绘下，追忆竟变得有声有色，具体可感。诗中的"她"既可理解为追忆的象征，也可理解为追忆的具体对象。"思想的影子"，抽象和具象的结合，多么奇特的意象，给"美丽"罩上了一层神秘的色彩，可以激发读者的无限想象。追忆可以给人带来各种各样错综复杂的感受，有时，"她"像"婴儿的皮肤"那样纯洁甜美，有时，"她"像"新砸开的石头"那样能够粗犷有力，有时，"她"又像"来自死亡语言中的叫喊"那样悲壮感人。"她"尽管"没有重量，恰似呼吸"，但我们分明能感觉到"她"的分量。"她"既能给我们带来欢笑，也能使我们陷入痛苦。由于泪水的缘故，"她咸得宛若异族人宴席上/备受颂扬的盐巴"。不管怎样，"她"代表着一种真实，人生中，只要有这种真实，人们便会看到希望，感到慰藉，因为"茫茫水域中，她是唯一的陆地"。

一首短诗，竟像一把高超的钥匙，开启了我们的所有感觉。我们需要用视觉来凝视美丽的"思想的影子"；需要用嗅觉来闻一闻"婴儿的皮肤"所散发出的带有奶油味的芳香；需要用听觉来倾听"来自死亡语言中的叫喊"；需要用味觉来品尝像盐巴一样咸的泪水。于是，一种难以言说的美便在我们心中油然而生。那美，是诗歌，同时又超越诗歌。

我也因这首短诗而真正关注起斯特内斯库来。

尼基塔·斯特内斯库（Nichita Stanescu）于1933年3月31日出生于罗马尼亚普洛耶什蒂市一个富裕家庭。他的父亲尼古拉·斯特内斯库是位作坊主，母亲塔迪亚娜·切里亚邱金是俄国移民。斯特内斯库从小就享受着优越的物质条件和良好的文化氛围。战前，他们家拥有汽车、自行车、收音机和照相机，全家时常开车或骑车郊游。父母都喜爱文艺，多多少少影响到斯特内斯库的成长。

斯特内斯库聪颖，也淘气，小学一年级曾经留级，但总体来说，学习成绩不错。进入著名的卡拉伽列中学后不久，他很快就因为种种"超凡举动"成了校园小名人：喜欢画漫画，写黑话诗，踢足球，并爱上了一位同学的姐姐。一度，他曾沉浸于阅读惊险文学和侦探小说，后来又通过罗马尼亚诗人乔治·托帕尔切亚努的作品迷恋上了诗歌世界，并因此确定了自己的人生走向。

1952年至1957年，斯特内斯库就读于布加勒斯特大学罗马尼亚语言文学系。罗马尼亚声名显赫的文学大师乔治·克林内斯库曾执教于语言文学系，并为该系营造了浓郁的文学氛围。这一氛围神奇般地长久保持着，有一阵子以地下隐秘的方式，熏陶和培育了一批又一批文学青年。斯特内斯库便是其中的一员。大学学习期间，他曾有幸见到了罗马尼亚著名的数学家诗人伊昂·巴尔布。巴尔布幽默风趣的谈吐和优雅迷人的风度深深打动了青年斯特内斯库。与巴尔布的会面，很大程度上，点燃了他成为诗人的渴望。

他继续创作黑话诗系列，这些诗幽默，新颖，在大学校园传播着，给斯特内斯库带来了小小的名气，但并没为他戴上诗人的桂冠。很大的原因是另一名大学生诗人尼古拉·拉比什的存在。拉比什小斯特内斯库两岁，却已凭借诗篇《小鹿之死》声名鹊起，光彩夺目，成为众多青年心目中的偶像。然而，让人扼腕叹息的是，1956年12月22日深夜，拉比什不幸遭遇事故，意外辞世，年仅二十一岁。一颗诗歌新星就此陨落。

斯特内斯库从中学起就显露出豪放不羁的性情。他谈了一场又一场恋爱。十九岁时就经历了第一次婚姻。大学最后一年，又与热爱拉比什诗歌的杜伊娜·邱利亚订了婚。1957年，他先后在《论坛》和《文学报》发表处女诗作。诗中的知性倾向和叛逆词汇遭到了一些评论家的指责。这恰恰让斯特内斯库引起了更多人的关注。

大学毕业后，斯特内斯库成为《文学报》编辑，开始进入布加勒斯特文学圈。1960年，他的首部诗集《爱的意义》出版，其中，人们读到了如此清新、独特、不同凡响的诗作：

> 哦，事物没有与我一道生长。
> 某时，在我雾气缭绕的
> 童年，它们只够到

我的下巴。

后来，
战争结束时，
它们勉强同我的腰齐平，
就像一把痛苦的石剑。

此刻，
它们甚至低于我的踝骨，
酷似几只忠诚的狗，
举起手臂，触摸星辰的
第二幅面孔。

而青春庆典中
响起天体音乐，
愈来愈紧密地回荡着。

—— 《颂歌》

　　这是多么骄傲、自信和反叛的生长，甚至高过万事万物，既是青春激情的庆典，更是自我确立的庆典。在这样的庆典中，你可以听到真正的音乐：天体音乐。

　　如此的诗篇很快确立了斯特内斯库新生代作家领军人物的地位。新生代作家中有诗人马林·索雷斯库、安娜·布兰迪亚纳、切扎尔·巴尔达格、贝德莱·斯托伊卡、伊昂·格奥尔杰、格里高莱·哈久、安格尔·敦布勒维亚努等，小说家尼古拉·布莱班、杜米特鲁·拉杜·波佩斯库、奥古斯丁·布祖拉、弗努什·内亚古、尼古拉·维莱阿、森泽亚纳·博普、伊昂·伯耶舒、斯特凡·伯努莱斯库等，评论家欧金·西蒙、尼古拉·马诺莱斯库等。这些作家中不少都是斯特内斯库的密友。他们是幸运的，逢到了上世纪 60 年代初罗马尼亚文化生活中出现的难得的"解冻期"。

上世纪 50 年代，罗马尼亚社会和文化生活曾经历令人窒息的僵化和教条，严重阻碍了文艺创作的正常发展。进入 60 年代，由于国家政策的调整和改变，社会和文化生活开始出现相对宽松、活泼和自由的可喜景象。移居美国的罗马尼亚作家诺尔曼·马尼亚在随笔集《论小丑》中比较客观地描绘了这一时期的情形：

> 在 1965 年到 1975 年这相对"自由"的十年里，罗马尼亚并不繁荣，也不能说人们在日常生活里毫无拘束。但是关于那个时期的记忆里有一种振奋人心的东西：用轻快的拉丁语哼唱，动听而有趣；你可以更自由地四处走动，更自由地谈论别人和书。仿佛就在一夜之间，人们和书籍一起死而复生了——和谐的交谈、快乐的聚会、忧郁的漫步、令人兴奋的探险，一切都回到了生活中……这个时期对经济发展的促进微乎其微，但它对艺术和文学的影响却延伸到了之后的十多年里。我们利用一切机会接触西方的艺术和思想运动，在一些社会和政治问题上，我们可以保持比较独立的立场，可以用个人的方式表达观点。

这一时期，诗人卢奇安·布拉加等作家的作品被解除了禁戒。人们重又读到了两次世界大战之间许多重要诗人和作家的作品。这一时期，小说家马林·普雷达正在构思他那全面反思"苦难的十年"的鸿篇巨制《世上最亲爱的人》。这一时期，文学翻译在文学发展中起到了不可估量的推动作用。人们可以读到乔伊斯、普鲁斯特、福克纳、卡夫卡等几乎所有西方大家的作品。这一时期，作家们在艺术的神圣光环下，享受着特别的待遇，被人们恭敬地称为"不朽者"。

以斯特内斯库为代表的新生代作家们及时抓住这一宝贵而难得的历史机遇，几乎在一夜之间纷纷登上文坛，让那些教条主义者顿时无立身之地。在诗歌领域，他们要求继承二次大战前罗马尼亚抒情诗的优秀传统，主张让罗马尼亚诗歌与世界诗歌同步发展。在他们的作品中，自我，内心，情感，自由，重新得到尊重，真正意义上的人重新站立了起来。他们个个热血沸腾，充分意识到了自己的使命：要做文学的继承者、开拓者和创新者。就在这样的情形下，作为诗歌先锋的斯特内斯库展开了他旋风般的诗歌生涯。

> 在树木看来，
> 太阳是一段取暖用的木头，
> 人类——澎湃的激情……
> 他们是参天大树的果实
> 可以自由自在地漫游！
>
> 在岩石看来，
> 太阳是一块坠落的石头，
> 人类正在缓缓地推动……

他们是作用于运动的运动，

你看到的光明来自太阳！

在空气看来，

太阳是充满鸟雀的气体，

翅膀紧挨着翅膀，

人类是稀有的飞禽，

他们扇动体内的翅膀，

在思想更为纯净的空气里

尽情地飘浮和翱翔。

——《人类颂歌》

　　人的激情可以开掘出无限的潜力，可以激发起巨大的能量。诗人同样如此。"在思想更为纯净的空气里/尽情地飘浮和翱翔"，从这句诗中，就可以看出斯特内斯库当时的诗歌志向和内在激情。他以几乎每年一本，有时甚至两本和三本的疯狂节奏，接连推出了《情感的幻象》(1964)、《时间的权利》（1965）、《哀歌十一首》（1966）、《阿尔法》(1967)、《蛋和球体》（1967）、《垂直的红色》（1967）、《非语词》(1969)、《有片土地名叫罗马尼亚》(1969)、《甜蜜的古典风格》(1970)等 16 部诗集和 2 本散文集。激情让诗人写出一首又一首诗，也让他一次又一次进入恋爱状态。诗歌和恋爱都需要激情，激情又能催生诗歌和恋爱。斯特内斯库写诗的同时，恋爱，结婚，又离婚，再恋爱，再结婚，不断地从一个家搬到另一个家，时常，索性寄居于不同的朋友家中，时而处于幸福甜蜜状态，时而又陷入忧郁沮丧情绪。这倒是让他写出了不少忧伤却优美的情诗，《忧伤的恋歌》就是其中十分动人的一首：

　　唯有我的生命有一天会真的

　　为我死去。

　　唯有草木懂得土地的滋味。

　　唯有血液离开心脏后

　　会真的满怀思恋。

　　天很高，你很高，

　　我的忧伤很高。

　　马死亡的日子正在来临。

　　车变旧的日子正在来临。

　　冷雨飘洒，所有女人顶着你的头颅，

　　穿着你的连衣裙的日子正在来临。

　　一只白色的大鸟正在来临。

　　激情既意味着创造，同时也意味着消耗和吞噬。斯特内斯库常常彻夜写作，或聊天，又有酗酒的毛病，身体很快受到损害。1983 年 12 月 13 日，斯特内斯库因心脏病突发而离开了人世。他那正处于巅峰状态的诗歌创作戛然而止。

　　阅读斯特内斯库，我们会发现，诗人非常注重意境和意象的提炼。而意境和意象的提炼，意味着摒弃陈词滥调，冲破常规，发掘词语的潜力，拓展语言的可能性，捕捉世界和人生的意义。在一次答记者问中，他承认自己始终在思考着如何让意境和意象更加完美地映照出生命的特殊状态。他极力倡导诗人用视觉来想象。在他的笔下，科学概念、哲学思想，甚至连枯燥的数字都能插上有形的翅膀，在想象的天空任意舞

动。这是诗歌的需要，他一次又一次地强调。

在 20 世纪六七十年代，斯特内斯库的诗歌创作和诗歌活动带有悲壮的开拓和牺牲意味。曾经有一段时间，他被某些评论家看作了怪物。他自然要为此付出代价。"有时，我甚至祈求上苍不要赋予我莎士比亚的天才。我惊恐地意识到你得为这种天才付出多么昂贵的代价。而对于这些代价我却没有丝毫的准备。"他曾在一次访谈中说道。可与此同时，他又意识到："没有代价，价值便难以实现。在我们的民间文学中流传着有关牺牲的神话绝不是偶然的。谁不认准一个方向，谁就一事无成。"

在斯特内斯库等诗人的共同努力下，罗马尼亚诗歌终于突破了教条主义的束缚，进入了被评论界称为"抒情诗爆炸"的发展阶段。斯特内斯库便是诗歌革新运动的主将。当人们称他为"伟大的诗人"时，他立即声明："我不知道什么是'一位伟大的诗人'，我只知道什么是'一首伟大的诗'。"他自然希望自己已经写出了一首伟大的诗。他还特别强调时代的重要性：

> 我认为诗人没有自己的
> 时代；时代拥有自己的诗人，
> 总而言之，时代遇见自己的诗人。

随着时间的推移，人们愈发意识到了斯特内斯库的价值和意义：他实际上在一个关键时刻通过自己的诗歌写作和诗歌行动，重新激活了罗马尼亚诗歌的生命力和创造力，让罗马尼亚诗歌再度回到了真正的诗歌轨道，并为罗马尼亚诗歌的未来积蓄了巨大的能量。

不知怎的，我一直忘不了斯特内斯库讲过的一个故事：

有一年的 5 月 2 号，我们到海边的一个地方去。当时，我很年轻，正在恋爱。我并不特别喜爱大海。我更喜欢丘陵和高山。我在屋子里待了两天。有一面墙上挂着一块土耳其挂毯，上面绣着"掠夺苏丹王宫图"。画面的中央立着一匹马。一天晚上，我在屋子里等朋友等了好长时间，可他们依然迟迟不归。这时，我突然觉得这是匹活马，并试图往上骑。我骑了一次又一次，最后腿都快折断了。上帝保佑，原来有些马是无法让人骑的。

你明白他想说什么吗？他兴许想说，诗人就是把艺术幻想当作生活现实或者把生活现实当作艺术幻想的人。诗歌，乃至文学，实际上，是一项伟大的艺术幻想事业。在此意义上，用斯特内斯库的诗歌名句来形容，真正的诗人，其中当然包括斯特内斯库，都"美丽得犹如思想的影子"。

2017 年 10 月 21 日于北京

文学翻译：戴镣铐的孤独的舞蹈

那是上世纪 80 年代的一个夏天。持续数十天的闷热。我在紧张地翻译昆德拉的短篇小说集《可笑的爱》。身与心，彻底的投入，竟让我忘记了高温和闷热。也忘记了时间。早起，晚睡，光着膀子，定定地坐在书桌前，一坐就是六七个钟头，每天至少要劳作十五六个小时，至少要译出五六千字。整整两个多月，除去上班，几乎天天如此。

整整两个多月，婉拒应酬，回避聚会，关闭电话，没有杂七杂八的事务和欲望，只有昆德拉，只有昆德拉笔下的故事和人物。《搭车游戏》《没人会笑》《爱德华和上帝》《永恒欲望的金苹果》……小伙子、姑娘、我、爱德华、马丁……我不得不喜欢这些故事和人物。我也确确实实喜欢这些故事和人物。读读《搭车游戏》，那是场多么耐人寻味的游戏。一场游戏最后竟走向了它的反面。世事常常出人意料。任何设计和预想都不堪一击。我们无法把握事物的进程。最庄重的可能会变成最可笑的。最纯真的可能会变成最荒唐的。最严肃的可能会变成最滑稽的。关键是那道边界。可谁也不清楚边界到底在哪里。再读读《爱德华和上帝》，一个追逐女人的故事却如此巧妙地把信仰、政治、性、社会景况、人类本性等主题自然地糅合到了一起。层次极为丰富。手法异常多样。加上不少哲学沉思，又使得故事获得了诸多形而上的意味。字里行间弥散出浓郁的怀疑精神。没错，昆德拉充满了怀疑精神。显然，在他眼里，信仰值得怀疑，爱情值得怀疑，政治值得怀疑，革命值得怀疑，真理值得怀疑，语言值得怀疑，民族的存在值得怀疑……总之，一切都值得怀疑，一切都毫无价值和意义。《可笑的爱》中的每个故事都让我喜欢。喜欢，才有翻译的兴致和动力。而翻译，又让深入成为可能。

翻译，就是最好的深入。每个字，每句话，每个细节，每个人物，每个故事，都站在你面前，挑衅着你，诱惑着你，纠缠着你，想甩也甩不开。你必须贴近，深入，熟悉它们，理解它们，喜欢它们，然后才能打动它们，让它们在你自己的语言中苏醒，复活，起身，并张开手臂。这是个异常痛苦的过程。起码于我而言。力不从心的痛苦。寻找对应的痛苦。难以转译的痛苦。感觉总在较劲。同文本较劲，同语言较劲，也同自己较劲。总恨自己的文学修养还不够深。总恨自己驾驭语言的能力还不够强。总恨自己的想象力和创造力还不够旺盛。常常，一个上午，一个下午，或一个晚上，一动不动，雕塑般坐在书案前琢磨一个句子。一个句子就这样凝固了我的时间。难以转换。甚至不可转换。但又必须转换。译者的使命和作用恰恰要在这时担负和发挥。那意味着：语言与语言的搏斗。个人与语言的搏斗。无限与有限的搏斗。这近乎残酷。残酷得既像受虐，又似自虐。

两个多月后，当酷暑接近尾声时，《可笑的爱》终于译完。那是昆德拉的书，也是我的书。那一刻，我才感到了轻松和快乐。没错，轻松和快乐，仅仅在完成之后。

译事，就是这样的艰难。译昆德拉如此。译詹姆斯如此。译克里玛如此。译卡达莱如此。译齐奥朗如此。译布兰迪亚娜如此。译温茨洛瓦和萨拉蒙也如此。在我有限的翻译实践中，几乎无一例外。它考验你的修养，考验你的才情，同样考验你的毅力和体力。有时，一次翻译就是一场马拉松。没有毅力和体力，你又如何能跑到终点?! 我因此极为佩

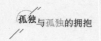

服李文俊、高莽、杨乐云、叶渭渠等老前辈。李文俊先生译福克纳，常常一天就译五百字，几乎耗尽了一辈子，才译得福克纳的五六本书。高莽先生一边照料病中的母亲和失明的妻子，一边译出那么多俄罗斯文学作品。杨乐云先生在耄耋之年还在苦苦翻译赫拉巴尔和赛弗尔特，孤独，却不寂寞。叶渭渠先生患有严重的心脏病，依然笔耕不辍，最终倒在书案旁。他们都是内心有光的可爱的人。我因此十分不解：在许多学术单位，文学翻译竟然不算成果。而且在当今中国，无论评估体系，奖励机制，还是稿酬标准，都对文学翻译表现出严重的歧视和轻视，没有最起码的尊重。自然，我指的是那种严格意义上的文学翻译。我因此可以毫不夸张地说：李文俊先生译的《喧哗与骚动》，高莽先生译的《人与事》，杨乐云先生译的《世界美如斯》，叶渭渠先生译的《雪国》不知要胜过多少篇"学术论文"和"文学评论"。反倒是作家和读者给予文学翻译十分的尊敬。他们甚至明白，由于特殊的历史缘由，在上世纪七八十年代，文学翻译曾经引领中国的写作者走过了一段路程。倘若没有读到福克纳和马尔克斯，很难想象莫言能否写出自己的代表作。同样，倘若没有及时读到译成汉语的外国诗歌，很难想象北岛多多们会成为什么样子。

小说外，我也译散文和诗歌，而且随着时间的推移，越来越多地译诗歌了。不论译什么，只要是书，都会让我进入一种非常状态。专注、紧张甚至焦虑的状态。人也变得古怪，沉默，恍惚，情绪不定。生活规律完全打破。常常，将自己关在屋里，一连几天都不出门。每每译书时，家里都有一种异样的气氛。家人都会替我着急，都会成为某种意义上的"牺牲"或"替罪羊"。就连家犬豆豆的美好生活都会受到影响。平时，她喜好漫步，也喜好游戏，总是由我陪伴。但我一旦投入译事，豆豆的漫步和游戏都会暂时中断，害得小家伙茫然不解，而又异常委屈。对此，我深感不安，可又十分无奈。那真是情不自禁的事。于是，我就想：以后译书，要单独住到一个安静的所在，最好是偏僻的郊区。不打扰人，也不被人打扰。一切的一切都由我来消解和承受。译《托马斯·温茨洛瓦诗选》时，我果然就应朋友之邀，来到了青海，在寂寞却宁静的高原译出了一首又一首诗。走了那么远，就为了译出一本诗集，友人们都感叹。我自己在译序中也写下了这样的文字："诗歌就是远方，诗歌翻译也是某种远方，是我们要努力抵达的远方，是温茨洛瓦追忆或向往的远方。人人心里都有自己的远方。人的一生，其实就是从远方，到远方。"

译零星的作品则相对要松散一些。主要是时间和空间上的松散。松散并不意味着容易。尤其在译散文和诗歌时。译散文和诗歌，其实更加需要灵气，也更加讲究语言。要知道，在中国，大多数人读到的不是外国文学作品，而是外国文学翻译作品。在这里，翻译者起着至关重要的作用。优秀的翻译者引导着读者。糟糕的翻译者误导着读者。因此，更进一步说，读外国文学翻译，实际上就是读外国文学翻译者。不是所有人都能做文学翻译的。做文学翻译，要有外文和中文功底，要有文学修养，要有知识面，还要有悟性、才情和灵气。而悟性、才情和灵气常常是天生的。文学翻译无疑是一项创造性的劳作。但说到创造性，我们又得特别警惕。因为，文学翻译的"创造性"很可能被利用，甚至被滥用，成为众多糟糕的和谬误的翻译的借口和托词。这一现象，起码在中国译坛，严重地存在。于是，我有时会想：文学翻译是否也该有某种"准入证"？但转而又检讨自己，觉得这一想法过于极端和狭隘了。

一直都有人在讨论直译和转译问题。能依据写作者的语言直译，当

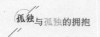

然最好。但前提是必须有合格的译者，也就是我说的理想译者。何为理想译者？就是有扎实的外文和中文功底，有厚重的文学修养和高度的艺术敏感，有知识面，有悟性、才情和灵气，同时又对文学翻译怀有热爱和敬畏之情的译者。最最理想的译者就是那些既有翻译能力，又有写作才华的译者。他们是译者中的译者。我不禁想到了穆旦、李健吾、冯至、卞之琳等先贤。我还想到了黄灿然、西川、姚风、李笠、汪剑钊、树才、田原等同道。然而现实是：小语种翻译队伍中，如此的理想译者十分稀缺。在此情形下，转译便成为一种合理的，有时甚至是必要的替代。就像上世纪上半叶鲁迅、孙用等前辈所做的那样。以希姆博尔斯卡诗歌在中国的翻译为例。在这位波兰女诗人于 1996 年荣获诺贝尔文学奖后，国内曾先后出版过两个译本，均从波兰文直接翻译。但由于未能表现出女诗人的水准而反响平平，随着时间的推移，甚至被人遗忘了。而恰恰在 2012 年，也就是在她获奖足足十六年后，陈黎从英文转译的希姆博尔斯卡诗选《万物静默如迷》却赢得了众多读者的喜爱。这其中肯定有诸多诗歌外的因素，比如女诗人离世这一引人注目的事件，文化公司在包装、发行、推广等方面的成功运作，等等。但译者水准和译文品质在其中发挥的重要作用，显然不可否认。同样，另一位波兰诗人亚当·扎加耶夫斯基诗歌在中国的翻译，也特别能说明问题。今年三月，诗歌与人·国际诗歌奖颁奖典礼在广州举行。扎加耶夫斯基获奖，并不远万里来到广州领奖。黄礼孩为此专门出版了两个版本的《扎加耶夫斯基诗歌精选》，一个版本是从波兰文直译的，另一个版本是李以亮从英文转译的。只要稍加比较，我想许多读者都会偏爱李以亮译本。在这两位译者中，李以亮就是我所说的理想译者。他本身就是诗人，中文好，英文也好，有语言和文学敏感，懂诗歌，同时又热爱诗歌和诗歌翻译。

我在读过李以亮译文后，写过这样的评语："曾读过扎加耶夫斯基诗歌的不同译本，有的译自英文，有的译自波兰文。同一个诗人，呈现出不同的面貌。相比之下，还是喜欢李以亮的译文，接近到位，有深入的研究和基本的理解，是用心的翻译。"

瞧，有时，转译是完全可以胜过直译的。

此外，面对文学翻译，一如面对世上所有的事业，最最重要的是：你必须热爱。

而热爱又伴生着敬畏。一种错综的情感。时间流逝，我越来越敬畏文学和文字了，越来越敬畏文学翻译了，越来越觉得它的无边无际，无止无境。什么才算完美？完美难以企及，也根本无法企及，仿佛一场永远打不赢的战争。反过来，也正是这种难以企及，让你时刻都不敢懈怠，不敢骄傲和自满。正因如此，我认为，一个从不拒绝的翻译者是可疑的；一个每天能定量生产的翻译者是可疑的；一个号称自己的翻译前无古人后无来者的翻译者是可疑的；一个觉得译事简单容易的翻译者是可疑的；一个断然否定前辈劳作的翻译者是可疑的。而真正懂得译事究竟的翻译者必定是谦逊的、惶恐的、小心翼翼的。这令我想起《世界文学》每期必做的刊物检查。每次检查总能发现些或大或小的问题。让人无奈而又沮丧。文学编辑实在是项遗憾的事业。文学翻译不也同样如此吗?!

我甚至都有点惧怕。惧怕文学翻译。宁可在家里读读书，喝喝茶，听听风，晒晒太阳，也绝不轻易地答应翻译约稿。尤其是有时间限定的翻译约稿。要做翻译，也只愿依照自己的节奏，做自己喜欢做的翻译。这同样是出于热爱和敬畏。我相信，译比写，更难，也更苦。正所谓：戴着脚镣跳舞。而且永远是孤独清贫的舞者。正因如此，我现在更愿写

作。写诗，写散文，写读书笔记。写作，海阔天空，无拘无束，让文字舞动，流淌，闪烁，像水，或像火：

> 过于喧嚣的海滩。喧嚣中，那蔚蓝的诱惑，那蔚蓝的水与火。阳光，白沙，阵阵的波浪。海滩上，女人，袒露着身子，水一样展现。越是年轻、越是美丽的女人，越是要展现。那真是天体。到处的女人。到处的天体。奔跑。舞动。或静静开放。用目光向天体致敬吧。耀眼的天体，闪着晶莹的水珠，让心和目光醉了。

> 一次一次的醉。在酿制葡萄酒的海边。天体也是葡萄酒。阳光确立葡萄酒的品质。朋友来时，我们就喝葡萄酒，吃烤鱼。茨冈人演奏着欢快的乐曲。小青来过。雪晶来过。沈苇也来过。通宵达旦地喝。一边舞蹈，一边喝。一边喝，一边抱起漂亮的女人。女人，在海边。海边，我的女人。女人也是葡萄酒。最最好的葡萄酒。

> ——高兴《夏天的事情》

写作当然同样的艰难。但写作时，你可以想象，可以设计，可以控制节奏，也可以游戏，那会给你带来无边的快乐。而翻译却不行。你不能丢掉那必须的镣铐。丢掉镣铐，你可能就已改变译事性质，从迻译过渡到改写，或者改编了。想想青年时期，竟然一天译五六千字，都有点后怕和羞愧。那时，实在不知天高地厚。想想有些译者，每年竟能译出六七本书，实在是佩服得五体投地。还有青年译者竟然声称每天能译万字以上，这在我听来，简直就像天方夜谭。比起他们，我注定是个笨拙而又缓慢的译者。我也越来越愿意做个缓慢而又从容的译者。

如今，每次面对一部作品，我都要长时间地琢磨和酝酿。2007 年 3

月，开始译阿尔巴尼亚小说家卡达莱的长篇小说《梦幻宫殿》。差不多
一个来月，我都处于酝酿状态。每天只译几百个字。最多也就两千字。
故意的慢。想渐渐地加速，想准确地把握基调和语调。一旦确定了基调
和语调，译起来，就会顺畅许多。就这样，一部十来万字的小说，竟花
费了我四个多月的心血。"虽然顾虑重重，但他没有从窗户旁掉过脸去。
我要立马吩咐雕刻匠为我的墓碑雕刻一枝开花的杏树，他想。他用手擦
去了窗户上的雾气，可所见到的事物并没有更加清晰：一切都已扭曲，
一切都在闪烁。那一刻，他发现他的眼里盈满了泪水。"这是《梦幻宫
殿》的结尾。译完这段话后，我的眼里也盈满了泪水。

2014 年 8 月 17 日修改于北京

Part 5
第五部分

纪 念
LONELY

孤独，但并不寂寞

——怀念杨乐云先生

一

2009 年底，翻译家杨乐云以九十岁高龄告别人世。

正是最冷的时刻。她的离去显得有点仓促，甚至还有点窘迫，仿佛在一瞬间摧毁了所有的诗意，却在某种意义上呼应了一个文人的命运。

在拥挤、混乱的急诊室里，我听见先生用尽力气说出的话语："回家，我要回家。"

先生要回家，回到她的屋子，安安静静地靠窗坐下。抬起头，就能看到两个外孙女的照片。或者把身边的几本书拥在胸口，代替呼吸。那些心爱的书，哪怕摸摸，也好。然后，闭上眼睛，顺其自然，听从死神的召唤……

对于病危中的先生，回家，已是奢望和梦想，已成为最后的精神浪漫。

二

记忆，时间的见证，这唯一的通道，让我们再度回到过去。因了记忆，时间凝固，溶解，成为具象，化为一个个画面。

先生在不断地走来。

80 年代初，先生已在《世界文学》工作了二十多个年头，临近退休，开始物色接班人。当时，我还在北京外国语学院。出于爱好，更出于青春的激情，课余大量阅读文学书籍。诗歌，小说，散文，中国的，外国的，什么都读。不时地，还尝试着写一些稚嫩的文字，算是个文学青年吧。在 80 年代，不爱上文学，在我看来，几乎都是不可能的事。关于那个年代，我曾在《阅读·岁月·成长》一文中写道：

> 80 年代真是金子般的年代：单纯，向上，自由，叛逆，充满激情，闪烁着理想主义的光芒。那时，我们穿喇叭裤，听邓丽君，谈萨特和弗洛伊德，组织自行车郊游，用粮票换鸡蛋和花生米，看女排和内部电影，读新潮诗歌，推举我们自己的人民代表；那时，学校常能请到作家、诗人、翻译家和艺术家来做演讲。有一次，北岛来了，同几位诗人一道来的。礼堂座无虚席。对于我们，那可是重大事件。我们都很想听北岛说说诗歌。其他诗人都说了不少话，有的甚至说了太多的话，可就是北岛没说，几乎一句也没说，只是在掌声中登上台，瘦瘦的、文质彬彬的样子，招了招手，躬了躬身，以示致意和感谢。掌声久久不息。北岛坚持着他的沉默，并以这种沉默，留在了我的记忆中。我们当时有点失望，后来才慢慢理解了他。诗人只用诗歌说话。北岛有资本这么做。

先生相信印象，更相信文字，在读过我的一些东西后，问我毕业后是否愿意到《世界文学》工作。我从小就在邻居家里见过《世界文学》。32 开。书的样子。不同于其他刊物。有好看的木刻和插图。早就知道它的历史和传统。也明白它的文学地位。不少名作都是在这份杂志上首先读到的。我所景仰的诗人冯至和卞之琳都是《世界文学》的编委。于我，它有着难以抗拒的魅力。我当然愿意。

"你还是多考虑考虑。这将是一条清贫的道路。"先生建议，脸上露出严肃的神色。

当我最终表明我的态度后，我知道这是份郑重的承诺。

三

先生那时已年满六十，瘦弱，文静，有典雅的气质，说话总是慢慢的，轻轻的。一个和蔼的小老太太。退休前，所里要解决她的正高职称，她却淡然地说："我都要退休了，要正高职称有什么用？还是给年轻人吧。"

先生安排我利用假期到《世界文学》实习，正好带带我，也让我感受一下编辑部的氛围。记得高莽先生初次见我，大声地说："要想成名成利，就别来《世界文学》。"

那个年代，当编辑，就意味着为他人作嫁衣。先生就是这样严格要求自己的。以至于，几乎所有时间，都在挖掘选题，发掘并培育译者。先生做起编辑来，认真，较劲，甚至到了苛刻的地步。她常常会为了几句话，几个词，而把译者请来，或者亲自去找译者，对照原文，讨论，琢磨，推敲，反反复复。有时，一天得打无数个电话。那时，用的还是老式电话，号码需要一个一个转着拨。同事们看到，先生的手指都拨肿了，贴上胶布，还在继续拨。在编辑塞弗尔特的回忆录时，光是标题就颇费了先生一些功夫。起初，有人译成《世界这般美丽》。先生觉得太一般化了，还不到位。又有人建议译成《江山如此多娇》。先生觉得太中国化了，不像翻译作品。最后，先生同高莽等人经过长时间酝酿，才

353

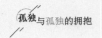

将标题定为《世界美如斯》。为几句话几个词而费尽心血，这样的编辑，如今，不多见了。

先生选材又极其严格，决不滥竽充数。每每遭遇优秀的作品，总会激动，眼睛发亮，说话声都洋溢着热情："好极了！真是好极了！"随后，就叮嘱我快去读，一定要细细读。读作品，很重要，能培育文学感觉。先生坚持认为。在她心目中，作品是高于一切的。有一阵子，文坛流行脱离文本空谈理论的风气。对此，先生不以为然。怎么能这样呢？怎么能这样呢？她不解地说。

"读到一个好作品，比什么都开心。呵呵。"这句话，我多次听先生说过。

四

这一辈子，太多的荒废，太多的消耗，什么事也做不了。先生常常感慨。

我能理解先生内心的苦楚。先生这一代人，从事东欧文学，总是生不逢时。50年代，刚刚能做些事情，中国和东欧关系恶化，陷入僵局。不少东欧文学学者还没来得及施展自己的才华，便坐起了冷板凳，而且一坐就是几十年。之后又是"文化大革命"。清查。大批判。下干校。折腾来，折腾去，政治总是高于一切，专业则被丢弃在一旁。到了70年代末，国家开始走上正轨时，他们大多已人过中年，临近退休。到了80年代末，一切正要展开时，又遇上了东欧剧变。东欧剧变后，困境再度降临：学术交流机会锐减，资料交换机制中断。看不到报刊，看不到图书，看不到必要的资料，又没有出访机会，这对于文学研究和翻译，几乎是致命的打击。这种局面持续了好几年，到后来才逐渐得到改观。

而此时，不少人已进入老年。先生他们走的是一条异常艰难而残酷的人生道路。

我也能理解先生退休之后近乎拼命地劳作了。就是想做点事，做点力所能及的事，做点自己喜欢的事。喜欢，没错，就是喜欢。先生不会说热爱，也不会说敬畏，而是说喜欢。热爱和敬畏，对于她来说，太浓烈了，也太严重了。

上世纪 80 年代后期，昆德拉在中国迅速走红。一股名副其实的"昆德拉热"也随之出现。这显然已是种值得研究的现象。最初，有人将昆德拉小说划入"伤痕文学"。也有人将他的小说定位成"抗议小说"。还有人笼统地将他的小说归为"政治小说"。这时，先生觉得该发出自己的声音了。她在《文艺报》上发表了《他开始为世界所瞩目》一文，以冷静、客观的笔调、专业的知识背景介绍了昆德拉和昆德拉小说。先生指出昆德拉的思想特点是失望和怀疑，而他的小说的重要主题就是展示人类生活的悲惨性和荒谬性。"昆德拉把世界看成罗网，小说家的作用就是对陷入罗网的人类生活进行调查。因此，怀疑和背叛一切传统价值，展示罗网中人类生活的悲惨性和荒谬性，就成了昆德拉小说的重要主题。"这就一下子抓住了昆德拉小说的实质，找到了恰当的路径，对于深入研究昆德拉至关重要。在"昆德拉热"刚刚掀起，人们的阅读还带有各种盲目性的时刻，这篇论文，以及先生后来发表在《世界文学》上的文章《"一只价值论的牛虻"》，对读者起到了一种引领作用。

五

我知道，先生更喜欢赫拉巴尔。"赫拉巴尔才是真正有捷克味儿的捷克作家，才能真正代表捷克文学。"她在各种场合反复强调。我趁机鼓动先生："那我们就来介绍赫拉巴尔吧。"先生欣然同意。

于是，我们便读到了《过于喧嚣的孤独》。

说到赫拉巴尔，我总会想到哈谢克。在我心目中，他们都是十分亲切的形象。赫拉巴尔也确实受到过哈谢克的影响。但他比哈谢克更精致，更深沉，语言上也更独特和讲究。《过于喧嚣的孤独》，在我看来，是他最有代表性的小说，篇幅不长，译成中文也就八万多字。小说讲述了一位废纸打包工的故事。一个爱书的人却不得不每天将大量的书当作废纸处理。这已不仅仅是书的命运了，而是整个民族的命运。我们同样遭遇过这样的命运。小说通篇都是主人公的对白，绵长，密集，却能扣人心弦，语言鲜活，时常闪烁着一些动人的细节，整体上又有一股异常忧伤的气息。因此，我称这部小说为"一首忧伤的叙事曲"。这种忧伤的气息，甚至让读者忘记了作者的存在，忘记了任何文学手法和技巧之类的东西。这是文学的美妙境界。

这是赫拉巴尔的魅力。也是先生的魅力。文学翻译，一定要注意韵味，注意传达字里行间的气息。外语要好，汉语更要好。还要有阅读基础，知识基础，和天生的艺术敏感。我和先生谈到文学翻译时，都有这样的共识。但我知道，要真正做到这点，实在太难了。先生做到了。这得益于她的文学修养和外语水平。先生小时候身体不太好，还在家歇过两年病假。歇病假的时间，她全用来读书了。读各种各样的书。读书的爱好陪伴了她的一生。这不禁让我想起了亨利·詹姆斯的经历。

六

近乎奇迹，先生竟然在耄耋之年翻译起《世界美如斯》，不管能否出版。那是本厚重的书，五百多页。仿佛一生的积累都在等待这一时刻的迸发。

《世界美如斯》并非严格意义上的回忆录。在谈及写作此书的动因时，塞弗尔特坦言，那是一种心灵的需要："和大家一样，我后面也拖着一根长长的绳索，上面挂着形形色色的影子。它们有的在微笑，有的在骂我，还有的羞愧地默然不语。有些我恨不得把它们踢进忘却的深渊，有些我又深愿搂在我的心头。但是所有的影子都紧紧地黏在一起，无法将它们扯开。"但是，他又不愿去写回忆录："我家里没有片纸只字的记录和数字资料。写这样的回忆录我也缺乏耐心。因而剩下的便唯有回忆。还有微笑！"于是，片段和瞬间，那些记忆中最生动最牢固的片段和瞬间，便成为此书的角度。典型的诗人的角度。不是回忆录，却像回忆集，或散文集。一篇篇，短小精致，独立成章，也没有时间和空间的限制。你可以从任何地方读起，你也可以在任何地方停下。

这一篇篇文字，表面上显得随意、散漫，实质却几乎是整个一生的浓缩。一位饱经沧桑的老人在说，声音轻轻的，那么平静，那么温和，平静和温和中流露出了无限的诗意和细腻的情感。

我深知，这本书特别符合先生的心境和口味。仿佛一位老人在悉心倾听另一位老人的讲述。真正的心心相印。每译好一篇，先生都像是享受了一道美味。这本书太厚了，先生独自肯定译不完，于是她又请上杨学新和陈蕴宁两位帮忙。最终，他们将此书的主要篇章都译出来了。

翻译告一段落后，先生将译稿交给了我。"你先读读吧。"她要我分享她的成果。我精选出一部分，在《世界文学》上发表，同时帮着联系出版社。90年代，不少出版社热衷于出小说，对散文和回忆录不感兴趣。很长一段时间，它没有遇到呼应的目光和气候。译稿起码转了三四家出版社。直到2006年，才由中国青年出版社出版。真是书籍自有书籍的命运。

七

此刻，我手中就捧着这本书，在湖边走。风，从湖面吹来。零星的雪，在空中飘舞，点点滴滴，隐隐约约，宛若记忆的变奏，又好似天上的消息。

分明又看到先生了，正站在窗前，倾听和凝望。她一生似乎都在倾听和凝望。总有一些声音，总有一些情景，会把她迷住，激发起她的童心。比如，这微微闪烁的雪片。

"雪片也有它的野心，想覆盖住世上的一切。可世上的一切能覆盖得住吗？呵呵。"先生的声音里有着一丝顽皮。

是幻觉吗？

在湖边走，迎着冰冷的风。这是温暖的需要。走走，走走，就暖和了。冷，最能让你贴近温暖。这也是记忆的需要。还有怀念。

先生就常常建议我多走路。多走路，有益于健康，而且，一边走，还可以一边思想。先生说。

一边走，一边思想。这句话，让我想起了芒克的短诗：

漂亮
健康
会思想

漂亮，健康，会思想，这是芒克为自己二十三岁生日写下的诗。一边走，一边思想，这是先生在八十八岁那年反复对我说的话。健康和思想并行，健康和思想紧紧连接在一道，是件美好的事。

有段时间，先生每天都会到紫竹院走走。一边走，一边思想。那段日子，先生正在翻译《世界美如斯》。一些句子，正是先生一边走，一边琢磨出来的。"那时，紫竹院也安静。走走，停停，停停，走走，一些句子就跳出来了。呵呵。"

那是一个美丽的五月的黄昏。其他黄昏根本不应该存在。坎帕岛的丁香花成串儿挂在河水上。水面上撒满了夕阳留下的色彩缤纷的小蝴蝶结，河水惬意地伸着懒腰，恰似一个妩媚的女人。水坝的梳子梳理着流水。

一边走，一边琢磨着这样的句子，我能想象先生的快乐。诗意地行走，快乐地漫步，思想照亮路边的景致。

可后来，在紫竹院变成免费公园后，先生就不去那里走路了。那里已没有起码的安静。安静，对于思想，很重要。

而我还有我的龙潭湖。因为冷，湖边几乎没人。多么的安静。安静中，我真切地听到了先生在说：一边走，一边思想。

仿佛湖边的私语，让冻结的水面泛出光泽。

八

先生曾在一份自传中检讨自己不够进步，不够关心政治。母亲的影响，让她从小就喜欢上了文学。先生曾走过许多地方，先是读书，后来又教书。无论走到哪里，总离不开文学。

亲近文学，从逻辑上来说，也就是在关心政治，只是表达方式不同。没有口号，没有空洞的姿势，远离热闹和流行，静静地读书，写字，这既是先生的选择，也是阅历的选择。这种选择里有着洞穿，有着

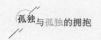

清醒，有着智慧，有着发自内心地对人生和人性的关注。亲近文学，怎么会没有热情？否则，我们又如何解释她的善良，她对同事和亲友的关心，她对文学的恒久不变的喜欢。我们又如何解释她完全是凭个人兴趣，利用工作之余，硬是学会了捷克语。喜欢，就是喜欢。先生总这么说。而喜欢，实际上，就是最大的热情。

汶川地震时，先生特意打来电话，叮嘱我替她捐款。看着电视上的画面，真难受，她轻轻说道。

宁静，思想，内心的需求，先生把这些看得太重，因此，才显得那么冷静，低调，谦逊，富有理性，不太愿意表达。进入晚年后，她更是拒绝空泛和宏大。有工夫听那些大话，还不如读一本书，还不如来谈谈文学呢。她表面柔弱，骨子里却十分倔强。

我常常想：先生那一代文人身上总有某种闪光的东西，吸引着我们。究竟是什么呢？是童心。是人品。是对精神生活的看重和追求。他们是最后的理想主义者。

"既然长生不可求，那就让我们在身后留下一些什么吧，用以证明我们曾经生活过。"先生翻译的这句话，正是先生想说而没有说的。

九

过于喧嚣的世界。过于喧嚣的孤独。

孤独，一旦吸入光和热，便会散发出巨大的能量。于是，孤独，成为先生最大的资本，最大的光荣，最大的骄傲。

读书，写字，这样的生活比什么都好，比什么都充实。先生总是说。先生长期独自生活，孤独，但从不寂寞。

"我读书的时候，实际上不是读而是把美丽的词句含在嘴巴里，嘬糖果似的嚓着，品烈酒似的一小口一小口地呷着，直到那词句像酒精一样溶解在我的身体里，不仅渗透我的大脑和心灵，而且在我的血管中奔腾，冲击到我每根血管的末梢。"

是赫拉巴尔在说，也是先生在说。读书，要调动心灵，冲击血管。这才是读书。这样读书，能让孤独变成糖果，变成酒。哪里还会寂寞。喧嚣依然，孤独却放出光芒。

于是，我更懂得先生了。耄耋之年，还在啃着书本，还在译塞弗尔特，译霍朗，译聂鲁达，译赫拉巴尔。她是在走近一个个心灵，是在走近一个个老朋友。这个世界，许多文人其实是很自我的，很冷漠的；许多文人之间其实是很相轻的。可他们不。他们都很孤独。孤独把他们团结在一起，团结在文字的世界里，让他们惺惺相惜，让他们相互敬重。孤独，是他们之间的暗语，是他们之间的通行证。这个世界，恐怕也只能在文字的世界里找到一点纯粹了。这是孤独孕育的纯粹。

创作需要孤独。创作本质上就是孤独的。在创作中，孤独能成就独特，它甚至就是独特的代名词。孤独深处，思想和想象之花怒放。文学翻译，从任何意义上说，都是一种创作，有时，还是更为艰难的创作。

每个字背后都有可能是厚重的孤独。

孤独，让喧嚣沉寂，让时间闪烁。孤独，真好！当我们享受着艺术之美时，我们最应该感激的恰恰是孤独。

世上的一切都是可以看淡的。世上的一切都是可以舍弃的。但我们要紧紧地抱住孤独。

水在流淌。孤独在流淌。先生译的霍朗的诗句在流淌：

我两手空空，一个拿不出献礼的人

便只有歌唱……

十

谁又能相信呢？这位翻译出《过于喧嚣的孤独》《世界美如斯》《早春的私语》等捷克文学作品的老人，只在晚年去过一趟捷克，仅仅逗留了两个星期。但她却那么熟悉那片土地，喜爱那片土地，仿佛去过了无数回。她真的是去过了无数回，借助文学的魔力。

先生是在文字中漫游，是在用文字歌唱，用孤独的光歌唱。我们听到了。

我们还听到了先生发出的邀请："等到暖和的时候，我们再来聚聚，谈谈文学。"

每年，先生都会发出这样的邀请。每逢节日，先生都喜欢把书当作礼物送给朋友和学生。我们还在等着呢。

这一回，她不能守约了。也许，另一个世界同样需要她的歌唱。

2010 年 2 月 12 日修改稿

雨，敲打着记忆之门

——悼念丹尼洛夫先生

　　遭遇大雨，浑身被淋得湿透。回到家，洗了个热水澡。然后，坐到电脑前，打开音响，一边听着歌曲，一边浏览着微博。就在这时，埃莱娜给我发来私信，告诉我丹尼洛夫先生已于上月底去世。

　　"其实，我 10 月 2 日就知道了这一消息，但一直不敢给约瑟芬娜打电话。今天终于鼓起勇气，拿起了电话。电话的两端都是轻轻地抽泣。他们太恩爱了，任何安慰都是多余的……"埃莱娜说。我无语，陷入悲痛之中。印象中，丹尼洛夫先生年纪并不太大。上网一查，果然，罗马尼亚报纸已发讣告，丹尼洛夫先生享年仅仅六十六岁。他走得实在太早了。

　　雨依然下着，点点滴滴，敲打着窗户，仿佛也在敲打着记忆之门。是的，记忆。此刻，唯有记忆能把我重新带回到那些时光：校园，青春，推开教室门的丹尼洛夫先生……

　　那是上世纪 70 年代末，我迈入北京外国语大学，学习罗马尼亚语。之所以选择罗马尼亚语，绝对同罗马尼亚电影有关。《沸腾的生活》。《多瑙河之波》。这两部电影印象最深。沙滩上，踏浪奔驰的骏马，穿着泳衣晒日光浴的姑娘；甲板上，身着比基尼的女人……在那个单调灰暗的年代，这样的镜头意味着巨大的视觉冲击，完全可以说是革命性的。兴许，正是这样的视觉冲击，潜意识中，成为某种内在的动力，让我向

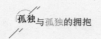

往起远方的那个国度。那个美丽浪漫的国度，生活着一些同样美丽浪漫的男孩和女孩，我懵懵懂懂地想。那时，我十三四岁，开始步入梦幻的年龄。

丹尼洛夫先生来了，带着他美丽的夫人和两个漂亮的孩子。1980年，他也就三十来岁，正处意气风发的年华。比起其他罗马尼亚男子，先生的个子不算高，长相也不算英俊，从他的姓氏看，可能有点俄罗斯血统。先生走路总是风风火火的，做起事来雷厉风行，讲话语速也极快，这倒很好地训练了我们的听力。

我们都是从零开始学起罗马尼亚语的。中学期间，学的是英语。比起英语，罗马尼亚语要难得多，尤其是它的语法。发音时，还要会打嘟噜。倘若不会打嘟噜，也就说不好罗马尼亚语。北京同学大多会。而我们这些南方同学则需要现学。同学们都在用功，一个接一个地练会了。我却怎么都学不会。简直太笨了。时间在流逝。心里，隐隐地急，担心自己不适合学罗马尼亚语。可急也没用，又不甘心放弃。唯有接着练。先生没有给我任何压力。他相信我最终会练成的。果然，有一天，我终于成功了。哈哈。当时，都兴奋得蹦了起来，心里盼着快点上课，好让先生看看我的成就。

先生主要给我们讲授罗马尼亚语文。夫人则给我们上听力和口语课。先生上起课来，总是不苟言笑，要求极为严格。起先，我们不少同学都很难跟上他的节奏，也无法完全听懂他的话语。他似乎通过我们的表情就能了解我们的接受程度，每到我们遇到困难的时刻，都会及时地在黑板上写出几个关键词或关键句子。他还要求我们下功夫多背单词，多读课文。学外语，没有其他捷径，只有下死功夫。就得练，练，练，先生打着手势说。

　　夫人上课，则是另一种风格：轻松，耐心，注重鼓励。我曾在《阅读·成长·岁月》中如此描绘夫人上课时的情形："丹尼洛夫夫人，白皙，饱满，气度高贵，仿佛从电影屏幕中走下来的美女。她把我们当孩子，每每看到我们取得了一点成绩，就会摸一下我们的头。我多么愿意被她摸一下头啊。那简直就是奖赏。"那时，外教常常要参加各类活动。每回，老师都会让一个学生陪同去当翻译。我们几个学习好的学生经常会有这样的机会。参加完活动，老师必定要请我们到他们的公寓坐坐。专家公寓都在友谊宾馆，宽敞，明亮，舒适，环境又十分优美。当年，在我们看来，那是我们要到共产主义才能住上的房子。每回走进友谊宾馆老师的公寓，我们都有一种兴奋和愉悦的心情。夫人会给我们沏上咖啡，并给我们端上几份点心。那时，我还一点都不习惯喝咖啡，不知道这么苦的饮品究竟好喝在哪里。但沙发我却极喜欢，就是舒服。我们坐在沙发上，喝着咖啡，吃着点心，和老师夫妇聊天，正好练练我们的罗马尼亚语口语。现在想起来，先生和夫人真是一对理想的教学搭档：一个给我们打下坚实的基础；另一个让我们感到学习的乐趣。

　　我们是恢复高考后第三年上的大学，属于七九届，同学们年龄参差不齐，背景也不尽相同，主要来自北京、上海、江苏和浙江。我在班里年龄最小，生活上还不太能够自理，但学习上却算是比较努力的。外语学院，班级都不大，大多十来个学生。而且男女学生比例相当。与我们相邻的理工学院就比较可怜，一个班八十个学生，女生只有两个。大学期间，唐建新、朱灏等老乡时不时会从理工学院和清华大学来看看我。起初，我还挺感动的。来了，总要放下功课，陪他们聊聊天，总要请他们去校园转转，去食堂吃吃饭。后来发现，他们确实是来看看我的，却也顺便看看我们外院的女生。

男女同学一道学习，也就有了隐秘的动力。加上直接跟着外国老师学，每天都在明显地进步。丹尼洛夫先生采取的是兴趣教学法。上课外，他总是想方设法给我们创造各种机会，练习罗马尼亚语。参加使馆活动，朗诵罗马尼亚诗歌，听罗马尼亚歌曲，到电台录制节目，看罗马尼亚电影。我清楚地记得，有一回，先生安排我们看罗马尼亚影片《神秘的黄玫瑰》。男主人公像个西部牛仔，他骑在马上，一边在同敌人枪战，一边还在嗑着瓜子，简直是酷极了。我当时就有一股冲动：极想将这部电影翻译成中文。中国观众肯定会喜欢的，我认定。

　　学习越深入，就越能自如地同丹尼洛夫全家交流。周末，我们常陪同他们出去游览。在上世纪 80 年代，能说一口流利的外语，会招来许多羡慕的目光。何况我们说的又是一般人绝对不会的罗马尼亚语。但陪同他们，尤其是他们的两个儿子出去，也遇到了一些小插曲。印象最深的是在故宫。丹尼洛夫先生和夫人走在前面。我拉着他们的小儿子伊昂的手落在了后面。就在那时，一名便衣一下将我拦住，厉声问道："你是干什么的？怎么带着这个外国孩子？"我连忙解释说这是我们外国老师的孩子。外国老师夫妇就在前头走着呢。说完，我叽里呱啦一通罗马尼亚语，招呼丹尼洛夫夫妇，让他们等等我们。幸好，他们就在现场，否则，我差点就被当作国际人口贩子了。

　　外教夫妇，加上五六位尽心尽职的中国老师，七八位老师，教十五个学生，我们的学习条件可谓得天独厚。到三四年级，我和几个学习优异的同学已可以出去陪团当翻译了。小语种机会特别多。到连云港，到武汉，到南京，到上海，到杭州……简直就是在周游世界。而且每到一处，用那时的话说，都住高级宾馆，乘高级轿车，吃山珍海味，在各类活动中，翻译又是引人注目的人物，十分风光，荣耀，因此，心里的那份自豪，甚至得意，可以想象。旋即又转化为工作的激情。那时，全国各地各部门对外事工作分外重视，对外国客人往往都会表现出过度的热情，都特别尊敬地称他们为外宾。尤其是一些偏远地区，来几个外宾，算是了不起的大事了。各级领导都要接见，宴请，还要接受采访，参加各种活动，日程总是排得满满的。有些活动场面还极为盛大。活动越多，越好；场面越大，越能激发我的热情，越能体现我的翻译水平。而每每得到人们的赞美时，我的热情就更高了，有点像人来疯。二十来岁的小年轻，好像也应该是那样的。不得不承认，那种热情里肯定夹杂着一定的虚荣心和表现欲。而适当的虚荣心和表现欲恰恰有可能成为人生进步的有效动力。

对学生的赞美，就是对老师的最大认可，也是老师最大的欣慰。许多罗马尼亚人都以为我在罗马尼亚留过学，否则，罗马尼亚语不会说得这么流利。我告诉他们我没在罗马尼亚留过学，是在北京学的罗马尼亚语。不过，我有一位出色的罗马尼亚老师，他叫伊利埃·丹尼洛夫。

丹尼洛夫先生毫不掩饰自己对优秀学生的偏爱。为此，班里有些学习相对较弱的同学甚至还提过意见，说丹尼洛夫先生偏心。先生对此毫不在意。谁学习好，就奖励谁，就偏爱谁，这是他坚定的原则。

丹尼洛夫一家同我们一道度过了三年多时光。那可是在上世纪 80 年代，人生中最美好的时光：青春，校园，诗歌，电影，罗马尼亚语……一门语言就是一扇窗户。一门语言就是一个世界。大约在大三大四时，先生就开始给我们讲授罗马尼亚文学。我们因此知道了多依娜，我们因此听到了民谣《小羊羔》，我们因此读到了爱明内斯库的诗歌。中国老师中，冯至臣先生，张志鹏先生，丁超先生，都译过不少罗马尼亚文学作品；裘祖逊先生还译过罗马尼亚电影。我对他们简直太崇拜了。上世纪 80 年代，那可是文学的时代。那时，文学在人们心目中还占有显著的位置。那时，我们一有时间，就读小说，读诗歌，就听收音机里的配乐诗朗诵。那时，就连约会，都会记得带上一本诗集。倘若你能背上几首诗，你在女生心目中的形象立马会高大许多。那时，电影里常会融入诗歌元素，最典型的就是电影《人到中年》，潘虹扮演的女主人公和达式常扮演的男主人公在谈恋爱，他们在幽静的小路上走着，这时，音乐响起，男主人公深情地背诵起了裴多菲的诗句：

> 我愿意是急流，
> 山里的小河，
> 在崎岖的路上、
> 岩石上经过……
> 只要我的爱人
> 是一条小鱼，
> 在我的浪花中
> 快乐地游来游去。
> ……

简直太诗意了，太浪漫了。心里，朦朦胧胧地，就生出一丝的幻想：我仿佛也变成了电影中的男主人公。时空转换，1985 年，杭州西子湖畔，罗马尼亚女演员卡门为我轻轻朗诵起斯特内斯库的诗歌《追忆》。我听懂了，异常的感动，并在后来的岁月将它转化成了汉语：

她美丽得犹如思想的影子——

她的后背散发出的气息
像婴儿的皮肤，像新砸开的石头，
像来自死亡语言中的叫喊。

她没有重量，恰似呼吸。
时而欢笑，时而哭泣，硕大的泪
使她咸得宛若异族人宴席上
备受颂扬的盐巴。

她美丽得犹如思想的影子。
茫茫水域中，她是唯一的陆地。

　　一门语言就是一个世界。不，一门语言就是无数个世界。斯特内斯库的世界。布拉加的世界。索雷斯库的世界……而引领着我走进这些世界的就是罗马尼亚语，丹尼洛夫先生和其他老师教给我的罗马尼亚语。

　　渐渐地，我也译起了罗马尼亚文学。小说，诗歌，散文，都有。当时，并不奢望发表。更愿意将这当作一种表达，甚至当作一种特殊的成人礼：期盼着文学充实和丰富自己的人生。

2012 年 11 月 6 日

有些人，永远不会离去

——纪念叶渭渠先生

一

两年前，寒冬，到单位上班，一个同事告诉我说叶先生已经离世。同事还说为了不惊动大家，叶先生家人已经低调办完叶先生的丧事。我一下愣住了。就在不久前还同晓苹去看望过叶先生和唐老师。许久才回过神来。赶紧给晓苹打电话。答案是肯定的。后来，只依稀记得，含着泪水，打上的士，急急忙忙赶往花店，急急忙忙选上一束鲜花，急急忙忙来到叶先生家。这回，来开门的是唐月梅老师。望着悲恸之中的唐老师，我明白，叶先生再也不会来开门了。

同样，叶先生再也不会拿出他的近作，一部专著，或一部译著，签上名，盖上印，笑眯眯地递到我面前。而我同叶先生二十多年的交往恰恰是从他的著作开始的。

二

上世纪 90 年代初，一个秋日，《世界文学》编辑部组织秋游，地点是香山。春游，或秋游，是《世界文学》的传统活动，每回都能留下一些美好的印记。那次秋游是我印象中规模最大的一次。时任《世界文学》主编李文俊先生特意嘱咐大家携带家属同游。当时，编辑部有二十来个成员，加上家属，就是一支颇为壮观的队伍。为此，特意让院里安排了一辆大巴。我也不知是什么原因没有赶上大巴，自己坐车火速赶到香山与大家会合。文俊先生见到我时，还开了句玩笑："这才像《世界文学》的人。要是连吃饭和游玩地点都找不到，就不要到《世界文学》来工作了。"

正是在香山，在一片草坪旁，我第一次见到了叶渭渠先生。他同编辑部前辈唐月梅老师是外国文学界有名的学者伉俪。叶先生个子不高，略显瘦弱，却十分精神，清爽，有一种特别的儒雅气质，同时又给人极为亲切的感觉。见到叶先生，我有点喜出望外。我知道叶先生是川端康成专家，日本文学权威学者，著译等身，在外国文学界享有盛誉。我读过的不少川端康成的作品，都是叶先生翻译的。几乎没有任何寒暄，我就站在路边，向叶先生表达了我的敬意，并谈起了阅读川端康成作品的点滴感受。川端作品，无论小说，还是散文，都有一种特殊的韵味，仿佛某种忧伤和凄美的混合体，来自心灵，又直抵心灵，因而也就格外迷人。而叶先生将那种韵味传达得准确极了，即便不懂日文，也完全能感觉到。我说到了《雪国》，特意谈到其中一个难忘的细节：火车上，岛村无意识地用手指在窗玻璃上划道时，忽然清晰地看到一只女人的眼睛。第一瞬间，他以为那是自己正思念着的远方的女人。可片刻之后，他才意识到那是坐在斜对面的姑娘的眼睛映在了玻璃上。多么精妙的细节！我这么说着，有点激动，就像一个学生在向老师汇报自己的学习心得。叶先生专注地听着，笑眯眯的样子，随后说道，同样有点激动："没想到，你还记得这个细节。你喜欢川端，真是太好了！"

几天后，上班时，唐月梅老师走到我跟前，递给我一个大信封，里面装着两本《川端康成作品集》，扉页上是叶先生清秀的签字。我顿时感到一阵惊喜和感动。

三

很长一段时间，叶先生和唐老师居住在农展馆附近一幢六层居民楼里。那幢楼十分普通，简朴，显得有点灰暗，没有电梯。第一次拜访叶先生和唐老师，我发现他们住在六楼，惊讶不已。两位大学者，大翻译家，都已年过六旬，竟然住在没有电梯的顶楼，上楼下楼，那么费劲，多不方便。叶先生和唐老师常常爬一层，歇一下，再接着爬，进到家门，已气喘吁吁，要好一会儿方能缓过劲来。不要说他们两位，我爬过几回，都有点吃不消。叶老师苦笑着说："这就是社科院日本所让我们学者享受到的待遇。所里当官的，哪怕是办公室的主任副主任，都比我们住得好，还口口声声说为科研服务，为专家学者服务。"接着，叶先生又黑色幽默了一把："这倒也好，天天逼着我们锻炼身体，省得去爬山了。呵呵。"我意识到，叶先生所说的这一现象，在我们国家的许多科研单位普遍存在。在一个官本位的国家，何时才能真正地尊重知识、尊重知识分子？一切都要讲级别，一切都要凭关系，一切都要靠特权。而当官便意味着特权，便意味着金钱和利益。难怪有不少学者都不愿再做学问，而是削尖脑袋去当官了。这种现象居然越演越烈，到近些年，已发展到疯狂和病态的地步。

叶先生家是小三居，门厅极小，大屋用来做书房，放上书柜和书桌，基本上就没什么空间了。唐老师只好在卧室读书写字做学问。小屋就用来会客。这可能是我见到的最最逼仄的会客室。见一两个人，还勉强凑合，多了，就太拥挤和局促了。就在这名副其实的陋室里，叶先生和唐老师完成了一部又一部的著作和译作，实在是让人敬佩。我们每次到访，叶先生都会特别开心，先让我们到小屋坐下，再为我们沏上咖啡，然后，便是我最期盼的情景：到书房，取来几本新作，签字盖印，笑眯眯地递到我们手里，仿佛送上一份见面礼。这可是世上最美好最珍贵的见面礼。时间流逝，每每想起叶先生，我总会首先想到这一情景，那么的亲切，温馨，溢满浓郁的书香和真挚的情谊。

四

久而久之，我的书柜里积累了一大摞叶先生和唐老师的赠书：《樱园拾叶》《扶桑掇琐》《雪国的诱惑》《周游织梦》《浮华世家》《白色巨塔》，三卷本《安部公房文集》，十卷本《川端康成文集》，四卷本《日本文学史》，十一卷本《三岛由纪夫文学系列》……每每看到这些著作、译著和编著，我的脑海里就会立即浮现出两位长者伏案劳作的情形。叶先生和唐老师可能是我见过的"最不会享受清福的学者"。印象中，他们总在劳作，一刻也不停歇。他们不抽烟，不嗜酒，不喜欢交际和应酬，几乎所有时间都用来著书立说。能够安安静静做点学问，于他们，便是人生最大的快乐和意义。他们乐在其中。然而，有时，安安静静做点学问，竟也成了一种奢望。总会有干扰，学术之外的各种各样的干扰。

不得不说说三岛由纪夫研讨会。我也算半个亲历者。三岛由纪夫是日本文学中的"怪异鬼才"。但由于其右翼思想，在中国曾被简单地定义为"军国主义作家"，长期成为学术禁区。这显然有违于学术规律。叶先生认为："三岛由纪夫的意识形态应该说是属于右翼的，他的文学结构是重层而极其特异的，都有许多值得研究和探讨包括否定的地方，因此从整体上再辨析'三岛由纪夫现象'就更显得有必要了。"基于这一学术认知，叶先生和唐老师开始主编规模庞大的"三岛由纪夫文学系列"。对于三岛由纪夫研究，这可是项重要的基础工程，具有开拓性的意义。一切顺利。"三岛由纪夫文学系列"即将由作家出版社出版。这一时刻，日本文学界几位学人觉得有必要组织一次三岛由纪夫研讨会。那是在 1995 年。研讨会确定将在武汉大学举办。那年 9 月，我赴美深造，没能去往武汉。但后来传来的消息却让我震惊，难以相信：有人告状，上纲上线，在研讨会就要召开前的一刹那，一个禁令下达到武汉大学，研讨会被迫取消。而这一禁令的另一后果是已经印好的十一卷本《三岛由纪夫文学系列》不得上市，只能封存在库房里，等于被打入冷宫。再一次，正常的学术研讨遭到了学术之外因素的粗暴干扰。那可是改革开放后的 90 年代。想想，真让人感到悲哀。远在地球的另一端，我可以想象叶先生和唐老师的郁闷、无奈和愤怒。幸好随着时间的推移，这一禁令最终失效。人们终于可以读到三岛由纪夫的文学作品，也终于能够深入地探讨三岛由纪夫现象了。这是我们时代和社会的进步。

五

2008 年左右，叶先生和唐老师终于告别"蜗居"，搬进了几乎用一生的积余购得的新房。房子宽敞明亮，环境也十分幽静。这回，两位已近八旬的老人总该好好歇歇，颐养天年了。尤其是叶先生，几年前曾在美国遭遇过严重的心脏病，辛亏抢救及时，才闯过了一道鬼门关。我们都特别担心他的身体，都希望他能放弃劳作，过上轻松安逸的生活。但是没有。新居里又摆满了一排又一排的书柜。落地窗旁，又整整齐齐地放上了两张书桌。终于有一个像样的书房了。有这样的书房，就更得出成果了。叶先生如此想着，身体稍稍恢复，就又投入了学术劳作。已是一种惯性。或者更准确地说，学术劳作已成为他生命的部分，又让他怎能割弃呢。

　　我和晓苹曾多次去过他们的新居。我们登门造访时，叶先生和唐老师倒是能放松放松。我们也希望他们放松放松。每回，叶先生都聊得特别兴奋，谈他的著述计划，谈他的读书心得，谈他的科研项目。谈着谈着就到了饭点。每回，叶先生和唐老师都绝对要留我们吃饭。叶先生和唐老师都是广东人。广东人看重美食。在叶先生家吃饭，绝对是种享受。我们享受着美食，更享受着那种温馨的气氛。我们甚至还一道出去吃过饭。那有点像过节。叶先生兴高采烈地在前面领路。走过两条街，再过一座天桥，便到达富力城澳门街餐厅。叶先生和唐老师总是能找到好吃的粤菜。真是神了。记得那回，叶先生再度大病初愈，已安上心脏起搏器，身体明显虚弱，只能轻声说话。我们怕累着叶先生，编了个理由没有留下吃饭。望着羸弱的叶先生，我想，等叶先生完全康复后，一定要请叶先生和唐老师好好吃顿饭，就吃好吃的粤菜。但时间残酷，叶先生最终没给我这样的机会……

　　叶先生心直口快，爱憎分明，又容易激动，常常像个率真的老顽童。这样的个性容易得罪人，也容易招惹各种非议。而我恰恰就喜欢叶先生的这种率真。文人怎能没有个性？没有个性，还叫文人吗？种种缘由，我国日本文学界关系复杂，是非恩怨纠结，作为圈外人和后辈，我没有资格评说。但不管怎样，有一点是肯定的，那就是叶先生和唐老师的学术成就。几十卷的著作和译作和编著，都是一个字一个字码出来的。这是世上最诚实最神圣最令人尊敬的劳作。如此丰硕的成就，凝聚着多少心血、才华和学问。这些学术成就明明白白地摆在那里呢。学者自然要靠学术成就说话。叶先生和唐老师都是真正的学者和文人。

罗马尼亚人称作家为不朽者。叶先生写了这么多书，该是名副其实的不朽者了。想着这些，又一次走到书柜旁，又一次捧起叶先生的书，我在心里轻声地说道：有些人，永远不会离去，永远不会……

2013 年 6 月 8 日于北京

让人难以接受的中断

——纪念刘宏

一切是那么的突然，突然得让你不知所措，突然得让世界失去了所有的意义。

清晨，打开手机，看到友人徐晖从布拉格发来的消息："刘宏病危，您是否知道？"

刘宏，病危，天哪，她还那么年轻，怎么会这样？急忙通过朋友找到刘宏先生的手机号码，急忙拨通，忐忑地问道："刘宏她怎么样？我想来看看她。""她已昏迷，您要来就快点来。"电话线那端传来低沉的声音。急忙赶往医院。看到已陷昏迷的刘宏，泪水禁不住流了下来："刘宏，刘宏，你要好起来，听见了吗？你要快点醒过来，快点好起来……"

几天几夜，我都在祈祷。那么多朋友和我一同祈祷。可上天没有理会，死神最终还是夺走了刘宏，年轻、美丽、阳光、善良的刘宏……

"我目睹的并非生命的脆弱，而是/它那荒唐的中断……"脑海中响起瑞典诗人索内维的诗句。是的，荒唐的中断，让人难以接受的中断。

此刻，记忆，唯有记忆……

十多年前，在杨乐云先生家见到刘宏，美丽，优雅，清爽，大大方方的样子。晚年杨乐云忧心于捷克文学翻译界的青黄不接，一直在有意寻觅后继之人。她发现刘宏精通捷语，喜爱文学，又极具灵性，是可塑之才，特别期望能将刘宏引入文学翻译道路。先生还专门吩咐我多多邀请刘宏参加各种文学活动，培养她的文学兴趣和品味。记得帮助译林出版社组织《〈世界文学〉50年诗歌散文精选》插图版首发式时，曾邀请刘宏参加。可惜那次，作为组织者的我却因意外受伤而未能出席。会后，刘宏来电问候，祝愿我早日康复，还告诉我她特别喜欢这套精选。杨老师译的捷克诗多美啊，尤其是霍朗的诗歌，她有些激动地说。我也喜欢霍朗，以后还盼望着你能翻译一本他的诗集呢，我对她说。

可刘宏总是谦虚，总是说自己文学底子薄，还要加强阅读，提高修养，总是不愿轻易动笔。她多次推荐自己的一位同事，说他捷文和中文都好，肯定能做些文学翻译。

杨乐云先生逝世时，常婧和刘宏都分外伤心。她们都想为先生做点什么。常婧一次次联系使馆，联系出版社，想为杨先生出版一本纪念文集。刘宏知道后，提供了不少杨先生的照片和资料，希望文集能用得上。纪念文集未能出版，但捷克使馆决定在感恩节举办杨乐云先生纪念会，并印制了一批捷汉双语纪念册。纪念会那天，刘宏、常婧像半个主人，忙个不停，招呼来宾，参与翻译和接待。虽然时值寒冬，那却是个异常温馨和感人的夜晚。人们喝着啤酒，听着音乐，讲述着杨乐云先生的种种往事，以典型的捷克方式纪念这位为译介捷克文学做出非凡贡献的老人。后来，每每想起那个夜晚，就自然而然地会想起刘宏、常婧忙碌的情形。

我和刘宏的联系也越来越多。虽然见面不多，但电话、邮件和私信却不断。常常，读到一篇文章，一部作品，她会打来电话，或写封私信，讲述自己的感受。赫拉巴尔，克里玛，哈维尔……我们都谈过。还有美丽的捷克，美丽的布拉格。一谈到捷克，一谈起布拉格，她总会流露出激动和兴奋之情，仿佛那是她的第二祖国和第二故乡。没错，那就是她的第二祖国和第二故乡。"高兴，你一定要去看看布拉格，一定要去看看捷克。你怎么能不去捷克看看呢。"她的语气，坚定而真诚，并且不容置疑。在她的鼓动下，我真的去捷克看看了。到了捷克，到了布拉格，才发现，喜爱捷克，喜爱布拉格，在某种程度上，就是喜爱艺术，喜爱文学，喜爱自由的创造的空气。

刘宏身上就具有那种艺术的气息。她也有一定的文学敏感。她若不翻译点捷克文学，那就太可惜了。"蓝色东欧"启动后，译者队伍是我最费心力考虑的问题。我和燕玲反复商议，拟定了各语种的译者名单。捷克语中就有刘宏。我同刘宏联系，这一回，她毫不迟疑地答应了。就这样，捷克选题中的一部重要作品，克里玛的回忆录《我的疯狂世纪》（第一部）交到了刘宏手中。刘宏译好前几章后，发给我，让我一定看看到底行不行。我读后，感觉她的译文朴实，通顺，清晰，倒是很契合克里玛的风格，比我预料的要好得多。我还特意选出一章，在我主持的《西部》"周边"栏目发表。看到正式发表的译文，刘宏显然受到了鼓舞，更有自信了。一旦译起来，她是那么的投入，认真，小心翼翼。她记录下大量的疑问，一有机会就请教电台专家，甚至请教作者克里玛，还无数次地和我讨论过中文表达问题。如此认真、谨慎、谦逊的年轻译者，真是难得。在她身上，我甚至看到了老一辈翻译家的基本品格。那么厚重的一本书，究竟花费了她多少心血，恐怕唯有她自己知道。翻译实在是太苦了。她感慨。

《我的疯狂世纪》（第一部）出版后，受到众多读者的关注和喜爱。这让刘宏感到十分的开心。她约我见面，在长安大戏院，反复表达感谢之情。其实，是我们应该感谢你呀，刘宏，我由衷地表示。之后，燕玲

每次来京，也都会叫上刘宏、常婧、舒荪乐等年轻译者聚聚。在师妹们面前，刘宏绝对是贴心的姐姐。常婧得病后，曾多次打电话给刘宏，诉说内心的痛苦。去年六月，常婧意外离世，刘宏悲痛不已。先是参加告别仪式，之后又出席了在十月举行的常婧追思会，联络，发言，帮着张罗，朗诵常婧的译文，她能做的，都做了，而且还总觉得自己做得太少。

而这时，许多人都没有想到，她已罹患重病。

她总是念着记着别人的好，也总是喜欢同别人分享美好，分享喜悦，而痛苦和悲伤则藏于心间，独自承受着。有一次，同她见面，看她消瘦了许多，我有点吃惊，便忍不住询问。她只是笑了笑，轻声地说：没事。还有一段时间，一直没她的消息，几次在微信上问候都只有沉默。终于有一天，她打破了沉默，轻描淡写地说："病了一场，但现在好了。"这几天，我才听说，她的病情，就连父母，她都曾长时间瞒着。她怕年迈的父母担心。她不愿年迈的父母担心。

去年年底，在为《中华读书报》书写年度阅读报告时，我重点推荐了《我的疯狂世纪》（第一部）：

出于好奇心，我读起了捷克作家克里玛的回忆录《我的疯狂世纪》（第一部，刘宏译，花城出版社，2014年版）。一位老人眼里的"疯狂"又是怎样的疯狂呢？克里玛曾经历过战争、集中营、解放、教条主义时期、"布拉格之春"、苏联粗暴入侵、极权主义统治、"天鹅绒革命"，等等，可谓历经人世沧桑，对世界的变幻和人性的莫测均有着深刻的体验和洞察。这种体验和洞察，提炼出来，奉献出来，就是一种珍贵的人生智慧、思想结晶和心灵遗产。正如他所说，"有过极限经历的人所看到的世界，和那些没有类似经历的人所看到的是不同的。罪恶与惩罚，自由与压迫，正义与非正义，爱与恨，复仇与宽恕，这些问题看起来似乎简单，特别是对没有其他生活经历的年轻人来说。一个人往往要花很多年才能懂得，极限经历会将他引向智慧之路。还有很多人，永远也不会懂。"世界的疯狂就是种种极限，种种莫测，种种荒谬，种种变幻，常常超乎人们的想象。及时的反思，自省，清理，防止极限、荒谬和罪恶重现，防止悲剧重演，为人心注入更多向善的力量，尤为重要。可悲的是，岁月中，多少罪恶，多少荒谬，多少悲剧，多少极端总在不断地重演。亲历和细节使得此书生动，有力，意味深长，有现场感，分外的丰富。依然记得一个细节：克里玛曾参加过一次座谈会，座谈会抽象，空洞，没什么意义。可就在这时，有人说道：每天，我的羞耻感都会被唤起。克里玛觉得，正是这一句话让原本毫无意义的座谈会有了价值。类似的细节比比皆是。可以说细节支撑起了整部回忆录。让我印象深刻的是，每一章的最后都有一篇主题论述，涉及极限、桎梏、乌托邦、恐怖与恐惧、挥霍的青春、信仰、独裁、忠诚与背叛、自由、命运等话题，仿佛一种总结，更是一种提升，让平静的叙述，有了思想的深度和高度。我相信克里玛在书写这部作品时，内心是充满着道义感和责任感的。这种道义感和责任感恰恰是许多东欧作家的最感人之处。尽力说出一切，本身就需要真诚和勇气。

致敬作者克里玛，实际上也是在致敬译者刘宏，因为捧在中国读者手中的已是刘宏呕心沥血转换成汉语的《我的疯狂世纪》。将文章发给

刘宏，好像没得到回复，这有点反常，但我也没多想。兴许年底事情太多的缘故。然而，绝没有想到，绝没有想到，现实竟至于如此的残酷。

噩耗传来后，我在寒风中行走，心中一片空茫。短短数月，我失去了两位年轻的朋友和同行，"蓝色东欧"失去了两位年轻而又优秀的译者。冷，彻骨地冷。但我觉得似乎还冷得不够。我甚至希望再冷些，更冷些，唯有这样，才能镇住内心的悲和痛：

> 关于生命和死亡，我究竟知道些什么
> 你可以询问，可我却不断得到答案。这就是
> 谜。我看见一个生命死去，我的
>
> 朋友中的一位。这是毁灭的时刻，非常
> 清楚。然后，没有别的什么
> 而我依然活着，在爱的存在里
>
> ——索内维《无题》

刘宏，亲爱的刘宏，你也依然活着，在所有爱你的亲人和朋友的记忆里……

2016 年 2 月 5 日子夜于北京

敬重，愧疚，微妙的心理障碍
——纪念苇岸

　　冯秋子是我敬重的散文家。平日里，我更愿称呼她为秋子姐。这么多年，秋子姐一直在孜孜不倦地整理、编辑已故散文家苇岸的遗稿，并想方设法促成苇岸作品与更多的读者见面。今年 7 月的一天，秋子姐打来电话，希望我能写些纪念苇岸的文字。苇岸是秋子姐和我共同的朋友。按理说，我早就该写点纪念文字了。唯有我自己明白，我迟迟没有写出纪念苇岸的文字，同某种微妙的心理障碍有关。但这一回，我无论如何不能辜负秋子姐的期望。

　　谈论苇岸，还得从我所供职的《世界文学》说起。那是鲁迅的杂志，是茅盾的杂志，是冯至的杂志，是一个特殊时代的"风中之旗"。几十年的风雨历程中，《世界文学》曾影响过一代又一代的中国作家。诗人沈苇在一次研讨会上说："我愿意把中国作家分成两类：一类是读《世界文学》的作家；一类是不读《世界文学》的作家。"他的言外之意是：《世界文学》完全可以成为衡量一个作家水准和境界的坐标。我同意他的说法。

　　读《世界文学》的作家是一份长长的名单。但不知怎的，每每想到这份长长的名单，我总是会第一个想到苇岸的名字。大约是 1997 年 9月，在诗人林莽和时任《世界文学》副主编许铮的努力下，《世界文学》杂志曾和中华文学基金会共同举办了"世界文学与发展中的中国文学"

研讨会。记得不少著名作家、翻译家和评论家都应邀参加了那场研讨会。会上，我第一次见到了散文家苇岸。那场研讨会分外热烈，有几位小说家还在昆德拉话题上发生了争论。作家们大多坐在圆桌旁，而苇岸却低调且安静地坐在后排，瘦瘦高高的样子，神情严肃，同时又极为朴实，发言时，说话语速极慢，慢到同会议的热烈程度形成巨大反差，有时甚至让人着急的地步，真正是字斟句酌，仿佛要为每个字、每句话、每种观点负责。后来，进一步了解他的为人作文后，我才充分意识到，苇岸真的是那种要为每个字、每句话、每种观点负责的作家。当今时代，这样的作家还能找出几个？会后，他主动对我谈起了自己对《世界文学》的喜爱和看重，甚至告诉我他只订两份杂志，《世界文学》就是其中一份。几乎从第一刻起，我就对苇岸油然而生一种尊敬，感觉他是我接触过的最纯粹的作家，圣徒般的作家。《世界文学》能得到如此优秀的作家的认可，在某种意义上，也证明了它存在的理由。我自然为此而感到骄傲。

《世界文学》向来特别注重同中国创作界和美术界的联结。这是鲁迅和茅盾确立的传统，缘于他们作家和翻译家的双重身份。从 1989 年起，我一直在主持与中国作家互动的栏目，先是"中国诗人读外国诗"，冯至、陈敬容、海子等中国诗人都曾为此栏目撰文，后来栏目进一步调整，最终固定为"中国作家谈外国文学"。在我的郑重邀约下，苇岸答应为《世界文学》写稿。我一直期盼着，期盼着。过了差不多半年时间，他终于给我寄来了《我与梭罗》一文。这倒是符合他的节奏，缓慢却扎实的节奏。

从文中我了解到，苇岸遭遇梭罗并终生以梭罗为楷模，实际上同海子有关。苇岸以他特有的准确和细致如此写道："梭罗的名字，是与他的《瓦尔登湖》联系在一起的。我第一次听说这本书，是在 1986 年冬天。当时诗人海子告诉我，他 1986 年读的最好的书是《瓦尔登湖》。在此之前我对梭罗和《瓦尔登湖》还一无所知。书是海子从他执教的中国政法大学图书馆借的，上海译文出版社 1982 年的版本，译者为徐迟先生。我向他借来，读了两遍（我记载的阅读时间是 1986 年 12 月 25 日至 1987 年 2 月 16 日），并做了近万字的摘记，这能说明我当时对它的喜爱程度。"接着，一反文章开头的客观和冷静，他以近乎热烈的笔调描绘了初次读到《瓦尔登湖》的巨大幸福感："我对梭罗的文字仿佛具有一种血缘性的亲和和呼应。换句话说，在我过去的全部阅读中，我还从未发现一个在文字方式上（当然不仅仅是文字方式）令我格外激动和完全认同的作家，今天他终于出现了。"梭罗的出现，对于苇岸，是命定的，历史性的，具有革命性的意义，完全改变了他的文学生涯。从此，他便从诗歌转向了散文。

实际上，在《世界文学》1998 年第 5 期正式发表的《我与梭罗》已与苇岸最初寄来的稿子略有不同。在初稿文章的开头，他还以详尽的笔调记录了他收藏的各种版本的《瓦尔登湖》，详尽到每个版本除了标明出版社和出版时间外，还加上了印数。但在编辑加工时，我觉得罗列所有版本的出版信息，显得有点啰唆，还会让人误认为是在为出版社做软性广告。打电话同苇岸商量后，他稍加思索，便同意对文章这一部分进行修改和精简。之后，他在发来修改稿时，又特意附信，表示修改和精简看来是必要的，妥当的。但随着时间的流逝，尤其是在苇岸辞世之后，我反而为此越来越感到不安和愧疚，总觉得当时并未深解苇岸的心意。详尽罗列出版信息，其实只能说明他对《瓦尔登湖》和其作者梭罗的喜爱程度。而苇岸正是那种善于以细节不动声色地表明自己心情和态

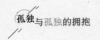

度的作家。

与苇岸的交往从此开始，常常是通过电话，常常是他主动打来电话，语速一如既往地慢。与苇岸交流是需要有耐心的。与所有出色的、独具个性的作家交流可能都是需要耐心的。同苇岸的交流，让我学会了倾听。他缓慢地说着他读的书，他读的文章，说着他对某些作家某些作品的看法，声音低沉却又温和，一般不动声色，有时略显沉重。只是有一回，他稍稍提高了嗓门，流露出些许激动和生气的口吻。那是在他刚读到一篇某位著名作家写的有关托尔斯泰的文章之后。那位作家深受托尔斯泰的影响和启发，对托尔斯泰绝对怀有真诚的敬意。可是有一天，偶然读到一篇质疑托尔斯泰道德水准的文章后，那位作家先是大为惊讶，随后经过激烈而又痛苦的思想斗争后，又接受了那篇文章的说法。苇岸对此不可理解，更不能理解和原谅那位作家竟然在自己的文章中大段大段地引用了那篇质疑文章，用苇岸的话说，这等于是在帮助扩散流言。除了梭罗，苇岸同样热爱托尔斯泰，他不能容许任何人哪怕是以无意的方式如此轻率地抹黑他心目中神圣的作家。

还有一回，他又打来电话，说他要进城，想同我见见面，并邀我一同看一位朋友的画展。他居于偏远的昌平，进一趟城不容易。我无论如何都该抽出时间去同他见见面的。然而，当时，我正陷于某种低谷，明显地自闭，怕出门，怕同人见面。尤其是苇岸，略显沉重的苇岸，圣徒般纯粹的苇岸，既让我敬重，同时又令我胆怯，怕见，形成某种微妙的心理障碍。我觉得我完全没有相应的境界来面对苇岸。就这样，原本该多几次的见面永远地错失了。

再次见到苇岸，已是在昌平，已是在他罹患重症之后。我同几位朋友多次去看望过苇岸，同林莽、树才和蓝蓝去过，同宁肯和田晓青去过。苇岸其实第一时间就知道了自己的病情。在他朴素却整洁的二居室里，他平静地接待着每一位来看望他的朋友，平静地安排着他自己的后事。有一个温暖的细节至今让我难忘和感动：他请每一位来看望他的朋友选一张他摆在书桌上的明信片，写上几句话。我因此看到了不少动人的句子：

> 相知是永远的，永远叫人无法开口。苇岸兄珍重。（周所同）
>
> 我会在西南想起这京郊春天的傍晚并为您祝福！杨树上那些红的嫩牙是我在北方看到的最动人的风景，让我们共同为充满生机的希望祝福。（潘灵）
>
> 树才告诉我，他把雅姆的诗译出来了——我能想象得出，你读到这些诗时的心情，因为我同你一样热爱雅姆朴实动人的诗篇，所有这一切，雅姆、你、梭罗、朋友们、天公、大地、雨水，都在我身上，心中。（蓝蓝）
>
> 苇岸，如你一样全心全意关怀"大地上的事情"的作家，又有几人？（于君）

从这些句子中，从这些特殊的"临别赠言"中，我分明能感到朋友们的默契：大家都在祝福苇岸，为苇岸祈祷。而苇岸却已在以特别的方式同朋友们告别。这是世上最美丽、最温暖、最深情、最动人心魄的告别！我愿意称之为"苇岸式告别"。

"苇岸式告别"还在持续。几乎在生命最后的时刻，苇岸执意要请几位好朋友游览康西草原，由他的弟弟负责接待。印象中，田晓青，周晓枫，宁肯，树才，还有我，相约在积水潭长途汽车站，一同去了。好

像还有文联出版社某位姓薛的女士。苇岸那时已十分虚弱，几乎走不动路，躺在宾馆的床上同我们短暂见了见面，说了几句话。他说得更慢了，断断续续地说，每说一句，都仿佛要付出生命的代价。我们都不忍心看他那么累，嘱咐他快快休息，赶紧跟着他弟弟走出房间，来到了康西草原上的牧马场……

苇岸凝聚并影响了一批朋友，林莽，冯秋子，周晓枫，田晓青，宁肯，彭程，孙小宁，蓝蓝，树才，等等，等等。他们大多活跃在文学领域。看到他们，或读到他们的文字，我都会不由得想起甚至看到苇岸。是幻觉吗？我问自己。有一点是确定的，苇岸正以种种方式活着呢。这才是生命的奇迹，我时常这么想。

如今，苇岸离开人世快二十年了。但每每想到他的为人和为文，我都会想到他的朴实、本真、宁静、真挚、善良和纯粹。苇岸是面镜子，对照苇岸，我常常为自己感到羞愧。我愈加地明白我迟迟不敢写纪念苇岸的文字的微妙心理了。我一直在想，自己该更朴实些，更本真些，更宁静些，更真挚和纯粹些，才配写纪念苇岸的文字。换句话说，纪念苇岸，需要不断提升自己、完善自己，已具有心灵和精神性质。从这一意义上说，纪念苇岸，将是我和我们一生的事情。

是幻觉吗？此刻，我分明又听到了树才为苇岸翻译，并且在告别苇岸时朗诵的雅姆的诗篇《为同驴子一起上天堂而祈祷》：

> 该走向你的时候，呵我的天主
> 让这一天是节庆的乡村扬尘的日子吧。
> 我希望，像我在这尘世所做的，
> 选择一条路，如我所愿，上天堂，

那里大白天也布满星星。

我会拿好手杖，我将踏上一条大路，

并且我会对驴子，我的朋友们，说：

我是弗朗西斯·雅姆，我上天堂去，

因为在仁慈的天主的国度可没有地狱。

我会对它们说：来吧，蓝天的温柔的朋友们，

亲爱的可怜的牲口，耳朵突然一甩，

赶走那些蚊蝇，鞭打和蜜蜂……

愿我出现在你面前，在这些牲口中间

我那么爱它们因为它们温驯地低下头

一边停步，一边并拢它们小小的蹄子，

样子是那么温柔，令你心生怜悯。

我会到来，后面跟着驴子的无数双耳朵，

跟着这些腰边驮着大筐的驴子，

这些拉着卖艺人车辆的驴子

或者载着羽毛掸子和白铁皮的大车的驴子，

这些背上驮着鼓囊囊水桶的驴子，

这些踏着碎步，大腹怀胎的母驴，

这些绑着小腿套

因为青色的流着脓水的伤口

而被固执的苍蝇团团围住的驴子。

天主啊，让我同这些驴子一起来你这里。

让天使们在和平中，引领我们

走向草木丛的小溪，那里颤动的樱桃

像欢笑的少女的肌肤一样光滑，

让我俯身在这灵魂的天国里

临着你的神圣的水流，就像这些驴子

在这永恒之爱的清澈里

照见自己那谦卑而温柔的穷苦。

2018 年 9 月 2 日夜于北京

Part 6
第六部分

心 情
LONELY

冬天笔记

一

冷。风吹来。光秃秃的枝丫。裸露的地。湖已冻结。冰上，没有舞者。

灰色，或白色。含糊的天空。手握不住笔。有什么在坠落。那是雪。零零星星的雪，在子夜飘洒，仿佛要替代所有言语，甚至替代新春祝福。

站在冬天的中央。呼吸变得艰难。表达也变得艰难。你还能说些什么？只有念想。没有表达。一切都冻结在心里。

江南。一样的冷。甚至，更加的冷。那潮湿，阵阵袭来，浸透骨髓。需要黄酒。一瓶又一瓶的黄酒。等不及加温。更不用什么姜丝和话梅。举起就喝。和兄弟一道喝。和老同学一道喝。豪爽的杜茉和春芳。豪爽的阿丰、周军和益明。豪爽的老车、小海、德武和文瑜。同样豪爽的益明、慧良和志刚。都是些性情中人。性情中人就该经常聚聚。性情中人就该打破南方和北方的界线。用茶和酒来交流和表达。那些年，父母健在的时刻，常常回去过年。肯定要和朋友们聚聚。记得那年春节前夕，我们又聚在了一起。在家乡。在太湖边上。喝茶，聊天，嗑瓜子，回忆童年种种故事。完全忘记了时间。也忘记了冷。直到听到爆竹声，才晓得：另一个年头已经来临。结束和开端。告别和迎接。一个又一个年头。

　　一个又一个冬天。寒和冷，把南方和北方团结在一起，把天和地团结在一起。冰天雪地。那是《日瓦戈医生》中的镜头。今夜，忽然就想看看电影《日瓦戈医生》。并不觉得它拍得多好。实际上它拍得并不好。脸谱，僵硬，毫不连贯和自然。过多的意识形态。绝对不是俄罗斯人自己的《日瓦戈医生》。可还是一口气看完了它。就想听听里面的音乐。就想看看里面的冰天雪地。无边的冰天雪地。无边的寒和冷。冰天雪地深处的光和诗意。寒和冷中的期盼。总得有点期盼吧。或者有点念想。纵然冰天雪地。纵然寒和冷。

　　南方，传来大雪的消息，传来一个声音：雪夜，也是一种醉。那是怎样的醉呀。让人心动和心疼的醉。风中的兄弟，站在飘雪的山上。期盼和祝福的姿态。我能想象。我也祝福你，和你们，在这冬天的夜晚。

二

　　刘恪要回老家。程巍要回老家。朋友和同事们纷纷要回老家过年。回老家，团圆，热腾腾的年夜饭，父母的微笑，亲人们的问候……贴心的情景，让日常有了意义，让冬天也变得温暖。

　　可于我，老家，那曾经的温暖，此刻，却成了疼痛。父母不在，哥哥不在，老家早已被抽掉了根基。一切都在流逝。一切都在告别。只好在回味中温习昔日的时光。老家，南方；南方，老家……

　　此刻，节日前夕，难得的静。哪儿也不想去，就愿独自待着，陷入回味，沉浸于往昔，一点一点，将拥挤的书房转变成辽阔的南方，精致的同里，芬芳的太湖，无边无际的童年和少年……

三

短暂的静，在节日的缝隙之中。

夜空被焰火照亮的时刻，风，依然在坚守冬天的姿态。节日是一种幻觉。是一种暗示。也是一种心情。人的动静。人为自己编造的仪式。为自己寻找的理由。点缀无边的时间。其实，与季节无关。

在春天的门槛，心思依然围绕着冬天。那些久久不肯离去的冬天。不合时宜，却又无可奈何。

这个夜晚，该在南方的。该在某片湖畔或某座岛上的。该喝点冬酿酒的。完全出于怀念。让豆豆也喝点。冬酿酒实际上就是给孩子喝的。就是过年才喝的。是孩子的期盼和欢呼。那么好喝的冬酿酒。怎么也喝不醉的冬酿酒。几杯下肚后，吃母亲做的蛋饺，油豆腐塞肉，爆鱼，慈姑红烧肉，还有酱蹄膀。对了，在我们家乡，过年前，家家户户的屋檐下都挂着酱蹄膀，酱肉，酱鸡，酱鸭，酱鱼。旗帜般招展，迎候着新年的来临。那时，对于孩子，过年就是最大的惊喜，最大的革命，最大的特权，最大的狂欢，呈现出实实在在的意义：有好吃的，有好喝的，有好玩的，能穿上新衣裳，还会得到压岁钱。两毛、五毛和一元不等。二伯总是给得最多。我们就说二伯最好，最大气。我们就最喜欢二伯。拿到压岁钱，就能买自己想买的东西。通常是吃的。桃片，橄榄，五香豆和金丝蜜枣。我尤其偏爱金丝蜜枣，把它当作世上最好吃的东西。还不舍得一下子吃完。要慢慢吃。要细水长流。那么小的孩子，就懂得细水长流，算是早熟了吧。白天没吃完，晚上就压在枕头下。仿佛做梦都是甜的。到第二天，再接着吃。那时，常常纯真地想：要是天天过年，天天都能吃上金丝蜜枣，就算实现共产主义了。

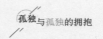

那时，还太小，根本不懂：真的天天过年，也就不是过年了。真的天天吃上金丝蜜枣，也就觉不出金丝蜜枣的好吃了。

四

节日里，几乎所有时间都闷在屋里读书。读轻松的书。读好看的书。一口气读完了浙江文艺的"视觉读本"系列。共六本。是王晓乐的策划。轻巧而又精致。图文相得益彰。尤其喜欢其中的三本：波德莱尔的《现代生活的画家》（郭宏安译）、高更的《诺阿诺阿》（马振骋译）和康定斯基的《康定斯基回忆录》（杨振宇译）。甚至凝视或抚摩这些书，于我，都是种快乐。

诺阿诺阿，土著居民的表达，是"香啊香"的意思，高更告诉我们。艺术回到最本真、最原始的状态，便散发出迷人的气息。这种气息，让我迷醉，让我写出了这样的文字："诺阿诺阿，是初春的午后，兄弟的召唤，我面前的菊花茶，时间深处的手，让精神呼应着天空。诺阿诺阿，是怎样的光和影，重新启动了我的记忆。"

滑冰，打雪仗，堆雪人，吃火锅……那些冬天的乐趣。一晃，这些都是久远以前的事了。是少年和青年时期的事。是大学时期的事。来到北方，才见到真正的大雪。纷纷扬扬，飘飘洒洒，梦幻般舞动，仿佛天空的精灵。抓住我们的目光。总也看不够。那时，雪花就是雪花，是想象，是意境，是毛泽东的诗词，是日记中抒情的段落。我们无论如何都不会把它同灾难连接在一起。那时，即便大雪，也绝对封不住门。我们会欢呼着奔向操场，奔向离校园不远的紫竹院。雪地里，男女同学追逐，嬉戏，老天提供的机会，雪球投来掷去，欢声笑语不断，哪里还会觉着冷。

可那时，冬天确实冷。冷得要命。冷得直缩脖子。恨不得整天围着炉子。尤其在北方。需要身穿棉袄棉裤，足蹬高筒靴子，头戴军用棉帽。那种棉帽一定有个专门的称呼。可我已经想不起来了。前些天，读胡续冬的诗集《日历之力》。其中有首题为《新年》的诗，引发了我的感慨：

> 我怀念那些戴袖套的人，
> 深蓝色或者藏青色的袖套上，沾满了
> 鸵鸟牌蓝黑墨水、粉笔灰、缝纫机油和富强粉；
> ……
> 我怀念那些用锯末熏腊肉的人，用钩针
> 织白色长围巾的人，用粮票换鸡蛋的人，用铁夹子
> 夹住小票然后"啪"的一声让它沿着铁丝滑到收款台去的人；
> 我怀念蜡梗火柴、双圈牌打字蜡纸、
> 清凉油、算盘、蚊香、浏阳鞭炮、假领、
> 红茶菌、"军属光荣"的门牌、收音机里
> "我们的生活充满了阳光"的甜美歌声……

续冬写得真好。读这些诗句时，我就想到了那种军用棉帽。那种棉帽一定有个专门的称呼。可我已经想不起来了。只知道它同冬天有关。是冬天的见证。是时间的印记。那时，隆冬时节，甚至还有不少人戴着耳套。如今，这种耳套已经难得见到了。有多少质朴的、真实的、贴心的东西已经消失，或正在消失，只留给人们一点温暖的怀念。或许，续冬想说的正是这一点。

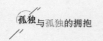

此刻，我也深陷怀念，难以自拔。在怀念中回到童年。冬天，几个小把戏，聚在一道，常会找个地方晒晒太阳。一边晒太阳，一边吹牛皮。不时地会谈起理想。身子冷得发抖，我们的理想竟都是到浴堂上班。真是不约而同。要是能到浴堂上班，冷天，就不会觉着冷了。呵呵。多么实在的理想。身子冷得发抖，可就是不肯穿母亲做的棉袄。那是母亲一针一线亲手做的。大人怎么劝说都不肯穿。感到穿着难看。还有逞强的意思。宁可缩着脖子。宁可手生冻疮。屁大的小把戏，就已晓得要好看了，就已晓得要逞强了。大人哭笑不得，可又无可奈何。此刻，我怀念母亲亲手做的那件棉袄。

五

字，一个个写上，又一个个抹去

痕迹还是留下了

雪的深处，是树，是海水

是马蒂斯的手，点燃蔚蓝的琵琶

西施在空中舞蹈

忽然，风被照亮

马群惊醒，粮食陷入想象

始终的窗口旁，渐渐升起的壁炉

用解放者的姿态

为夜晚开辟出通向远方的路途

而此时，所有这一切，已与冬天无关

六

　　渐渐升起的壁炉。这是梦。冬夜常做的梦。不知从何时起开始做这样的梦的。小时候不会。小时候常做飞翔的梦。慢动作的飞翔，每回都飞到树的上方。比树还要高。兴许有这种隐隐的愿望。而梦中出现壁炉，肯定是在上大学之后。那时，也只有十六七岁。青春的梦幻。对冷的反动。对温暖的期盼。有浪漫的情怀。也有外国文学的影响。有些诗，我总认定，就是在壁炉旁写的，也该在壁炉旁读的。它们让冬夜变成最独特的温馨。比如，叶芝那首著名的《当你老了》：

　　　　当你老了，头发灰白，睡意昏沉，
　　　　在炉火边打盹，请取下这本书，
　　　　慢慢地读，梦着你的双眸
　　　　有过怎样的柔情，怎样深深的幽影。

　　　　多少人爱着你快乐优雅的时光，
　　　　爱你的美，或假意，或真心，
　　　　有一人却爱着你朝圣者的心灵，
　　　　爱你容颜易改的忧伤。

　　　　弯下身，在这火光闪烁的炉边
　　　　怀着丝儿忧伤，喃喃对你倾诉
　　　　他们的爱已溜走，在头顶的山上踱步
　　　　正把脸藏在一群星星中间。

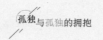

　　这是松风的翻译。必须轻轻读细细读才能觉出它的韵致。必须有一定的年龄一定的阅历才能感到它的味道。我同样认定，松风是在冬夜译的。所有的气息都指向冬夜：心中的柔情，想象的炉火，窗外的星星，有了这些，灵感便有了保证。译完后，再反复地读，边读边改，越读越兴奋，越读越有感觉。松风已经坐不住了。松风站到了窗边，竟然就看到了雪花，徐徐飘落的雪花。松风想对着远方大喊几声，但随即又克制住了自己的冲动。那一刻，冬夜在窗外闪烁。那一刻，壁炉在渐渐升起。那一刻，要是兄弟们都在身旁，该有多好！一道读诗，然后喝茶，聊天，有点围炉夜话的意思。喝了茶，谁还能睡得着。索性不睡了。再一道听听古琴。还有人唱上几段。呵呵，太小资了。太奢侈了。仿佛在做梦。就是在做梦。做做梦，总可以吧。在梦里小资一把奢侈一把，总可以吧。

　　冬夜，寒冷让温暖有了可能。或者说，寒冷衬托出了温暖。还有那些梦和想象。就像母亲做的被子，厚厚的，软软的，白天，一出太阳，便拿出去晒，晒上一整天，夜里盖着，总是暖暖的，闻得出阳光的气味。一条不够，就盖两条，甚至三条。童年的冬夜，总让我想起三条被子。三条被子的冬夜，已成为我最坚定的记忆。其实，南方冬天，家里没有暖气，比北方更冷。但夜里，有三条被子盖着，就不冷了。儿时，冬夜降临，总盼望着早早地钻进被窝。常常，不到九点就钻进被窝。三条被子，再加一个烫焐子。钻进被窝，暖热后，有说不出的幸福。幸福的冬夜，做飞翔的梦。比树还要高。从那时起，我就相信，温暖来自冬夜的深处。

夏天的事情

一

持续的闷热。哪里也不想去。就在家里喝茶。家是最好的地方。它能让你真正静下心来。闷热的时刻，心静，多么重要。

闷热的时刻，心静，又是那么难。好多天，懒得读书，也懒得写字。总在怪天气。其实，关键还在于自己。心，不静啊。在此方面，不得不佩服刘恪。无论天气如何，他都能趴在书桌前，坚定不移地读书，写字。而且紧闭窗户。多少年了，他始终喜欢紧闭窗户，拉上窗帘，埋头于文字。即使是大白天。即使是大夏天。任何时候，他都需要灯光，在灯光下写作。这已成为他的习惯。

也不得不佩服松风。他总在忙着各种事务，没完没了，兢兢业业，像他老家的黄牛。闷热对他倒也构不成什么意味。因为，大多数时间，他根本就忘了闷热。也忘了自己的博客园地。可是我们没忘。我们总在惦记着。天天都在惦记着。那么多人。山水、笑纹、薄荷、一片云……那么多人惦记着，天天，松风还没来得及感动，我先感动了。

兴许，该强迫松风歇息几天。我的话他不听，山水的话，他总得听吧。我们再一道到新疆去。去年 7 月，我们就在新疆。乌鲁木齐。阿尔泰。喀纳斯。布尔津。天池。那段时光，多好。那段时光，多么激情。转眼，一年了。一年，像一个瞬间。

401

二

有一点点风了，从阳台上吹来。一点点风，也让人欣喜。

热，只是一个感觉问题。热，似乎是长大之后的事情。小辰光，就不大感觉热。小辰光，还欢呼着迎接夏天。夏天，就像一场超级的游戏盛会，专门为小把戏举办。夏天就是小把戏的。

我早已说过游水了。除了游水，我们还钓鱼，随时随地就能钓鱼。小河就在家门口。找一根竹竿，系上一条尼龙线，再用大头针弯成一个钓钩，一副渔具就像模像样了。像模像样的还有我们这些小把戏，也就十来岁，扛着钓竿，抓上一把饭米粒，将钓线往河里一甩，就算摆开了钓鱼的架势。小把戏就钓些小鱼，大多是那种细长的小鱼，我们叫它"川条江"。很容易上钩。差不多几分钟就能钓到一条。不一会儿，就能钓到几十条。每钓到一条，我们都要高声宣布一下，恨不得让全世界都晓得。那种鱼，一般油炸着吃，炸得酥酥的，吃起来极香。大人喝老酒时，欢喜拿它当下酒菜。香！

有时，我们也会去抓知了。同样用竹竿。在竹竿头上抹上点面糊，黏黏的，悄悄伸向正在忘我地鸣叫的知了。粘住了。又是一阵欢呼。那时，我们总是欢呼。我们总有那么多欢呼的理由。知了我们可不吃。压根儿没想到吃。我们将它们放在竹笼子里，细心地养着。过一段时间，再将它们放生。后来，听说人们吃知了，我实在觉着惊讶。知了怎么能吃呢？人啊，人，怎么什么都敢吃？！

而到了夜晚，弄堂里，家家都会在门口搭上一张木板床。就是为小把戏搭的。只要不下雨，整个夏天，天天都会搭。洗完澡，浑身扑上痱子粉，然后往木板床上一躺，望着天上的星星，感受着弄堂里的风，真

402

是适意极了。常常，我们就这么睡着了。半夜里，再由大人抱回屋里。抱回屋里，都不晓得，接着酣酣地睡。如今，回想起来，那简直有点童话的味道了。童年，就该有点童话的味道的。

三

电脑出了状况。好几天了。无法上网。无法继续讲述夏天的事情。周末，在异常闷热中度过。时间忽然变得无边无际。竟有点不知所措。到了周一，急忙赶到单位，急忙打开办公室里的电脑。倒也不见得马上写什么。看着运转的机子，就觉着定心。嘿嘿！自己都不由得笑了。尴尬地笑。再度意识到，对于电脑，对于博客，都已无比依赖。那既是天地，也是监牢。总让人惦记着，隐隐的，仿佛某种强迫症。现代化有着多种面孔，有时，确实会造成各种各样的强迫症。

总在说世界和社会的进步。这种进步恐怕也只是相对的，更多是科技的和经济的。从文化角度，从文明角度，从生活质量角度，从教育角度，从人心角度，从人性角度，从环境角度……很难说，这个世界，这个社会，到底是不是真的进步了。

又想起上世纪80年代了。也不知为什么，常常会想起上世纪80年代。那时，我还在上大学。每到夏天，都会出去陪团，当翻译。天南地北，走了不少地方。路途中，也留下了许多印象。许多年过去了，有些印象居然还没被抹去。依然停留在记忆中。随时都能呈现在眼前。就像那一回，一个夏日的午后，我在北京登上飞机，前往南昌。炎热，加上赶路，在飞机上坐定后，感觉有些疲乏，很快便睡着了。猛然，一阵剧烈的晃动把我惊醒，使我顿时陷入恐惧之中，脸色一定惨白惨白的。就在这时，一位空姐微笑着朝我走来，柔声问道："先生，您不舒服吗？

403

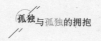

我能为您做点什么?"她的微笑告诉我:不用惊慌,一切正常,顶多是飞机遇上了点气流。她的微笑,贴着人心,有着多么巨大的镇定作用。从此,我总忘不了那缕微笑。

时间推移。进入 21 世纪了。另一回。同样是夏天。乘坐火车去广州参加诗歌节。一路同朋友吹牛,聊天,看看风景,甚是快乐。聊累了,眯一会儿。顺手把手机搁在了桌上。也就一会儿,睁开眼,再也见不到自己的手机了。手机被盗,倒也正常。算不了什么。有趣的是乘警的反应。当他听说我将手机搁在了桌上时,立即用批评的口吻对我说:那就只能怪你自己了。你放在桌上,不就是要送给人家嘛。天哪,什么时候,社会已经到达了这般境地。

后来,在广州,看到家家户户几乎全都安装了三四道防盗门,看到公寓楼上那一个个牢笼似的窗户和阳台,看到机场巴士上的温馨提示:"行李架上,请勿放行李",我的内心感到了说不出的悲凉。

四

家里,电脑不再能用。我因此有隐隐的不安,甚至还有某种恐惧。大量的文件还没来得及保存。那些心情随笔。那些数码照片。豆豆的瞬间。龙潭湖的景致。都是我的心血。现代化,能让你得到,也能让你失去。有时就在刹那间。你常常防不胜防。

苦笑一声,脚步已踏到门外。仿佛无形的线在牵引着你。到办公室去吧。那里,兴许有什么在等着你。

松风的诗和文在等着我。柏林空气中的芬芳。我闻到了。我想象着。我听到了。此刻,松风就在柏林,在柏林,用诗句当作思念和问候。多么动人的方式。读着松风的文字,心绪渐渐趋向宁静。

宁静中，抬起头。我忽然看到了那背影。那个走在长安街上的女人的背影。乌黑的披肩发散落在白色的束腰衬衣上。筒裙显露出性感的曲线。柔软的腰肢在摇曳，在荡漾，像水，像雨后的召唤。修长的腿，闪烁着光，竟让我一时找不到言语。我真的找不到言语，来描绘和形容那背影。

完美的背影。让我静静地跟随，并细心地保持着距离。那背影就是一切。我绝对不想走上前去，看看那背影的主人的脸蛋。不想，也不敢。那是怎样微妙的心理。那背影就是一切。

我知道，从今往后，我会不断想起那背影。那让我找不到言语的背影。找不到言语，却会永远记住。

同朋友聊天，说起此事。朋友笑着承认，倘若看到如此背影，肯定也会被吸引。不仅会被吸引，还一定会赶上前去，打量一番她的容貌。

五

刚刚完成了一次壮阔的旅行。青藏高原。国际诗歌节。水在天边凝固。烟火在夜空升起。黑暗中，有人在说话。女人，和男人。世上只有女人和男人。声音，面孔，眼睛，君度和冰白，那片丰厚的青和蓝。记忆。记忆。记忆。

满满的记忆。要让它们沉淀下来，深入心灵和雪。夏天的雪。夏天，青藏高原在下雪。雪中飘动的红纱巾。天空的红纱巾。暂时，就让雪和红纱巾覆盖那些记忆。呈现它们，也许，只是不久后的事情。

一夜睡眠。依然有点困，有点乏，嗓子干干的，眼皮也不时地会打架。旅行过后的困乏。困乏是最好的理由，让你静静坐着，什么也不想做，并且心安理得。思绪却在蔓延。一个又一个夏天。想到了诗歌节。

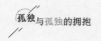

另一个夏天的诗歌节。

那是多年前，在广州，珠江诗会。好几个朋友都来了。树才，莫非，车前子，和黄梵。到了广州，我们又认识了好几个朋友。世宾，黄礼孩，林馥娜，卢卫平，和浪子。还有英国诗人蒲龄恩，和广州大学教授黎志敏。广州的朋友大多很温和。礼孩总是微微笑着，有一种温暖的气息。他主编的《诗歌与人》在诗坛有广泛的影响。林馥娜那么清纯，安静，像个懂事的妹妹。世宾显得深沉、稳重，喜爱探讨诗歌理论。

诗会在三所大学轮流举行。日程排得很紧。感觉总在迁徙，从一个校园到另一个校园。那些校园很美，生长着各种有品质的树木和花草。比如美人蕉。比如棕榈和椰树。正是六月。学期接近尾声。一拨一拨毕业生在拍照留念。在他们身上，我看到了过去的时光。

朗诵，研讨，一些互动，诗会有规有矩地进行。听众主要是学生，而且主要是女学生。这对诗人是种鼓舞。车前子，树才，莫非，和黄梵，一到广州都剃了光头。诗会上，四个光头，晃来晃去，格外引人注目。诗人怎么都是光头？有学生问。老车不甘于一般的朗诵，做了几个行为艺术，效果极好，身旁总有不少女学生围着，签名，合影，回答问题，笑眯眯的样子。树才跳上跳下，一会儿汉语，一会儿法语，还用英语发出召唤："给我打电话，在你需要和不需要的时刻，给我打电话……"

晚上，活动更加丰富。与英国诗人聚会，作同题诗：《来不及》和《就这样》，喝凉茶，吃排档和夜宵。我头一回知道，凉茶其实不凉，而是热气腾腾的中药。聚会自然少不了酒。一瓶又一瓶的酒。通宵达旦地喝。喝到最后，中英两国诗人都成了兄弟，连说话都不需要翻译了，打打手势，比画几下，彼此就心领神会。酒，是诗人最好的翻译。

整整三天三夜，我们时刻都围绕着诗和酒，时刻都围绕着校园，都没来得及好好看看广州，看看著名的珠江。在我的印象中，广州就是那些诗和酒，就是那几个校园，就是几位无比热爱诗歌的朋友。他们始终陪伴着我们。我喜欢他们。

六

懒洋洋地坐着，稍稍有点晕眩，不时地陷入幻觉。白日梦，那么耀眼。我只好闭上眼睛。伸出手，还是一片高原，连接着天，长满了星星般的花儿。只有莫非能叫得出它们的名字。莫非是诗人，也是植物专家，是植物摄影大师。他一眼就能看到草丛中稀罕的紫菀。

红纱巾舞动。一个劲地舞动。拂着云了。白亮的云，就在山顶，就在我们眼前。高处的羊抬起头来。高处的羊，在石头缝中如何养活自己？

在高原行走，需要强健的体魄。我还差一点。我还需要锻炼。兴许，该打打乒乓了，或者网球。坚持打。一辈子打。这很重要。网球能让女人的长发飘起来。网球是一项优美的运动。小时候，看电影，女人的长发飘起来，想忘也忘不了。我因此记住了中野良子。后来，在安徽，很长一段时间，疯狂地开摩托。一边开摩托，一边想象着某一天有个姑娘坐在我的身后，长发飘起来。那个姑娘没有出现。

风和速度能让长发飘起来。高原有风。乡村也有。或者就打网球。或者就骑马。或者就开摩托。累了，就躺下。躺在草地上。躺在乡村的路边。那里，风总在吹着。

那里，女人袒露着胸怀喂奶。那里，男人就分成两类：喝酒的，和不喝酒的。喝酒绝对要用大碗。感情深，一口闷。感情浅，才舔一舔。

你说你能不喝吗？不喝也得喝。夏天，光着膀子喝，往死里喝。喝完了，跌跌撞撞回到屋里，倒在地上，昏睡九个小时。在白洋淀，在乡村，我就以这种方式度过了一个夏天。那就叫锻炼。就是让我们去锻炼的。不是挂职，而是锻炼。那是1990年。1990年，在乡村，在白洋淀，我写下了这些稚嫩、婉转却真诚的文字：

也许，很久很久以前就已种下迷格般的缘分。它发芽了，在白鸽群振翅欲飞的瞬间。于是，我们走来，沿着华北平原弯弯曲曲的脊背，走进你七月的梦中。

哦，白洋淀，用水写成的故事，你的声声絮语，似乎期待着我们献上动人的情节。而我们过于苍白。我们苍白的微笑实在难以点燃你夏的烂漫。还是让我们捧一掬水吧，洗一洗混浊的眼神。然后，踏上舟子，卸去所有疲惫和干渴，驶向凝望，驶向倾听。

在我们晶莹的目光下，朵朵浪花抹去了水和天的分界。芦苇疯长，一直长到太阳的额头。荷花则默默摇曳着风的情意。白洋淀，你流动的风景，溶解了岁月的蹉跎和路的坎坷。

终于，我们美丽的心跳冉冉升起，升起在水雾结成雨珠的上空，日日夜夜礼赞你的清澈和温柔：

白洋淀！白洋淀！

别再抒情了。乡村不相信抒情。乡民不相信抒情。要抒情也得是坚硬地抒情。咬牙切齿地抒情。要流也得流"英雄泪"。潇潇的"英雄泪"："回头望望/半生的经历千锤百炼/在刀尖上落脚/在盘根错节中鏖战……"悲壮、大气的抒情。拎得清的抒情。乡民只接受这样的抒情。

那些乡民对我们真好。他们端出烤泥鳅和玉米炖小鱼。他们端出二锅头，让我们就着咸鸭蛋喝。真正的咸鸭蛋。而不是红心蛋。有一回，一位先富起来的乡民备好一整桌的饭菜，请我们。他说："我没有文化。可我喜欢有文化的人。吃！"话音刚落，十几双筷子齐刷刷伸向了大鱼大肉。我总是忘不了那情形。几十年来，我在无数的场合听过无数的祝酒词。我敢说，那是我听到的最最好的祝酒词。

一晃二十多年过去了。真想再回那里看看。我答应过要去看看的。可我至今还没有兑现自己的诺言。

七

聚会，打开酒瓶。这回喝茅台。一杯杯满上，一杯杯地干。挡也挡不住。

刚从青藏高原归来，喝酒也要喝出点样子来。一杯杯满上，一杯杯地干，为朋友，为兄弟，为姐妹，为男人和女人。有那么一点点辣，有那么一点点苦，有那么一点点涩，也有那么一点点甜。水和火的交融。酒的滋味，我渐渐懂了。

酒的滋味，飘荡在空中。七夕的空中。七夕是个节日。不，七夕只是种幻觉，在内心突围，弥漫。七夕也是个词。这个词让人心痛。别停下。接着喝。可以换个地方。到花园里喝。把酒放在草地上，点上两支蜡烛，慢慢喝。我听到音乐了。子夜，我听到音乐从高处传来。《黄莺之恋》：撞击灵魂的音乐，让泪水往高处流。女人，让我为你哭泣！高处的女人。那边的女人。夏天的女人。在凌晨三点写字的女人。无处不在的女人。名叫女人的女人。

女人，让我为你哭泣！让我为我自己哭泣！你有明白的现在。而我

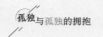

只有拎不清的未来。那近乎一个零。那近乎一片黑暗。我得倒退着行走，一年，两年，十年……从那个零，从那片黑暗，来到你灯光烂漫的窗下。女人，你伸出手来，给我一个命令。一生一世的命令。要不，就递过一瓶酒来。储藏了百年的酒。我们一道喝。喝到天亮，喝到泪流满面，喝到诗歌升起的时刻。

哪里还有什么诗歌。只有酒。诗歌也是酒。夏天也是酒。心愿也是酒。光着膀子喝的酒。大碗喝的酒。对着天空喝的酒。

八

期待一个词，名词，或动词，然后，由它推动着，成就几缕情绪。

我的期待永远只是期待，一天又一天，从深夜，一直绵延到早晨。

早晨。又一次来到办公室。不上班的日子，大楼里空空荡荡。贴着心的空空荡荡，激荡起多少夏天的事情。夏天的事情总是那么绚丽，回旋，突出，像荒野中奔跑的女人，牢牢抓住你的目光。夏天的事情，又是那么简单，清爽，犹如那个少年，一身短打，无牵无挂，行走于祖国的江山。停留，凝望，再出发，全都依凭自己的意愿。

那种时光真好。那种生命真好。那是二十多年前的我。二十多年前的我，一夜之间，又站在了我，和你的面前。那是怎样的呼唤！

那是高处的呼唤：

> 山峰上。
> 高处。只有我们俩。
> 同你在一起时，
> 我感到离天很近，

近得难以言说，

近得使我觉得

如果站在地平线上

呼唤——你的名字

我将会听到

苍穹射出的回声。

只有我们俩。

高处。

那是卢齐安·布拉加的《高处》。那是夏天的高处。夏天，在武汉东湖，登上皮划艇，随时都可能倾覆，随时都可能跌入水中。就有一支桨，演奏着水的平衡。如此优雅的平衡。浪花点缀的平衡。那一刻，你看到湖边的景致了。湖边的景致，从水中望去，有异样的感觉。要的就是那种异样的感觉。那就是生命。那就是高处。就像在庐山。凌晨三点多就起床，攀登一个多小时，到山峰上守候太阳升起的瞬间。在一丝丝风中守候。风吹动山崖上的草。那就是唯一的动静。没有结果的守候，连着渐渐亮起来的天，和大片大片的云朵。没有结果，却有高处。绝对的高处。离天那么近的高处。

纯粹的高处。我听到了纯粹的回声。只有一个，或两个人能听懂的回声。那就是夏天。那就是生命。

九

忽然想到海了。无缘无故。记忆中的点，究竟被什么激活。

康斯坦察。海边的城堡。我曾在那里生活和工作过两年。窗外，就

411

是沙滩，就是无边的黑海。黑海并不总是黑的。它有时蓝，有时灰，有时白，有时黄，有时金黄，有时浅蓝，有时深蓝，而深蓝到一定程度，便是黑了。全是光的作用。色彩便是光。我常常走到窗前，看那片海怎样变幻着色彩。久久地停留，身与心都只为海吸纳，只为海存在，渐渐的纯净，渐渐的清爽，仿佛经历一次歇息，又仿佛完成一次托付。托付给海。

一有空，我便会来到海边，来到爱明内斯库的塑像旁。那是海边视野最辽阔的所在。站在那里，总有一种幻觉：仿佛就站在海上。爱明内斯库面朝大海。面朝大海，是诗人爱明内斯库唯一的愿望：

> 我还有个唯一的愿望：
> 　　　在夜的静谧中
> 让我悄然死去，
> 　　　头枕辽阔的大海，
> 让我缓缓入梦，
> 　　　躺在树林的旁边，
> 　　　在无垠的海面上，
> 让我拥有晴朗的天空。
> 　　　我不需飘扬的旗幡，
> 也不要豪华的棺木，
> 只愿你们用嫩绿的树枝，
> 　　　为我织一张温馨的小床。
> ……

这浪漫的愿望，仅仅属于古典时期，在今日看来，近乎奢侈。宁静早被打破。海边，一片喧嚣。尤其是夏天。夏天，是海边的节日。到处的人群。到处的喧嚣。人群纷纷来到海边留影，来与爱明内斯库合影。可一百个人中，恐怕有九十九个不再读他的诗歌。唯一的愿望，也就是唯一的孤独。过于喧嚣的孤独。

过于喧嚣的海滩。喧嚣中，那蔚蓝的诱惑，那蔚蓝的水与火。阳光，白沙，阵阵的波浪。海滩上，女人，袒露着身子，水一样展现。越是年轻、越是美丽的女人，越是要展现。那真是天体。到处的女人。到处的天体。奔跑。舞动。或静静开放。用目光向天体致敬吧。耀眼的天体，闪着晶莹的水珠，让心和目光醉了。

一次一次的醉。在酿制葡萄酒的海边。天体也是葡萄酒。阳光确立葡萄酒的品质。朋友来时，我们就喝葡萄酒，吃烤鱼。茨冈人演奏着欢快的乐曲。林希来过。范小青来过。沈苇也来过。通宵达旦地喝。一边舞蹈，一边喝。一边喝，一边抱起漂亮的女人。女人，在海边。海边，男人，和女人。女人也是葡萄酒。最最好的葡萄酒。

海边，同朋友和诗人一道喝葡萄酒，一道看海，或听海。夏夜的星空下，我就常常坐在海边听海。听海的絮语，和叹息。听汹涌的宁静，和宁静的汹涌。海有各种各样的情绪，正如它有各种各样的色彩和表情。听海，要用心灵。用心灵贴近心灵。海的心灵，那么饱满，丰富，博大得让人敬畏。总也听不够的海。这已是子夜时分。喧嚣过后的宁静。独自，面对大海。或者，面对海边的女人。这已是梦了。无边无际的梦。梦，滋养着生命。海，就是梦。最最深远最最壮丽的梦。我因此莫名地喜欢一切同海关联的地方。珠海，威海，青海……青海，威海，珠海也是海。一定的。

时光流水账

|十月二十九日|

子夜临近。刚刚搁下笔。一天都在写字。还一笔债。

本想再译一篇半分钟小说，但实在没力气了。索性就说几句话吧。记记流水账，为朋友，更为自己。

出奇的静，仿佛对应着白天的晴。难得的好天，应该去香山，去龙潭湖，或者去聚会，却在文字中度过。上午，有几个小时，就那么坐在阳光中，几乎写不出一个字。有阳光暖暖地照着，还写什么字呀。

晚上，接到母亲的电话，心思在文字上，竟问了母亲一句：有什么事吗？想想自己真傻。母亲打电话，是不必有什么事的。

总算写了两千字。可以安心地睡了。明天还得早起，去党校上课，学习毛泽东思想。

|十月三十日|

早起，汇入匆忙的人群。路太堵，到达党校时，迟到了十分钟。只感觉声音在教室里穿梭。目光却一直寻着窗外。窗外，有一片云的天空，有紫百合的山坡。深秋，北京，香山枫叶最红的时刻。

喝了几口茶，读了几页刘恪的《梦与诗》，差不多就到中午了。声音依然在穿梭，又响又亮，响亮中，我看到一片白，模模糊糊的。

想起松风。大老远从南京跑到北京大学学习。他在学管理。我在学哲学。明天见面时，我倒挺愿意听他讲讲管理的。可他愿意听我讲讲哲学吗？

一晚上在琢磨下一篇文字。在等一句话，启动所有的感觉。答应月底要交一部书稿的。只能利用夜晚和周末写点字了。

在党校听讲座，接到彤的电话。她说她在北京。真是一个惊喜。十年了，没见面。忽然，她又冒了出来，从美国。这个丫头。

约好在长安大戏院见面。远远地，看到一个背影。就是她。想直接走过去拍拍她的肩膀，但又怕吓着她。别以为大白天长安街还有打劫的。回过头，微微一笑，她还是她，依旧可爱的样子。十年成为一个瞬间。在美国，我们相处得那么好，像哥们。

在阳光的午后，在茶的清香中，回到过去，数点一些细节，快乐得都有些不真实了。印第安纳，布卢明屯，子夜逛酒吧，六个小时的电话，家中聚会，梦露湖，布朗国家公园……时间被点亮了。

时间不知不觉。彤又要走了。这回，不会又是十年吧，我问。不会的，不会的，她说了好几遍，轻轻的。

十一月一日

怕堵，提前出门。没想到路那么好走。八点多就到党校了。

楼里很静。一个人坐着，想起昨晚的大聚会。松风临时有事没来，我有点失落。没有机会讲马列了。本来要安排他坐在乙宴身旁的。我一生气，顶替了他。乙宴是年轻的琵琶演奏家，人长得美，诗也写得漂亮。周五，她有场演出，在北京音乐厅。是陈钢的作品。

王家新车坏了，放开喝起了酒。马高明跟前始终放着两听啤酒。喝

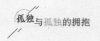

完了，有人又会再为他放上两听。莫非端着相机在忙活，主要照乙宴，一边照，一边嘀咕：怎么拍都好看，怎么拍都好看……

九点了。打住了。该去上课了。

|十一月二日|

天气晴朗而又暖和，对于 11 月的北京，非常难得了。

没去上课，在家赶书稿哩。写裴多菲，没有太多的感觉，可又绕不过去。一个新娘躺在身旁、依然在想着战斗的人，在今天，会显得很残酷，残酷得不可思议。因此，打量他，首先需要打量他的时代。否则，我们便难以理解他。

还是更愿意记住这样的诗句："我愿意是废墟，/在峻峭的山岩上，/这静静的毁灭/并不使我懊丧……/只要我的爱人/是青青的常春藤，/沿着我荒凉的额，/亲密地攀缘上升。"

在上个世纪 80 年代，你可以带着这样的诗句去谈恋爱。那个抒情诗的年代啊！收音机里每天都有配乐诗朗诵。情书里更是少不了诗歌。就连电影也要用诗歌装点一下。光荣照亮了一大批诗人。

朋友要远行，去遥远的德国。我在心里默默地祝愿她：一路平安！

我也在默默地祝福着你们：雨滴，松风，旁观者，女同学，一片云，紫百合，流浪琴手，老乡……在这个美好的秋天，我多想丢开书稿，同你们一道去漫步啊。到哪里去，都成。

|十一月三日|

道路通畅，不到八点就到大楼了。长安街上到处都是公安警察和武装警察。不是闹着玩的。看到一个女警察，警服很合身，真精神。她要是能笑一笑，就好了。

我从小就有一种制服情结。这可能和成长环境有关。考大学时，就报了好几所军校，可惜没被录取。到北京上大学，这种情结更严重了。那时，紧挨着军艺和总政。天天都能见到一群一群穿着军服的女孩，实在是迷人。有一段时间，甚至想：这辈子，无论如何得找个女军人交交朋友。后来，真的认识了好几位女军人。只是她们都不太爱穿军装。

制服情结究竟意味着什么呢？是一种庄严感？是一种神圣感？我不知道。哪天，我好好想想。

又要上课了。赶紧打住。再聊。

| 十一月四日 |

阳光中，书房透明。抬起头，看到窗外的天，有一种耀眼的蓝。无比的诱惑。

还是抵挡住了。留在家里，继续写字。好不容易的周末，好不容易的空闲时间，又被书稿困住了。人的一生中，究竟有多少时间可以真正自主呢？

写到匈牙利作家莫勒多瓦的《会说话的猪》。猪忽然说起了人话，并要与人进行特殊合作。最后，竟然掌握了人的命运。一个有趣的小说，荒诞中含着幽默和讽刺，语调和气氛又是轻松的，也就显得格外的好看和好玩。猪说人话，从构思上来看，算不得什么独创。已经有卡夫卡和奥威尔等先行者了。启发和影响是难免的。关键是，莫勒多瓦用地道的匈牙利语言，以地道的匈牙利背景，写出了地道的匈牙利现实。而且不仅仅是匈牙利的现实，这已是人类的某种普遍境况了。小说的价值也许就在此吧。

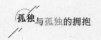

一晃就到下午三点。停下笔，才觉出饿了。简单吃了点东西，盼着在博客上再说说话哩。

昨晚，约刘锋去听陈钢作品音乐会了。大都是些熟悉的旋律。《苗岭的早晨》，《我爱祖国的台湾》，《阳光照耀在塔什库尔干》，甚至还有令人亲切的《打虎上山》。最最动人的就是《春江花月夜》了。乙宴款款登场，着一身白裙，圣洁而又飘逸的样子。节目单上，关于她有这样动人的文字："她的演奏具有诗一般的格调，绸缎似的音乐，缠绵悱恻的情感，含有穿透力，是一种自然朴素又极具现代感的抒情。"音乐从她手中流淌的时刻，我觉得她真美。哪天，我还要读读她的诗歌。

遇见了树才、西川和宋琳。当然还有老莫。只是他坐到了第一排，捕捉乙宴的一些瞬间。我越来越喜欢莫非拍的照片了，喜欢他镜头中的植物、花卉和女人。诗人端起相机，有他特殊的优势。

早晨，接到乙宴和刘锋的短信。刘锋说他正在去承德的路上。想象他和他那些优秀的同学在一道，肯定很快乐。快乐就好！快乐就好！

我愿祝乙宴、刘锋和所有的朋友周末快乐！

|十一月五日|

早晨就开始刮风。持续的大风。我就在这风声中继续写我的字。

写到保加利亚文学了。一个苦难的国家和民族，历史上曾有长达五百年的时间遭受着土耳其奥斯曼帝国的统治。文学的底子因此很薄。特殊的历史缘由，保加利亚作家的民族意识和斗争意识似乎格外强烈。这自然有感人的一面。可文学自有文学的规律。因此，如何处理好斗争意识和艺术规律之间的关系，是一件相当微妙的事情。对于目前的保加利亚文学，我们实际上还不太了解。肯定有一些优秀的作家。只是我们的目光还没有落到他们身上。我手头就有一本《保加利亚新生代诗选》，里面的一些诗还是挺动人的。有空了，我会译几首的。

曾经到过这个玫瑰的国度，而且不止一次。它的东面是黑海。夏天的金色沙滩给我留下了美丽的印象。我还特别喜欢它那处处散发的农业气息。可惜，英语在那里不太管用，无法与人交流。许多保加利亚人都会说俄语。

不知不觉就到傍晚了。已经写了一天，该歇息了。进入博客，脑子中就全是朋友们的名字：权聆，旁观者，一片云，女同学，家乡的书生，紫百合……乙宴的照片莫非还没传过来。她已回上海了。彤又到了地球的另一端。刘锋也许正在回北京的路上。此时，有多少人在路上啊。

豆豆过来了，拉住我的手，要我和她出去走走。风那么大，她可不管。

|十一月六日|

刮了两天风，一下子就冷了。早晨出门的时候，已有冬天的感觉。

非洲朋友还没走，路又变得艰难。不到五公里的路，竟走了一个多小时。可怕。常有外地朋友说北京人可怜。他们有他们的道理。

迟到是必然的。今天讲毛泽东思想。找了一个靠窗的座位，不时地可以望望窗外。窗外，是个动人和丰富的词，同想象和世界连在一起。教授很智慧，尽说些故事。以轻松的口吻说过去那些沉重的故事。许多故事，在今天听来，像小说。

编两位南方女作家的稿子。都是谈外国文学的。灵动的文字，让时间有了光泽和水分。感谢她们，让我在周一的拥堵后渐渐又感到了宁

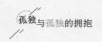

静。宁静中，阳光斜斜地照进课堂。

下午要开会。可脑子还在稿子上呢。来到教室，先和同学们聊了聊天。闻到了芬芳的气息，来自女同学的微笑。有女同学，就是好。到党校快一个月了，大家渐渐熟了，气氛也就越来越亲切了。

晚上，还有一本书要读。风声似乎小了。

|十一月七日|

北京交通彻底恢复了正常：重现的拥堵、停滞和无序。一眼望去，各式各样的车挤在路上，像摆设，更像玩意。收音机里还在竭力赞美着前些天的顺畅。听起来怎么跟讽刺似的。我有些想念那些非洲朋友了。

要有耐心，绝对的耐心。在北京生活就得这样。可以看看窗外的景色，也可以看看行人的表情和姿态。实在没什么可看的时候，你就干脆闭上眼睛，想想心思。可一闭上眼睛，就又快睡着了。没办法。给几个朋友打电话，都说正在路上。我们永远都在路上。这倒挺有诗意的。松风来北京，不知能否习惯。幸亏他在校园，而且又是北大校园。校园总有一种特殊的气息。从心理上说，我和松风其实都是属于校园的。

还没下课，肚子就饿了。典型的上学时的感觉。那时，稍稍去晚点，米饭就没了。那时，米饭就是一切。我们这些可怜的南方同学呀。现在不一样了。竟然也喜欢上一些面食了。比如中午，就忽然想吃饺子。强烈地想。到食堂，居然吃到了。韭菜猪肉馅。满足。到了晚上才听说，今天立冬。立冬就该吃饺子的。巧了。

|十一月八日|

开会，看稿子，参加选举。大楼里挤满了人，都是来参加选举的。

人气很旺。到处都是标语。组织工作做得真好。拿起选票，看到三个名字，三个陌生的符号。可以是张三。也可以是李四。据说需要在两个名字前画圆。美术功底差，圆总是画不好。干脆另选吧。选举证上印着自己的名字，甚至还有年龄。觉得光荣和亲切。要好好保存。就当书签了。

刘锋来。我和我的同事都很开心。兄弟气色不错，精神也好。校园的滋润就是有效。校园让人年轻。中午聚会。见到朋友和兄长，刘锋立即进入状态。宾主频频举杯，气氛甚是热烈。我不住地劝他：还是多喝点汤吧。喝点汤，补补身子骨。

回到党校自学。埋着头。脖子酸的时候，就打开了电脑。听见许多朋友的话了。开心。紫百合说冬至才吃饺子的。呵呵，原来这样。看来，昨晚在超市上当了。耳边还响着那个美丽的女推销员的声音："今天立冬，要吃饺子啦！今天立冬，要吃饺子啦！"她喊得那么响亮，还带了点情感。

接到雨滴短信。晚上准备再聚。地点在后海。那里有孔乙己。还有无数的酒吧。夏天，有时去那里。和朋友说说话。或者就听歌手唱唱歌。我因此熟悉了许多歌曲。比如，王菲的《红豆》和许茹芸的《如果云知道》。歌曲是能给人幻觉的。就那么一瞬间。一瞬间也好啊。常常，人就活在一瞬间里。有一回，在去往吐鲁番的路上，和一位少女，谈起流行歌曲，竟谈了两个多小时，感觉年轻了一把。

今晚，又会有酒和歌声了。

| 十一月九日 |

昨夜，喝了太多的黄酒，在孔乙己。还有诗词，和女人生动的表

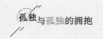

情。都是些无限优美的女人呀。雨，文，霞，翔。

醉是自然的。醉是一种自由的境界。早晨，睁开眼，感觉满世界依然在酒杯的摇曳中。古诗的余韵，让醒变得艰难。

就在这时，乙宴的消息传来。我们的琵琶西施。在上海早晨的阳光中。浸透着音乐的阳光。我们说起了花。她说只需一枝花。一枝花，加上一本诗集，成为我一天的关键词。

还得赶往党校。画面和声音在等待着。多少人在看着同一画面，听着同一声音。又想到稿子了。文颖的稿子。写得真好，文字在舞动，像水的影子。

一下午都在做稿子。文颖的稿子。法国小说。办公室真热。阳光真热。阳光中，我和文字一道晕眩。文字也能让人醉的。

松风在联欢吧。他就要回南京了。一会儿给他打个电话。

|十一月十日|

夜间有雨，湿润了路和空气。早晨出门，感觉到了。

时间被占据，只能一点点地挤。中午，接着做稿子。选好两篇小说。还要确定译者。中间遇到点意外，不得不去了一趟同仁。随后，又去五棵松，办理一点事情。我在城市里画了个圆。几个小时匆匆流逝。

小青和沈苇来北京了，开作家代表大会。约好后天聚聚。

在路上，接到彤的电话。彤的声音从地球的另一端传来，居然如此清晰。她不紧不慢说出的一句话，让我乐了半天。

晚上，填各类表格。每到年底就要填的那些令人厌烦的表格。

|十一月十一日|

在党校，连续上了一个多月课，感觉有点累了。

需要透透气。就到龙潭湖吧。一个安静的公园，有树，有绿地，还有湖。湖边，女人领着孩子在看水中游弋的鸭子。孩子一副欢喜的样子，和鸭子说着话。孩子相信，鸭子是能听懂他的话的。

没有太多的人。也没有什么噪音。在城市中远离城市，这种感觉真好。随意地走走。随意地看看。看看叶子，有的已经黄了。看看树上的年轮，刻着沧桑的眼睛。看看水里的波纹，在阳光下，跃动着。我一看到水，心就会动。水边长大的。没办法。抹不掉的南方情怀。

说到南方，南方真的就传来了消息。乙宴说：诗集正在路上，照片已经发出。不知怎的，我一直没有收到。下午，又让乙宴发。开辟了几条路径。终于看到乙宴了。无比的喜悦。明天，我要让朋友们也看看乙宴。

去见小青。具有古典风韵的小青。从北京饭店出来时，遇见一位作家，握着小青的手，轻轻说了句："范小青，你还那么漂亮！"我想说的，他先说了。这些年，多次见过小青，感觉她总是那么年轻，美丽，雅致。一定有什么秘诀。也许，这又是水的缘由吧。

|十一月十三日|

莫名的忧伤，在这初冬的夜晚，似乎没有缘由，兴许，仅仅和空气有关。

空气。罗网。罗网。空气。空气中的罗网。罗网中的空气。我看到一群孩子般的老人在罗网中漫步，露出幸福的笑。人民在笑。

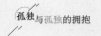

不太想说什么。就译一首诗吧。耶胡达·阿米亥的诗。

水面
水面
令我想起
你那时的脸
在我们还知道正在发生什么的日子里。

最后一次见你
像花一般
以微笑和鞠躬
接受自己的命运——
然后——那道窗帘。

甚至此刻
当一辆重型卡车从街上驶过
我的血液依然会
窗玻璃似的咯咯作响。

而我的思想缠绕
于腰际，恰如搬运工的绳索：
但愿它们能稍稍帮我
驮载我的余生。

|十一月十四日|

居然又回到了乒乓桌旁，在中断了大半年之后。连我自己都不敢相信。这是怎样的一种召唤。

雪岚，和我，秦岚，和树才，一边打，一边笑。我和这个岚，树才和那个岚，都是绝好的搭档。绝好的搭档，打起球来，能让你奋不顾身的。显然，他们已不把我当伤员了。哈哈！有特别意义的日子。

傍晚在不知不觉中来临。傍晚在咖啡香中来临。是那个岚煮的咖啡。咖啡飘香的《世界文学》编辑部。我们喝着咖啡，吃着点心，都不太想回家了。树才读起了三行诗。这就是树才，总会在最最恰当的时刻让诗歌的声音响起。咖啡，加诗歌，实在太奢侈了。这个岚说：这样的时代，诗人简直就像恐龙。

在夜色中踏上回家的路。坐在车上，想起松风译的诗。他将 What can I do 译成"我如何是好"。译得真有感觉，正好贴着我在夜色中的情绪。我如何是好，我如何是好，我一遍遍地品着这句话，心中竟溢满了感动。

而于我，感动，已不是件容易的事了。我如何是好……

|十一月十七日|

闷在家里，读了一天的书。竟然忘记了时间。夜，怎么来得那么早。冷的感觉从窗外传来。是冬天了。

面对一张照片。友人在德国拍摄的。没有人烟，只有田野，树，和乡间小路。一切都静静的。连空气都静静的。我想象着友人在那里会呼吸到怎样的清新的空气。乡村的景色，总是让我着迷。

读到松风的文字，很动人，一看就是有感而发。那是在琅琊山写的。确切地说，是在溪水边写的。诗意，和内在激情，让时光如此美丽。我仿佛听到水声了。是水声，还是琴声？我给松风留言说，琴声也是不可译的，正如他用英文写的诗。明年，一定和松风一道去登琅琊山。最好还能约上几个朋友。

是冬天了。朋友们多保重啊。雨滴，旁观者，豆娘，岚，译林，一片云，紫百合，女同学，黑眼睛，笑纹，兰紫野萍，竹影，老乡，书生，琴手……你们都好吗？每每想到这些五湖四海的名字，心里就有温暖的感觉。

|十一月十八日|

早晨，读了两个多小时书。抬起头，天地的阳光，让我眯缝起眼。

心，还是动了。到龙潭湖去。一个声音响起。那么暖的光。那么多的水。那么靠近家。

于是，在龙潭湖，就有了一个个瞬间。水的瞬间。光的瞬间。银杏的瞬间。高兴的瞬间。一天，哪怕能有一个瞬间，就足够了。这张照片就是一个瞬间。我将它命名为：初冬，在龙潭湖。

在龙潭湖，随处可见孩子、青年或老人。就是见不到什么中年人。中年人大多在家里，或在路上哩。想起从前译的一首短诗，是罗马尼亚诗人布拉加写的：

三种面孔

儿童欢笑：

"我的智慧和爱是游戏！"

青年歌唱：

"我的游戏和智慧是爱！"

老人沉默：

"我的爱和游戏是智慧！"

儿童，青年，和老年，人生的三个阶段。那么中年呢？布拉加没有写到中年。中年其实是既需要爱，又需要智慧，有时也需要游戏的。难以形容的中年呀。

不知不觉中，我已步入中年了。中年人大多在家里，或在路上哩。而我却在龙潭湖，呆子似的望着水面。

|十一月十九日|

又一个周末，交给了书和文字。有点可惜。

读伐佐夫的《轭下》，然后就是写。都说，《轭下》是部反映保加利亚人民英勇反抗土耳其统治的小说。我却怎么也读不出来。我想说：它是一部关于理想和激情的英雄小说，是一部动人的爱情小说，是一部有力的批判现实主义小说，还是一部优美的浪漫主义小说。而对于四月起义，对于四月起义中的保加利亚人民，伐佐夫其实并不以为然。他认为：在保加利亚的历史上，"纵然有过许多同样神圣和不成功的起义，却没有一次像这样悲惨而不光彩"。这么多年了，为何许多中国的读者就不愿正视这一点呢。难道就因为鲁迅先生的一句评语吗。我不明白。

不说了，不说了。我的看法也仅仅是我的看法。它也极有可能只是

谬误，不合正统的口味。已经很累了。还是到阳台去呼吸点新鲜空气吧。或者就看看天空。问题是，哪里还有什么新鲜空气。城市的夜空，也已难得看到星星了。

天气预报：明天又是雾天。嗨，索性早点睡吧。

|十一月二十日|

雾，和寒冷，成为一天的基调。

是睡眠的时刻。记得小辰光，冬天的夜晚，总会早早地钻进被窝。钻进被窝，就暖了，就适意了，就把冬天关在了门外。被窝里有母亲冲好的暖水袋。暖水袋！暖水袋！有了暖水袋，时间，和睡眠，都踏实了。

那时，可以从晚上九点一直睡到早晨八点。那时，可真能睡呀。我的睡眠充足的童年。一到早晨，起床，就变得痛苦和艰难了。在被窝里反反复复地思想斗争，反反复复地下决心，还是起不来。那叫赖床。赖床，是件多么幸福的事呀。小把戏，是有权利赖床的。小把戏，就是一种权利。

如今，每到冬天，整天待在暖气房里，已不再需要暖水袋，也不再会赖床了。可我为何还是如此的怀恋童年，怀恋童年冬天的夜晚？

还是为朋友们献上一段温暖的文字吧：《一位女打字员》：一种朴素的感动。

|十一月二十一日|

早晨，在大雾中上路。城市的面孔变得模糊。车缓缓行驶。无数的细节被一一省略。

人在雾中消失。党校的教室空空荡荡。意外的安静，让我从容地看起稿子。一组法语当代诗歌。词语的豪华舞会。时间音乐般起伏。

回到楼上，大雾早已散尽。有阳光照射，天，顿时暖了。午后，没有红茶，只有期待。隐隐的期待。期待着蜜橘的芳香冲破表格的疲惫。

还是在乒乓桌前舒展一下麻木的手臂吧。也许，伸出手臂，就能唤醒一个姿态。常常，你并不晓得，自己的姿态，也有洒脱的瞬间。微笑开始弥漫。

微笑甚至浸透了夜色。我向来喜欢夜色。夜色，让一切柔和。柔和的灯光。柔和的背影。柔和的步子。柔和的风。

是的，感觉到风了。风从窗外吹来。风从高处吹来。悠远而广阔的高处。高处，影子摇曳，蔚蓝的现实，那么生动……

|十一月二十二日|

说冷就冷了。在屋子里就能感觉到。毕竟是 11 月了。这样的天气，本该待在家里的，泡一壶红茶，听听音乐，或者，做什么都行。

可偏偏就想出去走走。迎着风走走。随意，散漫，没有任何目标。这样挺好的。为何一定要有目标呢？东便门，崇文门，天安门……城市原来就是一道又一道的门。城与市，那是刘恪一部长篇的标题。在城与市中，我走过一道又一道的门，却始终不知自己究竟是在走进，还是走出。想着，走着，和平门近了。风中的和平门。

回到家，听到松风的话，才知道感恩节就要来临。想着一些人，想着一些事，在感恩的心绪中，竟翻出了从前的一些文字。那些亲爱的文字，尽管有着缺陷和稚嫩，可我一点都不想做任何的改动。就让它们保持最初的样子吧。起码，可以帮助我暂时回到过去。时常，心里会涌起

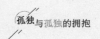

一种强烈的感觉：我们其实没有未来，只有过去。我们其实随时随地都在走向过去。

那些年！那些字！

十一月二十三日

一上午，想写东西，可心，却怎么也静不下来。松风兄已把感恩节的气息渲染得十分浓郁，我不能无动于衷。

我不能无动于衷，一如斯特内斯库的诗：

> 我的眼睛不再用泪水
>
> 而是用眼睛哭泣——
>
> 我的眼眶不断地生出眼睛——
>
> 为了让我平静，如果我能平静。
>
> ……

于是，怀着感恩的心绪，坐在电脑前，敲着两个字，一遍又一遍，竟然把时间抛在了一边。汉字就是美妙，总能给人那么丰富的想象。还有幻觉。有一刻，我真的相信，一个字你注视得久了，它就会飘起来，像雪花，雨滴，或者风，飘向高处，成为一种召唤，超越言语……

就这样，坐在电脑前，久久地，没有言语，我度过了我的感恩节。

十一月二十五日

花了两天时间，读完卡达莱的《亡军的将领》。战争的影子，有时比战争本身，更为严酷。这似乎是小说的众多意味之一。卡达莱，让我们对阿尔巴尼亚文学有了崭新的认识。

推开阳台的门，才知道外面在下雨。是那种毛毛细雨。冷，却令人精神。竟不愿离开阳台了。要尽情地感受某种南方气息。仿佛中，就听到了一个消息，来自天空，来自雨。世界又变得具体了。

到外面走走。在毛毛细雨中。不用打伞。我也向来不喜欢打伞。是性情，也是习惯。除非，身边有个女人，那我会把伞举向她的头顶。

冷，却令人精神。在雨中走走，感觉一天的疲惫在渐渐地淡去。

|十一月二十六日|

白天和夜晚，都在写字，差不多有十几个小时。手酸了。脑子也有点木。是歇息的时候了。

看我站起身，豆豆立马奔了过来。她知道现在不会打扰我了。她知道现在可以邀我游戏了。这个机灵的小东西。

而白天，在我写字时，有那么一阵，她就趴在我的椅子下，那么乖巧，那么安静，以至于让我忘了她的存在。要拿本书，我转过身来，不小心，磕了她的头。她叫了一声，委屈地走开，但丝毫没有责怪我的意思。可我心疼了半天。豆豆，我不是故意的，不是故意的，我对她说。她摇了摇尾巴。理解的表示。豆豆真好。

写字和读书，都是极寂寞的事。幸好，有豆豆陪伴着我。我的忠诚的小宝贝。哪天，我要为她写一首诗，并读给她听，看看她会有什么反应。

|十一月二十七日|

又劳动了整整十二个小时。脑子木了。估计一时也难以成眠。

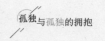

这样的时刻，还不如到夜色中走走。到夜色中走走，会很适意的。子夜，最宁静的时刻，梦幻的时刻，一边是你，和你的影子，另一边是世界，和无数的影子。某种期待在影子中升起。某种妥协也有可能达成。你与世界的妥协。这不容易。

你还能听到风的话语。这样的时刻。一定的。其实，风一直在说。记忆也在说。只不过，白天，过多的喧嚣，让倾听变得艰难。倾听，是一种基本姿态。可惜，这世界，许多人都不愿倾听了。也许，他们会说：没有时间。他们老是说：没有时间。倘若你总是没有时间，你也就没有生命。

明天，哦，别再想明天了。求求你了。把会议、稿子和表格统统扔到一边吧。起码，这样的时刻，让自己面对纯粹。哪怕是假想的纯粹也好。纯粹，在你心中。一个声音说。我转过身来。只有夜色。茫茫的夜色。而风呢？风，也在你心里哩。

脑子木了。我不知道自己都说了些什么。

|十一月二十九日|

早起，坐到书桌前，心，却一直不静。也不知缘由。世上有许多事都是不知缘由的。兴许是那光，光的晃动，让时间变得如此的耀眼。要么拉上窗帘。可拉上窗帘，又会有夜的幻觉。此刻，怕的就是幻觉。

索性先沏壶茶，到阳台上晒晒太阳。随意地看看窗外的景色。景色在三幢塔楼的那边。一点点绿地。一点点天空。一点点人。

还是返回书房吧。返回我的文字。今天，估计又要按着键盘，待上十来个小时了。要在这两天结束一本书。无论如何。心绪不宁中，又会写出怎样的文字。连我自己都好奇了。呵呵。

|十一月二十九日　夜|

已经是夜晚十点半了。重重地敲下最后一个字，为书稿画上了句号。整整三个月，读书，写字，发呆，日日夜夜，废寝忘食，心里一直隐隐在期盼着完成的时刻。可当完成终于来临的时刻，竟没有丝毫的激动和喜悦。轻松倒是有一些，但更多的是疲惫。无限的疲惫。

此刻，要是松风在北京，那该多好。松风，和他那些优秀的同学。让古琴响起。再听听飞翔的声音。太奢华了。简直就像梦。生活中就缺少一些梦。或者，我们去后海。那个老地方。当然要邀上雨。没有雨，怎么行。还有蒲。那么性情的蒲。敢站到饭桌上为女人朗诵诗词。他的形象就这样立在了我的心里。那么巍峨。巍峨的蒲。我就不敢。永远都不敢。我顶多偷偷地想念女人，却始终没有勇气表达。我总是那么腼腆。腼腆是我致命的弱点。老莫说，人过四十，百无禁忌。那是一种境界。不是每个人都能达到的。我和松风估计都没指望了。所以，我们只好去喝酒。在新疆，我们喝了那么多酒。不要命了。沈苇定居新疆了。还写出了那么多的好诗。喝酒，写诗，诗也百无禁忌了。这样的日子真叫滋润。在新疆，树才又会跳起非洲舞了。我们什么时候也定居新疆吧。此刻，要是松风在北京，我会喝上一坛子黄酒。然后，对着湖面轻声地唤。水，会被唤醒吗？月光下的水。简直就像梦。痴人说梦。生活中就缺少一些梦哩。

生活中就缺少一些梦啊。罢了。罢了。松风又不在北京。还是早点睡吧。明天，还得上党校哩。

|十二月一日|

为书稿配图，写说明文字，竟然又忙了两天。都顾不上睡眠了。也没顾得上博客。前夜，睡了四个小时。昨夜，也就三个多小时。头，始终是昏沉的。看人与物，都朦朦胧胧。一种意外的效果。倒也挺好。

上午终于把稿子交上。自己请自己喝了杯英国红茶。坐在长安大戏院的落地窗旁，目光散漫地投向外面的世界。像个看客，暂时把自己和世界隔开。

回到办公室。长久地坐在电脑前，仿佛在等待着什么。独自等待。有一部电影好像就叫《独自等待》。等待，并不孤独，因为你正在等待。感觉太热了，不禁打开了窗户。而一打开窗户，我就感到了风。风，从高处吹来。还有云哩。就在那天空。在大楼工作了这么多年，我都没好好看看天空。

想听听音乐了。听音乐，其实是份心情。在喧闹的街旁，音乐让我安静下来。所有的商店都到了关门的时刻。人们该回家了。回家。回家。我也该回家了。而音乐依然响着……

|十二月三日|

原本白天就想和朋友们说几句话的。一个短信又让我折腾了半天。出版社说还需要照片。大量地需要。差不多是翻箱倒柜了。扫描，刻盘，写说明。稀里糊涂就到了子夜。一本书的诞生，多么艰难。

已经是凌晨了。再过几个小时，就要出发。到广西乡下，有水，有树，还有田野。据说，那是个温暖的地方。感觉好的话，会待上十天半月。

没有多少时间整理行囊了。几件衣服，几篇稿子，一些日常用品，就行。书，一本也不带。书，在山水之间哩。

生活中总有某些时刻，让人们彼此想念。忽然想起了一位朋友的话。朋友把我此刻想说的说了。

那么，就等我回来吧。回来后，我们再聊。祝福，给我所有的朋友。

|二〇〇七年一月一日|

又见到漫天舞动的雪了，在我睁开眼睛的刹那。这惊奇中的惊奇，让夜晚的梦幻变成早晨的真实。那么晶莹的真实。

有些东西，你是难以抗拒的，比如这漫天舞动的雪，比如因雪而溢出的光，比如总在吹拂的山风。它们是天空的意志，是天空最最深刻的温柔。它们关乎生命。你又怎能抗拒?!

> 温馨的泪
> 滴落在我的额头，
> 又款款地
> 从眼睑往下
> 流淌，
> 仿佛源自
> 那双紧闭的眼。
> 谁在我上方哭泣，
> 让甜甜的泪
> 变成我的?
> ……

——安·布兰迪亚娜《十月》　（高兴　译）

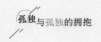

在雪地中行走。任雪花尽情扑打自己的脸。绝对有一只手，爱的人的手，在天空中伸展。还有爱的人的眼睛。雪花的形状。树上有更多的光了。天空的花园中有更多的光了。某种变化已在这世界发生，外在的，内在的。这是个关键的时刻。

这是个关键的时刻。在结束和开端之间，我再次陷入温暖的沉默。雪在说哩。心，也跟着说。我还能说些什么呢。就倾听吧。在雪漫天舞动的时刻，倾听，并且凝望，兴许是我唯一的方式。

倾听，并且凝望，用树的耳朵和眼睛。花都开好了。新年就要到了。就让我以这样的方式，迎接新年，并祝大家：新年快乐！

新年快乐！新年快乐啊！

|三月九日|

又开工了。要译一本小说。整整一天，都在酝酿状态。只译了几百个字。故意的慢。想渐渐地加速。语调很重要。一旦确定语调，就好办了。

在某种程度上，译比写，更难，也更苦。正所谓：戴着脚镣跳舞。我因此极为佩服文俊、高莽等老前辈。我因此也十分不解：在许多学术单位，翻译竟然不算成果。自然，我指的是那种严格意义上的文学翻译。我因此可以毫不夸张地说：文俊先生译的一部《喧哗与骚动》不知要胜过多少篇"论文"。

至少两三个月，又要和文本较劲了，又要和自己较劲了。一种近乎残酷的生活。快乐只是在完成之后。而此刻，完成还只是遥远的梦幻。对了，那本小说就是有关梦幻的。

傍晚时分，读一位中学生的诗。欣喜充溢心头。我惊讶于小小心灵所蕴藏的细腻和丰富。能用诗歌表达，是件美好的事。我要祝福那位小朋友。

　　近来，几乎一有空，就出去狂走。狂走的时刻，景色和思想都在跃动，一种美妙的感觉。还可以放松身心。大风的那天，照样来到龙潭湖，空荡荡的，仿佛整个公园都属于我。都可以对着湖面喊了。

　　我终究没有喊，只是默默注视着湖面。浪涛，一阵阵的浪涛。湖在说呢。我更愿选择倾听。我甚至蹲下身来，倾听。

｜三月十一日｜

　　风和日丽，一个近乎完美的春天的周末。阳光中，书房都显得透明。诱惑从窗户缝里渗透。

　　这样的时刻，应该到球场，湖边，公园，咖啡屋，或随便什么地方。哪怕带着豆豆出去溜达溜达，也好。如果能和松风，周军，晓青，女同学，笑纹，或一片云喝上一杯冰镇啤酒，那简直就是奢侈了。小朱我是约不上了。每到周末，小朱都要待在家里为媳妇煲汤的，还要看孩子。刘恪更是没戏。从河南回来，一猛子扎到文字中，又没了动静。刘恪在文字中过日子。

　　最最尴尬的其实是我，闷在家里，装模作样地弄翻译，可不时的，又会把目光投向窗外。真是没有性情。真是异化。真是辜负了大好的时光。朋友们别学我，千万别学我。你们该吃的吃，该喝的喝，该玩的玩。你们就把"生活"这两个字径直写到地上，写到水上，写到山上，写到树和花上，写到酒杯上，写到袜底酥和青团子上，写到裙子和蝴蝶结上，写到空中舞动的风筝上……

　　龙潭湖，对了，幸亏还有我的龙潭湖。实在累了，就到龙潭湖去走走吧。

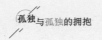

|三月十七日|

整整一天，仿佛已经耗尽言语。只剩下几个字，可怜的几个字，将它们随意组合一下。算什么呢。诗，还是非诗，我不知道。也不重要。但有一点可以肯定：它们绝对不是春天的歌。我唱不出春天的歌了。

子夜
巅峰，或低谷
静止的天空
不静止的鸟儿

究竟该伸出哪只手
才能抓住最后的词语

湖底闪烁
水和影子的怀抱
是谁在诉说
让睡梦掀起阵阵的浪涛

而我，站在此岸
合上眼睛，封闭所有的路径

|三月二十二日|

我失去了言语。一抱住豆豆，我怎么就失去了言语。

听，嗅，或看。缩成一团，伸展，或奔跑。要么就是拥抱的姿态。我的宝贝：时而乖巧，时而淘气，喜爱游戏，总是那么生动。要么就是喊叫。用最简单的言语，表达最大的爱和恨，最大的愤怒，最大的温柔，最大的快乐。这就是豆豆。我亲爱的豆豆！

但痛苦时，豆豆索性沉默。沉默着，躺在自己的床上，一动不动，隐忍的样子。就像前几天，病了，她不吃不喝，但也不吭声，甚至在打点滴时，也决不吭声。就这样望着你，依赖地望着你，让你懂得揪心的滋味。

这时，你明白，她是你的命了。她需要你。你也需要她。无须言语，只需拥抱。拥抱她的时刻，你会感到温暖和幸福。纯粹的温暖。纯粹的幸福。你还有一种格外踏实的感觉。而有了这些，人生便有了具体的支撑了。

就像此刻，抱住豆豆，感受她小小心脏的律动，我放逐了所有那些宏大的言语。还需要什么宏大的言语啊。豆豆不需要那些宏大的言语。她只需要你的手，你的怀抱，只需要你始终不离不弃的呵护。

| 三月二十六日 |

"桃花开了！桃花开了！"

星期天，在龙潭湖，我目睹了一个孩子的激动。他奔跑着，告诉他那美丽的妈妈："桃花开了！"这当然是个惊喜，是个值得向妈妈通报的重大事件。孩子笑了。妈妈笑了。就因为那桃花。

我也笑了，因为那桃花，更因为孩子的激动。孩子的激动中有一种热情，有一种新奇，有一种纯真和敏感，有一种爱。不加修饰，未经雕琢和污染，孩子的激动，透明，自然，那么迷人。

　　而我们已不太容易激动了。我们这些成年人，总是显出从容、稳健、不动声色的样子。是成熟，还是某种迟钝、冷淡和伪装？成熟，是个多么可怕的字眼。记得在上大学时，实在挑不住什么具体的毛病，他们也会在评语中写上："还不够成熟。"我还在其他场合听到这句话一次又一次响起。很多时候，这句话，简直就是一种判决。

　　还不够成熟，其实挺好的。太成熟了，就意味着停止生长，就意味着果子从枝头坠落、叶子开始变黄，就意味着腐朽；太成熟了，就有一股死亡的气息。

　　我因此特别喜欢"还不够成熟的"一切，尤其喜欢那些"还不够成熟的"人。此刻，我就想到了不少这样的人。他们往往都是些有性格、有情趣、有真正才华的人。他们往往都追求真实和自然。他们往往敢爱，也敢恨。另外，他们往往还都特别容易激动，就像那个宣布"桃花开了"的孩子。

｜三月二十八日｜

　　豆豆依然不适。胃的毛病。深夜，带她去医院，打针。她稍稍有点慌张，不知发生了什么。

　　遵照医嘱，至少两天，不能让豆豆进食。夜里还好，到了白天，豆豆一次又一次地走到自己的房间，望着空空的饭盆，委屈，而又不解。

　　此刻，我坐在书桌旁，她就坐在我身旁。我已无心做我的文字了，只是默默地望着豆豆。可怜的豆豆。望着她饥饿的眼神，我觉得她随时都会咬我一口了。我也真愿意她咬我一口了。

　　但她不会的，绝对不会的……不管怎样，她都会忍着，并保持无条件的忠诚。这世界，你也只能在小狗的身上清晰地读出"忠诚"两个字了。哦，这句话也许有点过头，但它至少说出了部分的真实。相当大的部分。

｜三月三十一日｜

雨后，湿润的龙潭湖。我行走着，想起朋友们对豆豆的关心，心中不禁涌起温暖的感觉。松风，雨滴，笑纹，一片云，顾艳，权聆……所有的朋友们，我想以我，也以豆豆的名义，衷心地谢谢你们！

豆豆好多了。已让她吃了点东西。一点点奶酪。一点点蛋黄。一点点米粥。吃到这些，有了精神，她立马发出欢呼的声音。

只是带她去打针时，她又夹着尾巴，显出郁郁的样子。她不喜欢医院。谁会喜欢医院呢？从医院回来，她一直在小床上躺着，仿佛在慢慢调整被破坏的心情。好几次，我走到她的面前，摸摸她的小头，安慰她几句。她望着我，我望着她，我们就那样久久地、默默地互相望着。她的目光那么温顺，柔软，万般的依赖，我终于转过头去……

夜深了，也更寒了。豆豆已经睡了。我轻轻走到她的身边，为她盖上了一件衣裳。忽然，我听到她叽咕了一句。她在说梦话呢。她常常说梦话的。我多么想知道她说了什么。不管怎样，她轻柔的话语都会温暖我的梦境了。

豆豆，我也要谢谢你！

｜四月十二日｜

竟然就想谈谈疾病了，在这 4 月的夜晚。

无奈，但却必须。生活中，有太多的时刻，你必须面对，比如疾病，比如疼痛。

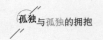

人们常说：与病魔进行斗争。病中，觉得这话有点别扭。其实，你病了，就说明疾病已在你身上登陆，已战胜了你，你所能做的只能是承受疾病，面对疾病。不同的人以不同的方式面对。你甚至需要与疾病达成某种妥协。没错，就是妥协。

"比起精神的痛苦，肉体的痛苦又算得了什么?"此刻，我怎么感觉这话如此的矫情，可笑。精神痛苦和肉体痛苦完全是不同层面的痛苦，难以比较，甚至不可比较。若单从痛苦的强度来说，那么，肉体痛苦有时可能远远超出精神痛苦。也许，我说的这话同样矫情，可笑。

在 4 月的第一天，就遭遇了一点肉体的疼痛。不要紧，就那么一点。那天，谁也没告诉。因为，告诉谁，都不会相信。呵呵! 可在谁都不会相信的时刻，疼痛偏偏要你尝尝它的滋味。

疼痛的手，伸出，能抓住什么呢。也抓不住文字了。哈哈! 这倒是疼痛中的疼痛。只好先写这些。

问候所有的朋友!!!

|四月十五日|

其实，讲述疼痛的时刻，疼痛已成过去。

不过，我还是要感谢所有的朋友! 松风，雨滴，笑纹，晓青，宋红，顾艳，一片云，紫罗兰，女同学，臭臭，薛舟，紫百合……我要谢谢你们! 我还要特别谢谢权聆，并祝她早日康复!

今天，不谈疼痛，只想感受欢乐。今天是个阳光的日子，羽毛轻轻飞起，心，却那么宁静。今天，没有疼痛，只有阳光，只有色彩和线条，只有一个兄弟的生日，和另一个兄弟的出行。今天，只有蜡烛，只有蛋糕，只有葡萄酒，只有祝福，祝福我的兄弟、亲人和朋友! 祝福我的豆豆！祝福所有的人！

　　今天，我再次觉出表达的艰难。那就举杯。阳光中，那紫红色的酒液，就是最好的言语。

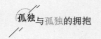

春节心情

一

独自坐着。大多数时间都独自坐着。独自，是一种状态，是一种选择，更是一种宿命。一个人的世界。本质上，我们都只有一个人的世界。

过年，仿佛是遥远的事，是小辰光的事。小辰光，喜欢热闹，喜欢家庭大团聚。岁月流逝，心理也在变化。越来越偏爱静了。越来越沉湎于独自了。独自，无边的自由，无边的想……是那样的远，又是那么的近。消息，抵达内心。

Margaret 发来薰衣草的照片，给除夕的早晨增添了几许色泽。受松风的影响，我也喜欢上薰衣草了。这些天，薰衣草成了牵挂。松风在埃及。那里，局势动荡。昨天，松风乘坐祖国的包机，平安归来。于是，薰衣草又成为最好的祝福。

在读法国作家高兹的《致 D》。一封长长的情书。我停留于这样的句子："我的胸口又有了这恼人的空茫，只有你灼热的身体依偎在我怀里时，它才能被填满。"

一遍又一遍地读……

二

　　家在哪里？或者哪里是家？除夕之夜，我竟提出了这样的问题。似乎与过年气氛格格不入。但换个角度，恰恰是过年气氛让我想到了这样的问题。这和"我们是谁？"以及"我们究竟来自何处？"等问题一样，同样属于人类的基本问题。

　　当赵本山们正在春晚舞台表演的时刻，我却被一个基本问题困扰着。这其实涉及归属和归属感。又进一步关系到幸福和幸福感。不能深究的问题。又不得不深究的问题。昆德拉、马尼亚、米沃什、温茨洛瓦、奈保尔、萨义德、萧红、三毛等作家都反复深究过这一问题。归属和归属感，因而成为理解他们众多作品的关键词之一。多少人一生都在漂泊，苦苦地在文字、在内心、在爱中寻找归属。不管能否找到，起码你得努力去寻找吧。

　　窗外，爆竹声不断响起。全世界数十亿华人都在过年。多么气势磅礴的节日。不仅仅是欢喜吧。肯定也有隐痛。不合时宜的隐痛。隐痛，自然需要隐藏。否则，你就太自私了。在内心，我祝福所有的人平安、健康和快乐！

　　接到松风短信。从开罗平安回到祖国的松风特录《出埃及记》以表感恩之心："耶和华用大能的手将我们领出埃及……日间，耶和华在云柱中领他们的路；夜间，在火柱中光照他们，使他们日夜都可以行走。日间云柱，夜间火柱，日间云柱，夜间火柱，总不离开百姓的面前。"云柱，和火柱，保佑众生。云柱，和火柱，保佑你走向远方。

　　感恩，这个散发着宗教光辉的词，有拯救的力量。人心，面对现实问题时，错综而脆弱。在理想和现实之间，世界和生活的复杂性常常让人不知所措。痛，油然而生。文学的最大使命之一就是要发掘和呈现这种复杂性和丰富性。而人呢，则需要超越和升华。你爱一个人，就要接受他或她的一切。你爱他或她。他或她也爱你。这就够了。相信爱，也就是相信时间，相信未来。在此意义上，爱，是一种信仰。当然也是感恩。为什么偏偏是你？为什么偏偏是他或她？这就是恩赐。就值得感恩。

空茫，渐渐被填满。是感恩？是一则短信？一次聊天？一个电话？该出去走走了。是的。早该出去走走了。有了祝福和感恩之心，你发现，世界原来完全可以变得单纯而美丽。

薰衣草和紫苏，我一直分辨不清。这又有什么关系呢。索性就这么想吧：薰衣草就是紫苏，紫苏就是薰衣草。呵呵。简单，而快乐。

<h2 style="text-align:center">三</h2>

总在做梦。一做梦，就会抵达远方。远方，本身就是梦，时刻都在诱惑人的心灵，抗衡着此处的苍白。法国天才诗人兰波说：生活在别处。于是，他短暂的一生，就是一首行走的诗歌，走向远方，不管前景如何。

> 我不想讲话，也不愿思想：
> 但无限之爱涌向我的灵魂，
> 我要走向远方，很远很远的地方，像个流浪儿，
> 和大自然一起幸福得如同和一个女人为伴。
>
> ——兰波《感觉》 （葛雷 译）

446

在梦中醒来，仿佛还闻着隐约的芬芳。梦有气味，有时，还能听到声音。芬芳来自何处？隐秘的源头，兴许同远方有关。内心在呼唤。呼唤着暖，呼唤着春，呼唤着远方。昨天，立春。立春，在北方，要吃春卷的。美丽的民俗，欢呼春的来临。春节，就是春的节日。那么，是春天了。

温习着一些词，细小却温暖的词，比如：粥；比如：米香。想喝粥，突然的，像一种呼应。自己动手，淘米，量水，点火。不一会儿，竟然就有米香，在屋里弥漫开来。早晨，喝碗粥，暖暖的。这种感觉，真好。

天，一直阴沉着。九点半左右，听到一个消息。那一刻，天就放晴了。真是巧了。"友人带来了雪意和五点钟。"卞之琳的诗在脑海中响起。多么有意味的诗。光照到我的书桌上了。照亮了我写下的每个字。

光与水，水与光，石头城，西域，湖，船，家乡的黄酒，雨中的石子路，童年的伙伴……潜意识中，这些词，叩击着我的心扉，轻轻的，柔柔的，同光，同水，融合在一道了。我知道，又在想了……想家。

四

被爆竹声惊醒。睁开眼，懒洋洋的，想：哦，今天是初五。初五，民俗中，也有讲究的，叫破五。我找到热烈爆竹的缘由了。

停留于一本书。或者，停留于一个念想。时间变得精致，显出它的肌理。大多数时间，我都在散漫地阅读。而且越来越喜欢散漫的阅读。散漫的阅读，随兴，惬意，也轻松，真正是幸福的阅读。是 18 世纪的阅读。而如今，实用阅读和功利阅读，简直泛滥成灾。这是生存的需要。倒是能理解的。

依据心境，拿起一本书，读上几页，基本就能判断，是否情愿跟着书走。常常，阅读还与气候有关，而气候绝对影响心境。二十岁时，回到家乡，逢上雨天，就会带上一本诗集，多半是爱情诗集，到公园，找一个亭子，坐下，在雨声中读诗。浪漫，诗意，却有点做作。呵呵。可爱的二十岁。人到中年，再逢如此情形，就会泡壶茶，坐在亭子里，听雨。还读什么诗啊。听雨，其实也是在读雨。你能读出各种味道的。

阅读的边界，日渐开阔。你走在路上，也是在阅读。你关注一个人，也是在阅读。倘若善于阅读日常细节，会其乐无穷的。那些优秀的作家，首先都是优秀的阅读者，广阔意义上的阅读者。我听见赫拉巴尔在感言："生活！生活！生活！"我听见纳博科夫在强调："伟大的细节！"我还听见索雷斯库在低语："诗意并非物品的属性，而是人们在特定的场合中观察事物时内心情感的流露。"

画面也值得阅读。我要向莫非和益明致敬。摄影家，用画面说话。他们也在阅读，阅读并捕捉。益明发来不少照片，都是家乡的场景，深得我心。细微，更有韵味。这几天，我天天都在阅读益明的照片。仿佛是一种温习。就是一种温习。仿佛她在走来：我梦中的爱人。无数美好的感觉，渐渐地，溢满了我的心头。于是，阅读，又有了甜蜜的滋味。而想象中的甜蜜，纯粹得如同刚刚出生的婴儿。

五

时间影响心绪。至少于我而言。凌晨四点，醒着，胡思乱想，心绪紊乱。那是个容易忧郁的钟点。我特别害怕的钟点。若能用睡眠绕过它，就好了。并不羡慕吃得香的人，却绝对羡慕睡得香的人。睡眠养人的。那些睡得香的人有福了。

看着天渐渐亮起来。没有期待的晴朗。天阴，似乎要下雪。但终于还是没有雪的影子。今冬，北京几乎就没下过雪。而雪的消息，却不断从南方传来。也从西域和中原传来。气候整个儿颠倒了。世界也整个儿颠倒了吗？心里在隐隐盼着雪。是呼应一种心绪？还是希望冬天就得像冬天的样子？

庙会就在附近，红红火火的样子。最后一天了。想去看看，感受一下过年气氛。购得票，进入公园，顿时陷入人的漩涡，密密麻麻的面孔朝你逼来，恐怖的感觉袭上心头。天哪，赶紧出逃。不到十分钟，就又站在了园外。这时，忽然觉得，静，多么的贴心。最好就我，和她。

刘恪兄要来。真好。又有几个月不见了。这世道，人们活得好像都不容易。刘恪兄亦然。遇到了不少烦心事。即便这样，还完成了六十万字的书稿。不得不让人佩服。六十万字，不是闹着玩的。一个字一个字码出来的。真正的血汗啊。写作，是件熬人的事。望着坐在沙发上的刘恪，觉得他又苍老了许多，真有点心疼。可他倒情绪不错，说着自己的种种计划，说着读书的快乐："每天，躺着读一本书时，心，那么的静，有说不出的舒服。"我们可不敢躺着读，眼睛吃不消的。刘恪却神了，怎么读，视力都照样好。天生的。

一天就这样过去了。夜晚，想写点什么，却感到了表达的艰难。那个英国女人伍尔夫说："我们能表达出来的东西少得何等可怜。思想的幻影，往往不等我们把它抓住，一从心头出现，就又从窗口溜掉，要不然它那一线游移不定的光芒倏然一闪，就又慢慢沉落，复归于黑暗的深渊。"说得极是。索性沉默着，沉默着，任心随意漫游，再慢慢地合拢……

窗外，依然有礼花点亮夜空。

六

雪，还是飘临了，出乎意料，仿佛夜间发生的奇迹，又仿佛某种救援。刚开始还没注意，在投入地读信。待读完信后，走到窗前，不由得一声惊喜：啊，雪！

这竟然是北京今冬的第一场雪。也是新春的第一场雪。人们几乎停止期盼的时刻，雪，还是飘临了。难得的雪，带来的是远方的消息，是天空的祝福吧。我情愿这么想。

望着雪，陷入沉默。内心饱满，或空茫到一定程度时，沉默，便是最好的表达。雪，是天空的词语。洁白、透明、舞动的词语。天空的词语，写满大地，衬出薰衣草的影子，我们只能慢慢领会。于是，唯有沉默。

光，落到雪上，一闪，变成梦了。沉入水。雪，其实，也是水的变奏。光，与雪，与水，一道演绎的梦。飞翔的梦，向着天空，朝着那个方向。可以直接抵达的，偏偏绕了个大圈子。兴许，是为了尽量延长飞翔的过程。过程，美，缠绵，而忧伤，呼唤声声，穿越漫长的路途。抵达，却是瞬间的事。兴许，要用一生一世，完成梦中的抵达。一生一世，就有了盼头。

毕竟已人到中年。否则，倒回二十年，会冲向雪地的。那时，根本没在意，踏上雪地的时刻，雪已受到了压迫。那时，还根本不懂得雪的感受。如今，我会站在雪地的旁边，看雪怎样在光线中变幻，闪烁，呈现微妙的表情。雪，是一个名词，又迅即成为动词。雪，也在做梦呢。是天空布置的功课。

此刻，究竟是深夜，还是凌晨，我已分辨不清……

七

　　"和你在一起我才明白，欢愉不是得到或是给予。只有在相互给予，并且能够唤起另一方赠予的愿望时，欢愉才能存在。那一天，我们彻底把自己交付给了对方。"法国哲学家高兹在《致 D》中如此写道。情人节，再次捧起这本书，似乎除此之外，别无选择。这是封深情的情书。当今时代，深情，已成为一种奢侈。可真正的爱，又怎能没有深情。否则，它就值得怀疑。深情，从心底升起，将世界缩小，又把世界放大。无限大。

　　缓慢地读，有些书，就得缓慢地读，就像这本《致 D》，也就百来页，完全可以在几个小时内读完，可你却舍不得一口气将它读完，你更愿一句一句细细地品读，将它当作陪伴，当作深情的酒，读读停停，抬起头，想，仿佛被句子牵引着，甘愿被句子牵引着，沉入内心，或走向远方。窗外，玫瑰的呼唤隐隐传来。是情人节。爱人，爱人，爱人，你在哪里？

　　　一束光

　　　垂落

　　　天幕的缝隙

　　　照亮头一朵春花

　　伊朗电影导演基阿鲁斯达米的诗。他说的头一朵春花，究竟是什么花，又有着怎样的颜色？是紫色的吧。下意识中在问，也并不见得非要答案。世上很多事，没有答案，反倒更能保持某种魅力。这也是艺术的

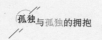

秘诀。

已是子夜，我静静地躺着，不愿思想，只愿沉醉。被一股力推动着，迷失在半睡半醒中。即便闭着眼，你也能感觉到那束光。那束光，垂落，我却听到了水的声音……

八

一晚上都坐在窗前，看礼花不断地点亮夜空，绚丽得让人目眩。正是元宵节。又一股欢庆的浪潮，将春天的节日推向最后的巅峰。

此刻，这喧闹反而令我静，异常地静。在礼花的衬托下，享受静，享受孤独。其实，也曾想走出门去，点几支礼花，感受那简单的快乐。可心里，总有更大的声音在回响。那声音令我更静。仿佛水果的芬芳，已将水果提升到了诗意的高度。仿佛旋律的余韵，已将旋律转化为梦幻的影子。想，同礼花一道升起，却比礼花升得更高。它刺破天空，又融入天空。

还是忍不住吃了两个元宵。正好两个。出于期待。都说吃了元宵，一切都会圆圆满满的，一切都会顺顺当当的。这自然只是种说法。可人在期待的时刻，愿意相信所有美好的说法。期待本身，就是对美好的向往。期待，让爱的人走近爱，让梦的人去实现梦，让生命成为生命。期待，就是六年，十年，你都愿意等，你都相信，那一天定会来临。期待，是水和光的动力，最终变成了水和光。期待，也就是狄金森所说的"希望"，长着羽毛，栖息在灵魂深处，唱着没有歌词的歌曲，无休无止……

远方的远方，雪还在飘吗？谁又在雪花飘中行走？想象，也是想的一种形式吧。沉默，同样是。沉默中，雨，热烈地叩击着心扉。雨同雪会合时，天空撒下了水晶。我想说的，我没有说的，天空在说，用最高的言语。

节日即将过去。春天已经来临。回味的时刻，心，又不禁在问：怎样的梦，怎样的美和好，在等着我们呢?

瞧，你又在期待了……

2011 年春节于北京

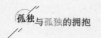

孤独与孤独的拥抱

再一次，不得不回到童年和少年，诗意那隐秘的起源。

60 年代，我们的 60 年代，其实单调，灰暗，物质贫困，似乎并非诗意的年代。可那时，在县城，孩童不用读什么书，却相对自由，心灵也因此得以敞开，朝向游戏，朝向田野和河流，朝向灰暗生活中任何一点可能的光亮。露天电影，广播中的配乐诗朗诵，手抄本，还有无尽的田野风光和游戏天地，所有这一切兴许已在孩童心里埋下了诗歌"毒素"。

大学期间遭遇的"朦胧诗"又加剧了这种"诗歌毒效"，或"文学魔咒"，以至于大学毕业时，不愿去外交部，不愿去经贸部，而偏偏要去《世界文学》。从小就在邻居家里见过这份杂志。32 开。书的样子。不同于其他刊物。有好看的木刻和插图。早就知道它的历史和传统。也明白它的文学地位和影响。有很长一段时间，我索性称它为鲁迅和茅盾的杂志。不少名作都是在这份杂志上首先读到的。以前绝没有想到，有一天，自己竟然也能成为《世界文学》编辑队伍中的一员。

我所景仰的冯至先生、卞之琳先生、季羡林先生等文学前辈都是《世界文学》的编委。这让我感到自豪。记得刚上班不久，高莽主编曾带我去看望冯至、卞之琳、戈宝权等老先生。在这些老先生面前，我都不敢随便说话，总怕话会说得过于幼稚，不够文学，不够水平，只好安静地在一旁听着，用沉默和微笑表达我的敬意。冯先生有大家风范，声音洪亮，不管说什么，都能牢牢抓住你的目光。戈先生特别热情，随和，让人感觉如沐春风。卞先生说话声音很柔，很轻，像极了自言自语，但口音很重，我基本上听不懂，心里甚至好奇：如果让卞先生自己朗诵他的《断章》，会是什么样的味道？

阅读，编稿，因而成为我工作和生活的基本内容。除去稿子，还要大量阅读其他书籍。阅读面，自然也日渐宽阔。光从《世界文学》就读到多少独特的作品。卡夫卡的《变形记》，福克纳的《我弥留之际》，马尔克斯的《迷宫中的将军》，帕斯的《太阳石》，米利亚斯的《劳拉与胡里奥》，莫勒托瓦的《会说话的猪》，格拉斯的《猫与鼠》，赫拉巴尔的《过于喧嚣的孤独》，曼德施塔姆、叶芝、布罗茨基、兰波、波德莱尔、休斯、奥利弗、勃莱、里尔克、博尔赫斯、阿莱克桑德莱、博纳富瓦、霍朗、沃尔克特的诗歌，川端康成、塞弗尔特、米沃什、普里什文的散文，都在我的记忆中留下了印记。

在《世界文学》的氛围中，走上诗歌翻译之路，再后来，走上诗歌写作之路，也就自然而然。

许多朋友很羡慕我们，说世上竟然有这样的工作：整天读文学作品，编文学作品，译文学作品，写文学作品，实在是幸福。不仅是幸福，简直就是奢侈。这是文学所给予我们的，这是《世界文学》所给予我们的。因此，在内心深处，对《世界文学》，我总存有一份感激。然而，除去幸福和奢侈之感，除去欣悦之情，却也时常感到惶恐，并且随着时间流逝，愈加感到惶恐。

我感到惶恐，根本还是因为文学本身。我曾如此描述文学翻译："这是个异常痛苦的过程，起码于我而言。感觉总在较劲。同文本较劲，同语言较劲，也同自己较劲。总恨自己的文学修养还不够深。总恨自己

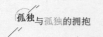

驾驭语言的能力还不够强。总恨自己的想象力和创造力还不够旺盛。难以转换。甚至不可转换。但又必须转换。译者的使命和作用恰恰要在这时担负和发挥。那意味着：语言与语言的搏斗。个人与语言的搏斗。有限与无限的搏斗。译事，就是这样的艰难。它考验你的修养和才情，同样考验你的毅力和体力。此外，面对文学翻译，最最重要的是：你必须热爱。而热爱又伴生着敬畏。时间流逝，我越来越敬畏文学翻译了，越来越觉到它的无边无际，无止无境。文学翻译中，完美难以企及，也无法企及，仿佛一场永远打不赢的战争。反过来，也正是这种难以企及，让你时刻都不敢懈怠，不敢骄傲和自满。"

我是在说文学翻译，尤其是诗歌翻译，我也是在说文学创作，尤其是诗歌创作。况且，不知不觉中，我们已身处一个对文学并不怎么太有利的世界。

惶恐，而又孤独。置于语言之中的孤独。置于文学之中的孤独。突然起风之时的孤独。告别和迎接之际的孤独。"谁这时孤独/就永远孤独"。

孤独，却不寂寞；不知不觉中，我竟然拥有了译者和诗人的双重身份。如此，严格说来，我的诗歌创作已由诗歌翻译和诗歌写作两部分组成。它们既各自独立，又相互补充，有时，甚至融为一体。这似乎是孤独与孤独的拥抱，是孤独与孤独的相互激励和相互支撑。

"一个拿不出献礼的人/便只有歌唱……"此刻，我想起了捷克诗人霍朗的诗句。我正是一个拿不出献礼的人，只有用诗歌翻译和诗歌写作替代歌唱，一步一步孤独地前行。孤独，却又满足……

而这本书又照亮了我的孤独。为此，我要深深感谢黑马先生和张谦女士。

2016 年 3 月 12 日

诗歌，记忆，初春的祝福

我们总在忙碌，我们似乎越来越忙碌。忙碌中，时间是不知不觉的，心理是紧张纠结的。这时，一支歌，或者一首诗，兴许能让我们进入片刻的宁静。初春，当我再次读到冯至先生翻译的里尔克时，我便沉浸于那片刻的宁静：

> 春天回来了。大地
> 像个女孩读过许多诗篇；
> 许多，啊许多……她得到奖励
> 为了长期学习的辛酸
> ……

那宁静是贴心的，是舒展的，是令人醒悟的，也是让人回溯的。宁静中，我忽然意识到，春天真的已经来临。想着一些人，想着一些事，在莫名的感动中，我竟翻出了从前的一些文字。那些亲爱的文字，尽管有着缺陷和稚嫩，可我一点都不想做任何的改动。就让它们保持最初的样子吧。起码，可以帮助我暂时回到过去。时常，心里会涌起一种强烈的感觉：我们其实只有过去。我们其实随时随地都在走向过去。

自然而然地想起了波兰女诗人希姆博尔斯卡。我曾译过她的一首机智又有趣的短诗《三个最古怪的词》：

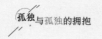

当我读出"未来"这一词时，
第一个音节已属于过去。

当我读出"寂静"这一词时，
寂静已被我破坏。

当我读出"虚无"这一词时，
我制造出某种事物，虚无难以把握。

一开始，女诗人就试图消解一个虚拟的时间维度：未来。想想也是。倘若时间总在流逝，那么，哪里还有现在？哪里还有未来？这特别容易让人陷入虚无。但希姆博尔斯卡仿佛决绝地说：就连虚无都值得怀疑。

幸好还有记忆，幸好还有记忆储存的痕迹，我们的人生才有了实实在在的意义，我们的劳作也才有了真真切切的依据和动力。因此，任何写作，包括诗歌写作，严格而言，都是记忆写作。而所有的想象，究其根本，都是记忆的启示，拓展，蔓延，和发挥。因此，文学，也可以说，就是一门记忆艺术。活着，并且记住，并且将一切难忘的痕迹用文字艺术地呈现出来，这是写作者的责任，也是阅读者的幸福。阅读时，同样是记忆，让共鸣和感动成为可能。

而此刻，记忆和诗歌，诗歌和记忆，已完全融为一体了。少年和青年时期，不少诗歌都是从《世界文学》读到的。坦率地说，当时，有些诗并不能完全理解，但就是觉得美和好，就是愿意反复地读，每读一次，都会有新的感受，不同时间读，都会有不同的心得。而优秀的诗歌文本，正需要经得起反复阅读，且常常能激发起读者的心灵互动。这几乎成为一项审美标准。意大利作家卡尔维诺在谈论经典时，说过一段同样经典的话："这种作品有一种特殊效力，就是它本身可能会被忘记，却把种子留在我们身上。"我觉得，《世界文学》的不少诗作就有这样的"特殊效力"。种子肯定早已留在了我们身上。种子其实也同样留在了《世界文学》身上。时间推移，不少种子已经生根，发芽，长成一棵棵农作物和植物，长成一片片农田、果园和林子。

谈到《世界文学》的诗歌，我曾在一篇文章中动情地写道：

可以想象，上世纪50年代，当《世界文学》的前身《译文》将密茨凯维奇、莎士比亚、惠特曼、布莱克、波德莱尔、希门内斯等世界杰出诗人的诗篇用汉语呈现出来时，会在中国读者心中造成怎样的冲击和感动。同样可以想象，上世纪70年代末，当人们刚刚经历荒芜的十年，猛然在《世界文学》上遭遇阿波利奈尔、埃利蒂斯、阿莱克桑德莱、米沃什、勃莱、博尔赫斯等诗歌大师时，会感到多么的惊喜，多么的大开眼界。那既是审美的，更是心灵的，会直接滋润、丰富和影响人的生活。诗歌的力量，在那个相对单纯的年代，是如此的显著，如此的巨大。甚至到上世纪八九十年代，诗歌，尤其是外国诗歌，依然处于人们阅读生活的中心。就连约会，恋人们都往往会手捧着一册诗集。广播里和电影中也都会不时地响起诗歌的声音。"当你的眼睑发暗，也许是因为困乏，/我将点燃双手/把你奉献，像献出我的一个发现，/仿佛上帝正一无所有。"（霍朗《恋歌》）诗歌的力量，有时，就如同爱的力量，神奇，而美好。

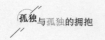

创刊至今，《世界文学》一直和诗歌有着紧密的、恒久的关联。前辈编辑和编委中，冯至先生，陈敬容先生，戈宝权先生，卞之琳先生，王佐良先生，邹荻帆先生，罗大冈先生，李光鉴先生……都是优秀的诗人和诗歌翻译家。诗歌，同小说和散文一道，成为《世界文学》三大品牌栏目。几乎每期，读者都能在《世界文学》遇见一些闪光的诗人和诗篇。有些读者，尤其是那些诗歌写作者，甚至就冲着诗歌而捧起了《世界文学》。因此，在上述同一篇文章中，我又接着写道："可以说，没有诗歌，《世界文学》也就会变得残缺，狭隘，少了份光泽，缺了点精神，在某种意义上，也就不成其为真正的'世界文学'。"那么，《世界文学》中的诗歌，也就是译诗，意味着什么呢？中国诗人车前子承认："译诗是当代汉语诗歌写作中的隐秘部分，是可以和当代汉语诗歌写作相对应的。译诗影响、参与和共建了当代汉语诗歌写作，当代汉语诗歌写作也影响、参与和共建了译诗。"车前子甚至断言："当代汉语诗人没有不受到过译诗影响的。"

这其实从一个角度说出了《世界文学》中的诗歌存在的深长意味和基本理由。

六十多年，三百余期，日积月累，《世界文学》无疑已经绘制出一幅世界诗歌地图。山峰，丘陵，河流，路途，森林，湖泊……各式风貌，各种形势，各类气候，应有尽有。抒情的，沉思的，精致的，玄妙的，拙朴的，传统的，前卫的，实验的，清晰的，朦胧的，深沉内向的，热烈奔放的，机智幽默的，轻盈的，厚重的，注重意象提炼的，捕捉日常瞬间的，深入内心世界的，揭示人性幽微的，富含宗教意味和神秘气息的，指向人类高度和宇宙本质的……各种声音，各种味道，各种手法，无所不包。但由于篇幅和版权等缘由，我们仅仅将编选目光投向了 20 世纪，并且最终将目光停留在二十七名诗人的短诗上。依照车前子的说法，一个诗人就是一个独立的国家，那么，编选《我歌唱的理由》，就有点像是诗歌联合国召集了一场诗歌国际会议了。需要特别说明的是，编选过程中，我们既注重经典性，又看重代表性和丰富性，既注重诗人地位，同样也重视译诗水准。译者中大多是一流的诗歌翻译家，其中许多身兼诗人和译者双重身份。一流的诗人，一流的诗作，一流的译笔，成就一本别具魅力的诗选集。这起码是我们的艺术追求。

　　诗歌阅读最美妙的状态是怎样的呢？对此，每个人都会给出自己的回答。思考此问题时，俄罗斯诗人勃洛克的诗歌《透明的、不可名状的影子……》忽然在我耳边轻轻响起，仿佛回应，又像是拯救：

　　　　透明的、不可名状的影子

　　　　向你飘去，你也和它们一起飘，

　　　　你将自己投入——我们不解的、

　　　　蔚蓝色的梦的怀抱。

　　　　在你面前不尽地展现

　　　　大海、田野、山峦、森林，

　　　　鸟儿在自由的高空彼此呼唤，

　　　　云雾升腾，天穹泛起红晕。

　　　　而在这地面上，尘埃里，卑贱中，

　　　　他瞬间看到了你不朽的面容，

　　　　默默无闻的奴仆充满着灵感，

歌颂你，你对他却置若罔闻。

在人群中你不会将他识辨，
不会赏赐他一丝笑影，
当时，这不自由的人正在后面追望，
刹那间品味到你的永恒。

我多么希望，读者朋友在阅读这部诗选时，也能随着那一道道"透明的、不可名状的影子"一起飘，将自己投入"蔚蓝色的梦的怀抱"，并且，如果足够专注，足够幸运，也能在刹那间品味到诗歌的永恒，和无尽的美好！

如此看来，诗歌，在某种意义上，既是记忆，也是祝福，初春的祝福。

2018 年初春于北京

最美的衣裳，最深的祝福

　　编辑《世界文学》，平常主要在阅读，大量地阅读，读书，读稿子，读文章，读选题报告。岁月流淌，阅读的边界，日渐开阔。你走在路上，也是在阅读。你听一首歌，或看一部电影，也是在阅读。你关注一个人，或者凝视一棵树，也是在阅读。你坐在亭子里听雨，也就是在读雨。雪花飘舞，你走到原野中央，兴许会读到来自天空的祝词。倘若善于阅读日常细节，准会其乐无穷的。那些优秀的作家，都首先是优秀的阅读者，广阔意义上的阅读者。我听见赫拉巴尔在感言："生活！生活！生活！"我听见纳博科夫在强调："伟大的细节！"我还听见索雷斯库在低语："诗意并非物品的属性，而是人们在特定的场合中观察事物时内心情感的流露。"

　　细细一想，美术和摄影其实也是在阅读。朋友中，车前子热爱美术，莫非和益明热爱摄影。我要向他们致敬。美术家和摄影家，用画面说话。他们也在阅读，阅读并捕捉。我读不懂车前子的诗时，就去看看他的画，多看看他的画，似乎就能稍微读懂一点他的诗了。神奇的是，你不一定非要读懂车前子的诗和画，却分明能感到他的灵动，他的机智，他的才情，他的无边的自由。莫非白天摄影，夜里写诗；常常，他索性直接用相机写诗，用他的话说，这更痛快些。人间草木在他的镜头下都是诗，充满了美感和生机。《风吹草木动》就是莫非用诗歌和摄影成就的一部动人的书。益明发来不少照片，都是家乡的场景，深得我心。细微，更有韵味。这几天，我天天都在阅读益明的照片。仿佛是一种温习。就是一种温习。仿佛她在走来：我梦中的爱人。无数美好的感觉，渐渐地，溢满了我的心头。于是，阅读，又有了甜蜜的滋味。而想象中的甜蜜，纯粹得如同刚刚出生的婴儿。

专业的缘由，有机会四处游走，从容地游走。从容，也就能注意到一些瞬间，一些不可复制的瞬间，或美丽，或特别，或有趣，或富于韵味，或赏心悦目，或刺人心肠。那些瞬间往往稍纵即逝，一去不返。能以某种方式抓住那些瞬间吗？我不由得想到了摄影。摄影，在我看来，就是抓住瞬间的艺术。于是，也学莫非和益明，背着一个相机，游走时，随时举起相机，留下一个个瞬间。比起莫非和益明，我是业余得不能再业余了。业余，也就更轻松，更自如，更随心所欲。业余自有业余的乐趣。

此刻，春节临近，忽然决定暂且把稿子放到一边，就想煮上老白茶，闻着茶香，品品画，读读诗，看看窗外的景致，再听听歌。《圣女》《蓝色旅人》《时间是离弦的箭》《穿上最美丽的衣裳》——在我耳边响起，都是钟立风的作品，歌与诗的融合，那么动人。我尤其喜欢《蓝色旅人》，忧伤、深沉、诗意和神秘混合而成的感人和美好："她像是一个迷途的词语，试探着与你一起旅行……"还有那首深情又好听的《穿上最美丽的衣裳》，听了一遍，又一遍，怎么都听不够。此刻，春节临近，忽然发觉，歌与画，与诗，与景，其实就是最美的衣裳，最深的祝福！

2019 年 2 月 3 日于北京

孤
独
与
孤
独
的
拥
抱

高　兴